HANNAH GRACE es una autora británica de lo que ella misma llama «libros reconfortantes y blanditos». Escribe sobre todo novelas románticas contemporáneas y *new adult* desde su casa, en Manchester. Cuando no está describiendo los ojos de todo el mundo diez mil veces por capítulo, dando accidentalmente el mismo nombre a varios personajes o utilizando expresiones inglesas que nadie entiende en sus libros ambientados en Estados Unidos, se la puede encontrar saliendo con su marido y sus dos perros, Pig y Bear.

Síguela en redes:

hannahgraceauthor

Papel certificado por el Forest Stewardship Council®

Título original: *Daydream*

Primera edición en B de Bolsillo: enero de 2026

Travessera de Gràcia, 47-49. 08021 Barcelona

Diseño de la cubierta: Penguin Random House Grupo Editorial
basado en la cubierta original de Leni Kauffman
Imagen de la cubierta: Leni Kauffman

Printed in Spain – Impreso en España

ISBN: 978-84-10381-18-6
Depósito legal: B-19.556-2025

Compuesto en Llibresimes
Impreso en Black Print CPI Ibérica
Sant Andreu de la Barca (Barcelona)

BB 8 1 1 8 6

En las nubes

HANNAH GRACE

Traducción de Eva Carballeira Díaz
y Anna Valor Blanquer

A las hijas mayores que forman parte de mi vida:
os veo,
os valoro
y, sobre todo,
os quiero por quienes sois
y no por lo que hacéis por todo el mundo

Playlist

ART | TYLA	2:29
DAYDREAMIN' | ARIANA GRANDE	3:31
HOSTAGE | BILLIE EILISH	3:49
LET ME GO | GIVĒON	2:57
WHAT MAKES YOU BEAUTIFUL | ONE DIRECTION	3:20
END OF AN ERA | DUA LIPA	3:16
MARJORIE | TAYLOR SWIFT	4:18
VALENTINE | LAUFEY	2:49
NEVER KNOCK | KEVIN GARRETT	4:36
WE CAN'T BE FRIENDS (WAIT FOR YOUR LOVE) | ARIANA GRANDE	3:49
GIRL I'VE ALWAYS BEEN | OLIVIA RODRIGO	2:01
DON'T | BRYSON TILLER	3:18
WANNABE | SPICE GIRLS	2:53
KARMA | TAYLOR SWIFT	3:25
LITTLE THOUGHTS | PRIYANA	1:12
I MISS YOU | BEYONCÉ	2:59
HOW DOES IT MAKE YOU FEEL | VICTORIA MONÉT	3:36
TEENAGE DREAM | KATY PERRY	3:48
POV | ARIANA GRANDE	3:22
DANDELIONS | RUTH B.	3:54

Pero un libro es solo el retrato del corazón:
cada página tiene pulso.

Emily Dickinson

Carta de Hannah

Queridas lectoras:

Sé que os morís por empezar, pero me gustaría dar algo de contexto antes de que os sumerjáis en la historia de amor de Henry y Halle. Había dicho que esto sería una nota breve, pero, ahora que me he sentado a pensar lo que quiero contar, veo que no lo será, así que preparaos.

Desde que publiqué *Romper el hielo*, he recibido muchos mensajes preguntando si Henry recibiría un diagnóstico que explicara los rasgos que yo siempre he llamado «neurodivergencia implícita». La respuesta corta es que no.

Puede que alguna de vosotras esté pensando: «Pues… ¿vale? Podría haberme leído el libro y enterarme así», pero sé que muchas os sentís identificadas con Henry o tal vez estéis viviendo un proceso de autoconocimiento y saber esto antes de empezar os parezca importante.

Siempre he dicho que no escribiría una trama basada en un diagnóstico, así que esto no sorprenderá a quienes me llevan siguiendo un tiempo. Hay muchos motivos, pero, aparte de los obstáculos de la vida real con los que Henry podría tropezar en el sistema sanitario, la razón principal es que la gente vive vidas plenas todos los días sin tener ninguna explicación de por qué se siente diferente.

No tener un diagnóstico médico no hace que nadie —ni sus deseos y voluntades— sea menos válido.

Henry y su comportamiento siempre han estado vagamente basados en mí y yo he tardado treinta años en recibir un diagnóstico de TDAH y autismo, que no tenía cuando empecé a escribir a Henry. Cuando tenía veinte años como Henry y estaba frustrada y triste porque mi cerebro no quería funcionar bien y me estaba ahogando, nadie pensó que lo que me ocurría fuese más que la ansiedad y la depresión con las que me habían diagnosticado.

No he escondido en ningún momento que me ha costado mucho escribir este libro. Quería hacerlo bien por todas vosotras y, sobre todo, quería hacerlo bien por Henry.

Pongo una pequeña parte de mí en todos los personajes que creo: la ansiedad de Anastasia, el sacrificio de Nate, la necesidad de Aurora de que la quieran, la soledad de Halle y las heridas interiores de Russ por la ludopatía de su padre. Me he pasado mucho tiempo preocupándome por que la gente entendiera a Henry por la parte de él —la parte de mí— que se encierra o necesita soledad, la parte de mí que se agota haciendo de espejo de los que me rodean y empapándose de sus características como una esponja, la parte de mí que se esfuerza mucho y, aun así, fracasa estrepitosamente.

Paradójicamente, la presión que me he puesto a mí misma por no decepcionaros ha sido lo más Henry que podía hacer.

Creo que Henry es el personaje que más ha cambiado desde que lo creé, pero eso es porque yo he cambiado mucho desde que os presenté a Nate y Stassie.

Ojalá en esta historia os encontréis con un hombre que quiere a las personas que lo rodean y que, cuando haya conflicto, lo veáis desde el prisma de que no todo el mundo piensa de la misma forma.

Espero de corazón que haya valido la pena la espera de *En las nubes*.

Poneos cómodas, que esta novela es de las largas.

Con todo mi amor,

Hannah

1

Halle

—Creo que deberíamos romper, Halle.

La cara de circunstancias de Will queda ridícula sobre el telón de fondo de mi cocina, llena de volantes y estampados florales que en su día eligió Nana y que nunca he cambiado porque me parecen demasiado sentimentales y nostálgicos. Con los armarios pintados de color amarillo limón, un proyecto de bricolaje que esta acometió después de aprender a hacer martinis en casa con la señora Astor, la vecina de al lado. Con Joy, la gata ragdoll que Nana compró para celebrar que me iba a vivir con ella, dormitando sobre la barra de desayuno y rodeada de peces de ganchillo. Y con el olor de la segunda hornada de cruasanes, porque siempre me cargo la primera.

Es todo demasiado hogareño. Demasiado informal. Demasiado anodino como para acoger la seriedad de Will.

Me observa atentamente, como si esperara que fuera a montar un numerito, mientras me quito el delantal en el que pone «This is me baking»* y que él me regaló por mi cumpleaños. La tensión de su mandíbula acentúa los rasgos angulosos de su cara; no se parece en nada al chico despreocupado con el que

* Juego de palabras que hace referencia a la canción «This is me trying», de Taylor Swift *(N. de la T.)*.

llevo un año saliendo y menos todavía a mi amigo de hace diez años. No, este Will tiene pinta de ser un hombre al borde de un ataque de nervios.

Después de colgar el delantal en el gancho que hay al lado de los fogones, cojo un taburete para sentarme frente a él en la barra del desayuno y apoyo la cara sobre una mano. No sé si lo estoy imitando aposta o es que nos conocemos desde hace demasiado tiempo.

Él extiende el brazo sobre la encimera, me agarra de la mano y me la aprieta con fuerza, como para animarme.

—Di algo, Hals. Me gustaría que siguiéramos siendo amigos.

Tengo que responderle. Lo que me falta de experiencia lo compenso con sentido común, así que me imagino que una ruptura es una conversación entre dos personas. Yo también le aprieto la mano, para que al menos parezca que estoy interactuando.

—Vale.

No es así como me imaginaba mi primera ruptura. No esperaba no sentir... ¿absolutamente nada? Suponía que notaría el corazón rompiéndoseme dentro del pecho. Que los pájaros dejarían de cantar y que el cielo se volvería gris, y aunque el vacío que imaginaba sí está presente, no es exactamente igual. No sé si es normal imaginarse el primer desamor, pero yo creía que el mío sería al menos mínimamente interesante. Por desgracia, y siguiendo la tónica general de mi vida amorosa, resulta de lo más soso. Nada se hace pedazos y el cielo de Los Ángeles sigue tan azul como siempre.

—No tienes por qué contenerte, Hals. Puedes decirme cómo te sientes de verdad.

El hecho de que Will me anime a decir lo que pienso no hace más que empeorar las cosas. Aparto la mano de la suya, poso las palmas sobre los muslos y me planteo cuál es la mejor forma de abordar el tema.

—No me estoy conteniendo. Tienes razón, yo tampoco creo que debamos ser más que amigos.

Él parpadea con fuerza un par de veces.

—¿Te parece bien? ¿No estás enfadada?

De repente tengo la abrumadora sensación de que Will quiere que me enfade, y no me extraña. En cierto modo, a mí también me gustaría hacerlo, porque así al menos me demostraría a mí misma que soy capaz de enamorarme.

Y es que yo quería enamorarme de él, en serio.

No soy precisamente una persona poco comunicativa, pero ahora mismo no lo parece. Lo último que quiero es hacerle daño, por eso me cuesta tanto saber qué decir. Sinceramente, empiezo a arrepentirme de no haber montado un falso numerito.

—No es que no esté disgustada, tan solo creo que no tiene sentido alargarlo más si no funciona. Te quiero, Will. Y no quiero que pongamos en peligro nuestra amistad intentando tener una relación. —Me callo la coletilla: «Más de lo que ya lo hemos hecho».

—Pero no estás enamorada de mí, ¿no? —dice, claramente resentido.

Si pudiera darme una patada a mí misma, lo haría.

—¿Qué más da si estás rompiendo conmigo?

Es como si le hubiera dado la patada a él.

—Pues a mí sí que me importa. Decir que me quieres y estar enamorada de mí no es lo mismo. Pero no lo estás, ¿verdad? Nunca lo has estado y por eso estás tan tranquila.

No puedo creer que piense que estoy tan tranquila. ¿Es que no me conoce?

Salvo a nosotros dos, a todos les parecía inevitable que Will Ellington y yo acabáramos juntos.

Cuando mis padres se separaron y mi madre se casó con mi padrastro, Paul, nos mudamos de Nueva York a Arizona a causa de su trabajo. Los Ellington vivían en la casa de al lado y nuestros padres pronto se hicieron muy amigos. He perdido la cuenta de la cantidad de fiestas y vacaciones que hemos pasado todos en grupo en los últimos diez años, lo cual significa que a Will y a mí no nos quedaba más remedio que pasar tiempo juntos.

Sin embargo, nunca hubo ningún tipo de tensión entre nosotros. Nada de dimes y diretes, nada de caricias robadas ni de encuentros secretos. Simplemente éramos Halle y Will, vecinos y buenos amigos.

Sobrevivimos juntos al instituto y lo vi salir con todas las chicas de nuestra clase sin un solo arrebato de posesividad. Hasta que, hace un año, cuando los dos habíamos vuelto de la universidad para pasar el verano en casa, Will me invitó a acompañarlo a una boda. Estoy convencida de que yo no era su primera opción, pero sus padres presionaron para que fuera yo con él.

Eran muy conservadores y no les parecía sano que una mujer se pasara el verano leyendo y escribiendo porque, según ellos, «nunca iba a encontrar novio encorvada sobre un libro». Ni siquiera cuando mi hermana adolescente, Gigi, les dijo que no estábamos en el siglo XIX, dejaron de insistir para que aceptara la invitación.

Precisamente fue en esa boda, después de haber bebido demasiado vino de una botella que habíamos robado de una de las mesas, cuando nos dimos el beso que comenzó todo este lío.

Al principio fue emocionante y, durante aquellas dos semanas previas a la vuelta a la universidad, vi nuestra relación desde un punto de vista totalmente nuevo. Will siempre había sido muy popular y, por más que ahora me cueste admitirlo, me hacía sentir especial que quisiera salir conmigo.

Era el capitán del equipo de hockey en el instituto; una futura estrella de la NHL, según los entendidos. Siempre había sido guapo y carismático, y su maravillosa sonrisa era capaz de sacarlo de cualquier aprieto. La universidad no hizo más que aumentar su seguridad y, en las visitas que le hacía durante el primer año, pude comprobar que era tan querido allí como en casa.

En resumidas cuentas, ¿por qué no iba a querer salir con él cuando todo el mundo se moría por hacerlo? Era mi único amigo. Tenía sentido, ¿no?

Yo no era la capitana de nada, ni necesitaba salir airosa de ningún aprieto porque nunca hacía nada interesante. Y tampoco había ninguna lista de cumplidos que la gente recitara al hablar de mí. Así que sí, me sentí un poquitín halagada.

Nuestros padres estaban encantados, obviamente. Su sueño de que nos casáramos y les diéramos nietos parecía estar cada vez más cerca, daba igual que yo estudiara en Maple Hills y Will en San Diego. Solo estábamos a dos horas de distancia y tenían la certeza de que nos apañaríamos de maravilla si yo organizaba mi horario de clases en función de los partidos de hockey de Will.

Todo controlado.

Su confianza me dio seguridad, algo que necesitaba desesperadamente después de que se me pasara el subidón inicial la primera vez que Will me pidió que me acostara con él. Le dije que no estaba preparada y él me contestó que sabía que me sentía intimidada por todas las chicas con las que se había acostado, pero que no tenía por qué preocuparme. Yo lo miré medio horrorizada, medio deseando que me tragara la tierra, y le dije que me daba igual con quién hubiera estado hasta entonces y que su vida sexual no tenía nada que ver con el hecho de que diéramos o no ese paso.

Yo quería sentir mariposas en el estómago y la inexplicable necesidad de levantar el pie con delicadeza cuando nos besábamos, pero lo único que sentía eran avispas. Sensaciones desagradables e incómodas que me aguijoneaban cada vez que Will deslizaba su mano por debajo de mi camiseta. Mi instinto me decía que algo iba mal; mi corazón, que solo necesitaba tiempo, y mi cabeza, que ya sabía cuál era la respuesta, pero me daba demasiado miedo escucharla.

—¡Halle! ¿Podrías bajar de las nubes el tiempo justo para tener una puñetera conversación conmigo? Joder —exclama Will, levantando la voz lo suficiente como para despertar a Joy, que cruza la mesa y me roza la barbilla con la cola antes de volver a tumbarse delante de mí. El temporizador del horno suena y Will se pone a murmurar improperios en voz baja mientras lo apago y saco unos cruasanes que ya no me apetece comerme.

—A mí tampoco me hace ninguna gracia esto. Y tengo la sensación de que estás enfadado conmigo por haberte dado la razón en vez de..., no sé, ¿gritarte? ¿Echarme a llorar?

Will resopla y se lleva la taza de café a los labios, sofocando lo que sea que esté murmurando. Siempre he odiado esos murmullos.

—Estoy enfadado porque voy a tener que comerme yo toda la mierda por haber roto contigo, cuando el problema es que eres demasiado complaciente con la gente como para hacerlo tú misma. Voy a quedar como el mayor capullo del mundo por haber hecho algo que tú no has tenido las narices de hacer. No es justo. Encima de que yo sí te quiero y tú a mí no, voy a acabar siendo el malo de la película.

Estaba equivocada. Sí hay una lista de adjetivos que recita la gente cuando habla de mí. Solo que no son precisamente elogiosos, la verdad.

—No lo he hecho por complacer a nadie. Solo quería darnos la oportunidad de arreglarlo. Lo último que quería era joderte.

—Pues ojalá quisieras. A lo mejor eso solucionaría nuestros problemas —murmura lo suficientemente alto como para que lo oiga.

Es como si hubiera metido el dedo en la llaga. En una llaga metafórica que, para empezar, está ahí por su culpa. Me entran ganas de poner los ojos en blanco y decirle lo infantil y patético que está siendo, pero lo cierto es que por fin ha encontrado algo en esta horrible conversación que sí me hace daño.

No sé por qué mi deseo sexual desaparece en cuanto él entra a formar parte de la ecuación, aunque me encantaría descubrirlo, sinceramente. No quiero darle la satisfacción de demostrarle que me ha afectado, así que suspiro ladeando la cabeza.

—Te estás portando como un gilipollas.

Él cruza los brazos sobre el pecho, encorvándose en la silla. Luego se pellizca el puente de la nariz con el índice y el pulgar, emitiendo una especie de suspiro o de gemido.

—Perdona, eso ha sido un golpe bajo. Es que… —Vuelve a enderezarse y su inquietud contrasta con su habitual carácter despreocupado—. No puedo evitar pensar que las cosas irían mejor si realmente tuviéramos una relación adulta. No sé cómo puedes saber que odias el sexo si ni siquiera lo pruebas. He sido muy paciente contigo, Halle, ¿no crees? Más paciente de lo que lo sería cualquier otro chico.

De repente, su necesidad de romper conmigo precisamente ahora tiene mucho más sentido, teniendo en cuenta que justo ayer por la noche le dije que todavía no estaba preparada para acostarme con él. Si ser paciente significa parar cuando yo le pido que pare, entonces sí, Will ha sido paciente. Si ser paciente significa sacar el tema del sexo una y otra vez e interrogarme sobre mis pensamientos y sentimientos, pero ponerse de morros cuando vuelvo a decirle que no estoy preparada, definitivamente ha sido pacientísimo.

Tengo bastante claro que nada de eso puede considerarse paciencia, pero no tengo energía para profundizar en mi mayoritariamente solitaria vida sexual durante el desayuno.

—Somos dos adultos que tienen una relación, eso es lo que la convierte en una relación adulta —como le he dicho ya un millón de veces—. Y por el amor de Dios, por última vez, yo nunca he dicho que odie el sexo. Solo he dicho que no estoy preparada. Además, habíamos llegado a un acuerdo y he hecho todo el resto de co...

—Que lo llames «acuerdo» me hace sentir genial. Gracias.

Me entran ganas de darme de cabezazos contra la mesa.

—Oye, nos estamos desviando del tema. Podemos decirles a nuestros padres que hemos tomado los dos la decisión. Así nadie quedará mal, si ha sido algo mutuo.

Will me mira con incredulidad.

—Como si se lo fueran a creer. ¿Y qué hacemos en Acción de Gracias? ¿Y en Navidad? ¿Y en las vacaciones de primavera? Eres una ingenua si piensas que se lo van a tragar.

Me gustaría decir que está exagerando al preocuparse por cómo se tomarán la noticia nuestros padres, pero a mí también me preocupa. Tal vez Will tenga razón; puede que sea una cobarde, que me guste demasiado complacer a la gente y que lo haya llevado al límite para no comerme el marrón.

El verano que acabamos de pasar juntos en casa nos ha dejado muy claro que, sin aficiones ni compromisos familiares de por medio, no nos bastamos el uno al otro. Will quiere vivir aventuras con sus amigos hasta que empiece a trabajar y yo quiero publicar antes de los veinticinco años. Los dos estamos motivados, solo que vamos en direcciones diferentes. Si a eso le añadimos la tensión provocada por mi falta de voluntad para bajarme las bragas a demanda, lo único inevitable que había entre nosotros era esta ruptura.

Si tuviera amigos más allá de los que comparto con Will, seguro que se preguntarían por qué estamos juntos. Es algo en lo que he pensado mucho en el último año y la respuesta no me dejaba en muy buen lugar.

Me lo he planteado todo, desde que quiero quedar bien con todo el mundo, algo que me suelen echar en cara, hasta el hecho de estar pasando por una fase de rebelión tardía contra mi hermano mayor, Grayson. Siempre ha odiado a Will porque dice que es un engreído y que nuestra amistad es demasiado unilateral. Me daba demasiado palo rebelarme contra cualquier otro asunto de mi vida, y no hacerle ningún caso a mi hermano era lo máximo a lo que me atrevía a llegar. En cualquier caso, su razonamiento me parecía un pelín exagerado.

Al final, no podía eludir la verdad: la soledad. Porque si lo dejábamos, ¿con quién podría contar?

Obviamente, nuestra relación no era perfecta, pero Will me llamaba todos los días y disfrutaba de mi compañía.

—Les diré que tengo muchas ganas de pasar las Navidades con mi padre y con Shannon. Creo que mi hermano también las va a pasar con ellos, así que puedo aprovechar eso para que suene más creíble. Y cuando volvamos los dos a casa en marzo para el viaje de primavera, todos habrán superado ya que hayamos roto.

—¿Tú crees? —pregunta. Apenas es capaz de disimular su alegría mientras le ofrezco la mejor coartada posible. Dios, qué asco.

—Por supuesto.

Veo que se relaja.

—Si no vas a venir a casa, tampoco deberías seguir yendo a mis partidos.

Aunque no me haya pillado precisamente por sorpresa, me gustaría que hubiera roto conmigo antes de que yo hubiera decidido renunciar al club de lectura y reorganizar mi horario de clases para que me diera tiempo a ir a verlo a los partidos.

Digo «decidido» pero, como ya no estamos juntos, supongo que ya no tengo por qué darle la vuelta a las cosas para que Will no quede tan mal. Puedo decir claramente que Will me estuvo suplicando que lo hiciera durante todo el verano, a pesar de que yo le repetí una y otra vez que no quería, hasta que finalmente di mi brazo a torcer cuando me dijo que todas sus otras novias habían hecho el esfuerzo. Fue lo primero que hice cuando volvieron a empezar las clases. Me fastidió dejar tirada a la librería sin previo aviso, pero fueron majísimos conmigo y uno de los empleados me sustituyó encantado.

—Sí, claro. No quiero que nuestros amigos crean que tienen que elegir un bando y si no voy seguramente será todo más fácil.

Si no conociera tan bien a Will como lo conozco, podría haber pasado por alto su entrecejo arrugado y sus labios fruncidos, pero me resulta imposible no fijarme en su mirada de incredulidad.

—Mmm, ya —dice, rascándose la mandíbula—. Todos llevan tiempo diciéndome que es mejor que lo dejemos, así que no sé cómo reaccionarían si te vieran allí. Seguramente se sentirían incómodos.

Por primera vez desde que ha dicho «Creo que deberíamos romper», me entran ganas de llorar. Aunque para mí era obvio que algo no iba bien entre nosotros, el hecho de que todos sus amigos de la universidad opinaran y decidieran en bloque que debería poner fin a la relación me revuelve las tripas.

Siempre me he esforzado por ir a los partidos a los que se podía ir en coche, incluso antes de que fuéramos pareja. Me ponía la camiseta de su equipo, me sentaba con el resto de sus amigas y lo animaba. Me preocupaba por las cosas que les interesaban a ellas y me esforzaba por encajar mientras hablaban de gente de su universidad que yo no conocía, porque mis amigas siempre han sido las amigas de Will. Incluso cuando éramos niños, él siempre me estaba presentando a gente nueva.

Todavía me escuecen sus palabras mientras observo cómo se bebe de un trago el resto del café. Se le ve la mar de tranquilo, mientras que yo intento no salir corriendo a buscar el campo más cercano y enterrarme en él.

—Ya no son amigos míos, lo pillo.

—Para empezar, en realidad nunca fueron tus amigos, si lo piensas bien. —Will me mira fijamente, esperando a que diga algo, como si no acabara de echarme en cara mi mayor inseguridad tan a la ligera como si me estuviera preguntando por el tiempo—. ¿Nunca te has planteado que, si no vivieras en un mundo de fantasía, a lo mejor podrías tener amigos propios?

—Por favor, hablas como tus padres. La gente puede disfrutar de la lectura y al mismo tiempo vivir en el mundo real, Will —digo lentamente—. No soy una paria porque me guste la ficción. Nadie me ha excluido del calendario social de Maple Hills por leer novelas románticas. A lo mejor, si pasara más tiempo en Maple Hills en vez de yendo detrás de ti, tendría mi propio grupo de amigos aquí.

Will resopla. Una sobrada más y le lanzo un cruasán a la cabeza.

—A lo mejor si estuvieras tan interesada en nuestra relación como lo estás en las que no son reales, no habría desperdiciado un año de mi vida.

Es increíble cómo una conversación basta para que tu imagen de alguien cambie por completo.

—Creo que es mejor que te vayas a tu casa.

—No seas tan susceptible, Hals. —Will se levanta de la silla y se acerca a mí. El brazo que deja caer sobre mi hombro me parece diez veces más pesado de lo que debería y el beso que me da en la coronilla me quema como si fuera ácido—. Simplemente quiero darme prioridad a mí mismo. Hacer lo mejor para mí y esas cosas. Comienza un curso nuevo y me merezco empezar de cero. El hockey es lo primero.

Oigo su voz de fondo, pero no logro escucharlo bien porque estoy haciendo un gran esfuerzo para controlarme y no soltarle que lo sé perfectamente, porque yo también le he dado prioridad a él desde que tengo uso de razón. De hecho, le he estado dando prioridad a todo el mundo menos a mí.

Llevo toda la vida apechugando con las tareas y responsabilidades que los demás no quieren. Hago sacrificios sin rechistar porque yo siempre he sido así y, a estas alturas, me cuesta saber si de verdad es por ayudar o simplemente por costumbre.

A medida que mi familia se mezclaba y crecía debido al divorcio de mis padres y sus posteriores matrimonios con otras personas, la lista de personas a las que ayudar también iba aumentando. Aunque Grayson es el mayor, todo ha recaído sobre mí. Desde que tengo uso de razón, lo único oigo es: «A Halle no le importará echar una mano». Ni una sola vez he escuchado: «Halle, ¿puedes?» o «Halle, ¿tienes tiempo?».

No recuerdo haberlo elegido yo y ya estoy harta.

Me encantaría decir que mis problemas de complacencia se limitan a las personas a las que quiero, pero sé que no es así. Me pasa con Will, con sus amigos, con sus padres, con los vecinos..., con los desconocidos...

Es como si todas las personas que han pasado por mi vida se hubieran colado delante de mí en mi lista de prioridades. Y mirad cómo he acabado: soltera, sin amigos, sin aficiones, con un horario perfecto para ser la novia ideal de un jugador de hockey y poco más, porque ahora no tengo nada que hacer con todo ese tiempo libre.

Estoy harta de ser un parásito de mi propia vida. Así que si el plan de Will es pasarse el penúltimo año de universidad pensando en sí mismo, yo haré lo mismo.

2

Henry

Si existieran los viajes en el tiempo, los usaría para volver al pasado y convencer a Neil Faulkner de que dejase pasar la oportunidad de ser entrenador de hockey universitario.

A pesar de intentarlo con la mejor de las intenciones y de los veinte largos años de práctica, no siempre le tengo tomado el pulso a comprender las motivaciones de las personas. Sin embargo, a lo que sí suelo tenerle tomado el pulso es a no ponerme al entrenador en contra. Por eso se me forma un nudo en el estómago en cuanto oigo mi apellido en el ladrido ronco de Faulkner.

—Uuuuuuuuu.

El intento de Bobby de sonar como un fantasma de dibujos animados provoca una oleada de risas que recorre el vestuario medio lleno. No ve la mirada asesina que le lanzo porque se está poniendo la camiseta de los Titans.

—Alguien se ha metido en un lío. ¿Qué has hecho, capi?

—Ni idea —musito mientras me subo los pantalones de chándal—. Jugar al hockey. Respirar. Existir. Las posibilidades son infinitas.

—Ha sido un placer conocerte, tío —dice Mattie dándome unas palmaditas en la espalda mientras se va hacia las duchas—. No se lo digas a los demás, pero siempre has sido el que mejor me ha caído.

—¿Y yo no existo o qué? —grita Kris lanzándole lo que parece un calcetín sudado.

El calcetín le da a Mattie en la nuca, le alborota el pelo negro azabache, rebota y termina metiéndose debajo de un banco.

Y así es como mi tolerancia hacia mis compañeros de equipo llega a su límite por hoy.

—Seguro que no es nada —intenta tranquilizarme Russ mientras se pasa la toalla por el pelo mojado—. Si no has vuelto cuando esté listo para irme, te espero en la camioneta.

Solo hace unas semanas que ha empezado el curso y ya me siento como me imagino que se siente alguien cuando lo atropellan. Este verano he pasado mucho tiempo buscando en Google cómo ser buen capitán y, aunque no creo que tenga la respuesta exacta, intento poner en práctica algunas cosas que he aprendido. Soy el primero en llegar y el último en marcharme. He estado esforzándome por animar a los jugadores nuevos y con menos confianza. Intento ser positivo, lo cual supone no decir siempre lo primero que se me pasa por la cabeza. Estoy abierto a probar cosas nuevas cuando mi naturaleza es quedarme con lo conocido. He estado cumpliendo con todo el entrenamiento en el gimnasio en lugar de distraerme con la lista de reproducción perfecta. No me paso los entrenamientos en las nubes.

En resumen, estoy haciendo muchas cosas que van en contra de mis instintos.

Ni siquiera bebí en la cena de cumpleaños compartida de Anastasia y Lola porque caí en una espiral de información sobre la relación entre el rendimiento deportivo y el consumo de alcohol.

Así que el hecho de que Faulkner esté enfadado conmigo por algo cuando me estoy esforzando tantísimo por hacerlo todo bien me provoca más que unas leves náuseas. Mi primer golpe en la puerta del despacho del entrenador parece resonar por la habitación.

—¡Pasa! —grita—. Siéntate, Turner.

Señala una de las sillas de malla desgastadas que tiene delante y yo hago lo que me ordena. Como me he esforzado tanto por prestarle atención a este hombre, puedo identificar con claridad sus tres estados de ánimo principales:

1. Enfadado y gritón por motivos irracionales.
2. Irritado por pasarse la vida rodeado de jugadores de hockey.
3. Sea cual sea la palabra que se use para describir la forma en la que me está mirando ahora.

Golpetea el escritorio con un bolígrafo y el plástico emite un sonido penetrante contra la madera. Necesito toda mi fuerza de voluntad para no acercarme y quitárselo de la mano para que deje de hacer ruido.

—¿Sabes por qué te he llamado?

—No, entrenador.

Afortunadamente, suelta el boli y se acerca el teclado del ordenador.

—Acabo de recibir un correo pidiéndome una llamada para hablar sobre ti porque has suspendido el trabajo de la asignatura del profesor Thornton y, en lugar de ir a hablarlo con él para buscar una solución, has ido a tu orientadora académica para intentar que te saque de su clase. ¿Tienes alguna justificación antes de que marque el número?

Todas las palabras que he aprendido en la vida se desvanecen de mi cerebro y solo me queda «joder».

—No, entrenador.

Se pasa la mano por la cabeza como si se estuviera retirando la melena. Siempre he querido preguntar por qué, teniendo en cuenta que es calvo, y, por las grabaciones de partidos que hemos visto, ha sido calvo los últimos veinticinco años. A pesar de que algunos de los chicos me han jaleado para que se lo pregunte, Nate me dijo que no lo hiciera a no ser que quisiera una vida de miseria, cosa que no quiero. Sin embargo, la pregunta me reconcome cada vez que lo veo pasarse la mano por ese pelo inexistente.

—De acuerdo.

Casi perfora el teléfono cuando marca el número con los

dedos rechonchos. Luego se lo coloca entre la oreja y el hombro. No tengo más remedio que oír cómo se presenta y luego va soltando «mmm» y «ah» durante toda la llamada. Nate siempre nos decía que Faulkner olía el miedo, así que no había que mostrarle tus debilidades. Me parece que admitir que he mandado el semestre a la mierda cuando casi ni ha empezado puede considerarse una debilidad.

Deja el teléfono y se me queda mirando con tanta intensidad que siento que me está observando el alma.

—La señora Guzman dice que te recordó tres veces que pidieras cita para hacer la matrícula…

—Es cierto.

—… y que para cuando intentaste matricularte, la asignatura que querías estaba llena, de modo que elegiste la de Thornton pensando que podrías meterte en la lista de espera de otra y dejar la suya durante la semana de cambios.

—Sí.

—Pero no te apuntaste a la lista y no intentaste dejar su clase durante la semana de cambios.

Era lo que quería, de verdad, pero había estado tan ocupado preocupándome por seguir los pasos de Nate y ser buen capitán que todo lo demás pasó a un segundo plano en mi cabeza. Cada obstáculo con el que me encontraba me permitía ir posponiéndolo y estuve repitiéndome a mí mismo que ya lo arreglaría, hasta que fue demasiado tarde.

—Es cierto también.

—Entonces, ¿me estás diciendo… —comienza, y hace una pausa para dar un gran trago de su taza de café y hacerme sufrir un poco más—… que, a pesar de las innumerables oportunidades que has tenido de rectificar la situación, no lo has hecho y que ahora estás aquí fastidiándome las pocas horas del día en las que no tengo que verte la cara esperando que te ayude?

Quiero señalar que el que me ha pedido que viniera ha sido él y que yo fui a la orientadora, cuyo trabajo es precisamente ayudar a los estudiantes deportistas, pero sospecho que se lo tomaría igual de bien que se está tomando que haya suspendido un trabajo.

—Supongo.

—¿Qué problema tienes con Thornton?

Pienso en lo que Anastasia y yo estuvimos ensayando antes de mi visita a la señora Guzman. Repito sus palabras como un loro:

—Su estilo de enseñanza y mi estilo de aprendizaje son incompatibles.

—Vas a tener que concretar, Turner. —Faulkner suspira y se apoya en el respaldo de su silla. Hace clic con el ratón y se queda mirando la pantalla—. Eres excelente en todo lo demás y sé que te esfuerzas en las cosas. ¿Qué le pasa a esa clase que te hace pensar que tienes que dejarla?

Intento recordar cómo se lo expliqué a Anastasia y a Aurora el día que volví a casa de la primera clase con Thornton. Estuve quejándome cinco minutos y luego tuve que tumbarme en el suelo y mirar el techo una hora.

—Tengo que matricularme en una asignatura en la que la redacción sea muy importante para poder graduarme. La programación del profesor Thornton es conocida por incluir muchas lecturas e investigación, por eso nadie quiere estar en esa clase. Sobre todo enseña historia del mundo y casi no da nada de arte. A mí me cuesta centrarme en los materiales porque una gran parte no tiene ninguna relevancia para lo que él quiere... Creo. Y no me encanta leer cosas que no me interesan. Me cuesta centrarme. Y casi nunca entiendo lo que nos está pidiendo. Termino metido en espirales de información que me llevan al sitio equivocado y luego suspendo, claro.

Faulkner vuelve a suspirar. Me pregunto si en casa también lo hace o si es algo que se guarda para el trabajo. Me pregunto si a su familia esos suspiros les producen la misma sensación de hundimiento que a mí.

—Aquí dice que tienes una asignatura parecida con la profesora Jolly y esa no quieres dejarla.

Jolly es casi una hippy y cree que la historia del arte debería ser algo que se aprende con —y se siente en— el alma. No le gusta la idea de ponerle notas a la gente por cómo interpreta el arte o cómo disfruta de aprender sobre él, así que en su asignatura nada más cuenta el examen final y solo porque el departamento la obliga. Es imposible suspender mientras vayas a clase y no tiene un número máximo de alumnos, por lo que pude apuntarme a su asignatura a pesar de hacer la matrícula el último.

Me encanta la clase de la profesora Jolly no solo porque es interesante de verdad, sino porque comprendo lo que espera de mí. Lo que aprendo después me ayuda con la práctica y no salgo de su clase sintiéndome poco preparado y pensando que voy a la deriva como me pasa con las clases de Thornton. Habría sido la solución perfecta, pero no cumple los requisitos para graduarme.

—Trabajo mejor bajo la presión de un examen.

Faulkner vuelve a repiquetear con el boli.

—¿Has hablado con el profesor Thornton?

«Al profesor Thornton le interesa esto menos que a usted», quiero decirle.

—No estaba dispuesto a escucharme.

—Yo no puedo hacer nada —dice encogiéndose de hombros con poco interés—. Tendrías que haber venido a verme antes para que pudiera ayudarte.

«Organízate mejor. Ven a verme antes». No sé cómo explicarle a alguien que no vive dentro de mi cabeza que podrían haberme llevado a rastras hasta el despacho o haber pegado el portátil a la mesa delante de mí y yo habría encontrado la forma de evitar hacer lo que tenía que hacer.

—¿Qué pasa si suspendo?

No me preocupa la nota media porque domino las cosas que disfruto y me gustan las demás clases que tendré este curso... Eso si me matriculo en el resto de las asignaturas a tiempo. Los únicos problemas que tengo son esta asignatura y la obsesión de Faulkner con la perfección académica del capitán del equipo.

Su carrera profesional se vio interrumpida por un accidente que lo incapacitó para jugar y ahora está obsesionado con que tengamos un plan B. Sí, como estudiantes deportistas estamos obligados a llegar a cierta nota media para poder mantener nuestra posición, pero lo que Faulkner quiere es otro nivel. Sé que no vale la pena pelearse por ello porque nadie que lo haya intentado antes que yo ha ganado.

—De eso no vamos ni a hablar. Eres el líder de este equipo, Turner. No puedes suspender asignaturas y mantener ese título. Júntate con un compañero de clase, métete en un grupo de estudio, usa a tu orientadora académica para algo que no sea abandonar... Me la suda. Haz lo que tengas que hacer para aprobar. No quiero oír hablar más de malas notas.

Nate hacía que todo pareciera muy fácil y estoy algo cabreado con él por quitarle importancia a lo duro que es Faulkner en privado. Me han dicho muchas veces que ser capitán es un honor, pero, mientras salgo del despacho de Faulkner arrastrando los pies, a mí me parece más un peso que me cuelga del cuello. El liderazgo no es algo que me salga natural; siempre he sido más feliz en soledad, pero me estoy esforzando al máximo. No quiero decepcionar a mis compañeros de equipo ni a Nate y Robbie, que convencieron al entrenador de que me lo merecía.

Ser capitán se parece mucho a las clases de Thornton. Se espera que sepa muchísimas cosas que nadie me ha explicado y, aun así, tengo que fingir que estoy contento. Por eso dije que no cuando me ofrecieron el puesto la primera vez. Esperaba que se lo dieran a otro y poder seguir con mi vida, pero no fue así. Nate y Robbie siguieron insistiendo.

Lo intentaron todo, desde compararme con todo el mundo que yo les sugería que podía ser mejor capitán que yo hasta decirme que sería el primer capitán de hockey negro de Maple Hills. Dejaron correr lo segundo cuando les dije que eso, en realidad, daba muy mala imagen de las oportunidades que las personas racializadas tenían en el hockey y no era el logro que ellos decían que era.

Cuanta más presión ejercían mis compañeros de equipo, más empezaron a presionarme los demás. Mis madres, Anastasia..., muchísima gente me dijo que le parecía genial y que le hacía mucha ilusión ver lo que era capaz de hacer. Al final, aunque seguía teniendo dudas, acepté.

No suelo ceder a la presión social, pero esa vez lo hice y he terminado así. No solo tengo el estrés de poder decepcionar a todo el equipo, sino también a todas las personas que no forman parte de él y que, sin que yo tenga la culpa, confían en mí. Es muy difícil tener amigos y familia que te apoyan y que no piensan enseguida lo peor de ti.

—¿Ha ido bien? —pregunta Russ cuando subo a la camioneta en el aparcamiento, ahora desierto.

—Estoy jodido.

—Seguro que no es para ta...

—Me ha dicho que no puedo ni dejar ni suspender ninguna asignatura y tengo que encontrar una solución.

Russ suspira mientras saca la camioneta del aparcamiento vacío.

—Pues sí que ha sido de ayuda. Mira, puede que no sea tan horrible cuando te hayas acostumbrado. Te ayudaré en todo lo que pueda y Aurora también. Y la próxima vez podemos pedir los códigos para la matrícula juntos.

Apoyo la cabeza en la ventanilla cuando nos paramos en un semáforo y me pregunto cómo puedo expresar en palabras que no me hagan quedar como un loco que, si no se alinean los astros para que me entre ilusión por organizarme las clases, seguramente volveré a tener el mismo problema en enero.

—Gracias.

—Qué va, de nada. Rory está en nuestra casa con Robbie esperándome, pero si necesitas tranquilidad, podemos irnos a su casa —me dice con suavidad mientras giramos hacia Maple Avenue—. No me importa.

Me gusta vivir con Russ porque siempre parece interpretar el ánimo de las personas sin necesidad de muchas palabras. Creo que esa habilidad es consecuencia del estado de miedo constante en el que se encontraba de pequeño con un padre con el que no era agradable vivir, pero no creo que esté bien preguntarle sin rodeos si él también lo cree. Sobre todo porque su padre está intentando mejorar y Russ quiere darle la oportunidad de que lo demuestre.

—No hace falta que os vayáis. Aurora me cae bien.

Levanto la cabeza de la ventana justo a tiempo para ver la sonrisita en su cara.

—Y tú a ella.

Russ ha cambiado mucho este verano que ha pasado trabajando en un campamento. Ha conocido a su novia, le ha plantado cara a la ludopatía de su padre y, aunque no creo que vaya a ser nunca el tío más extrovertido del mundo, está más seguro de sí mismo que nunca.

Y Aurora no es la persona con la que yo suponía que se juntaría Russ, pero creo que eso es bueno. A Russ le gusta porque es generosa y buena y él se pasó mucho tiempo sintiéndose un segundón antes de conocerla. Para Aurora, Russ es lo primero, y no es que me lo invente: ella se lo dice a todo el mundo. En la cabeza de Russ no cabe duda de que es importante para ella porque Aurora lo dice y no es una persona silenciosa precisamente.

No me gusta comparar a mis amigos porque todos son diferentes, pero ella es la única que no me habla de hockey, lo cual la sitúa en muy buen lugar en el ranking, ya que parece que eso es lo único por lo que la gente me pregunta ahora mismo.

Intentar recordar cuál fue la última vez que alguien quiso saber algo de uno de mis otros intereses hace que el camino de vuelta a casa se me haga corto. Antes de que me dé cuenta de dónde estamos, Russ está aparcando en el camino de gravilla detrás del coche de su novia.

Aurora levanta la vista cuando abro la puerta de casa, pero su mirada pasa por encima de mí y una sonrisa enorme se le dibuja en la cara al ver a Russ. Es como si se hubiera marchado de casa un lote de novias y al momento hubieran aparecido otras.

Es guapa según los estándares de belleza —de altura y constitución mediana, piel blanca bronceada, ojos verdes y pelo rubio—, aunque no me parece que fuera a ser muy interesante dibujarla.

Es evidente que Russ se siente muy atraído por ella, pero se esfuerzan por no ser muy escandalosos, lo cual les agradezco. Me encantaba que Anastasia viviera aquí, pero tendrían que haberla detenido por perturbar la paz de la casa.

—¿Estás bien, Henry? —me pregunta Aurora cuando me dejo caer en la butaca reclinable de delante de ella—. Hoy pareces más pensativo de lo normal. Taciturno, como el artista torturado que eres.

—El entrenador se ha enterado de que suspendí el trabajo sobre la Revolución francesa —le digo mientras Russ se agacha para besarle la sien.

—Qué putada, lo siento. ¿Has intentado ganártelo con tu encanto?

—No sé cómo ser encantador aposta y, aunque supiera, él se inmunizaría solo para castigarme. Piensa que debería tener superpoderes académicos solo porque cogí un palo de hockey hace quince años.

—A mí me pareces increíblemente encantador —dice ella.

—¿Quién tiene superpoderes? —pregunta Robbie al doblar la esquina de su dormitorio. Detiene la silla de ruedas en el espacio entre el sofá y la butaca mirándome de frente—. Ha llamado Faulkner. Parece ser que es culpa mía que no te matricularas en las asignaturas que querías, porque, al parecer, leo la mente y tengo la culpa de que te hayas pasado el verano follando por toda California en lugar de priorizar tu educación a pesar de que yo estaba ocupado graduándome y, no sé, en otro estado.

Vivir con mis amigos es genial. Vivir con mi amigo el que también es ayudante del entrenador a veces no es tan genial. Y esas veces son ahora, cuando no puedo escapar de Faulkner ni en mi propia casa porque no tiene más que llamar a Robbie.

—Te has pasado de dramático —me quejo mientras se sube a la butaca que hay al lado de la mía.

Estuve aquí, no por toda California, y en ningún momento le he hablado al entrenador de lo que he hecho en verano. Tampoco fue nada buscado. Creo que es posible que me sintiera un tanto solo cuando todo el mundo había vuelto a casa de sus padres o estaba trabajando.

No lo había visto así hasta que Anastasia me preguntó por las vacaciones y me di cuenta de que había estado manteniéndome ocupado hasta que volvieron mis amigos. Me gusta mi propia compañía, diría que incluso prefiero estar solo, pero este verano he descubierto que todo tiene un límite.

Además, les gusto mucho a las mujeres y a mí me gusta pasármelo bien sin compromiso.

Robbie niega con la cabeza y se aprieta el puente de la nariz.

—Hazme un favor, casanova. En lugar de en mojar, este año concéntrate en que no me caiga ningún marrón a mí. Al fin y al cabo, eres el líder supremo y tienes que dar ejemplo en cuestiones de moralidad y dignidad y todas esas mierdas.

Creo que no va en serio. Robbie siempre se ríe justo antes de decir algo sarcástico que en realidad no piensa, pero, aun así, me provoca un cosquilleo incómodo en la nuca.

—Lo único que sé es que no sé ser un líder.

Russ se inclina hacia delante en su asiento mirándome fijamente.

—Lo estás haciendo de puta madre para ser alguien que asegura que no sabe lo que hace. Se te da todo bien, Hen.

—Menos las revoluciones —interrumpe Aurora.

—Da mucha puta rabia, la verdad. Si a mí se me diera bien todo la primera vez que lo pruebo, me pondría insoportable —añade Robbie—. Tú sigue centrado y todo te irá genial.

—¿Quién te ha dicho que no seas insoportable? —dice Russ, y se da prisa por bloquear el cojín que vuela en dirección a él y a Aurora.

—¿Por qué no te compras algún libro sobre liderazgo? —dice Aurora colocándose en el borde del sofá igual que Russ. Me entran ganas de echar mi butaca hacia atrás solo para que vuelva a haber espacio entre nosotros—. Esta semana me salto el club de lectura porque solo es un primer encuentro para romper el hielo y porque Halle está con Austen que no caga y yo no pienso subirme a ese carro, pero todavía no he visto qué tal está Encantada y estaría bien pasar a saludar... ¿Por qué me miras así?

Russ suelta una risita a su lado, pero yo continúo mirándola con cara de póquer.

—No he entendido nada de lo que acabas de decir.

—Encantada —repite como si eso fuera a aclarármelo

todo—. La librería que acaba de abrir cerca del Kenny's. Al lado del bar en el que trabajaba Russ que ahora es una vinoteca.

Si me estuviera hablando en francés entendería lo mismo.

—Ni idea.

Aurora se pone nerviosa enseguida y la voz se le vuelve más aguda.

—¡Pero si pasamos por allí en coche hace dos días y te dije: «Mira, Encantada está a tope»!

—Dices muchas cosas, Aurora. No siempre te escucho —confieso—. Me cuesta concentrarme cuando conduces. Temer por mi vida me ocupa mucho espacio mental.

Ella resopla y los chicos se ríen, pero no estoy de broma.

—Halle, la chica que llevaba el club de lectura en la librería Capítulos. Está empezando un club de lectura nuevo, solo de romántica, en Encantada, la librería que acaba de abrir, por la que pasamos en coche. No voy a ir porque no me gusta lo que están leyendo y es una sesión introductoria para personas que nunca han ido a un club de lectura. Pero quiero pasar a saludarla y ver qué tal está la librería.

—¿Qué tiene que ver todo eso con que yo haya suspendido y tenga que cambiar de identidad para esconderme de Neil Faulkner?

—Esta conversación está provocando una caía en picado de mi calidad de vida —refunfuña Robbie—. ¿Podéis terminar, por favor? Es como ver a dos alienígenas de planetas diferentes intentar comunicarse.

Aurora mira al techo murmurando algo por lo bajo antes de volverse hacia Robbie y hacerle un corte de mangas. Vuelve a centrar la atención en mí y se aparta los pelos rebeldes de la cara.

—Henry, ¿quieres venir conmigo a la librería y comprarte libros que te ayuden a aprender sobre el liderazgo y así puedas ser un mejor capitán?

—No.

Robbie y Russ estallan en carcajadas y yo no entiendo muy bien qué es lo que les hace gracia.

—Pero ¿por qué? Emilia está en baile y Poppy está ocupada y no quiero ir yo sola.

—¿No me has prestado atención? Tengo que descubrir cómo obrar un milagro. Llévate a Russ.

Ella le da un ligero codazo a Russ en las costillas y él, que se está riendo, para enseguida.

—Russ cena con sus padres esta noche. ¡Puede que esto te ayude! Si vienes conmigo y lo pruebas, te compro un batido.

—No, gracias.

—Y patatas fritas con chili.

—Vale —digo, pero solo porque quiero ser buen amigo, no porque me apetezca ir—, pero esta vez no pienso pedir las de carne vegana. Y voy a contar los segundos que tienes que estar parada en las señales de stop. De hecho, no, olvídalo, conduzco yo. Acabemos con esto pronto.

3

Halle

Es muy posible que esté alucinando, porque hay un tío alarmantemente atractivo comiéndose mis galletas de bienvenida.

Después de colocar la mitad de las sillas en círculo, he entrado en el almacén como diez segundos para coger el resto y, cuando he vuelto a salir, ahí estaba.

Está. ¿Probablemente? Quién sabe, depende de lo de la alucinación.

Empezar con un club de lectura totalmente nuevo me ha tenido todo el día con los nervios de punta, aunque la cantidad ingente de cafeína que me he tomado tampoco ha ayudado mucho. Al principio, cuando la propietaria de Encantada me pidió que dirigiera el club de lectura el curso pasado le dije que no, porque me parecía que hacerme cargo de dos iba a ser demasiado trabajo. Pero luego la vi el día de la inauguración de la librería y, en un arrebato de locura en plan «¡vas a ver lo que es bueno, Will Ellington!», le comenté que se me había liberado la agenda. Así que llevo las dos últimas dos semanas, desde que Will y yo rompimos, como pollo sin cabeza para asegurarme de que esta aventura no acabe en fracaso.

La primera reunión «de verdad» es la semana que viene, pero al empezar a hacer publicaciones sobre el club, muchos de los interesados pidieron una sesión previa para hacerse una idea de cómo sería. He elegido un libro que la mayoría de la gente ha dicho que ya ha leído para tener algo de que hablar.

Así que, dadas las circunstancias, la alucinación no es tan increíble como podría parecer en un principio. Sin embargo, he de decir que, si estoy alucinando, está claro que mi imaginación se ha venido arriba.

Cuando el tío se sienta y coge un libro del montón que hay al lado de la silla, llego a la conclusión —aunque sigo sin tenerlas todas conmigo— de que es real. Lo que me lleva al siguiente aprieto: presentarme.

Las presentaciones siempre han sido la parte que menos me gusta del club de lectura. Me he pasado la vida dejando que Grayson o, cuando era adolescente, Will hicieran las presentaciones por mí. Hasta a Gigi y a Maisie, mis hermanas pequeñas, se les da mejor que a mí.

Este siempre ha sido el único lugar en el que no han sido capaces de sustituirme socialmente. No es que no sepa mantener una conversación, es que no sé por dónde empezar. Y una vez que he empezado, me paso toda la conversación preguntándome si estaré causando una buena primera impresión. Yo no me consideraría tímida, pero siempre he estado rodeada de gente con una personalidad más fuerte y dominante que la mía, y eso me ha impedido salir de mi zona de confort para ganar confianza en estas situaciones.

Pero los libros son un gran ecualizador y solo necesito recordar que todo el mundo viene aquí con el mismo propósito.

Por suerte, el tío está tan concentrado leyendo la contraportada del libro que no se ha dado cuenta de la pequeña crisis de confianza que acabo de sufrir en un rincón de la sala. Cuanto más lo miro —para pensar qué decir sin parecer una friki—, más sensación tengo de conocerlo de algo.

Justo en ese momento se recuesta en la silla para estirarse y coger otra galleta de la mesa, haciendo que la camiseta se le suba lo suficiente para dejar a la vista unos centímetros de piel oscura recubriendo un torso fuerte y musculoso.

Sé que no es uno de mis vecinos, porque vivo rodeada de ancianos.

Tampoco está en mi facultad, porque me acordaría de él.

Y nunca voy a ninguna fiesta, así que eso también puedo descartarlo.

Además, ha venido solo, así que no debe de ser el novio de nadie que conozca.

A lo mejor es modelo y lo he visto en algún cartel. Madre mía, sin duda tiene unos pómulos como para serlo. Angulosos y suaves al mismo tiempo; ya sé que es contradictorio, pero juro que encaja perfectamente con la descripción de su cara. Tiene el pelo corto y rizado, de color castaño cobrizo. Y los ojos marrones delineados por unas pestañas oscuras que se abren como abanicos sobre sus mejillas mientras me mira. En sus labios carnosos se dibuja una sonrisa relajada. Un momento, me está mirando.

Me está mirando. A mí.

Puede que sea mi imaginación o el café otra vez, pero juraría que está sonriendo. Nunca en mi vida había apartado tan rápido la mirada.

—¡Hola! —balbuceo, avanzando a toda velocidad por el suelo de madera para acercarme a él—. ¡Bienvenido al club de lectura!

Ay, mi madre, de cerca es todavía más guapo. Definitivamente, me inclino por la teoría de la valla publicitaria. Mientras voy hacia él, tomo rápidamente la decisión de no estrecharle la mano, porque eso no solo me obligaría a hacerlo con el resto de la gente que venga, sino que además quedaría muy raro. Entonces empiezo a darme cuenta poco a poco de que mi cerebro está saliendo de su profundo letargo para recordar que existen otros hombres, algunos de los cuales tienen pinta de modelos. Le dedico la más encantadora de mis sonrisas, pensando que decididamente lo conozco de algo.

—Hola, soy Halle.

—Henry.

—Hola. —«Eso ya lo has dicho»—. ¿Nos conocemos?

—No. Me acordaría de ti —dice. Resulta irónico, porque yo pienso exactamente lo mismo de él, aunque sigo sin ubicarlo—. ¿Quieres que te ayude con las sillas?

—Estoy acostumbrada a hacerlo sola, tranquilo. —Henry me ignora y se levanta para empezar a colocar las sillas de todas formas, así que lo imito, aunque se supone que es algo de lo que debería encargarme sola. Aquí arriba reina un silencio sepulcral y tengo la sensación de que esta podría ser la peor bienvenida que le haya dado a alguien del grupo. «Di algo, Halle»—. Bueno, ¿te va el romance?

—¿Me estás invitando a salir? —pregunta él, y la silla que tengo en las manos se me escurre y se me cae al suelo.

—¿Qué? ¡No! —exclamo, en un tono de voz varias octavas más agudo de lo normal.

—Qué pena. —Si no estaba ruborizada, definitivamente ahora sí lo estoy—. Creía que me estabas tirando los tejos.

Hay tomates que nunca estarán tan rojos como lo estoy yo ahora mismo.

—Ay, mierda, perdona. Solo quería saber qué tipo de libros te gustan.

Él va hacia el almacén para coger más sillas y gira de nuevo la cabeza hacia mí.

—La verdad es que no tengo ninguna preferencia. Soy más bien una persona práctica.

—Ah. Entonces, ¿te apetece ver de qué va la ficción romántica?

—No —responde él, arrastrando un montón de sillas como si no pesaran absolutamente nada.

—Ya. —De «ya», nada. De hecho, creo que nunca había estado tan perdida. Me siento en la silla que él ha dejado libre y cojo el libro de tapa dura que está en lo alto de su montón, junto a la pata de la silla. Es un libro sobre liderazgo—. Si te has apuntado al club de lectura para hablar de no ficción, lo siento mucho, pero es específicamente de romántica. Podrías unirte al club de la librería Capítulos; ya no lo dirijo yo, pero van alternando diferentes géneros y temas. La persona que lo lleva ahora es muy maja.

—No quiero unirme a ningún club de lectura. La novia de mi compañero de piso me ha convencido para que venga aquí con ella a comprar libros sobre cómo mejorar como líder. Opina que eso resolverá todos mis problemas. No creo que tenga razón, pero dice las cosas de una forma que resulta muy convincente. Solo buscaba un sitio donde sentarme hasta que ella acabe.

No me extraña que pensara que le estaba tirando los tejos.

—Perdona, creo que he metido la pata. Es un club nuevo, vamos a hacer actividades para romper el hielo y creía que...

—Odio romper el hielo. —Se sienta a mi lado y yo me concentro en la brillante sobrecubierta de su libro—. Pero no hace falta que te disculpes.

—¿Qué es lo que vas a liderar? —le pregunto, cogiendo el siguiente libro del montón—. Por lo de mejorar como líder.

Reconozco esa autobiografía porque Will tiene la misma en su habitación. Entonces levanto la vista hacia Henry y todo encaja.

—En el hockey —decimos los dos al unísono.

Él frunce el ceño y unas pequeñas arrugas se forman entre sus cejas. Vuelvo a dejar el libro en el montón, ahuyentando la sensación de incomodidad que me invade mientras intento decir algo.

—Perdona, acabo de darme cuenta de que me suenas de los partidos de hockey. Mi nov... exnovio ha jugado contra ti. Por eso creía que nos conocíamos.

—¿Quién es tu exnovio?

El corazón me da un vuelco. ¿Cómo narices he acabado hablando de Will?

—¿Es de mal gusto hablar de un ex? Lo siento, no tengo mucha experiencia como exnovia...

—Ni idea. Las relaciones no son lo mío —dice tranquilamente.

—Will Ellington —respondo—. Estudia en S...

—San Diego. Lo conozco. —Otro vuelco. ¿Y si le dice a Will que voy por ahí hablando de él? ¿Quedaré como una amargada, o algo así? Esto me pasa por socializar a lo loco—. No es tan buen jugador de hockey como se cree.

Me río de golpe y me sale un ronquidito. Está claro que mi cuerpo no ha sabido encajar la sorpresa causada por esa declaración.

—¡Perdón!

—Te disculpas mucho sin venir a cuento.

—La fuerza de la costumbre... Creo que es la primera vez que hago ese sonido. Es que Will y yo nos conocemos desde niños y llevo diez años escuchando lo maravilloso que es y que en unos años va a ser la nueva estrella de la NHL.

Henry abre los ojos de par en par y su cara perfecta se tiñe de incredulidad.

—Desde luego, juega con el ego de un tío al que llevan diciéndole eso toda la vida. Pero yo he jugado contra él y no es cierto.

No sé muy bien cómo reaccionar. Nunca había oído a nadie que no fuera Grayson criticar a Will y siempre lo había atribuido a su actitud protectora de hermano mayor. Will siempre ha sido el niño bonito. Puesto que decidimos seguir siendo amigos después de romper, no debería alegrarme que alguien hable tan mal de él, pero lo hace. Supongo que, teniendo en cuenta cómo acabó nuestra conversación, tengo derecho a no sentir demasiada empatía hacia él en este momento.

—Está bien saberlo.

—Deberías venir a verme jugar. Soy mucho mejor que tu ex.

Antes de que me dé tiempo a responder —aunque tampoco es que tenga ninguna respuesta preparada—, nos interrumpe el sonido de unos pasos en las escaleras.

—No sabía que fueras fan de *Orgullo y prejuicio* —dice una chica, acercándose a nosotros. Estoy a punto de soltar un sonoro «¿qué?» cuando me doy cuenta de que no me está hablando a mí.

Aurora Roberts es como una Barbie Malibú de carne y hueso. Además de guapísima, divertida y supersegura de sí misma. Tenemos algunas diferencias de opinión notables en cuestión de libros, pero aparte de eso es un encanto. Vamos casi a las mismas clases desde el primer año y, aunque solo la veo fuera de ellas en el club de lectura, siempre se esfuerza por ser simpática conmigo.

Me envió un mensaje muy amable cuando publiqué que no iba a seguir en el club de lectura de Capítulos y otro más amable todavía cuando publiqué que iba a empezar con un club de lectura dedicado exclusivamente a la novela romántica aquí, en Encantada. Siempre he creído que podríamos llegar a ser amigas, pero Will decía que las chicas ricas como ella quieren amigas ricas que puedan permitirse hacer las cosas que ellas hacen.

—Hola, Halle —dice alegremente antes de poner los brazos en jarras y quedarse mirando a Henry—. Ya creía que me habías dejado tirada. Iba a llamar a Russ para decirle que viniera a buscarme.

—¿Cómo te iba a dejar tirada si te he dicho a dónde iba?

—Daba por hecho que no te quedarías para el club de lectura, pero al parecer me he equivocado. Te estaba llamando. ¿Ya has comprado los libros?

Me doy cuenta de inmediato de que Aurora es la novia del compañero de piso al que Henry se ha referido hace un rato.

—Todavía no —dice él, cogiendo los que siguen en el suelo. Luego apoya los brazos sobre el montón y sonríe cuando le devuelvo los dos que tengo en el regazo—. ¿Quieres venir con nosotros? Aurora me ha sobornado con patatas fritas picantes y batidos, así que nos vamos al Blaise's.

Tengo que hacer un gran esfuerzo para no pedirle que repita lo que acaba de decir. El Blaise's es muy popular entre los estudiantes porque es barato, la comida es estupenda y queda bastante cerca del campus. Will y yo íbamos allí a comer a veces cuando venía de visita y suele estar lleno de pandillas grandes pasando el rato. Este es mi tercer año en Maple Hills y nunca nadie me había invitado a salir por ahí al cabo de una hora de conocerme. O más bien nadie me había invitado a salir por ahí. Punto.

—Eres muy amable, pero tengo la primera sesión del club dentro de quince minutos.

Él chasquea la lengua.

—Cierto. ¿Y después?

—Después empiezo en un trabajo nuevo. —Necesito que alguien me recuerde cuanto antes por qué voy a empezar en un nuevo trabajo—. Lo siento.

—¿Un club de lectura y un trabajo nuevos el mismo día?

—exclama Aurora—. No sé de dónde sacas el tiempo. Eres como Superwoman.

—Ya, es que se me ha liberado la agenda —explico con timidez, esperando que no me haga profundizar más.

Henry reacciona con expresión neutral ante mi negativa: ni le da pena ni se alegra.

—Otro día será.

—Adiós, Halle —dice Aurora, mientras ambos dan media vuelta para marcharse—. Nos vemos en clase. Y ¡buena suerte! Prometo venir cuando habléis de una novela romántica de verdad.

—¡Has sobrevivido! —grita Inayah, mientras bajo las escaleras para ir hacia la zona principal de la tienda—. ¿Cómo te ha ido? Quería subir, pero han venido un montón de madres que acababan de dejar a sus hijos en la pista de Simone para las clases de patinaje sobre hielo. Se van a sumar a la reunión de la semana que viene. ¡En cuanto les he dicho que el libro iba de una *influencer* y un granjero que se reencontraban después de un rollo de una noche, se lo han comprado inmediatamente! ¿A que es genial? ¡No se me había ocurrido que la pista de patinaje pudiera atraer a más clientes!

Aunque estas últimas semanas han sido matadoras entre lo de reclutar miembros para el club, reorganizar mi vida, volver a pillarle el ritmo a la universidad y reprimir las ganas de mirar el móvil diez millones de veces al día para ver si tengo algún mensaje de Will, la verdad es que es bonito ayudar a alguien a cumplir su sueño.

Cuando Encantada empezó a seguirme en redes y vi que iba a abrir en Maple Hills, inmediatamente le envié un mensaje para decirle que estaba emocionadísima. Inayah se presentó y me dijo que la ilusión de su vida era tener una librería. El local llevaba un par de años vacío, seguramente por los follones que se liaban en el bar de al lado antes de que lo cerraran.

El espacio rebosa encanto, tiene los techos altos y un montón de luz, y ahora que están arreglando el edificio de al lado, a

Inayah le pareció el lugar perfecto para ella. Cuando vine a la fiesta de inauguración, me enamoré nada más cruzar la puerta principal de color malva clarito.

En realidad, aunque Will ya no acapare mi agenda, no tengo tiempo para un club de lectura. El penúltimo año de carrera va a ser duro, pero soy la hermana mayor y nadie me ha enseñado a decir que no. En este caso en concreto no es del todo cierto, porque al principio sí dije que no, pero obviamente luego me sentí mal y aquí estamos.

Se supone que debo hacer cosas que me llenen, e Inayah me cae genial. Además, la novela romántica es mi género favorito, así que cuando me dijo que quería intentar organizar un club de lectura centrado en él, me pareció cosa del destino.

—Bien, creo. —Le doy las llaves del almacén y las guarda en el cajón que hay debajo del mostrador—. Ha venido mucha gente, para ser una jornada de presentación de un club completamente nuevo, y todo el mundo estaba encantado. Solo unos cuantos habían visto la adaptación en lugar de leer el libro.

Inayah se apoya en el mostrador, con la barbilla sobre el puño.

—¿Firth o MacFadyen?

—MacFadyen.

Ella asiente, dándome la razón.

—Yo también tengo veintisiete años, soy una carga para mis padres y estoy asustada. ¿Cómo han reaccionado a la pregunta final?

—Muy bien y ya hay como quince personas más en mi bando del Equipo Romántico. Me alegra haber empezado por *Orgullo y prejuicio*, porque preguntarle a la gente si es en realidad una novela romántica ha dado pie a algunas conversaciones superinteresantes.

—Cuánto te agradezco que cambiaras de opinión, Halle. Y sé que tienes que irte a lo del trabajo nuevo, así que no voy a entretenerte toda la tarde charlando.

—¡Yo sí que te agradezco que siguieras contando conmigo! ¿Tienes por ahí esos folletos que me comentaste? Puedo repartirlos por la universidad.

Inayah se baja del taburete y se agacha detrás del mostrador, dejando a la vista solo la parte superior de su brillante melena negra mientras rebusca, antes de reaparecer con un taquito de folletos y una caja de chinchetas. Empieza a separarlos por montones y vuelve a agacharse detrás del mostrador al darse cuenta de que le faltan algunos.

—¿Quieres alguno del certamen literario?

Me siento como un perro al que le acaban de decir que lo van a sacar a pasear. Solo me falta levantar las orejas.

—¿Qué certamen literario?

—Sí —contesta, añadiendo otro folleto al montón—. Lo organiza la editorial Calliope; el departamento de Autores Independientes se ha puesto en contacto conmigo para que lo publicite entre los clientes. Hay que presentar una novela de setenta mil palabras, como mínimo, y al ganador le pagan un curso de verano buenísimo de escritura creativa en Nueva York. Creo que hay que entregarlo antes de las vacaciones de primavera, pero mejor compruébalo en el folleto. La verdad es que tiene pintaza, pero salvo por algunas incursiones de dudosa calidad en el mundo del *fan fiction* a los quince años, definitivamente escribir no es lo mío.

Me da la sensación de que se me van a salir los ojos de las órbitas, como a un personaje de dibujos animados, mientras leo el folleto satinado. Me viene como anillo al dedo; tengo un montón de ideas, muchísimo tiempo libre y... la obligación de irme a trabajar ya.

—Le echaré un ojo. Gracias, Inayah. Me tengo que marchar.

—¡Suerte!

Tardo la mitad de lo que creía en llegar al hotel y me paso quince minutos sentada en el aparcamiento preguntándome si llegar treinta minutos antes es de mala educación o demuestra interés. En mi defensa he de decir que me había anticipado a cualquier posible eventualidad y había obrado en consecuencia. No es culpa mía que al recoger el coche en el aparcamiento de Encantada este siguiera con las cuatro ruedas intactas.

El folleto del certamen literario me mira fijamente desde el asiento del copiloto, aunque ya lo he leído diez veces y tengo clarísimo que voy a presentar algo sí o sí. Si estuviera saliendo con Will, él me diría que no tengo tiempo suficiente, o que el listón está muy alto. Me convencería de que es egoísta dedicar un tiempo que podría estar con él a trabajar en algo que me entusiasma, con todos los compromisos que tengo ya.

Pero ya no estoy saliendo con Will y quiero hacer esto por mí. Me niego a sentirme culpable por ello y, aunque no gane, al menos al fin me habré dado prioridad a mí misma y habré cumplido un objetivo que me entusiasma.

Mi «yo» impaciente se muere por volver a casa y ponerse manos a la obra de inmediato, pero la Halle responsable que se me da tan bien ser decide postergarlo y concentrarse en la tarea actual: trabajar en el hotel Huntington.

En realidad hice una entrevista en mayo para trabajar aquí durante el verano y no tener que pasarme tres meses en Phoenix. Adoro a mi familia, pero invertir mi tiempo libre en cuidar gratis a mis dos hermanas pequeñas no es precisamente mi idea de un verano productivo. Al menos aquí me pagarían por trabajar, y es que cuidar a una niña de quince años y a otra de ocho es, sin lugar a dudas, un trabajo. Todavía no me he recuperado de las lágrimas, las discusiones y los portazos constantes.

Además, sigo intentando recordar si alguna vez Grayson renunció al verano para hacer de tercer padre y cuidarnos a nosotras, antes de empezar a jugar al fútbol profesionalmente en la NFL y trasladarse a la costa este.

Puede que me tire hasta el verano que viene intentando encontrar la respuesta a esa pregunta.

Obviamente, no conseguí el puesto para el que hice la entrevista. Habían trasladado a un miembro del personal de otro hotel, pero Pete, el director, me dijo que le había gustado mucho mi entrevista y que me llamaría si alguna vez había una vacante.

Fiel a su palabra, Pete me llamó la semana pasada para decirme que había un puesto libre en recepción que podía ser mío si me interesaba y que tendría que venir hoy para hacer el papeleo y la formación online antes de empezar con los turnos la semana que viene. Las horas que quiere que trabaje coinciden con los momentos en los que se suponía que iba a ir a visitar a Will, lo que una vez más se me antoja obra del destino.

El hotel Huntington pertenece a una de esas cadenas hoteleras omnipresentes. Sus hoteles y clubes de campo están por todo el mundo y dan servicio a una clientela rica y famosa. Por eso me parece tan disparatado que algunos de los cerebros que están detrás del funcionamiento de este hotel en concreto sean estudiantes de Maple Hills. Bromas aparte, el establecimiento tiene unas críticas excelentes, así que algo estarán haciendo bien.

Pete es muy amable pero me explica el funcionamiento del hotel a toda velocidad. Me siento como en una montaña rusa temática del Huntington, mientras no deja de lanzarme datos que se supone que debería recordar. Cuando por fin me presenta a la chica con la que voy a compartir la mayoría de los turnos, tengo la cabeza a punto de estallar.

—Halle Jacobs, te presento a Campbell Walker. Campbell, Halle —dice rápidamente—. Tengo que irme a una reunión, pero estaría bien que Halle se quedara contigo para que le explicaras cómo funciona el programa informático, si tienes algún rato libre. Le he dado el pase y la llave de la taquilla de West. ¿Podrías buscar su antigua carpeta de formación? A lo mejor hay algunas pautas que pueda aprovechar. Vuelvo dentro de una hora.

Me siento un poco como si me hubieran dejado en la guardería y mi padre me abandonara a mi suerte mientras Pete se aleja. Inmediatamente, olvido qué hacer con las manos. Dejarlas caídas a los lados del cuerpo me parece antinatural, pero cruzarme de brazos me parece poco amistoso.

—Tranquila, no muerdo —me dice Campbell con amabilidad—. A no ser que te vaya ese rollo. —Señala la silla que tiene al lado, sonriendo—. Y, por favor, llámame Cami. Esto va a estar bastante tranquilo durante la próxima hora, más o menos, así que no te agobies mucho. En cuanto a lo de West, ese tío no tomó una nota inteligible en su vida, así que no vamos a molestarnos en intentar buscar sus movidas.

—¿West es la persona a la que estoy reemplazando?

Su sonrisa se apaga un poco, como si acabara de recordarle algo que preferiría no recordar.

—Sí. Se graduó y decidió largarse lo más lejos posible de este lugar. De todas formas, era un inútil. Siempre estaba haciendo el tonto, molestando y… —Se queda callada—. Háblame de ti, Halle Jacobs. ¿Qué te ha traído aquí?

Tardo un segundo en decidir si suavizarlo un poco o ser totalmente sincera. Cuando Will rompió conmigo, todos nuestros amigos comunes me eliminaron de los chats de grupo, dejando mi teléfono prácticamente mudo. Ahora evito las llamadas de mi madre para que no me pregunte por él, mientras me digo a mí misma que haberme acostado con Will para que no me dejara habría sido peor que la soledad que siento porque esté desaparecido en combate.

En resumidas cuentas, que no tengo nada que perder y mucho menos que ganar por mentirle.

—Mi novio rompió conmigo y las personas a las que consideraba mis amigas me dejaron de lado, algo que en realidad no me sorprendió porque en el fondo sabía que eran amigas suyas. Lo que sí me sorprendió fue lo mucho que me dolió. Así que ahora he decidido centrarme en mí misma, pero además quiero estar ocupada por si me da el bajón un día de estos.

Cami se queda callada al menos tres segundos más de lo que me gustaría. Luego sonríe.

—Nos vamos a llevar muy pero que muy bien.

4

Halle

Me siento como si estuviera en un concierto de One Direction, y no precisamente en el buen sentido.

Mi hermanastra tiene talento para un montón de cosas: la gimnasia, resucitar plantas que están al borde de la muerte y, curiosamente, desplumar a cualquiera jugando al billar, pero puedo decir con seguridad que cantar no es una de ellas. La voz dulce de Zayn está siendo sustituida por el graznido desafinado y desacompasado que sale por el altavoz de mi portátil.

—Gigi —me quejo, bajando el volumen. O no puede oírme mientras destroza sin piedad «What Makes You Beautiful» o, lo que es más probable, me está ignorando—. ¡Gi! —repito, esta vez más alto, mientras leo la misma línea por tercera vez—. ¡Gianna Scott! ¿Quieres callarte de una puñetera vez?

La música se apaga de repente y mi hermana vuelve a centrarse en la videollamada.

—¿Has dicho algo?

—No puedo concentrarme en tu redacción si te estás desgañitando como Joy cuando tiene hambre. —Ni siquiera creo que tenga edad suficiente para saber que One Direction era un grupo, pero mi madre encontró mis CD viejos haciendo limpieza en el garaje y se han convertido en la última fijación de Gigi.

—¿Y si quisiera ser cantante? ¿Y si te estuvieras cargando mis sueños y acabaras convertida en la mala de mi biografía? —Mi hermana pone la espalda recta en la silla del escritorio y cruza los brazos sobre el pecho, supongo que en un gesto de desafío. Lleva los abundantes rizos castaños recogidos en dos trenzas a ambos lados de la cara y sujetos con unos lacitos de color rosa, justo por encima del logotipo de la sud...

—¡No fastidies, si esa sudadera es mía! ¿Qué te he dicho de lo de cogerme las cosas cuando estoy en la universidad? ¡Si ni siquiera es de tu talla!

—¿Qué tal la redacción? —me pregunta pasando completamente de mí, como solo puede hacerlo una quinceañera sin miedo a nada.

—Pues aún no he terminado porque no he podido concentrarme durante tu actuación. —Gigi pega los dedos índice y pulgar, se los pasa por los labios como si cerrara una cremallera y retomo la lectura de su redacción sobre *1984*, de Orwell—. Gracias.

Soy capaz de leer dos líneas más antes de que se ponga a tamborilear con los dedos sobre el escritorio, tarareando algo parecido a la melodía de «Best Song Ever».

Exhalo un suspiro exagerado para que se dé cuenta de lo pesada que es y logro que se calle.

Conseguir que Gigi escuchara el audiolibro durante el verano fue prácticamente un trabajo a jornada completa, así que me alegro mucho de que haya acabado la redacción a tiempo. Llevo ayudándola con los deberes desde que nuestros padres se casaron, cuando ella tenía cinco años. Yo fui la primera en sospechar que era disléxica y que tenía TDAH, y también la que trabajó con ella durante horas practicando los dictados hasta que los dominó.

Ahora soy su tutora extraoficial, porque según mi madre y su padre, Paul, Gigi solamente me hace caso a mí. Algo que, al activar el sonido y oírla inmediatamente cargándose «Midnight Memories», puedo confirmar que es mentira.

Dicen que necesita reafirmación académica. Paul tiene la custodia total de Gigi porque a su madre, Lucía, la destinan a menudo al extranjero y no sería posible garantizar que Gigi recibiera el apoyo académico necesario si fuera cambiando de colegio. Pero, por muy majo que sea, Paul no tiene ni idea de cómo tratar a una adolescente y mi madre quiere llevar la vida tranquila que mi adolescencia le dio, así que le resulta más fácil encasquetarme a Gigi. Maisie, la medio hermana que tenemos en común, es demasiado sosegada como para amenazar la paz de mamá. Grayson fue un adolescente terrible, siempre peleándose y metiéndose en líos, pero mi madre lo recuerda de forma idealizada porque es el niño bonito.

—Está genial, Gi. Buen trabajo. ¡Gianna! —De todas las cosas que tengo que hacer durante la semana, esta videollamada con una niña que claramente está muchísimo menos interesada en ella que yo es la más estresante—. ¡Gianna, por favor!

La música vuelve a parar.

—Hoy estás un poquito nerviosa, Osito. ¿No has oído hablar de la crianza respetuosa?

—A ver, para empezar yo no soy tu madre y, puede que esto te sorprenda, pero leer tu opinión sobre cómo la visión de Orwell de un futuro distópico escrita en 1949 contrasta con la realidad de hoy en día no encaja con mi idea de diversión para un miércoles por la noche.

—¿Por qué? —pregunta ella, girando en la silla del escritorio—. ¿Qué otras opciones tienes? He visto una story de Will haciendo botellón antes de ir a una fiesta, así que sé que no está contigo.

La mención casual de mi ex me deja fuera de juego por un instante y es un triste recordatorio de que todavía no he tenido el valor de contarle a mi familia que hemos roto. Quiero a mi hermana y suelo contarle cómo me va la vida, pero sé que en cuanto necesitara desviar la atención de mi madre le soltaría lo de la ruptura como quien le lanza un hueso a un perro.

Puede parecer absurdo dar por hecho que a una madre con una hija en edad universitaria pueda interesarle tanto su vida amorosa —o la falta de ella, en mi caso—, pero la mía me manda fotos de vestidos de novia para pasar el rato.

Ya que estamos hablando de secretos, tampoco le he contado a Gigi lo del certamen literario. No porque le vaya a ir con el cuento a mi madre, sino porque no tengo ni puñetera idea de por dónde empezar. Siempre he querido ser escritora, pero ni siquiera me veo capaz de decidir qué historia escribir para el concurso. Tengo tantas ideas que estaba convencida de que sería fácil, pero ninguna me parece bien, algo que no me da precisamente muchas esperanzas de ganarme una plaza en ese curso. Todas las fuentes que he consultado recomiendan escribir sobre aquello que conoces y da la casualidad de que yo conozco poquísimas cosas.

—Me han invitado a una fiesta. —No sé por qué suena como si estuviera mintiendo cuando en realidad no es así, pero mi voz tiene cierto matiz de incredulidad. Eso basta para que Gigi deje de dar vueltas en la silla sin parar, apoye las manos dramáticamente sobre el escritorio y abra la boca, sorprendida—. Y creo que voy a ir.

—¿Desde cuándo vas a fiestas sin Will? —Gigi coge el portátil y se lo lleva con ella a la cama, poniéndolo de lado mientras se recuesta sobre los cojines—. ¿Con quién vas? ¿Dónde es? ¿Es del club de lectura?

—Cami, la chica con la que trabajo, me ha invitado. No es del club de lectura, creo que es del equipo de baloncesto o algo así. No me acuerdo. —«No me acuerdo» quiere decir en realidad que Cami me ha dicho cómo se llama el chico que la organiza y no lo conozco de nada, así que me estoy lanzando a adivinar por el emoticono del balón de baloncesto que iba con el nombre—. Así que ya ves. Hay algo más interesante que tus deberes de Literatura del instituto.

Su sorpresa tampoco me resulta muy insultante, porque es cierto que no me pega nada.

—¿Y qué te vas a poner?

Eso es algo que me encanta de Gigi: que no le da vueltas a las cosas. Una vez procesada la información, pasa rápidamente a lo siguiente. Y lo siguiente es decirme que no puedo ponerme lo que quería porque parecería una profesora de primaria.

—A lo mejor quiero parecer una profesora de primaria.

—Por supuesto que no.

—Y a lo mejor has visto demasiadas veces *Matilda* de pequeña. ¿No puedes pedirle a tu amiga que te deje algo?

—La verdad es que no sé si es amiga mía, así que no estoy segura de que esté bien pedirle que comparta conmigo sus cosas. Además, es muy delgada, así que siendo realistas, no.

Gigi arquea una ceja para expresar su confusión.

—¿Cómo que no sabes si es tu amiga? Te ha invitado a una fiesta.

¿Cómo voy a explicarle a una niña de quince años (que una vez dijo que el cartero era «su amigo» porque lo veía todos los días y, para ella, en eso consiste la amistad) que no a todo el mundo le resulta fácil hacer amigos? ¿Sobre todo de adulto, que es dificilísimo? ¿Que hay nuevas categorías que vienen sin instrucciones? ¿Que es un campo de minas caótico por el que no he sabido moverme desde que nací?

Cami es genial, pero ¿es una compañera de trabajo? ¿Una amiga del trabajo? ¿Una amiga con la que además trabajo?

Podría rayarme con eso durante horas. Ya me he rayado con eso durante horas.

—¿No podías dejarme vivir en la ignorancia? —le pregunto, sin referirme a la ropa estrictamente, porque lo que más me preocupa es la clasificación de esa amistad.

—¿Qué clase de hermana sería si te dejara ir a una fiesta vestida como la gemela socialmente inadaptada de la señorita Honey?

—Pues de las buenas, porque no creo que tenga alternativa. Y que sepas que no soy ninguna inadaptada social. Solo me falta práctica.

Lo de la falta de práctica suena a eufemismo. Solía ir con Will a las fiestas de su universidad y él me animaba a quedar antes con las novias de sus compañeros de equipo para arreglarnos juntas. Yo iba, probaba, pero por más que lo intentaba nunca me lo pasaba bien. Simplemente, no encajaba en su vida universitaria como novia tanto como había encajado en su vida en el instituto como amiga. No tengo muy claro qué fue lo que hice mal, pero al final Will dejó de animarme para que me arreglara con ellas. O ellas dejaron de invitarme a hacerlo, no lo sé.

Gigi se tumba boca arriba con un suspiro y apoya el portátil en las rodillas, lo que me proporciona un ángulo perfecto de la parte superior de su cabeza y de un póster de un grupo de K-pop del que nunca he oído hablar que tiene sobre el cabecero de la cama.

—Bueno, me piro, porque me parece un coñazo ver cómo te rayas y además tengo que hacer los deberes de Matemáticas.

—Sí, claro, tú tira la piedra y esconde la mano.

—Te las apañarás. Te quiero. Adiós, Osito. Toma buenas decisiones.

La parte superior de la cabeza de Gigi desaparece cuando corta la videollamada y me quedo sentada durante cinco minutos pensando en qué hacer a continuación. Al final me doy por vencida y saco el móvil para mandarle un mensaje a Cami.

CAMI WALKER

Hola, gracias por la invitación pero
no tengo nada que ponerme
Mi hermana dice que parezco la señorita Honey

la señorita Honey supuso el despertar bisexual
de mi ex y ahora mismo solo tengo fuerzas
para pensar en las personas que ya no me
quieren de una en una. Ava (una de mis
compañeras de piso) dice que te puede dejar algo

Ay, gracias! Qué talla usa?

como dos más que tú, pero literalmente
tiene cosas de todas las tallas
pq estudia moda/es adicta a la ropa

Seguro que no le importa?

aún no la conozco muy bien
pq solo vivo con ella desde el mes pasado
pero es muy maja y dice que le hace ilu vestirte
avisa cuando estés delante del edificio
es un poco lío entrar
Ubicación compartida
por cierto, no te asustes, pero me he teñido de rojo
y me ha quedado a manchas
me lo tiño de rubio desde los catorce
pero tengo cita en la peluquería para arreglarlo
mañana por la mañana
si quieres puedes acompañarme

Mis problemas de confianza me hacen mirar inmediatamente a qué Avas sigue Cami, porque eso de «tranquila, si usáis casi la misma talla» me ha estallado en la cara demasiadas veces en la vida y siempre con una persona mucho más delgada que yo. Por suerte, su primera foto es con una chica llamada «Ava Jones» y, tras unos instantes cotilleando su perfil, todas mis preocupaciones desaparecen.

Te aviso al salir de casa

Cami me responde con un corazoncito y me levanto del sofá para arreglarme. Joy me sigue, seguramente un poco confusa, porque nunca hago nada tan tarde. Pero se distrae fácilmente con la comida que tiene en el plato y yo aprovecho la libertad que me da que haya dejado de enredarse en mis pies para rebuscar en los armarios algún modelito de emergencia por si Ava no tiene nada que me guste.

Cuando salgo con las manos vacías, reconozco que a lo mejor me vendría bien algo nuevo.

De camino a la fiesta ha habido una fracción de segundo, en realidad solo un minúsculo instante, en el que he tenido ganas de llamar a Will.

Me ha pillado por sorpresa más que nada porque había hecho todo lo posible para desterrarlo a las profundidades de mi mente al volver a «empezar de nuevo» la semana pasada con lo del club de lectura y el trabajo. Lo conseguí racionalizando y con un poco de ayuda de Cami, que dice que, si quiere que sigamos siendo amigos, tendrá que esforzarse un poco. De momento no he tenido noticias de él y ya me he acostumbrado a no coger el teléfono para enviarle mensajes nada más despertarme.

Creo que lo que necesitaba en ese momento era que me asegurara que me iba a divertir. Mientras avanzábamos en coche por calles que me resultaban familiares y Cami hablaba de gente que yo no conocía con sus compañeras de piso, empecé a sentirme como cuando iba a todas aquellas fiestas en San Diego.

Era curioso que aun con una casa diferente, gente diferente y en una universidad completamente distinta, siguiera sintiéndome como una intrusa.

Hasta que salimos del coche y Cami se enganchó a mi brazo y me aseguró que no se despegaría de mí a menos que decidiera tomar alguna mala decisión vital con alguien del equipo de baloncesto. También me dijo que era una pena que nos hubiéramos conocido justo ahora que su jugador favorito acababa de graduarse.

Su intuición para saber cómo me siento me tranquiliza. Hace un rato, cuando Ava me propuso que me pusiera algo que no era para nada mi estilo, Cami se dio cuenta de que dudaba y fue la que sugirió algo diferente.

Siempre he querido tener un grupo de amigas con las que poder prepararme y a las que de verdad les guste estar conmigo. A lo mejor veía demasiado la televisión de niña, pero siempre me ha parecido algo muy de chicas y tenía la sensación de habérmelo perdido.

La fiesta es como las demás en las que he estado. Sofocante, abarrotada y llena de universitarios borrachos. Kaia y Poppy, las otras compañeras de piso de Cami, han decidido hacerse cargo de «las bebidas y la diversión» en cuanto hemos entrado por la puerta, lo que básicamente se traduce como beber más alcohol de la cuenta y jugar a juegos que me hacen reír tanto que me duelen los costados.

—Tres, dos, uno..., ¡bebe!

Poppy parpadea rápidamente y hace una mueca mientras intenta beberse de penalti todo el vaso por no haber encontrado un balón de baloncesto más rápido que Ava.

—Halle y Cami —dice Kaia, echando un vistazo a la habitación—. Vuestra misión es buscar...

—Ah, ¿así que ahora son misiones? —dice Cami, echándose el pelo medio rubio, medio pelirrojo, por encima del hombro mientras se ríe.

—«Misión» suena más importante y serio que «reto» —explica Kaia—. ¡Así que te aguantas! Vuestra misión es... conseguir el número de teléfono de un chico. Tres, dos, uno, venga, venga.

Estoy dándole un trago a la copa cuando veo que Cami echa a correr rápidamente hacia la multitud.

—Mierda —es lo único que consigo decir, antes de salir corriendo en otra dirección.

Hasta que me detengo un momento para fijarme en los tíos que hay en la sala no me doy cuenta de lo que estoy haciendo.

Literalmente, no le he pedido el número de teléfono a un chico en mi vida.

Y entonces lo veo. Es Henry. Está mirando el móvil en una esquina de la habitación, solo. Teniendo en cuenta que es la única persona de la fiesta cuyo nombre conozco, sospecho que será mucho más fácil explicarle por qué necesito su número.

Pero cuando estoy a punto de ir hacia él, una chica se le acerca y le da un vaso de plástico. Es mucho más bajita que yo, que mido metro ochenta. Calculo que le saco unos treinta centímetros. Tiene el pelo largo y castaño y una sonrisa preciosa. Él se agacha para susurrarle algo al oído, ella se ríe y, por alguna razón desconocida, me siento un pelín incómoda.

—Hola. Tienes cara de perdida. —Me giro hacia la izquierda y enseguida veo al chico que me está hablando. Es mucho más alto que yo; más o menos habrá entre nosotros la misma diferencia que entre Henry y la chica que lo acompaña—. Soy Mason.

No sé si es el alcohol... No. Mentira. Definitivamente es el alcohol lo que me da la confianza necesaria.

—¿Me das tu número de teléfono? —le pregunto.

Él extiende la mano.

—Claro. Pero ¿no me vas a decir cómo te llamas antes?

—Halle.

—Bonito nombre —responde mientras me apunta el número en el móvil. El hecho de que añada a su contacto un emoticono de un balón de baloncesto y otro de una berenjena me dice todo lo que necesito saber sobre ese tío, pero quién soy yo para juzgar a nadie, supongo.

—Gracias —le digo, mirando hacia atrás mientras vuelvo corriendo a donde están las chicas.

Cami se reúne con ellas un segundo antes que yo y ni siquiera espero a que me obliguen a beber. No soy especialmente juerguista, lo que significa que para mí cada copa es como cinco. Hasta en el instituto, cuando alguien organizaba una fiesta porque sus padres estaban fuera, yo era la conductora designada de Will.

—Dame tu teléfono —dice Cami, muy seria. Se lo paso sin rechistar y entra en mis contactos. Abre el último número guardado, que es el de Mason, y pulsa «borrar contacto» con el pulgar—. ¿Te gustan los hombres tóxicos?

—¿Qué?

Kaia se ríe y señala con la cabeza a Mason, que está al otro lado de la habitación hablando con otra chica.

—Los hombres tóxicos. ¿Te gustan? ¿Quieres vivir la experiencia de tener un rollo en la universidad que te amargue la vida?

La verdad es que es algo que nunca me he tenido que plantear.

—Yo diría que no. No, no quiero estar con nadie tóxico. ¿Por qué?

Cami posa el pulgar sobre la pantalla para borrar el número y me devuelve el teléfono.

—Pues entonces acabo de salvarte la vida. Una de las camareras del hotel tiene una hermana que salió con él y digamos que no fue muy agradable.

Cómo no, en una habitación llena de tíos he ido a elegir al que acabaría jodiéndome la vida. Tampoco pensaba llamarlo, pero está bien saber que tengo un instinto de supervivencia nefasto.

—¿Gracias?

—¡De nada! —exclama Cami alegremente.

Bebo otro trago enorme y Poppy me rodea los hombros con el brazo.

—Por eso yo no salgo con tíos.

—Y por eso yo los odio —añade Kaia, suspirando con dramatismo—. Aunque sí salgo con ellos... por desgracia. Es mi principal tara, pero nadie es perfecto.

No sé si es por el alcohol o por el subidón de estar rodeada de personas divertidas que de verdad parecen encantadas de que esté con ellas, pero mi cerebro no se interpone cuando veo a Henry caminar solo hacia las escaleras.

—¿Qué os parece ese chico?

—¿Quién? —pregunta Poppy—. ¿Henry Turner?

Mierda.

—¿Es que conocéis a todo el mundo?

Todas bajan la vista hacia sus copas. Cami es la primera en pronunciarse.

—Conocerlo, lo que es conocerlo, no lo conozco. Pero he oído hablar de él. Y de su reputación. Que es muy positiva, por cierto, nada que ver con la de Mason. Y, si nos fiamos de los rumores, está bien merecida. Es muy... popular en el campus. Entre las chicas.

—A mí me cae bien —dice Ava, interrumpiendo a Cami—. Fui a clase con él el año pasado. Es muy callado. Y muy mono.

—A mí me parece que está bastante bueno —dice Kaia—. O buenísimo, más bien.

—Yo tengo una amiga que sale con su compañero de piso, Russ. ¿Quieres que le pregunte por él? —propone Poppy.

En ese momento me doy cuenta de lo pequeño que es Maple

Hills. No le digo a Poppy que yo también conozco a Aurora, ni que Henry estaba hablando antes con otra chica. Me limito a beberme el resto de la copa antes de dejar el vaso sobre la encimera.

—¿Cuál es mi próxima misión?

5

Henry

Cuando Anastasia aprovechó anoche una fiesta del equipo de baloncesto para acorralarme en un rincón y decirme que iba a venir a casa el día siguiente para asegurarse de que estudiaba y cumplía con mis obligaciones, pensé que estaba de broma.

Me pareció raro que apareciera en la fiesta, sobre todo porque yo estaba allí para evitar que viniera a intentar ayudarme. La tía no sabe aceptar un no por respuesta.

Pero mientras la escucho suspirar por décima vez sin bajar la velocidad de tecleo, me doy cuenta de que no iba de broma y, no sé cómo, estoy metido en un grupo de estudio con las personas menos productivas que conozco.

—Eso no es una fuente válida, Kris —dice cuando termina el largo suspiro.

Kris sigue dándole vueltas al boli alrededor de su índice como lleva haciendo diez minutos.

—¿Cómo que no es una fuente válida? Es la Wikipedia. Es *la* fuente.

Anastasia por fin aparta la vista del portátil para lanzarle una mirada asesina desde el otro lado de la mesa del comedor.

—Deja de tocarme las narices o te echo del grupo de estudio. Sabes de sobra que no es una fuente, Kris. Llevas haciendo trabajos tanto tiempo como yo. Tienes dos opciones: o curras o te vas.

Ojalá me echase a mí del grupo de estudio. La quiero mucho, es mi mejor amiga, pero no entiende que lo único que consigue al obligarme a hacer algo es que no quiera hacerlo. Además, tendría que echar a mis compañeros de equipo de más sitios que del grupo de estudio para que dejaran de tocarme las narices a mí.

—Menuda mala leche tienes hoy, Allen —dice Mattie, con menos cuidado del que yo habría llevado viendo cómo frunce el ceño ella—. ¿Necesitas un abrazo?

Ella vuelve a mirar la pantalla de su ordenador mientras niega con la cabeza.

—Tuyo no. Tú estudia, ¿vale? Tengo que irme a la pista en dos minutos y solo me quedan dos párrafos para terminar.

Los chicos me miran como si yo fuera a saber lo que le pasa. Quiero preguntarle si quiere decir que necesita un abrazo mío, porque no es algo que solamos hacer, así que no tengo muy claro cuáles son las señales. Antes de que pueda hablar, Russ me da una patada y mi móvil se ilumina al lado del libro de texto que tengo encima de la mesa.

RUSS

Echa de menos a Nate.

Yo también. Seguro que no como ella, pero ha sido duro adaptarme a no tener a Nate, JJ y Joe por aquí. Agradezco que Anastasia haya encontrado tiempo para mí en su apretada agenda, pero tal vez a ella le hace más falta estudiar conmigo que a mí con ella.

Iba a decirle que esto no me está ayudando, pero ahora creo que no se lo diré, porque no quiero que se ponga triste. Anastasia llora mucho y solía ser Nate el que lo gestionaba. Yo ya me he hecho cargo de la capitanía, no tengo la energía de ser también el pseudonovio de una amiga, por muy bien que me caigan los dos.

Hay un silencio poco común en la sala de estar con todos sentados a la mesa del comedor, en gran parte fingiendo que trabajamos. Aunque ha girado el ordenador, sigo viendo que Bobby está jugando al Tetris. El teléfono de Russ empieza a vibrar sobre la mesa y él enseguida pone cara de vergüenza cuando los chicos empiezan a abuchearlo.

—Perdón, perdón —musita levantándose deprisa para contestar a la llamada en el jardín de atrás.

Agradezco la interrupción porque me distrae de la frase de este libro que he leído ya cuatro veces. La clase del profesor Thornton sigue siendo tan terrible como yo había determinado al principio.

Las puertas acristaladas se abren y Russ entra metiéndose el móvil en el bolsillo.

—Viene Rory a estudiar con nosotros, si os parece bien a todos.

—Sabes que tú vives aquí y nosotros no, ¿verdad? —le pregunta Bobby levantando la vista del juego—. No necesitas que te demos permiso para que venga tu novia.

—Pensaba que se iba al club de lectura —digo deseando haberle pedido que me trajera unas galletas.

—Halle le ha escrito a todo el mundo diciendo que ha reventado una cañería y que han tenido que cerrar la librería para repararla, así que se ha cancelado.

Me frustró bastante que, cuando conocí a Halle hace un par de semanas, Aurora no supiera decirme casi nada de ella cuando nos fuimos a comer después. Cuando le insinué que era muy mala amiga, me respondió que Halle es muy reservada y que a ella le encantaría conocerla más. Ya somos dos.

—Dile que se vengan aquí. Pueden ponerse en el jardín, solo tienen que traer un mantel de pícnic o algo así —digo cerrando el libro y dándome por vencido de momento.

Mattie cierra el portátil.

—Apoyo la idea.

Anastasia suelta una risa burlona.

—Tú apoyas lo que sea mientras haya una proporción de cinco mujeres por cada hombre.

—En realidad es más alta si consideras que Russ tiene novia y Robbie también, además de no estar aquí.

—¿Seguro? —me pregunta Russ sacando el teléfono—. ¿Tener la casa llena de desconocidos no te resulta molesto y contraproducente para terminar el trabajo?

—¿No tendrá esto algo que ver con que te haga tilín la chica del club de lectura? —me pregunta Anastasia provocando unos gritos ahogados más dramáticos de la cuenta por parte de mis amigos.

Pongo los ojos en blanco por lo infantiles que son todos.

—No me hace tilín.

—Rory me dijo que estabas tonteando con ella —replica Anastasia mientras cierra el ordenador también y lo mete en la bolsa.

Kris se inclina para mirar mejor a Anastasia.

—¿Te dio Aurora detalles de cómo estaba tonteando exactamente? Porque llevo más de dos años intentando enterarme de cómo lo hace.

—No estaba tonteando. Estaba hablando con ella.

Está buena, así que me habría encantado tontear con ella, pero estaba nerviosa y parecía que acababa de pasar por una ruptura. No me pareció buen momento.

—Ah —gruñe Mattie—. Primero hablar. Eso es lo que estoy haciendo mal.

—Aurora dice que vienen de camino. —Cuando lo miramos, a Russ se le han puesto rosas las puntas de las orejas—. También dice que gracias.

—Parece que te ha dicho algo más que gracias, chaval, que te has puesto como un tomate —bromea Kris—. Vale, ¿qué libro han leído esta semana? Me toca ponerme a buscarlo en Google como un cabrón hasta que lleguen para parecer culto y atractivo.

Anastasia arquea una ceja mientras se pone en pie y se echa la bolsa al hombro.

—Pero si vas a ser médico.

Kris asiente.

—Con un montón de deudas para pagar la universidad. Tengo que encontrar mujer mientras conserve este cuerpazo.

Anastasia suelta un último suspiro.

—Adiós.

Tengo la ventana de la habitación entreabierta, lo cual me permite oír las risas del jardín mientras vuelvo a intentar concentrarme en el trabajo.

En cuanto Aurora ha aparecido con un montón de telas en los brazos, me he retirado a la seguridad de mi cuarto para no molestar a nadie. Al final, el ruido de fuera se va apagando y oigo la puerta principal abrirse y cerrarse, lo cual anuncia el final del encuentro.

Pasan cinco minutos y alguien llama flojito a mi habitación. Cuando abro, me alegra encontrarme a quien pensaba que sería.

—Te has cortado el pelo —digo.

—¿Qué? —responde Halle pasándose la mano de forma instintiva por la melena castaña, ahora más corta—. Ah, sí. La chica con la que trabajo me ha animado a cortármelo cuando la he acompañado a la peluquería esta mañana. De buenas, no me ha obligado ni nada. Es que hacía mucho que me lo quería cortar y mi e... Y alguien no me dejaba.

Las puntas rectas acaban justo encima de su clavícula y hacen que desvíe la atención hacia esa zona y luego suba la mirada por su cuello antes de volver a mirarla a los ojos.

—Me gusta. Estás muy guapa.

Se pone nerviosa enseguida, pero a mí no me parece que haya dicho nada raro. Ha sido solo un cumplido, y uno bastante suave. Me aparto de la puerta y extiendo un brazo para indicarle que pase. Ella me hace caso enseguida y se sienta en la esquina inferior de la cama cuando yo me dejo caer en mi sitio de siempre.

Igual no está acostumbrada a que le hagan cumplidos. Aunque me parece poco probable, porque es preciosa. A lo mejor resulta que Will Ellington es tan mal novio como jugador de hockey.

—Gracias —consigue decir al final—. Es muy amable que digas eso. Y también que nos hayas dejado usar tu casa. Te he traído algo para agradecértelo. He hecho el doble por si volvías a aparecer y luego ha pasado lo de la tubería y, bueno... Toma.

Me tiende un táper de vidrio con papel de cocina por dentro y, cuando abro la tapa, el olor a galletas recién hechas invade el cuarto. Muerdo una y está tan buena como recordaba. Me alegra que me las haya subido aquí; así no tendré que compartirlas con los demás.

—Gracias. ¿Quieres una?

Levanta la mano para objetar.

—No, gracias, no me encuentro muy bien.

Ahora que lo dice, tiene la piel algo más pálida que la última vez que la vi de día y veo que lleva maquillaje debajo de los ojos para esconder las ojeras.

—¿Qué te pasa?

—No suelo beber mucho, pero anoche fui a una fiesta, así que me siento como si me hubieran atropellado.

—Ya, te vi. Y, si pasas más tiempo con Aurora, lo del atropello es posible. Ayer casi me pasa por encima yendo marcha atrás. ¿Te has tomado un ibuprofeno?

—¿Me viste? —dice, y su voz no tiene el tono ligero de costumbre.

—Sí —respondo limpiándome una miga de galleta de la comisura de los labios—. Le estabas pidiendo el teléfono a Mason Wright. No te recomiendo que lo llames.

—¿Por qué no?

—Es un capullo.

Se le escapa un ronquidito con la risa. Qué mona.

—No sé por qué no dejo de hacer ese ruido delante de ti, perdona. Las chicas con las que estaba ya me borraron su número. No me di cuenta de que lo habías visto.

—Parecía que te lo estabas pasando bien con tus amigas, así que no quise acercarme. No sabía si te acordarías de mí y no quería estropearte la noche molestándote.

—Claro que me acordaba de ti —responde con suavidad—. Puedes acercarte cuando quieras. Habría estado bien ver una cara conocida, anoche había... muchas caras nuevas.

—¿Te has tomado alguna medicina, Halle?

Niega con la cabeza, así que bajo las piernas de la cama y me voy al baño para coger la caja que tengo para emergencias. Sobre todo contiene productos de cuidado de la piel, calcetines, gomas del pelo, etcétera, pero también hay analgésicos. Ella me mira mientras rebusco el ibuprofeno que tengo para las resacas.

Nunca ninguna chica había parecido tan desubicada en mi habitación. Por algún motivo, la veo nerviosa y me da la impresión de que está dándole demasiadas vueltas a todo. A veces me cuesta mantener conversaciones porque las personas, sobre todo las mujeres que forman parte de mi vida, tienden a querer llenar los silencios con algo. Veo como Aurora y Anastasia lo hacen a todas horas; es como si se hubieran autoproclamado guardianas del flujo de la conversación y su trabajo fuera luchar contra los silencios naturales. Creo que Lola no ha tenido un momento de silencio en su vida, aunque últimamente parece que sea por las discusiones con Robbie. Creo que no son conscientes de que sé que se pelean un montón, pero mi habitación está justo encima de la de él.

Me encanta el silencio, pero, a juzgar por la expresión de Halle, a ella no.

—¿Son las cosas de tu novia?

—Una vez una chica pasó la noche aquí y al día siguiente se encontraba muy mal. Yo no tenía nada para cuidarla y me sentí fatal. Desde entonces, guardo cosas de estas en el baño por si acaso —le explico—. No tengo novia.

—Ah, como te vi anoche con una chica, no estaba segura de si... —Se le apaga la voz—. En fin, eso.

—Era Anastasia. Es la novia de mi amigo. —No puedo evitar sonreír—. ¿Estabas celosa?

La pregunta por fin le da algo de color a su piel pálida cuando se le sonrojan las mejillas.

—¡No, claro que no! Es que... Dios, qué resaca tengo.

—«Claro que no» —repito mientras le tiendo el ibuprofeno.

—Bueno, es muy guay que hagas esto —dice, y se pone dos pastillas en la palma de la mano. Busca en su bolso, saca una botella de agua y se las traga—. Gracias.

Vuelve el silencio. Halle se inclina hacia delante y coge un libro de mi mesita de noche. Es el que me compré la semana pasada en la librería. El que apenas he tocado.

—¿Qué tal va tu lista de lecturas sobre liderazgo?

—Leí dos capítulos y lo dejé. Trata toda su vida, y supongo que es lo normal en una autobiografía, pero ¿quién tiene tanto que decir sobre su familia?

—¿No eres muy familiar? —pregunta ella dándole la vuelta al libro para leer la contraportada—. Perdona, ¡eso es muy personal! No me hagas caso, no he pensado antes de hablar.

—No pasa nada. Quiero mucho a mi familia. Mis madres son las mejores personas que conozco, pero con medio capítulo yo ya lo tendría todo dicho. Como mucho.

Se ríe y el sonido es justo como imaginaba: ligero, bonito y musical. Toda ella es suave.

—Yo siempre tengo que contenerme para no escribir capítulos superlargos, así que, por desgracia, entiendo a... —Le da la vuelta al libro—. A Harold Oscar, cuatro veces ganador de la Stanley Cup. Aunque estoy segura de que lo que tiene que decir él es mucho más interesante.

—¿Escribes?

—Lo intento, pero últimamente estoy atascada. Creo que sigo tratando de encontrar mi estilo o algo. Hay un certamen al que me quiero presentar, pero no consigo decidir sobre qué escribir. Supongo que... no tengo ni una pizca de inspiración. Anoche, en la fiesta, empezó a sonar una canción que era evidente que no tenía que estar en esa lista de reproducción y se me ocurrió un argumento, pero no sé si llegará a algo. El resto de ideas y borradores que tengo no me parecen lo bastante buenos, así que tal vez sea mejor algo nuevo.

—Lo entiendo. A veces me siento así cuando pinto si estoy probando una técnica o un sujeto nuevo. Las cosas que creamos son personales. Seguramente le estás dando demasiadas vueltas.

Sonríe y se masajea la sien con los dedos.

—Supongo que tienes razón. Pero, un momentito, ¿pintas? Qué guay, no lo sabía. —Mira la habitación desierta—. ¿Y tus obras?

Buena pregunta. Me encojo de hombros.

—Nunca he hecho nada que quisiera tener que ver todos los días. Paso rápido a otra cosa.

—Ojalá yo fuera así. Siento que llevo años con las mismas ideas a rastras. Menos mal que se me da mejor leer que escribir, si no, se me iría la olla.

—A mí se me da mejor pintar que leer —digo, y vuelve a reírse—. No puedo concentrarme en un libro que no me interesa el tiempo suficiente para llegar a lo interesante. Me esfuerzo, pero, cuando me doy cuenta, llevo veinte minutos perdiendo el tiempo con el móvil. Y ni siquiera me acuerdo de haberlo cogido. Me da mucha rabia.

Halle no me mira raro como suele hacer la gente cuando intento explicar lo frustrante que me resulta lo que a los demás les parece fácil, se limita a asentir.

—Mi hermana pequeña tiene el mismo problema. Descubrimos que es porque tiene TDAH. La ayudo un montón con los deberes de Lengua porque es la asignatura que menos le gusta y, cuando no quiere leer un libro, es toda una batalla.

«Batalla» me parece la palabra adecuada para describir cómo me siento a veces.

—Es raro, porque a veces me pongo a buscar algo en Google y termino liándome e investigando otra cosa que no tiene nada que ver y me leo absolutamente todo lo que se ha dicho sobre ese tema sin ningún problema. En cambio, me resulta imposible hacer lo que tengo que hacer.

Halle suelta una carcajada, pero no me da la sensación de que se esté riendo de mí. Me gusta lo fácil que es hablar con ella.

—Sí, Gianna es igual. Tener un diagnóstico le ha dado más recursos y apoyo, pero me da miedo pensar cómo lo pasaría en clase si no hubiésemos insistido a los médicos. Busqué mucha información sobre el TDAH y por lo visto hay personas que se pasan la vida sin saber que son neurodivergentes... Ay, perdón, menudo rollo te estoy soltando.

—Está genial que tu hermana tenga el apoyo que necesita. Yo voy a pasarme lo que queda de día buscando información sobre estas galletas —confieso mientras cojo otra del táper—. Están tremendas.

—Una vez, mi abuela vino a pasar el verano conmigo para cuidarme mientras mis padres trabajaban y mi hermano estaba en un campamento de fútbol. Supervisó cada paso del proceso de elaboración de las galletas para asegurarse de que lo perfeccionaba. Me dijo que no podía ir dándole a la gente galletas de mierda y diciendo que la receta era suya.

—Por favor, dale las gracias a tu abuela de mi parte.

—Ah, murió hace unos años. Vivo en su casa, así que tengo todas sus libretas de recetas y cosas así. Creo que las galletas son lo único que no destrozo.

—Seguro que estaría contenta con cómo has defendido su legado galletero —la tranquilizo, y doy otro bocado—. Te salen genial. Y mola que vivas ahí. Mi abuela era más de ir a restaurantes caros, así que no tengo recetas suyas, pero sí que tengo una lista de sitios para comer por todo el mundo con su sello de aprobación.

Mami dejó de hablarse con sus padres hace treinta años cuando sus «valores estrictos y conservadores» les impidieron aceptar que fuera lesbiana, por lo que, aunque siguen vivos, no los conozco.

En cambio, los padres de mamá eran personas centradas en su vida profesional. La tuvieron ya mayores y los dos fallecieron antes de que yo cumpliera los quince. Hicieron todo lo posible por que mami se sintiera querida e incluida en su familia, ya que había perdido a la suya. Una de las cosas que más le gustaba hacer a mi abuela era llevarnos a todos a comer a sus lugares favoritos para presumir de familia.

—¡Me encanta! Aunque creo que hasta ahora nadie me había dicho que estar en tercero de carrera y vivir en casa de mi abuela «mola», pero acepto el cumplido —dice tirando de la manga de su cárdigan—. Gracias.

—¿Por qué no vives con tus amigas? —le pregunto y, a juzgar por cómo se le hunde la expresión, creo que ha sido una de esas cosas que no debería haber preguntado.

—Buena pregunta. Muy buena pregunta. Eh…

Me siento atrapado entre su afirmación de que ha sido una buena pregunta y lo incómoda que parece. Estoy a punto de decirle que puede ignorarme si quiere cuando por fin contesta:

—En realidad, no tengo amigos. Los que tenía, más o menos, no estudian en Maple Hills, y además todo el mundo me dejó de lado cuando mi novio y yo rompimos.

Parece avergonzada, pero hace solo un par de años yo tampoco tenía amigos. Ahora, en todo caso, puede que tenga demasiados. Me cuesta llevar la cuenta, pero me parece que una más no hará ningún daño.

—Yo soy tu amigo.

Arquea una ceja. Es una expresión a la que estoy acostumbrado. Significa que la he pillado desprevenida. Parece que siempre estoy pillando desprevenida a la gente.

—No, qué va.

—Que sí —digo con algo más de firmeza.

—Así no es como hace amigos la gente —insiste ella.

—¿Cómo lo sabes? Acabas de decir que no tienes. —Se encoge visiblemente y me sabe fatal. Me doy prisa por seguir hablando—. Somos amigos, Halle. Los amigos hacen cosas juntos. Yo te he dejado usar mi casa para el club de lectura y tú me has traído comida. No te digo que tengas que vivir conmigo ni nada, pero no estás sola.

—Vale, pues podemos ser amigos —dice ella, y deja caer los hombros unos centímetros al relajarse un poco.

No quiero que esté incómoda conmigo y lo de que quiero ser su amigo va en serio.

—Bien. Este finde tenemos la fiesta anual de pretemporada. Mi compañero de piso ha dicho que ya es demasiado mayor y maduro para organizarla, pero la vamos a celebrar igualmente. Deberías venir para convencerme de que dices en serio que podemos ser amigos.

Creo que Russ y yo somos los únicos que no estamos alarmados porque Robbie quiera ir de fiesta cada vez menos. Sin embargo, el resto del equipo, sobre todo aquellos a los que Nate no dejaba venir y que ahora son más mayores, sienten que se están perdiendo una especie de rito de iniciación. No es que

Robbie haya anunciado que nunca más va a organizar una fiesta, solo ha dicho que quiere centrarse en demostrarle a Faulkner que puede ser más responsable, pero, como compruebo en cada entrenamiento, a la gente se le da fatal escuchar y solo se han quedado con lo de «menos fiestas».

Antes de que Nate y JJ se fueran, Robbie estuvo viendo varios lugares para vivir solo este año. Comentó que quería poner algo de distancia entre el Robbie amigo nuestro y el Robbie que esperaba que le dieran un puesto en la universidad una vez terminados los estudios.

Nos dijo que el motivo por el que no se había mudado, a pesar de que era lo que quería, fue que ninguna de las casas disponibles estaba hecha pensando en las personas con discapacidad. Dijo que el estrés que le habría provocado intentar que un casero hiciera lo mínimo por mejorar la accesibilidad y la seguridad de un edificio no valía la pena y que volvería a buscar el año que viene.

Halle pone los ojos en blanco ante mi oferta y se mete el libro de Harold Oscar debajo del brazo mientras se levanta de la cama.

—Va a ser que no. Sería raro ir a una fiesta sola y tengo cosas que hacer: deberes, el proyecto de escritura, el club de lectura... Esas cosas.

—No estarás sola, estaré yo.

—Estarás ocupado con tus amigos.

—Acabamos de aclarar que tú eres mi amiga.

Suspira, pero es diferente de los suspiros que soltaba Anastasia hace un rato.

—¿Siempre eres tan... persistente? ¿Convincente? Incluso me atrevería a decir que «ligeramente cabezota».

—No lo sé —admito con sinceridad—. Normalmente no tengo que esforzarme tanto. Casi todas las chicas quieren ser amigas mías.

—Cómo no, Henry. Me voy, que dentro de poco entro a trabajar, pero me llevo prestado el libro, si te parece bien.

Me encojo de hombros.

—Claro. Total, no lo estoy leyendo.

—Gracias otra vez por dejarnos el jardín.

—Gracias otra vez por traerme galletas.

Se vuelve para marcharse y justo antes de que se cierre la puerta, la llamo.

—Halle.

Asoma la cara por el resquicio de la puerta.

—¿Sí?

—De verdad que me encanta el corte de pelo.

6

Halle

—¿Has encontrado algo?

Levanto la vista de la tablet y le hago un gesto poco entusiasta a Cami, con el pulgar hacia abajo.

—Por desgracia, parece que en internet no venden «hijos felices y sanos» o «vidas lo suficientemente largas como para ver casarse a los hijos». ¿Qué tal una cesta de fruta?

—Las cestas de fruta siempre están bien. Y ayudan a lo de la vida larga —dice Cami, sentándose a mi lado en la sala de descanso. Se acerca para mirar las opciones de la sección de «regalos para ella» de los quintos grandes almacenes en los que he entrado desde que mi hermano envió un mensaje al chat grupal que tenemos preguntando qué le íbamos a regalar a mi madre por su cumpleaños, que es la semana que viene—. ¿Y si le prometes llevarla a un spa cuando vuelvas a casa por Acción de Gracias?

Decido evitar explicarle que, en un desafortunado intento de negociar con mi exnovio, me comprometí a no ir a casa en vacaciones este año.

—Es una gran idea, pero tengo que encargarme de que mis hermanos también tengan algo que regalarle.

—Creía que tu hermano era mayor que tú —dice Cami, y no puedo evitar suspirar en modo hija mayor.

—Sí, pero igual que mi padrastro, es un inútil. Lo que significa que, si no me ocupo yo, mi madre se quedará sin regalo. No pasa nada. Estoy acostumbrada a ser la jefa de la familia.

Sé que Cami es la menor de sus hermanos, así que lo más seguro es que no tenga ni idea de lo que quiero decir cuando me autodenomino «la jefa de la familia». Irónicamente, es un título que Grayson me concedió cuando éramos más jóvenes para delegar plenamente en mí sus contribuciones poco entusiastas a todas y cada una de las responsabilidades familiares.

Cami me tapa la pantalla y aparta de mí el dispositivo lentamente.

—¿Sabes qué te ayudaría a decidirte? El alcohol. Yo siempre tomo las mejores decisiones borracha.

Todavía no he decidido si me gusta beber. Me gusta que me inviten a ir a los sitios y me gusta la seguridad que siento cuando estoy achispada, pero detesto las resacas. Me ponen nerviosa, tristona y un poco hipersensible, pero no sé si esas invitaciones se acabarán si dejo de ser tan divertida.

—¿No estabas borracha cuando decidiste teñirte el pelo en casa?

El pelo de Cami, que antes era rubio, es ahora castaño oscuro; y eso después de pasarnos horas en la peluquería para que se lo arreglaran. Mientras me enfrentaba a mi primera resaca, he de añadir.

—Vale, a lo mejor me falló la ejecución, pero no puedes decirme que el rojo no es mi color. Cuatro personas distintas me han dicho que me parezco a Jessica Rabbit. ¿Sabes lo que le está haciendo eso a mi ego? Ojalá tuviera sus tetas. Sería todavía más insoportable.

—Créeme, el dolor de espalda no merece la pena. —Instintivamente, echo un poco los hombros hacia atrás para corregir la postura y el espacio entre mis omóplatos se reduce—. Y es verdad que te pareces a Jessica Rabbit. Deberías comprarte ahora mismo el disfraz de Halloween.

En la excursión a la peluquería me enteré de que Cami había tenido un casi algo con West, el chico cuyo puesto conseguí. Ella cree que no tiene sentido estar enfadada con él porque ni siquiera eran pareja y en cierto modo casi hasta lo odiaba, pero el caso es que sí que está enfadada y lo sobrelleva de la única forma que conoce: saliendo de fiesta todo lo posible.

Cami es dos años mayor que yo, pero se cambió de carrera y le faltaban asignaturas para graduarse con los de su año. Todos sus amigos —y aclaró que en «amigos» no entraba West— se han marchado a estudiar un posgrado o a buscar trabajo. Dice que nuestras circunstancias no son demasiado diferentes y que por eso nos resulta tan fácil ser amigas.

Verla tan hecha polvo por lo de West me hizo rechazar cualquier tipo de compasión por su parte por lo de Will. Me sentía como si la estuviera engañando, así que intenté explicarle que, salvo por algún que otro bajoncillo ocasional, estoy bien sin pareja.

Cami me contestó que iba a fingir que no le había dicho eso, porque se sentía mucho menos fracasada y sola si tenía una amiga que también tenía el corazón roto. Luego se echó a reír, aclaró que estaba de coña y me dijo que si los bajones ocasionales empezaban a parecerse más a unas ansias irrefrenables de teñirme el pelo de rojo, podía contar con ella.

Con la caja de tinte en la mano.

No sé si fue fruto de la resaca o de todas las emociones generadas por ver cómo te puede cambiar la vida en tan poco tiempo —literalmente, en solo unas cuantas horas—, pero en ese momento sentí pena por la antigua Halle, que nunca había tenido esto.

—Toda la razón. Y además me encantan mis tortitas —dice Cami, dándose unas palmaditas cariñosas en las tetas—. Debería ponerme algo para lucirlas cuando vayamos luego a la fiesta, ¿no crees?

Hay una parte de mí que quiere rechazar la invitación y decirle que prefiero quedarme en casa para empezar por fin a trabajar en la propuesta para el certamen literario. Que esta noche mis planes, mis collages de ideas y mis continuos replanteamientos van a convertirse, finalmente, en una novela en ciernes.

Pero hay otra mucho más grande, locuaz y persuasiva que la va a aceptar porque no sabe decir que no a la gente y encima está argumentando que eso es precisamente lo que siempre he querido: tener amigas propias que me inviten a salir con ellas por mí y no por ningún tío, ¿no? ¿No es esto lo que se supone que debo hacer después de lo de Will? ¿Centrarme en mí misma y divertirme? ¿Cómo voy a saber si me gustan las fiestas si no les doy una oportunidad como es debido?

Cruzo los brazos sobre el pecho y vuelvo a sentarme en la silla en un falso alarde de obstinación, aunque en realidad siento un poco de vértigo porque, de entre todas las incógnitas que me gustaría desvelar, la primera es la de conocerme a mí misma.

—¿A qué fiesta?

Cami aplaude entusiasmada y los empleados de la mesa de al lado, cuyos nombres aún no me he aprendido, levantan la vista de sus teléfonos.

—Te va a encantar. Las fiestas de Robbie son lo más.

—¿Quién es Robbie?

La casa de los chicos del equipo de hockey tiene un rollo totalmente distinto por la noche, comparado con cuando fuimos con el club de lectura.

Aunque Henry me había invitado antes de que Cami interviniera, sigo sintiéndome un poco rara por estar aquí. No lo he visto ni una sola vez, algo que no me sorprende, porque desde que llegamos, hace ya varias copas, el lugar está petado de gente. Lo que sí me sorprende es estar tan pendiente de él.

Una mezcla de botellas de alcohol y refrescos ha colonizado la isla de la cocina y el resto de las superficies de apoyo del enorme salón están cubiertas de vasos rojos y botellas de cerveza. La música suena a todo volumen por todos los rincones, impidiéndome oír mis propios pensamientos, por no hablar del tío al que parece que todo el mundo odia y que intenta hablar conmigo mientras bailamos.

Creo que en circunstancias normales me habría alejado poco a poco de Mason, buscando una excusa para huir, pero estas no son circunstancias normales porque estoy tremendamente influenciada por lo que sea que haya dentro del bol gigantesco de ponche.

A la Halle que ha bebido ponche no le preocupa no saber bailar ni hablar con hombres y mucho menos que este en concreto pueda amargarle la vida. La Halle que ha bebido ponche se está divirtiendo porque se supone que eso es lo que una debe hacer en las fiestas universitarias. Además, ha decidido dejar que Mason pegue su enorme cuerpo al suyo y que le ponga las manos en la cintura para no tener que responderle a la pregunta de por qué no le ha mandado ningún mensaje.

Ojalá Cami estuviera aquí para salvarme, pero ha salido a llamar a su compañera de piso unos segundos antes de que Mason me encontrara. Al parecer, la Halle sobria y la Halle que ha bebido ponche tienen algo muy evidente en común: ambas son unas cobardes.

—¡Estás impresionante! —grita Mason, con la boca pegada a mi oreja y calentándome con el aliento el punto sensible de mi cuello. Esta es una de las típicas experiencias sobre las que leo en las novelas románticas. El chico malo y guapo que se interesa por, admitámoslo, la virgen sin experiencia y sobreprotegida. Somos un cliché y aunque a la Halle que ha bebido ponche le hace gracia, sospecho que la sobria se moriría de vergüenza.

Lo peor es que, mientras me estruja las caderas con las manos, yo espero que mi cuerpo reaccione de alguna forma. Que se me erice la piel, que se me acelere el corazón, que me pase algo que indique que mi falta de deseo tenía que ver con Will. Que no estoy del todo muerta sexualmente y que un hombre atractivo puede hacerme sentir cosas. Porque así funciona este cliché, ¿no? Se supone que debería haber una tensión sexual inmediata y clara, aunque lamentablemente yo no siento nada de nada.

Sé que todavía soy joven y que mi valía no depende de lo que ocurre entre mis piernas, pero me gustaría poder entenderme a mí misma.

Me gustaría desear a alguien y eso es algo que está empezando a frustrarme un poco.

—Gracias —digo, respondiendo por fin al cumplido de Mason—. Tú también.

Siento que se me calientan las mejillas mientras repito mentalmente lo que acabo de decir y, siendo sincera, ese no era el tipo de reacción corporal que buscaba. Ha sonado incómodo y bastante falso. Como cuando te felicitan por tu cumpleaños y respondes «igualmente» para, inmediatamente después, cagarte en todo por haber dicho semejante gilipollez.

Echo la cabeza hacia atrás a regañadientes para evaluar lo avergonzada que debería sentirme y me sorprende ver que Mason me está mirando como si quisiera devorarme.

—¿Quieres que vayamos a un sitio más tranquilo? —grita—. ¿Más privado?

—No, no quiere.

No necesito darme la vuelta para saber quién acaba de contestar por mí, porque a pesar del ruido ensordecedor de los altavoces, reconozco su voz grave. El corazón se me acelera. Al levantar la vista, veo que Mason se ha puesto muy serio.

—No sabía que ahora eras guardaespaldas, Turner —dice—. Me sorprende que tengas tiempo, capitán.

—Vamos, Halle —dice Henry, poniéndome las manos sobre los hombros y haciéndome retroceder para alejarme de Mason, que tiene cara de enfadado—. Espero que tengas la noche que te mereces, Wright.

Básicamente, soy como una marioneta. No opongo ningún tipo de resistencia mientras Henry me agarra de la mano y me acerca a él al tiempo que se abre paso entre la multitud para ir hacia el fondo de la casa. «Qué fácil sería secuestrarme». Ese pensamiento recurrente me ronda la cabeza mientras nos dirigimos a la sala de estar.

Henry todavía no ha abierto la boca, pero cuando estamos llegando a una mesa de *beer pong*, mi instinto de supervivencia por fin se activa.

—¡Espera! —digo con un poco más de entusiasmo del necesario, parándome en seco—. ¿Qué narices has hecho?

Él se gira para mirarme, con su habitual expresión neutra dibujada en la cara.

—Salvarte de tu gusto pésimo para los hombres.

«Ay». Es como si me hubiera dado una bofetada para devolverme a la realidad.

—Pues a mí me ha parecido algo personal.

—Ya te dije que Mason Wright era un capullo —replica él tranquilamente—. Si lo que quieres es enrollarte con alguien de rebote, ahí no es.

La Halle sobria dejaría el tema de inmediato, demasiado avergonzada por haber metido la pata con su pareja de baile como para hacer más preguntas. Pero la Halle ponchera no tiene las mismas reservas.

—¿Siempre interfieres en las actividades de tus invitados?

—¿No querías que me acercara a ti en las fiestas? —Henry sonríe y tengo la sensación de que me estoy perdiendo algo, hasta que me doy cuenta de que está utilizando mis propias palabras en mi contra—. Interfiero solo cuando es necesario. Si quieres tirarte a alguien, hay mejores opciones que él —dice, mientras la Halle que ha bebido ponche pierde la escasa rebeldía de borracha que tenía—. Lo conozco. Fue a mi instituto. Es un broncas, un irresponsable y no te llega ni a la suela del zapato.

—No pretendía tirármelo. Y él tampoco lo estaba intentando —digo, como si sintiera la necesidad de justificarme—. Lo siento.

—Eres muy guapa, Halle. Claro que lo estaba intentando. No tienes por qué disculparte.

Abro la boca para añadir algo más, pero la cierro al darme cuenta de lo que acaba de decir. Me ha llamado guapa. Tomo nota mental de ello para reflexionar al respecto mañana, cuando él no pueda ser testigo de todas mis reacciones.

—Solo quería emborracharme y bailar con un chico en una fiesta, por aquello de vivir la experiencia. Es una chorrada.

—Nada de lo que dices es una chorrada. Pero estás empezando a ponerte triste y creo que es culpa mía, aunque no era mi intención. ¿Y si empezamos de nuevo?

Asiento, agradecida por la oportunidad de empezar otra vez.

—Hola.

Él sonríe.

—Hola. Me alegra que hayas venido.

—Me alegra que me hayas invitado.

—Ahora me toca a mí disculparme —dice, poniéndose a mi derecha para guiarme hacia donde están sus amigos—. Estoy a punto de hacerte jugar al *beer pong* contra Aurora, que es insufrible y supercompetitiva. Y además se va a tirar el resto de la noche diciéndote cuánto odia a Mason, porque ha sido ella la que te ha visto.

Al llegar a la mesa me siento como si me estuviera metiendo en la boca del lobo y pienso que ahora mismo me vendría estupendamente otro poquito de ponche. Henry coge la pelota, la hace rebotar una vez contra la mesa, la pilla con la mano y me la ofrece. Yo la cojo, ignorando mi preocupante falta de coordinación.

—Llevo dos años oyéndole decir a Aurora cuánto odia la poesía. Esto no es nada.

Unos cuantos amigos más de Henry entran desde el jardín, entre ellos Aurora, que se acerca a mí inmediatamente y me da un abrazo enorme.

—¡Cuánto me alegro de que estés aquí! ¿Vas conmigo? —me pregunta, mirándonos a Henry y a mí.

—No, va conmigo —dice él—. Búscate tu propio compañero de equipo.

Antes de que tenga la oportunidad de abrir la boca, uno de los amigos de Henry entra por la puerta arrastrando una silla y se me adelanta.

—Ha habido un pequeño accidente —dice. Creo que se llamaba Mattie, o Kris, o Bobby..., algo así. Son todos totalmente distintos tanto en estatura y complexión como en etnia y color de pelo, por no hablar de que cada uno tiene un claro acento de un estado diferente, pero cuando los conocí en el club de lectura se presentaron todos casi al mismo tiempo y ahora no recuerdo quién es quién.

—Ya veo —murmura Henry, mientras observamos la silla de camping aplastada que hay en el suelo.

—Estábamos jugando al juego de las sillas y, al parecer, la silla indestructible es destructible si saltas encima de ella. Culpa mía —dice Mattie, Kris o Bobby—. ¡Hola, Halle!

Tardo un segundo en darme cuenta de que me está hablando directamente a mí y ahora todos me miran. Henry está agachado en el suelo, valorando si la silla tiene salvación, pero se levanta rápidamente al oír mi nombre.

—Hola... —«Madre mía, ¿cómo se llamaba?»—. ¿Qué tal?

—No te sabes mi nombre. Qué fuerte. Después de aquel libro que tanto disfrutamos juntos —dice chasqueando la lengua con dramatismo—. Hen, está claro que no le hablas lo suficiente de mí.

«Aquel libro que tanto disfrutamos juntos» es una forma muy creativa de decir «aquel libro que busqué en Google justo antes de que empezara el club de lectura». Aunque me encanta viajar a Inglewild con los libros de la serie Lovelight, si este chico de verdad había leído el primero antes de la reunión improvisada del club de lectura y no estaba simplemente intentando impresionar a los demás, le daré mi próxima paga.

—Yo nunca hablo de ti, Kris —dice Henry, encogiéndose de hombros con la despreocupación que le caracteriza—. El único nombre del que se tiene que acordar es el mío.

«Madre mía».

Intento concentrarme. Metro ochenta, chico blanco de pelo oscuro con una especie de acento híbrido que no logro identificar. Hombros y espalda anchos. Enormes, de hecho. Kris. Kris, Kris, Kris. Solo me falta aprenderme los nombres de dos más. Aparte de los del resto de sus amigos, que también siguen mirándome.

—¿Tú te escuchas cuando hablas? —le pregunta Aurora a Henry.

—Normalmente, sí. Solo puedo silenciar a una persona cada vez y siempre te elijo a ti. ¿Jugamos, o qué?

Aurora se ríe y le hace una peineta, pero entiendo lo que quiere decir. Hay algo en lo que Henry dice y cómo lo dice que... es difícil precisar por qué suena tan bien.

Ella le da un golpe en el brazo, de broma.

—Veo que has aprendido de mi padre. Emilia y Poppy están a punto de llegar. ¿Podemos esperarlas?

—Claro. —Henry se gira hacia mí—. ¿Se te da bien el *beer pong*?

«Ay, madre».

—¿Prefieres que te diga una verdad que te hará sentir mal ahora, o una mentira que podría hacerte sentir bien a corto plazo pero mal cuando descubras que es mentira?

—Prefiero que me digas la verdad siempre.

—Conozco las reglas pero nunca he jugado, así que seguramente seré un desastre.

—Puedo trabajar con un desastre —replica con una sonrisa.

Me empuja hacia delante para ponerme de espaldas delante de él y me agarra la mano derecha, en la que tengo la pelota de ping-pong que me ha dado hace un rato. Luego se inclina hacia mí hasta que puedo sentir su suave respiración haciéndome cosquillas en el cuello y me coloca la mano en posición de lanzamiento, hablándome en voz baja y profunda.

—¿Estás cómoda? —Huele a after shave del caro, me ha puesto la otra mano en la cintura para moverme suavemente hacia la posición correcta y me está costando muchísimo concentrarme...—. ¿Halle?

Me ruborizo mientras un escalofrío me recorre la espina dorsal.

—Sí. Muy cómoda.

—Es todo cuestión de muñeca. No te lo pienses demasiado —dice, guiando mi mano para que lance la pelota hacia los vasos que están al otro lado de la mesa. Por segunda vez en la noche, vuelvo a ser básicamente una marioneta—. Perfecto. Has nacido para esto.

Soy vagamente consciente de que Cami acaba de llegar con Poppy y otra chica que supongo que será Emilia, aunque estoy concentrada en Henry.

—O puede que al final sí seas un buen líder.

—Veremos si sigues pensando lo mismo dentro de diez minutos. Porque no pienso permitir que perdamos contra Aurora. Necesito que lo des todo, ¿de acuerdo?

Alguien empieza a rellenar los vasos con alcohol y me río para mis adentros antes de contestar.

—Sí, capitán.

7

Henry

Creo que no había leído un libro tan deprisa en toda mi vida.

Paso las páginas hasta el siguiente marcador y leo las partes que Halle me ha subrayado en azul ignorando las que no ha tocado. Cuando su amiga pelirroja se iba de la fiesta anoche y Halle me dijo arrastrando las palabras por el alcohol que tenía algo para mí en el bolso, no supe qué esperar.

Al volver, me tendió el libro que se había llevado prestado y me explicó que se lo había leído y había subrayado las partes que pensaba que podían parecerme interesantes o relevantes.

Ya voy por la mitad cuando por fin se despierta de un salto en la cama apretándose el edredón contra el pecho. Veo cómo la asaltan un montón de preguntas a la vez. Abre mucho los ojos y se mordisquea el labio inferior mientras piensa cuál formular primero.

—Hola —digo rompiendo el silencio.

Traga con dificultad y yo señalo la botella de agua y los analgésicos que le he dejado al lado. Manteniendo el edredón pegado a su cuerpo con una mano, coge las pastillas y la bebida y se los toma deprisa. Cuando se ha terminado la mitad de la botella, vuelve a taparla y me mira a la cara.

—¿Anoche lo hicimos?

Yo le hago dos pliegues al marcador de la página en la que

me he quedado y dejo el libro delante de mí. Señalo el colchón medio deshinchado que tengo debajo y le sostengo la mirada.

—No.

—¿Me lo prometes?

—Estoy sentado en un colchón claramente pinchado, Halle. ¿Por qué iba a acostarme contigo y luego no dormir a tu lado?

—Eso no es una respuesta, Henry.

—Te prometo que anoche no lo hicimos —digo. Se le relajan los hombros. La tensión de su cara empieza a desaparecer—. Yo no me acuesto con mujeres que tienen en el cuerpo más cantidad de alcohol que de cualquier otro líquido.

—Si no lo hicimos... —Carraspea—. ¿Por qué estoy desnuda en tu cama?

—No quisiste irte con tus amigas y estaba preocupado por si no podías cuidarte sola, porque sé que no vives con nadie. Quería dejarte la habitación vacía de al lado, pero Mattie había entrado con alguien —le explico—. Así que saqué el colchón inflable y te traje aquí.

Le da otro trago a la botella.

—Sí, pero ¿por qué estoy *desnuda*?

—No lo sé. Bajé un momento porque te habías dejado el bolso en el salón y, cuando volví a subir, tu ropa había desaparecido. Te ofrecí algo para dormir y me dijiste que no.

Vuelve a abrir mucho los ojos y, mientras parece tener una crisis interna, yo repaso lo que acabo de decir para averiguar qué es lo que la ha provocado. Por fin, mucho después de que yo haya abandonado el repaso, vuelve a hablar:

—Me has visto desnuda.

Ah, era eso.

—He visto a mucha gente desnuda.

—Me has visto desnuda —repite, pero creo que no me está hablando a mí.

—Los amigos a veces ven desnudos a sus amigos. No pasa nada.

—Sí que pasa. Nadie me ve desnuda.

No tiene motivos para sentirse insegura.

—Pues no saben lo que se pierden.

Quería que la broma le subiera la autoestima, pero no la recibe bien. En absoluto. Se le sonrojan las mejillas y vuelve a poner cara de angustia. No quiero que se sienta mal, pero a veces, cuando abro la boca, empeoro las cosas.

—¿Quieres verme desnudo a mí para equilibrar la balanza?

Esta vez se ríe, pero yo lo decía en serio.

—Aunque estoy segura de que sería un espectáculo, paso. Madre mía, debo de darte mucha vergüenza ajena. Lo siento mucho. Lo de beber es nuevo para mí y creo que me pasé. Otra vez.

—¿Puedes dejar de disculparte por todo? De verdad que no es necesario. Y no me das ninguna vergüenza.

—Seguro que la casa está hecha un asco de anoche. Puedo ayudarte a limpiar si quieres, o puedo invitaros a desayunar. No, qué tontería. Mejor me voy y dejo de molestarte para que la gente no sepa que he estado aquí.

—No tienes que hacer nada. No me estás molestando. La gente ya sabe que estás aquí. Aurora me ha preguntado si queríamos desayunar, pero estabas dormida y no he querido despertarte. Además, ya es hora de comer y creo que se han ido todos.

—¿Es hora de comer? Ahí va, nunca duermo hasta tan tarde. Lo siento mucho.

Veo como vuelve a entrar en bucle y empiezo a pensar que tal vez nunca se ha despertado en la cama de otra persona, así que no señalo que acaba de disculparse otra vez.

—Te estás preocupando tú más que yo —digo antes de que pueda pedirme perdón por nada más—. Me gusta que estés aquí y me alegro de que vinieras a la fiesta. No eres la primera persona borracha y desnuda de la que he cuidado, Halle. Ni siquiera eres la primera persona borracha y desnuda de la semana. De verdad que no tienes que pasar vergüenza. No tienes de qué avergonzarte.

—Creo que me voy a vestir y te dejaré tranquilo. Muchas gracias por ser tan majo conmigo.

—Somos amigos —le digo—. Dúchate, te sentará bien. La caja de cosas de chicas está debajo del lavabo y hay toallas limpias en el toallero.

Asiente, pero no se mueve. Después de un momento sin que pase nada, sonríe de verdad por primera vez desde que se ha despertado.

—¿Podrías, igual, eh..., taparte los ojos o algo? Sé que ya me has visto, pero a lo mejor me muero si tengo que repetirlo sobria.

Coño.

—Ah, sí.

Me recuesto en el colchón hinchable casi vacío ya y me tapo la cara con la almohada. En cuanto oigo que empieza a sonar el agua de la ducha, vuelvo al libro.

—¿Henry?

—¿Sí?

—¿Me pasas el vestido, por favor?

—¿Quieres ponerte algo mío? Pareces bastante opuesta a la desnudez y el vestido no hace mucho para combatirla.

No exagero. Casi me atraganté con la bebida cuando la vi con ese vestido diminuto y brillante. Estoy acostumbrado a sus vestidos de flores y a los cárdigan. Oí que le decía a Aurora que se lo había dejado la compañera de piso de Cami. Parece que últimamente ha hecho más amigas y eso me alegra. A juzgar por el quejido que sale del baño, creo que vuelve a tener vergüenza.

—Soy muy fan del vestido y más si va contigo dentro —añado—. Es solo que igual estás más cómoda con mi ropa.

Se queda callada un momento.

—Si no te importa...

Cojo unos pantalones de chándal y una camiseta del cesto de la ropa limpia y se los paso por el hueco de la puerta.

—Gracias.

Cuando por fin aparece trasteando con la cintura del chándal, tiene mucho mejor aspecto que cuando se ha despertado.

—Yo te ayudo —digo, y le hago gestos para que se acerque a donde estoy sentado en la cama.

Apoyo los pies en el suelo y la coloco entre mis piernas.

Cojo el cordel de los pantalones e intento desatarlo. Ella se está secando las puntas del pelo con una toalla de microfibra y la escena me resulta extrañamente hogareña.

—Hueles muy bien.

Suelta una risita.

—Gracias. Estás preparadísimo. Solo me he quedado a dormir en casa de Will y ni siquiera él tenía cosas de aseo para cuando iba a verlo.

—Aparte de mal jugador de hockey es mal novio. Tiene sentido —digo, y por fin deshago el último nudo.

Tiro con fuerza para que la cintura del pantalón se le ajuste a las caderas y hago un lazo para que no se le caiga.

—No era mal novio, solo…

—No me interesa para nada oírte enumerar las cualidades del mediocre de tu ex.

Suelta un ronquidito, un sonido al que le he cogido cariño.

—¿No decías que no sueles hacer ese ruido? Porque te sale muy natural —le digo.

Me echo atrás en la cama y me apoyo en el cabecero en el lado en el que no ha dormido ella. Doy unas palmaditas en el hueco que queda para que se siente, y lo hace.

—No suele formar parte de mi repertorio, lo que ocurre es que no estoy acostumbrada a que la gente hable de Will con tanta… aversión. Creo que la única excepción es mi hermano Grayson, pero para mí que no le cae bien nadie.

—Ve acostumbrándote, en el equipo todos piensan que es gilipollas.

Me mira, a su izquierda, con los labios algo curvados hacia arriba.

—Entendido. —Baja la mirada entre nosotros—. ¡Madre mía, te lo estás leyendo!

—Sí, solo las partes que has subrayado en azul. Me está ayudando mucho a mantener la atención. Me ha gustado cuando has dibujado un palo de hockey, aunque tal vez deberías dejarme lo de dibujar a mí. —Su sonrisita se ha convertido en una sonrisa ancha—. ¿Por qué me miras así? —le pregunto.

—Es que me alegro un montón de que te esté ayudando. —Se

lleva las rodillas al pecho y apoya la cabeza encima—. No sabía si funcionaría, pero es una de las cosas que he hecho estos años para ayudar a Gigi a concentrarse. Descubrimos que, cuando quitábamos las partes irrelevantes, podía procesar las importantes mucho mejor. Ahora prefiere los audiolibros, pero pensé que podía servirte. Gigi es mi hermana de quince años, por cierto.

—Me acuerdo. Y vale —digo volviendo a coger el libro y pasando los dedos por los marcadores de colores que sobresalen por el canto.

Me había dejado un pósit en la primera página con la leyenda de los colores: amarillo para cuando el autor habla de sus dificultades y errores, rosa para sus triunfos, naranja para las cosas que haría de otra forma si pudiera volver atrás y verde para los consejos que les daría a los jugadores del futuro.

—No todo el libro va de hockey, lo cual era de esperar dado que es una autobiografía. Habla mucho de su familia y de cosas que ha hecho desde que se retiró y que supuse que no te interesarían.

—Ojalá cribasen así todo lo que no quiero leer. Quizá de esa forma podría aprobar la asignatura de Thornton este semestre.

—Ah, ¡el profesor Thornton me encanta! Iba a cursar su asignatura de «Cómo la historia dio forma al arte», pero Will me pidió que cambiase el horario para tener los viernes libres para ir al hockey y no conseguí cuadrarla. —Estoy muy confuso y supongo que se me nota en la cara, porque añade—: He tenido por lo menos una asignatura suya cada semestre desde primero.

—No sé qué me parece más loco, que te hayan pedido que cambies tus estudios por ir al hockey o que te guste el profesor Thornton. O que si no te hubieras cambiado el horario nos habríamos conocido un mes antes, porque yo estoy en esa clase.

—Me gusta la idea de que pudiéramos haber sido amigos en una realidad paralela —dice en voz baja—. Entiendo que te cueste trabajar con él si no te gusta leer cosas largas. Sus clases parecen muy intensas, pero en realidad es un osito de peluche. Se hace el duro, pero, una vez que aprendes a escribir como le gusta y sabes qué fuentes académicas prefiere, es fácil. Yo me he apuntado a «Sexo y sensualidad en el siglo XVIII» el semestre que viene. ¿Qué tal te han ido los trabajos de momento?

—Solo he entregado uno. Me dijo que me faltaba investigación seria y atención al detalle.

Halle pone mala cara y aparecen dos arrugas apenas visibles entre sus cejas.

—Ha sido un poco duro contigo para ser tu primer trabajo. ¿Has hablado con él?

—Sí, pero no pude defenderme mucho. Había escrito sobre la revolución equivocada.

Deja caer las rodillas y se queda con las piernas cruzadas y jugueteando con los dedos con el dobladillo de mis pantalones de chándal, que son demasiado largos para ella.

—Solo te hace falta saber a qué prestarle atención. ¿Cuándo entregas el siguiente?

El martes.

—Dentro de dos días.

—¿Cuántas palabras has escrito de momento?

—Catorce. Mi nombre y el título.

Entierra la cara en las manos y se ríe antes de volver a mirarme.

—No te lo pones fácil a ti mismo, ¿eh?

—Solo soy así con esta asignatura, te lo juro. Me da miedo hacerlo mal, así que no sé por dónde empezar.

—Deja que te ayude. Te está costando leer las fuentes, ¿no? Puedo subrayarte las partes importantes y luego tú las citas.

—¿No se te hará muy aburrido? —le pregunto.

Enseguida tengo claro que quiero aceptar la oferta. Voy perdidísimo y no estoy exagerando cuando digo que no sé por dónde empezar. Tenía pensado ver si mañana al volver del gimnasio el pánico me ponía las pilas.

—Y además, ¿tienes tiempo para ayudarme?

Halle se encoge de hombros.

—No me importa. Hoy no tengo nada más que hacer. Iba a ponerme con la novela, pero no es urgente.

—¿Cómo vas con eso? ¿Ya has encontrado tu estilo?

Me siento mal por no habérselo preguntado ayer. Tendría que haberme acordado.

—Va más o menos como tu trabajo, pero tú has escrito ya más que yo. Tenía que haberme puesto con ello anoche, pero, bueno, Cami me convenció para venir aquí y, por mucha vergüenza que esté pasando hoy…

—Deja de pasar vergüenza.

—… ayer me inspiré un montón. Quiero escribir sobre personas que viven muchas experiencias y son un poco un desastre, pero creo que me cuesta empezar porque yo no tengo experiencias de ningún tipo. Nunca hago nada —explica—. Pero tal vez saliendo más a menudo me saque del bloqueo, aunque en el proceso me haya puesto en plan exhibicionista contigo y haya bailado con tu enemigo, por lo que te pido mil disculpas.

—Hay otras formas de vivir experiencias que no implican tener que lidiar con Mason. Y podemos establecer como norma básica de nuestra amistad que se te permite desnudarte delante de mí cuando quieras si eso te ayuda a no sentirte culpable sin necesidad.

Se pueden tener normas peores con alguien con el aspecto de Halle.

Se le sonrojan las mejillas, pero no parece incómoda como antes.

—¿Tienes una tablet?

—Sí, ¿por?

Baja de la cama y mis pantalones se le resbalan a la parte baja de las caderas.

—Porque me estás distrayendo y estás procrastinando para que no nos pongamos con el trabajo. Voy al baño, tú saca la tablet y empezamos, ¿vale?

—Sí, capitán.

He pedido comida a domicilio mientras Halle leía mi borrador y, para cuando ha llegado, ella ya se había descargado un montón de PDF y había empezado a subrayar las partes relevantes para que yo trabajase con ellas.

Está tumbada bocabajo a mi lado con los pies cruzados en el aire detrás de ella, tiene la cabeza apoyada en la mano y lee a toda velocidad todo lo que se ha descargado mientras yo tecleo en el ordenador. Me hace parar de escribir cada veinticinco minutos y descansar cinco. Al principio no lo he entendido y he pensado que estaba aburrida y quería charlar, pero no tiene ningún problema con que me quede en silencio si me apetece.

No quiero. Voy usando los cinco minutos para preguntarle más por el libro que está escribiendo. No lo leeré —a no ser que me señale las partes importantes—, pero me gusta escucharla hablar. Igual me apunto al club de lectura.

Tardamos un par de horas en encontrar el ritmo que nos va bien, pero, cuando lo logramos, todo se vuelve mucho más fácil. Es inteligente y culta y las preguntas que me plantea me hacen pensar antes de contestarle. Luego me dice que lo escriba todo antes de que se me vaya de la cabeza.

Cuando por fin cierro el ordenador, siento que me he quitado un peso de encima.

—Gracias. No lo habría conseguido sin ti. Eres la mejor.

—El trabajo lo has hecho tú, yo solo he subrayado cosas. Me alegra haber podido ayudarte. Debería dejar de abusar de tu hospitalidad e irme a casa.

—No estás abusando de mi hospitalidad —repongo—, si no, te lo diría.

—¿Sí?

—Te diría que te fueras si no te quisiera aquí. No estás prisionera y puedes irte si quieres, pero, si te apetece ver una peli, deberías quedarte.

Halle se incorpora en la cama, se sienta delante de mí y no sé si está a punto de venir a mi lado y acomodarse o salir corriendo por la puerta.

—¿Qué tipo de peli? —pregunta al final.

—De miedo. La madre de mi amigo JJ me mandó un mensaje recomendándome una la semana pasada. Iba a verla.

—¿Y si ponemos una comedia romántica?

Suspiro.

—Eres igual que las demás. Cuando las novias de mis amigos vivían aquí el año pasado, no paraban. Vi muchísimas pelis de mierda.

—¿Y si nos lo jugamos a piedra, papel o tijera? —propone sacando el puño—. Si gano yo, vemos *Cómo perder a un chico en 10 días* y, si ganas tú, vemos la recomendación de la madre de JJ y hacemos como si no estuviera llorando durante toda la peli. ¿Listo?

Yo tiendo el puño también, lo agito tres veces y elijo papel sabiendo que, por estadística, ella va a elegir piedra, que es lo que pasa. Le envuelvo el puño con la mano y ella hace un puchero.

—¿Al mejor de tres?

—No, lo siento, eso no estaba pactado antes de empezar.

Cojo los mandos para bajar las persianas y encender la tele.

—¿En serio no vas a darme otra oportunidad?

Ha puesto un puchero y está muy mona. Me distrae.

—Qué poca deportividad —dice.

—No. Ajo y agua. ¿Necesitas más almohadas? ¿Mantas? ¿Un arma para protegerte?

—Voy bien de almohadas y no me hace falta un arma —dice arrellanándose en la cama—. Te usaré de escudo humano.

Suelto una risa burlona mientras le doy al play y ahueco las almohadas que tiene detrás de la cabeza para que esté más cómoda. Me acomodo yo también, aliviado de no tener que estar en el dichoso colchón hinchable, y finjo no darme cuenta de que se me acerca unos centímetros más.

—Eso si no te uso de escudo humano yo a ti primero.

8

Halle

Otra vez hay un tío enorme comiéndose mis galletas.

—Sabes perfectamente que te puedo hacer unas cuantas si me lo pides —digo mientras me acerco a Henry, que está al lado de la mesa de la merienda de Encantada. Inayah celebra el primer evento de autores locales y le he prometido preparar algo dulce y poner la mesa mientras ella atiende a los clientes abajo, en la librería. A veces también lo hacía en Capítulos, así que no me ha importado ofrecerme—. No hace falta que te cueles aquí para robarlas.

—No tengo tu número, si no lo habría hecho —replica Henry, con una galleta de chocolate en la boca—. Por cierto, ¿por qué no tengo tu número?

—No lo sé. ¿Por qué no tengo yo el tuyo?

—Porque no me lo has pedido. ¿Por qué no me lo has pedido? —Hoy está especialmente alegre y gracioso.

Me cruzo de brazos mientras me sonríe desde su silla.

—¿Y tú por qué no te has molestado en dármelo?

—Excelente pregunta. —Engancha un dedo en una de las trabillas de mis vaqueros y tira un poco de mí para colocarme entre sus piernas. Ni siquiera me ha tocado y ya estoy nerviosa. Pellizca con cuidado la parte superior del móvil que asoma por el bolsillo de mi chaqueta de lana y tira de él hacia arriba—. ¿Cuál es tu contraseña?

Se lo quito de las manos y deslizo la pantalla hacia arriba cuando se desbloquea el identificador facial.

—No pienso darte mi contraseña.

Intento fijarme en cualquier cosa que no sea él mientras teclea en la pantalla.

—Haces bien. Sin duda haría algo que no te gustaría.

Cuando oigo que su móvil empieza a vibrar, vuelvo a mirarlo.

—¿Has venido a comprar más libros sobre liderazgo?

Él me mira como si acabara de hacerle una pregunta de lo más absurda.

—No, te estaba buscando. He visto en tu story que estabas aquí.

El hecho de que Henry Turner entre en mi perfil, que se compone básicamente de reseñas de loca de los libros, hace que me sienta más reconocida que en toda mi vida.

—Hoy estás de muy buen humor —le digo, cambiando rápidamente de tema—. ¿Es el efecto de mis galletas?

Él bloquea la pantalla y vuelve a meterme el teléfono en el bolsillo.

—Me encantaría poder decir que es solo por tu comida, pero en realidad es porque a Thornton le ha encantado mi trabajo. —Henry se recuesta en la silla y levanta la vista hacia mí—. Bueno, lo de «encantar» es un poco fuerte. No creo que sea capaz de sentir una emoción tan intensa. No esperaba que me dijera algo tan rápido, pero puede que el entrenador le haya preguntado qué tal me va. En cualquier caso, le ha gustado. He venido a darte las gracias por tu ayuda y a traerte algo.

Mete la mano debajo de la silla y saca un ramo de margaritas.

—Qué me estás contando.

Se levanta de la silla y lo inclina hacia mí, haciéndome un gesto para que lo coja, cosa que hago. Luego se mete las manos en los bolsillos y se encoge de hombros.

—No sabía cuáles te gustarían más. Anastasia decía que los girasoles y Aurora que las peonías, pero luego me acordé de que tienes un vestido rosa con margaritas pequeñas, así que imaginé que a lo mejor eran tus preferidas. —Se me humedecen los ojos y Henry se da cuenta—. Esa cara me la conozco. Por favor, no te eches a llorar. Me paso el día rodeado de mujeres lloronas y aun así nunca sé cómo reaccionar.

—Eres la primera persona que me regala flores, Henry —reconozco avergonzada—. Estas son casi lágrimas de felicidad. Te lo prometo.

Él vuelve a sentarse en la silla, con el ceño fruncido.

—Lo siento.

Levanto la nariz del ramo.

—¿Por qué?

—Por ser la primera persona que te regala flores.

—No importa... Además, ¿en qué hemos quedado sobre lo de disculparnos innecesariamente? —Me lanza una mirada que sugiere que no debería usar sus propias palabras contra él. Lo cierto es que lo de las flores sí que importa. Will creía que no tenía sentido porque se morían. Supongo que es verdad, pero aun así sigo teniendo una extraña sensación de ingravidez en el estómago—. Y has acertado, las margaritas son mis preferidas.

—Sí que importa, pero me alegro de que te gusten.

No sé cómo, pero acabo de conseguir que un detalle tan bonito resulte incómodo al revelar que mantenía una relación con alguien que claramente no estaba involucrado en ella. ¿Es duro darse cuenta de que a alguien no le interesas solo porque no te saca por ahí o no te compra flores?

Evidentemente.

—Me encantan. Y me alegro de que Thornton esté contento contigo.

—Por ahora. Ya nos ha puesto el próximo trabajo.

No puedo evitar reírme al ver su cara de fastidio.

—Pareces encantado. —Él refunfuña, vuelve a sentarse en la silla y acerca la que tiene al lado, haciéndome un gesto para que me siente—. ¿Quieres que vuelva a ayudarte? Si apruebas, no hace falta que me regales flores.

Tomo asiento y sujeto el ramo entre las rodillas mientras él considera mi oferta.

—¿Tienes tiempo?

La respuesta sincera es que no, seguramente no, pero no pienso decírselo. Sobre todo porque puede que sea la primera persona en mi vida que me pregunta si tengo tiempo. Todos los demás lo han dado siempre por hecho. Nana decía que era una historia más vieja que el mundo. Ella me entendía porque también era la mayor de sus hermanas y sabía lo que era que te pusieran la etiqueta de «servicial». De «fiable». De «tercer progenitor». Por eso ella era la única persona que le ponía las pilas a Grayson por no arrimar más el hombro.

Pero esto no tiene nada que ver. Henry es mi amigo y de verdad quiero ayudarle; solo necesito reorganizar el resto de mis compromisos. Ahora mismo está superfeliz. Aunque últimamente pasamos bastante tiempo juntos, nunca lo había visto tan contento. Creo que así es como más me gusta.

—Pues claro que tengo tiempo para ayudarte. ¿Cuándo quieres empezar?

—Si por mí fuera, lo dejaría para el último momento, pero a juzgar por esa mirada de censura que me estás echando intuyo que no es lo suyo.

—No es una mirada de censura. Yo no juzgo a nadie.

—Si tú lo dices... ¿Qué tal esta noche?

—Mmm...

—Puedes decirme que no, Halle —insiste Henry—. No tienes por qué cambiar de planes si estás ocupada.

—No es eso. Es que tengo que hacer una tarta. Mañana es el cumple de una de las chicas con las que trabajo y se le olvidó pedir el día libre. En circunstancias normales tendría que trabajar hoy por la noche, pero me convencieron para que cambiara el turno a mañana para que le hagamos una pequeña fiesta en la sala de descanso. Y me he ofrecido a hacer la tarta.

Detrás de Henry, algunos clientes que vienen al evento empiezan a aparecer por la escalera. Los conozco del club de lectura. No sé qué pensaran al vernos a Henry y a mí sentados tan cerca el uno del otro charlando, pero se abstienen de hacer ningún comentario mientras se sientan en la primera fila y me saludan con la mano.

—Así que esta noche no puedes y mañana trabajas. ¿Y el sábado?

—¿Acaso el capitán del equipo de hockey no tiene mejor plan para un sábado por la noche que estudiar? —me burlo. Sé que el primer partido de la temporada no es hasta la próxima semana, así que este es su último finde de semilibertad.

—Seguro que en la agenda hay algún evento ruidoso y petado de gente, pero sobrevivirán sin mí. La verdad es que a veces me canso de las fiestas. Tardo mucho en recuperarme de tanto ruido y tanta socialización.

—Pues quedamos el sábado, entonces. ¿Te apetece venir a mi casa? Allí estaremos tranquilos y prometo no obligarte a jugar al *beer pong*. Ni siquiera tendrás que hablar conmigo si no quieres.

—Prefiero hablar contigo antes que casi con cualquier otra persona. Vale, me parece bien. ¿Te mando un mensaje cuando salga del gimnasio? Puedo pillar algo para cenar.

Me quedo callada durante demasiado tiempo. Empiezan a llegar más personas y a sentarse, y estoy casi segura de que me he puesto roja. Asiento y trago saliva.

—Me parece bien. Creo que debería empezar a saludar a la gente en vez de centrarme exclusivamente en ti. ¿Quieres quedarte a la charla? Es sobre un libro muy interesante de un asesino en serie.

—Muy tentador, pero solo me interesa que me hablen de libros si lo haces tú. Y tengo entrenamiento de hockey dentro de quince minutos.

—¡Madre mía, pues vete! —chillo—. ¡No puedes llegar tarde!

Él se levanta lentamente, sin ninguna prisa.

—Vale, capitana. Luego hablamos.

Me despido con un «hasta luego» a media voz y lo veo robar una última galleta antes de marcharse, justo cuando Aurora aparece en lo alto de la escalera con sus amigas Emilia y Poppy. Me doy cuenta de que esta última entrecierra los ojos al verlo pasar a su lado, lo que indica que no sabía que iba a estar aquí. Cuando desvía la mirada para fijarse en mí y ve las flores que aún tengo en las manos, sonríe de oreja a oreja.

Tengo la impresión de que hoy no va a querer hablar de asesinos en serie.

Estoy perdiendo la tercera batalla contra los fragmentos de cáscara de huevo que hay en el cuenco cuando mi móvil se ilumina sobre la encimera. La cara de Henry me mira fijamente porque cuando añadió su número de teléfono también se hizo un selfi y me cambió el fondo de pantalla. Me limpio las manos en el delantal y deslizo el dedo sobre la notificación para abrirla.

HENRY TURNER

He comido demasiadas galletas
y casi poto en el hielo

Me ofende que le eches
la culpa a mi repostería
No te has planteado que igual estás
en baja forma?

No. Puedo demostrártelo, si quieres

No hace falta. Me fío de tu palabra

Qué tal la tarta?

Víctima de las cáscaras de huevo
pero por el resto bien, de momento

Necesitas ayuda?

Sabes hacer tartas?

Hay muchas cosas que no sé hacer
Pero eso no significa que no se
me puedan dar bien

Esa es la evasiva más soberbia
de la historia
No estás cansado de jugar al hockey?

Agotado. Me pasas tu dirección?

Me quedo mirando la pantalla al menos durante cuarenta y cinco segundos antes de escribirle mi dirección. En cuanto le doy a «enviar» me entra el pánico, me quedo mirando la que he liado en la cocina y repaso mentalmente el desorden del resto de la casa. No me importaba que viniera el fin de semana porque tenía dos días para dejar la casa presentable, pero ahora tengo, ¿cuánto? ¿Quince minutos, como mucho?

No es que esté hecha un desastre, pero tampoco me fío de que no haya por ahí tirados algún sujetador o unas bragas. Me lleva siete minutos recorrer la casa a toda velocidad en busca de objetos desperdigados y otros cuatro recoger los táperes que están esparcidos por la encimera. Podría haber tardado menos, pero Joy me sigue por todas las habitaciones.

No me extraña, seguramente nunca me ha visto moverme tan deprisa. Cuando Henry llama a la puerta al cabo de un rato, sigo preguntándome si lo que he hecho será suficiente. Me mira de arriba abajo perezosamente mientras abro.

—Estás sudando —se limita a decir.

Me entran ganas de decirle que es porque he estado corriendo por la casa como una posesa para asegurarme de que no lo ataque ningún trozo de encaje descarriado cuando entre en alguna habitación al tiempo que intentaba no caerme encima de un gato, pero no lo hago.

—Hace mucho calor en la cocina con el horno encendido —contesto—. Pasa. —Me fijo en el cuaderno de dibujo que lleva debajo del brazo antes que en cómo le queda el pantalón de chándal gris y creo que por eso deberían darme una medalla. Lo sigo mientras cruza la puerta y se sienta en la barra del desayuno, delante de donde he colocado todos los ingredientes. Joy levanta la vista desde su cama de la cocina y va directa hacia Henry—. No serás alérgico a los gatos, ¿no? —le pregunto, e inmediatamente me siento aliviada cuando niega con la cabeza—. Menos mal, porque es muy mimosa.

Parece diminuta cuando Henry la coge en brazos y ella apoya la cabeza en su pecho. Él recorre la habitación con la mirada, escudriñando las estanterías y las encimeras al tiempo que la acaricia.

—Menos mal que sé que esta casa era de tu abuela, porque si no cuestionaría seriamente tu talento para la decoración —dice tan tranquilo, volviendo a centrar su atención en mí.

—Ah.

No quiero reconocerlo en voz alta, pero ese comentario me pilla por sorpresa. Siempre he sabido que esta casa está anticuada, así que no debería sorprenderme, pero supongo que no estoy acostumbrada a recibir visitas de gente nueva. Mi madre saca el tema cada vez que viene a verme, pero me resisto a borrar las decisiones de Nana.

—Perdona. Soy un maleducado —dice Henry inmediatamente, frotándose la mandíbula con la palma de la mano con la que no está acunando a Joy, antes de aclararse la garganta—. No debería haber dicho eso.

—No pasa nada —replico al instante, mientras vuelvo a ponerme el delantal por la cabeza, me lo enrollo dos veces alrededor de la cintura y me lo ato con fuerza, como si eso fuera a ayudarme a deshacer el nudo que se me ha puesto en la garganta al pensar que ya no siento que esta sea la casa de mi abuela—. Tienes razón. Está claro que debería redecorarla.

—No tienes que decirme que no pasa nada, Halle. —Henry se levanta para venir hacia mi lado de la encimera, alcanza el lazo que tengo atado a un lado de la cadera y tira del cabo suelto hasta que se desata y las cintas del delantal caen—. Me esfuerzo muchísimo por no decir cosas que no debería, pero a veces, como cuando estoy cansado, me cuesta mucho más pensar antes de hablar y dejo que mi cerebro suelte automáticamente lo que le dé la gana.

El delantal se ciñe a mi cuerpo mientras él tira de las cintas hacia la base de mi columna y las ata en un lazo que no es ni demasiado flojo ni demasiado apretado.

—No hace falta que te cortes por mí. Sé que no lo dices a malas. Solo dices lo que piensas.

—A veces es desesperante hacerlo —reconoce, volviendo a la silla que tengo enfrente—. Pero también lo es ver la cara de mis amigos cuando mis palabras les hacen daño.

—No me han hecho daño, es que... tienes razón. Es una situación un poco rara y se ha alargado demasiado.

Henry vuelve a sentarse y Joy intenta trepar a su hombro.

—Cuéntame la versión rápida.

Empiezo a mezclar los ingredientes de nuevo, concentrándome en las manos.

—Mmm. La versión rápida, vale. Mi sueño era ir a la universidad en Nueva York. En mi último año de secundaria, mi abuela, Nana, se cayó y mi madre se llevó un susto de muerte. Nana era vieja y testaruda, no quería mudarse más cerca ni que contratáramos a nadie para ayudarla. Mi madre tenía miedo todos los días y yo quería ayudar, así que me ofrecí a venirme a vivir con Nana para cuidarla e ir a la UCMH. De todos modos ya había presentado la solicitud, por si acaso. Y me admitieron. Nana compró a Joy —señalo con la cabeza a la gata, que se ha quedado dormida encima de él, antes de bajar la vista de nuevo hacia las manos— para celebrar que íbamos a vivir juntas y para que le hiciera compañía hasta que me mudara. Pero se puso muy enferma y murió justo antes de que me graduara en el instituto.

—Eso es muy triste, Halle. ¿Y por qué no te fuiste a Nueva York si era tu sueño?

Me encojo de hombros, pensando en cómo evitar admitir que en parte quería estar más cerca de Will. A Henry no le gusta que hable de él y no me extraña, porque a mí tampoco me gusta hacerlo. Creo que sería raro y complicado intentar explicarle que el dolor me hizo depender emocionalmente de él más que nunca.

—Lo estaba pasando muy mal y no tenía fuerzas para volver a cambiar de planes. Mi madre heredó esta casa y me dijo que podía vivir en ella igualmente y redecorarla como quisiera. Al principio me dolía demasiado cambiar nada y, a la larga, me he ido quedando sin el tiempo y el dinero necesarios para redecorarla yo sola. Obviamente, me gustaría cambiar algunos detalles, pero la verdad es que me gusta vivir entre todas estas cosas raras y mal combinadas. Es como si ella todavía siguiera aquí.

—Siento haber sido tan maleducado —dice Henry—. Y ojalá no tuvieras que anteponer las necesidades de todo el mundo a las tuyas. Si alguna vez decides cambiar esos detalles, te ayudaré. Se me da muy bien pintar.

—No creo que hayas sido maleducado… y no es que anteponga las necesidades de todo el mundo a las mías. Nana era mi mejor amiga. Vivir con ella habría sido divertido; lo único que me preocupaba era que quisiera venirse conmigo a las fiestas de las fraternidades. Seguro que nos habría dado una paliza a todos al *beer pong.* Es que la echo de menos, Henry. No me ha sentado mal lo que has dicho. Te lo prometo.

Él asiente y se queda callado un rato. El silencio de la cocina resulta agradable, en lugar de incómodo, y casi doy un respingo cuando vuelve a hablar.

—¿Tienes un delantal para mí?

La idea de ver a Henry paseándose por mi cocina con un mandil de flores ribeteado de volantes sustituye de inmediato al resto de pensamientos que tengo en la cabeza.

—Detrás de la puerta. Y lávate las manos, por favor.

Sus labios se curvan hacia arriba.

—Sí, capi.

Se quita las zapatillas y las deja cuidadosamente junto a la puerta de atrás antes de devolver a Joy a su cama gatuna. Después de lavarse las manos, coge el delantal. Desvío mi atención y dejo de mirarlo para hojear el recetario que tengo delante, en el que la letra familiar de Nana avanza de izquierda a derecha. De todas las cosas que hay en esta casa, este viejo recetario que se cae a pedazos es mi favorita.

—Tengo que advertirte de que nunca he horneado nada —dice Henry, apoyándose a mi lado en la encimera—. Pero confío en que mi destreza para casi todo en la vida también incluya esto.

—¿Para casi todo? ¿Qué se te da mal?

—No pienso decírtelo —contesta de inmediato—. Sobre todo porque no se me ocurre nada. Solo intentaba ser humilde.

—Gracias por tu sinceridad, pero no creo que sea posible meter la pata en esto. Solo hay que tener en cuenta las reglas, seguir la receta y todo debería salir bien.

Henry coge con el pulgar un poco de la crema de mantequilla que he hecho y la lame lentamente.

—Puede que tener en cuenta las reglas esté en la lista de cosas que no se me dan muy bien.

—Pues estás de suerte, porque yo soy toda una experta.

Él suspira y al mismo tiempo me sonríe. Yo le devuelvo la sonrisa, intentando no reírme, aunque ni siquiera sé muy bien por qué.

—Curioso uso de la palabra «suerte».

9

Henry

—¡Turner, a mi despacho! —grita el entrenador por la puerta del vestuario.

Se oye un coro de «uuuuuuuuu» de mis compañeros de equipo que ignoro mientras paso a su lado de camino al despacho de Faulkner.

—Siéntate —dice sin levantar la vista de lo que sea que esté escribiendo.

Observo como sus garabatos descuidados van llenando la página hasta que por fin para y se recuesta en el respaldo para mirarme. Faulkner es así: no puede dejar más claro que no le importa una mierda el tiempo de nadie que no sea él mismo.

—¿Cómo te parece que van las cosas? —pregunta con aire despreocupado.

—Me parece que me gustaría que JJ y Joe estuvieran aquí —le digo con sinceridad—, pero creo que estamos mucho mejor de lo que estábamos. Matthews y Garcia se están esforzando; he hablado con los dos. Creo que la semana que viene nos irá bien.

—¿Bien o genial? Porque necesito que estés genial, Turner.

Quiero soltar un quejido de hastío, pero me contengo. No me gusta nada esta parte de mi papel. Claro que quiero que nos vaya genial; todo el equipo quiere que nos vaya genial. Me da la impresión de que, si no doy con las palabras clave, no estoy haciendo las cosas bien. ¿Qué más da si digo «bien» o «genial»? Quiero que ganemos, como todos.

—Creo que nos irá genial —respondo, y, al parecer, alcanzo la cota de entusiasmo esperada.

—Me alegra oírlo. ¿Cómo te van las clases?

«¿Nate también tuvo que responder a estas preguntas?». Seguramente no. Dudo que Nate suspendiese algo en su vida. Hacía que compaginar el hockey, los estudios y tener pareja pareciese fácil.

—Genial —contesto acordándome de que «bien» no es suficiente—. Empecé con mal pie, pero lo escuché cuando me dijo que hiciera lo que fuera necesario. Hay una persona que me está ayudando. Hemos quedado mañana después del gimnasio; tengo una entrega el martes.

Se pasa la mano por el pelo inexistente sin pillar la indirecta de que quiero irme.

—¿Estás pagándote un profesor particular?

Pienso que Halle sería muy buena profesora particular, por lo paciente que es y la dulzura que tiene al hablar. No me la imagino enfadándose con nadie por no entender algo.

—No exactamente, es una amiga.

—¿De la carrera?

He visto sus dibujos. No sé si podría sacarse un grado de Bellas Artes.

—No, estudia Literatura.

—No entiendo nada. —«Ni usted ni yo, macho», pienso—. ¿Cómo te ayuda?

—Ha dado varias asignaturas del profesor Thornton, así que sabe lo que quiere. Y me hace las fuentes más accesibles para que no me agobie cuando me enfrento a ellas —le explico repitiendo lo que Halle me dijo cuando volvimos a hablar del tema preparando la tarta.

—Y ¿qué haces tú por ella? —pregunta Faulkner. No sé a qué se refiere y sea cual sea la expresión en la que se me ha contorsionado la cara se lo da a entender—. Si ella está haciendo todo ese trabajo por ti y no es una profesora particular a la que le pagas, ¿qué haces tú por ella?

Lo pienso un rato antes de responder.

—Nada. Le compré flores para darle las gracias cuando saqué buena nota en el trabajo. Somos amigos. Es buena persona.

—Mmm —contesta él, y ese ruido me inquieta más que oírlo ladrar mi nombre.

Es el ruido que hace la gente cuando está a punto de decir algo que yo no he tenido en cuenta y luego me paso todo el día de mal humor porque no lo he tenido en cuenta.

—Asegúrate de no estar abusando de su amabilidad, o acabarás perdiéndola como amiga. Este año no te hacen falta más distracciones. Eso es todo, Turner. Que tengas buen fin de semana.

«Abusando de su amabilidad» se repite en bucle dentro de mi cabeza cuando salgo del despacho de Faulkner. El vestuario se ha quedado vacío, se nota que mis compañeros tienen ganas de empezar el viernes. Russ me está esperando en el vestíbulo, mirando el móvil y sonriendo. Creo que tal vez debería gastarme los ahorros que tengo en un coche en lugar de depender de él. ¿Estaré abusando de su amabilidad haciendo que me lleve a todos lados? Aunque es verdad que le doy dinero para la gasolina.

—Tío, ¿estás bien? —me pregunta cuando me acerco.

—¿Te doy suficiente dinero para la gasolina?

Russ parpadea despacio dos veces y asiente. Puede que lo haya sorprendido.

—Sí, ¿por?

—No quiero abusar de tu amabilidad.

Se levanta del banco con los ojos entrecerrados sin dejar de mirarme.

—No estás abusando para nada. ¿A qué viene esto?

—Faulkner. ¿Crees que estoy abusando de la amabilidad de Halle dejando que me ayude sin hacer nada por ella a cambio?

—Eh... —Se rasca la nuca incómodo—. La verdad es que no, porque ella se ofreció a ayudarte. Parece de esas, ¿no? Al parecer, Halle lleva años prestándole los apuntes a Rory, y también se encarga del club de lectura y otras cosas. Creo que es una de esas personas que son generosas con su tiempo. Es amiga tuya, ¿no? Los amigos se ayudan. Al final, tú estás haciendo el noventa por ciento del trabajo, tío. No veo la diferencia con que te hubieras apuntado a un grupo de estudio y compartierais cosas. No te comas la cabeza por Faulkner.

—Es mi amiga y me cae genial, pero es que no quiero aprovecharme. Ni siquiera lo había pensado hasta que Faulkner me ha hecho ver que ella no se está llevando nada a cambio.

Tendría que haber pensado más en ella cuando se ofreció a ayudarme. Me alivió tanto tener una preocupación menos este año que no me paré a pensarlo.

Nos subimos a la camioneta de Russ y él pone los ojos en blanco mientras mete la llave en el contacto.

—En serio, me parece que no tienes que prestar atención a los consejos de Faulkner sobre la amistad. Intenta hablar con ella. Igual hay algo en lo que la puedas ayudar y así los dos salís ganando.

—Solo quiero ser buen amigo —admito.

—¿Te gusta? ¿Como más que amiga? —pregunta Russ con prudencia.

—Me gusta estar con ella. —Tiene algo que me atrae, algo que me cuadra—. Es supertranquila. Estar con ella no me agota. No sé si me explico.

Russ asiente mientras sale del aparcamiento.

—Sí. Mira, habla con ella. Al menos sabrá que la tienes en mente, aunque no necesite nada de ti.

Practico mentalmente lo que le voy a decir durante el resto del trayecto.

En cuanto me planto en la puerta de casa de Halle con una bolsa llena de comida china se me olvida todo lo que he estado ensayando desde que hablé ayer con Faulkner.

—Hola —dice bajito mientras abre la puerta—. Qué bien huele.

En cuanto la sigo hasta el salón y dejo la bolsa en la mesita de café y la tablet, el cuaderno de bocetos y el portátil al lado, me doy cuenta de que le pasa algo.

Tiene el mismo aspecto de siempre. Brillo en los labios, pestañas gruesas y oscuras, raya de ojos negra y mejillas iluminadas. Vaqueros holgados, una camisola blanca con botones en el centro, el encaje del sujetador asomándose por la parte de arriba y todo acompañado con un cárdigan grueso y grande de color crema con estrellas en los codos que la he visto llevar varias veces. Las zapatillas de andar por casa son nuevas, pero, aun así, me parece que le pegan mucho.

Sin embargo, algo no va bien.

Halle cierra el portátil al pasar junto a él y se deja caer en el sofá al otro lado del salón. El ordenador hace un chasquido al cerrarse y el gato da un salto y viene a dar vueltas en torno a mis pies. Pillo a Halle forzando una sonrisa cuando ve que la estoy mirando.

—Qué agresiva —digo sentándome a su lado e intentando no caer encima de Joy.

—Lo sie... Un momento —se interrumpe a sí misma—, no voy a disculparme. Ha sido agresivo, tienes razón. Aunque no ha sido aposta.

No me creo que no haya sido aposta.

—¿Estás de mal humor porque tienes hambre? No quería tardar tanto. Este año estoy intentando hacer todos los ejercicios en el gimnasio en lugar de perder el tiempo.

Se da la vuelta para mirarme y se lleva las rodillas al pecho con la cabeza apoyada en el cojín del sofá.

—No pasa nada, no estoy de mal humor por el hambre, pero igual deberíamos cenar antes de ponernos a trabajar. Así no se enfría.

A Halle se le da bien desviar las conversaciones, como a Russ. Por eso creo que sí que le pasa algo.

—Prefiero que me cuentes qué te pasa. Está claro que te preocupa algo.

—Es una chorrada —susurra.

—A mí nada de lo que dices me parece una chorrada —le contesto susurrando también.

Apoya la cabeza en las rodillas.

—¿Tienes hermanos?

Niego con la cabeza.

—Soy hijo único.

—Qué suerte tienes. Bueno, no, no pienso eso. Quiero a mi familia, pero, a veces... —Tira de las mangas del cárdigan y cierra los ojos—. A veces hacen que me sienta como si estuviera loca. Es como si no pudiera pasar nada sin que yo tenga que intervenir y, joder, es agotador. Pensaba que las cosas cambiarían cuando me fuera de casa, pero me parece que han empeorado... ¿Cómo es posible? Les da igual lo que esté haciendo cuando me llaman, ni siquiera se les ocurre que pueda estar ocupada con mis cosas.

Cuando vuelve a abrir los ojos me mira fijamente y no sé qué decirle para hacerla sentir mejor.

—Sigue.

—Son dramitas aburridos, Henry. Vamos a cenar.

—Cuéntamelos.

—Cuando Will cortó conmigo, me prometí a mí misma que iba a hacer cosas por mí. El certamen literario tenía que ser una de ellas, y me hacía mucha ilusión. Y ya sé que parezco un disco rayado, pero no estoy avanzando nada y me estoy frustrando, porque siempre he querido escribir libros y ni siquiera soy capaz de hacer algo para un concurso amateur. Estoy atascada, y entonces va y me llama mi hermana porque ha discutido con mi madre; y luego me llama mi madre para contarme su parte de la historia; y luego mi hermana pequeña me llama disgustada porque todo el mundo se está peleando. Cuando por fin termino de hacer de mediadora, no me acuerdo de la idea de la trama que estaba desarrollando antes de que llamaran. Aunque da igual, porque son todas malas y es imposible mejorarlas porque el problema no son las ideas, soy yo.

Parece que está a punto de echarse a llorar y se está esforzando por contenerse. Es horrible.

—¿Cómo que el problema eres tú?

Tras esas palabras, se le hunde la expresión.

—Porque no he vivido nada, Henry.

—Ah.

—Quiero escribir sobre una relación y sobre experiencias

que no he tenido nunca y se nota. Tengo momentos de claridad a veces, y es como si el sol por fin se colase entre las nubes después de una tormenta y me siento imparable. Escribo algo, pero luego llego a una parte muy simple que no debería costarme nada y es como si no supiese hablar y lo borro todo. Me quedo mirando la pantalla y me doy cuenta de que no está ocurriendo nada porque en mi vida tampoco está ocurriendo nada.

Experiencias. Halle habló sobre vivir la experiencia cuando interrumpí a Mason, pero no le di demasiada importancia.

—Pero Will…

Resopla y yo me arrepiento enseguida de haber dicho su nombre.

—En teoría nuestra relación tenía sentido, pero en la práctica no. No estaba enamorada de él. No tuvimos ni una cita en todo el año que estuvimos juntos. Solo pasábamos el rato con sus amigos o con la familia. Nuestra relación cambió de nombre, pero en lo romántico no progresó nada.

—Pues tengamos una cita tú y yo.

—Henry, no —dice, y el pánico se le cuela en la voz—. No estaba insinuando que quisiera que me pidieras una. Solo me estaba desahogando, no me hagas caso. ¡Lo superaré! En serio, que estoy bien.

—Venga, tengamos una cita. Te falta vivir la experiencia para escribir sobre ella en el libro, ¿no? —Le digo con tranquilidad—. Pues deja que te ayude.

—No puedo pedirte eso —dice en voz baja.

—En realidad, te lo estoy pidiendo yo —replico—. Tú quieres vivir experiencias y yo quiero aprobar la asignatura de Thornton, así que vamos a ayudarnos mutuamente. No quiero abusar de tu amabilidad, Halle. Vamos a equilibrar la balanza.

—No estás abusando. Me gusta ayudarte —protesta.

—Y a mí me gustará que tengamos una cita.

He tenido algunas ya y nunca he sentido un fuerte deseo por repetir, pero algo me dice que esto será diferente.

El rubor rosado vuelve a sus mejillas.

—¿Qué pensará la gente?

Quiero confesarle que estoy seguro de que mis amigos ya tienen apuestas sobre lo que hay entre nosotros, pero no se lo digo porque no creo que vaya a tomárselo muy bien. Se avergüenza por detalles insignificantes, y creo que este sería uno de ellos. Me estoy esforzando mucho por pensar antes de decir algo que pueda hacerla sentir así.

—No me importa lo que piense la gente, no es asunto suyo.

—Pero tus amigos...

—Se pondrán celosos por no habértelo pedido antes.

Se muerde el labio. Piensa mucho.

—¿Y si creen que estamos saliendo?

—¿Siempre te preocupas por lo que piensen los demás sobre cosas que no tienen nada que ver con ellos?

—Sí, la verdad es que sí.

—¿Te preocupa más que la gente crea que estamos saliendo que no conseguir tu objetivo?

Abre mucho los ojos y niega con la cabeza frenéticamente.

—Ay, Dios, no me preocupaba por mí. Estaba pensando en ti. No quiero, no sé, fastidiarte nada. Tienes muchos frentes abiertos.

—Eso déjamelo a mí. Tengamos una cita, Halle. Vive.

Saca el labio inferior hacia fuera mientras lo sopesa y yo me quedo observándola: el modo en el que sus pestañas le rozan la piel despacio cuando parpadea; lo mucho que le brilla el pelo cuando se lo pasa por detrás de la oreja; sus enormes ojos marrones mirándome; la forma que tiene de sonreír hasta cuando está moviendo la boca... Está moviendo la boca.

—Perdona, ¿puedes repetirlo, porfa?

—No quiero ser un lastre. Si no tienes tiempo, lo dejamos, ¿vale?

—Sí, capi.

Pone los ojos en blanco, pero noto que empieza a relajarse. Deja de aferrarse a sus piernas y levanta la barbilla de las rodillas, dejando que caigan hacia los lados, y se queda de piernas cruzadas. Yo me acerco un poco mientras ella saca el móvil y lo inclina para que pueda ver cómo abre la app de notas. Reprimo el impulso de decirle que no se ha quitado el fondo de pantalla de la foto que me hice en la librería. Veo que escribe REGLAMENTO en negrita en la parte de arriba.

—Vale, a ver, ¿qué tengo que poner?

—Nada, no necesitamos un reglamento.

—Claro que sí. Primera norma: tienes que ser sincero conmigo si estás demasiado ocupado. El hockey y la uni son más importantes que la inspiración para una chorrada de libro.

Le quito el teléfono de las manos y resoplo.

—Nueva primera norma: los dos tenemos que ser sinceros respecto a lo ocupados que estamos y tú tienes que dejar de decir que las cosas que son importantes para ti son chorradas.

Tiende la mano para coger el móvil, pero se lo aparto.

—Y segunda norma: tienes que dejar de pasar vergüenza cuando estás conmigo. Si te da vergüenza todo, no podrás decirme lo que necesitas para inspirarte. He visto desnudas a cuatro amistades más desde que te vi a ti, por cierto.

Esta vez sí que me arranca el teléfono de las manos y se pone a escribir como una loca.

—Segunda norma, continuación: no se nos permite hablar nunca más sobre que me vieras desnuda.

Intento volver a quitarle el móvil, pero lo levanta hasta donde no llego.

—Tercera norma: si quieres salir con alguien y nuestro acuerdo le resulta incómodo a esa persona, podemos dejarlo enseguida. No quiero fastidiarte lo que puedas tener con alguien.

—Borra la tercera —digo antes de que haya terminado siquiera de escribir—. La gente que no entienda nuestra amistad, fuera. Tengo la misma norma para personas a las que no les gusten mis otros amigos, así que no puedes discutírmela.

—Nueva tercera norma: como esto es por mí, yo lo pago todo —dice, y suelta un chillido cuando le quito el teléfono.

—Borrar —refunfuño apretando la tecla de retroceso con agresividad.

Halle se pone de rodillas y se inclina hacia delante murmurando mi nombre en un tono contrariado. Yo tengo los brazos más largos, así que todos sus intentos fracasan.

—Nueva tercera norma —digo cuando ella acepta la derrota

y vuelve a sentarse, esta vez de rodillas—: los gastos se valorarán en cada caso. Yo pago las citas y otras cosas, pero, si una de las experiencias que quieres vivir es ir a Bora Bora en un jet privado, ya pagas tú.

—¿Y si vamos en turista?

Se le ensancha la sonrisa y sé que está de broma.

—Puedo pagarte un billete en turista a cualquier estado colindante.

Se ríe y es un sonido que cada vez me gusta más.

—Si me llevas de escapada a Reno, igual me enamoro.

—Ya tenemos cuarta norma —digo añadiendo el número al reglamento—. No puedes enamorarte de mí. Sé que querrás. Anastasia dice que soy muy adorable y cuanto más tiempo pases conmigo más difícil te resultará.

Ahora se ríe de buena gana y siento un gran alivio por haber podido levantarle el ánimo.

—No pude enamorarme de mi novio real, así que estoy bastante convencida de que soy incapaz de enamorarme.

—Sí, pero él es un capullo y yo no.

Me lanza una mirada que no puedo descifrar. Parece molesta y divertida a la vez. Por malo que sea Will Ellington, seguro que le pesa saber que Halle nunca lo quiso.

—Como te decía —continúo—: muy adorable.

—Vale, señor Muy Adorable.

Suspira y me quita con cuidado el móvil de la mano. Saca las piernas de debajo de ella y se aprieta contra mí, sentada a mi lado. Observo cómo escribe con los dedos la quinta norma.

—La última norma: Henry tiene que romperle el corazón a Halle si ella se enamora. ¡Mira, hasta puede contar como experiencia nueva! Me daría mucho sobre lo que escribir.

—Pareces extrañamente feliz ante la posibilidad de que te rompa el corazón.

—Y tú extrañamente seguro de que vas a poder derretirme este corazón de hielo que tengo —dice, y bloquea el móvil ahora que hemos completado el reglamento.

—Pero si no hay nada frío en ti, Halle.

Al principio no dice nada. Se limita a mirarme con la cara a unos veinte centímetros de la mía y el cuerpo todavía apretado contra mi brazo, con la respiración lenta y regular.

—¿Sabes lo que sí que está frío? —dice levantándose deprisa del sofá—. La cena. Voy a calentarla.

Y, con eso, desaparece en la cocina con la bolsa de comida para llevar en la mano y me deja preguntándome qué sería exactamente lo que le impidió enamorarse de Will.

10

Halle

Me basta una búsqueda en Google para confirmar que, definitivamente, la misoginia sigue a la orden del día en el mundo.

Mi primera cita —¿experimento? ¿experiencia?— con Henry está a punto de empezar y de repente se me ha ocurrido, mientras lo espero en el salón de casa, probablemente con pinta de señorita Honey, que no tengo ni idea de cómo actuar.

Cuando Henry y yo decidimos que hoy sería el primer día de nuestro... ¿convenio?, ¿plan?, ¿proyecto? o lo que sea, decidí no contárselo a nadie. Sinceramente, creo que es la decisión correcta, pero eso me ha obligado a buscar consejo en internet en vez de pedírselo a alguien como Cami o Aurora. Así que cuando he escrito «cómo no cagarla en la primera cita», lo primero que ha aparecido ha sido un montón de enlaces a artículos de orgullosos machos alfa deseosos de impartir doctrina.

Por suerte, no me preocupa ser «una mujer que no se valora a sí misma», así que he podido pasar rápidamente a resultados un pelín menos tóxicos. Estoy leyendo un artículo sobre cómo mantener una conversación fluida cuando Henry me manda un mensaje avisándome de que está en camino.

Su inminente llegada basta para hacerme entrar en pánico más de lo que nunca conseguiría hacerlo el club de los machos alfa y de repente empiezo a replantearme todas mis decisiones.

HENRY TURNER

Llego en diez minutos. Saliendo de casa

Aún puedes cambiar de opinión!

Ya. Pero no quiero

Qué llevas puesto?

Creo que deberías guardarte ese tipo de preguntas para la cita

No sé si voy demasiado arreglada

Imposible

Esta conversación no me está ayudando nada

Ya te lo compensaré más tarde

Cuando bloqueo el teléfono y me veo reflejada en la pantalla, me doy cuenta de que estoy sonriendo como una boba. El móvil vuelve a sonar y deslizo el dedo hacia arriba automáticamente, sin darme cuenta de que no es Henry hasta que leo el mensaje.

WILL ELLINGTON

Disfruta de la cita

Inhalo con tal fuerza que Joy se sobresalta. No sé nada de Will desde que rompimos hace un mes y no me esperaba que su primer mensaje fuera así. Me planteo mentalmente todas las opciones, desde los poderes adivinatorios hasta la clonación de teléfonos, antes de darme cuenta de que la respuesta es mi madre.

Cuando me ha llamado hace un rato para hablar de Acción

de Gracias, que es el mes que viene, yo estaba deseando colgar para no tener que decirle que no pensaba ir a casa. No mentía del todo cuando le dije que tenía que dejarla porque me estaba arreglando para una cita.

Debido a mi cobardía y, sinceramente, a las pocas ganas que tengo de soportar los sentimientos y reacciones de los demás sobre mi propia ruptura, todavía no se lo he contado.

Lo haré, gracias!

No tienes curiosidad por saber cómo
me he enterado?

No

Tu madre le ha dicho a la mía que hoy
íbamos a salir
No puedo creer que aún no les hayas
contado que hemos roto

Si le doy demasiadas vueltas, acabaré enfadándome porque las primeras noticias que tengo de él en varias semanas se deban a que voy a salir con otra persona. No me ha preguntado ni una sola vez cómo lo estoy llevando, e incluso en este momento su actitud es muy rara. No debería entrar al trapo..., pero lo hago.

Ni tú, si tu madre ha llamado a la mía

Puedes contárselo cuando aparezcas con ese
tío y vean que no soy yo lol
Estoy deseando conocerlo! 🙂

Definitivamente, no debería entrar al trapo.

Ya lo conoces 🙂

Pongo el móvil en modo «no molestar» para no morirme del susto si aparece el nombre de Will en la pantalla y me lo guardo en el bolso. Para cuando Henry llama a la puerta, ya no sé muy bien cuál es el origen de estos nervios tan raros que siento en el estómago.

Tengo que hacer un esfuerzo sobrehumano para no quedarme con la boca abierta cuando abro la puerta y lo veo ahí de pie, con traje y camisa blanca.

Joder, está impresionante.

—Me estás mirando muy fijamente —dice con calma—. Demasiado.

—Nunca te había visto con traje. Te sienta muy bien —admito.

Henry decide ignorarme mientas me lo como con los ojos y se mete la mano en el bolsillo interior de la chaqueta para sacar un papel doblado.

—Iba a regalarte flores, pero como ya lo hice la semana pasada, te he traído esto.

Lo último que espero encontrarme mientras despliego el papel es un retrato mío. Estoy en la cocina sonriendo, apoyada en la encimera y rodeada de cuencos.

—¡Henry! ¿Cuándo lo dibujaste?

—Hice un esbozo mientras estaba aquí el otro día, pero no lo he acabado del todo hasta hoy.

Creía que Henry estaba haciendo garabatos mientras horneábamos la tarta de cumpleaños, pero esto de garabato no tiene nada.

—Menudo talento. Me encanta, gracias.

—De nada. Por cierto, tú también estás muy guapa. ¿Preparada?

—Vamos allá.

Si Henry se ha dado cuenta de que estaba nerviosa de camino al restaurante, no ha dicho nada. Lo cual me hace pensar que no se ha enterado, porque sin duda habría hecho algún comentario.

En cuanto lo he visto vestido de traje he pensado que no íbamos a ir a un sitio como el Blaise's y estaba en lo cierto, porque ni siquiera soy capaz de pronunciar el nombre del restaurante en el que estamos. Casi me da algo al verlo y he tenido que armarme de valor para susurrarle mientras esperábamos a que nos dieran la mesa que un sitio así probablemente se saldría muchísimo de mi presupuesto.

Henry, tan fiel a su estilo como siempre, se ha encogido de hombros y ha contestado: «Menos mal que las reglas dicen que tú no puedes pagar, ¿no?».

Llevo mirando la carta mucho más tiempo del necesario, dejando que el elegante papel ejerza de barrera entre el hombre que tengo delante y yo. No soy de las que suelen quedarse sin palabras, pero puede que la Halle de las citas sea callada y misteriosa; o aburrida, según se mire.

Tras pasarme varios minutos más concentrada en la descripción de la lubina, Henry se aclara la garganta.

—Yo encantado de estar toda la noche en silencio, pero no creo que a ti te pareciera una cita muy agradable. ¿Te encuentras bien?

Bajo la carta lentamente, a regañadientes.

—Creo que estoy un poco nerviosa.

Henry no tiene ninguna pinta de estar nervioso. Incluso lo veo más tranquilo de lo habitual, parece un pez en el agua. A mí me da miedo tocar algo por si lo rompo, pero seguro que él está acostumbrado a ir a restaurantes caros de la lista de su abuela. Bebe un trago de agua y se recuesta en la silla.

—¿Joy me echa de menos?

Respuesta fácil.

—Por supuesto.

—He preguntado si podíamos tener un gato, pero resulta que Robbie es alérgico.

—Qué faena. Pues puedes venir a visitarla cuando quieras, es una gran admiradora tuya.

No estoy exagerando. Los ragdolls ya son pegajosos y cariñosos de por sí, pero lo de Joy con Henry es demasiado.

—Eso es algo que me dicen mucho.

—No lo dudo. Y seguro que ahora que eres el capitán, todavía más.

Henry niega con la cabeza y coge un bollito de la cesta.

—Nada de hablar de hockey. Háblame de tu libro. ¿Has elegido por fin un argumento?

—¡Pues sí, por fin! He escrito la friolera de trescientas palabras antes de irme a la ducha a arreglarme para la cita.

Parece alegrarse de verdad.

—Cuéntame más.

—¿Seguro? —Él asiente con entusiasmo—. Es una novela con dos líneas temporales. En el presente hay un hombre en el altar de una iglesia observando a una mujer que camina hacia él y en el pasado se cuenta cómo se conocen y cómo se desarrolla su relación. Aunque tienen muchos altibajos, no dejan de sentirse atraídos el uno por el otro, probablemente durante varios años. Se narrarán sus mejores y sus peores momentos, hasta que en el presente ella llega al altar.

—¿Y? —pregunta Henry—. ¿Al final se casan?

El camarero nos interrumpe para tomar nota de la comanda y el hecho de que esté deseando que vuelva a marcharse para poder contarle a Henry el final de la historia me hace darme cuenta de que he elegido el tema adecuado.

—Pues no. Ese es el gran giro. Todo el tiempo él la está viendo caminar hacia el altar para casarse con otra persona.

Henry se queda callado un instante, desmenuzando trocitos de pan con aire pensativo. Finalmente, vuelve a hablar.

—A Anastasia y a Lola les va a dar algo como no tenga un final feliz.

Henry me habló de las novias de sus amigos y de su pasión por las comedias románticas cuando vimos juntos la película de terror. No puedo evitar reírme, porque a la mayoría de los lectores que conozco efectivamente les va a dar un infarto.

—Solo es un certamen de ficción, no hace falta que tenga un final feliz. Quiero escribir algo con tintes románticos, pero también quiero que destaque. Creo que un pequeño giro al final lo diferenciará de los demás. Además, me parece muy realista la posibilidad de que dos personas que están enamoradas no tengan un final feliz.

—Me sorprende que pienses eso. Tienes pinta de ser una romántica empedernida.

—Creo que siempre me he considerado una romántica empedernida. Por las cosas que leo, la música que escucho, las películas que veo y todo eso. Pero supongo que lo que pensamos de nosotros mismos y lo que somos en realidad no tiene por qué coincidir.

—Yo no le pillo el punto.

—¿Te refieres al amor? ¿Esta es la parte en la que el donjuán guaperas desvela que no cree en el amor? ¿Somos un cliché?

Henry sonríe, haciéndome sentir algo a lo que todavía no me he acostumbrado.

—¿Te parezco guapo? ¿Estás ligando conmigo?

—Ni siquiera creo que sepa ligar, así que no.

—Puedes practicar conmigo.

—Qué generoso. Venga, donjuán que no cree en el amor, cuéntame más. —Me echo a reír, aunque el calor empieza a subirme por el cuello. Nadie necesita presenciar mis intentos de flirteo, y mucho menos él.

Henry pone los ojos en blanco, pero sigue sonriendo.

—Ves demasiadas películas. No soy ningún donjuán. Además, sí creo en el amor. Solo que no creo que el amor romántico esté por encima de los otros tipos. Hay muchas personas en mi vida a las que quiero. Me encanta el arte. Adoro a mis madres. Veo que mis amigos también se quieren. Lo que pasa es que no sé a qué viene tanta fijación con el amor romántico. Cuando la gente se enamora, todo se vuelve más complicado.

—A veces lo complicado es emocionante, supongo. O eso imagino, al menos.

—La gente siempre valora más el amor romántico que la amistad platónica o el cariño por la familia —dice—. Yo nunca había tenido una amistad platónica hasta que conocí a Anastasia y ahora creo que es mi tipo de amor favorito. Cuando veo una obra de arte que alguien ha creado por amor, nunca soy capaz de evocar esa emoción.

A mí ya no se me ocurre nadie con quien tenga una amistad platónica.

—¿Qué quieres decir?

—Si alguien creara una obra de arte, un cuadro, me fijaría en la técnica elegida, en los colores, en su estilo personal y en su talento. Vería un paisaje, una persona, un acontecimiento o lo que hubiera querido plasmar, pero además me generaría una emoción. Cuando alguien pinta a la persona de la que está enamorada puedo percibir lujuria, deseo, alegría o tristeza. Es una manifestación física de alguien que dice: «¡Mira lo enamorado que estoy!». Pero no creo que sea posible mirar un cuadro y ver el amor. En cambio, sí soy capaz de ver la amistad. Es difícil de explicar.

—Recuérdame que nunca te pinte nada. Tengo la sensación de que eres un crítico muy exigente.

Nos traen la comida. Mientras comemos, llenamos el silencio con una mezcla de preguntas sobre mi libro, mi vida y mi familia. Para cuando llegan los postres —en plural porque, como no nos decidíamos, Henry ha pedido varios—, me doy cuenta de que no he parado de hablar de mí misma.

—¿Estás evitando hablar de ti a propósito o qué? —le pregunto antes de darle el primer bocado a la tarta de queso.

Él se inclina hacia delante con el tenedor y coge una esquinita de arriba.

—Me gusta oírte hablar.

—A mí también me gusta oírte hablar a ti. ¿De dónde eres? ¿A qué instituto fuiste? ¿Cuándo te diste cuenta de que se te daba bien dibujar? ¿Tenías alguna mascota de pequeño? ¿Cuál es tu color favorito? ¿Dónde habrías estudiado, de no haber sido en la UCMH? No sé.

«Cuéntame algo, hombre misterioso».

En ninguno de los artículos que he leído sugerían que sometieras a un interrogatorio a tu acompañante en la mesa, pero tengo la sensación de que estoy siendo demasiado egocéntrica, así que decido salirme del guion.

—Me crie en Maple Hills y estudié en la Academia Maple Hills desde preescolar hasta segundo de bachillerato. No sé si es cierto, pero mis madres dicen que mis dibujos de la guardería rivalizaban con los de Picasso. Me metieron en un programa para niños creativos como extraescolar. Hacíamos muchas cosas diferentes y me di cuenta de que me gustaba casi todo. No tenía mascotas porque no había prácticamente nada a lo que mi niñera no fuera alérgica. Y no tengo un color favorito.

Intento poner cara de póquer mientras me imagino a Henry con el uniforme de la Academia Maple Hills. Es un colegio privado que queda cerca del hotel y a veces veo salir de clase a los niños cuando voy en coche al trabajo. El pequeño Henry debía de estar monísimo con la americana y la corbata.

—No puedo creer que no tengas un color favorito. Eres artista, por el amor de Dios.

—Los adultos no tienen colores favoritos, Halle —declara Henry, robándome otro trozo de tarta de queso. Le acerco un poco el plato, pero él lo empuja hacia atrás y se levanta. Sin mediar palabra, coloca su silla a mi lado y vuelve a sentarse, poniendo el plato entre los dos—. Y en Parsons, pero todo el mundo me decía que me arrepentiría de no jugar al hockey si no venía a la UCMH. No me habría arrepentido, pero me daba miedo mudarme a la otra punta del país y tener que intentar hacer amigos.

—¡Pero si a ti no te cuesta nada hacer amigos! —Ojalá lo hubiera dicho en un tono de voz sereno y normal. Sobre todo porque Henry está tan cerca de mí que tiene la pierna pegada a la mía. Pero no, me sale en voz alta y aguda—. Perdona. Quiero decir que ahora tienes a mucha gente a tu alrededor. Y te has hecho amigo mío.

—El primer año de universidad no tenía amigos, y tampoco los tuve en el instituto. La gente se portaba bien conmigo y tenía conocidos y compañeros de equipo, pero prefería estar solo. A veces me relaciono con gente nueva por accidente, pero no logro mantener el contacto. —Empuja hacia mí el último bocado de tarta de queso que queda en el plato—. Estar rodeado de tanta gente nueva me resulta abrumador. Muchas veces me quedaba en casa de mis madres porque mi compañero de piso usaba la tele, el portátil y el teléfono al mismo tiempo. Había varios sonidos a todo volumen constantemente y tenía la sensación de que me iba a volver loco.

—¿Y qué fue lo que cambió?

—Nate y Robbie. Son como un matrimonio de ancianos y tratan a todos como si fueran sus hijos. Se criaron juntos, Robbie tuvo un accidente grave y la madre de Nate murió, así que creo que sus traumas los unieron. Ahora actúan como si fueran los padres de todos. Me dejaron vivir con ellos y eso me dio espacio para adaptarme y aprender a asimilar lo de la universidad. —Extiende la mano para coger el siguiente postre—. Y JJ también, aunque creo que él se parece más al típico tío irresponsable que a un padre.

—Eso es muy bonito, Henry. Me alegro de que hayas conseguido encontrar tu sitio.

Él empuja la fresa que hay encima de la tarta hacia mi lado del plato, todo un detalle teniendo en cuenta que le he contado que las fresas son mi fruta favorita.

—Ya te lo he dicho, la amistad platónica es mucho más práctica.

Hundo el tenedor en la fresa.

—Puede que tengas razón.

El trayecto en coche de vuelta a casa es igual de agradable y tranquilo que el de ida. Henry me comenta que se está planteando comprarse un coche para no abusar de la amabilidad de Russ o de Aurora pidiéndoles todo el rato los suyos. Le digo que dudo mucho que piensen eso de él.

Cuando por fin llegamos a mi casa, Henry se queda de pie detrás de mí mientras hurgo en el bolso en busca de las llaves. Finalmente las encuentro, abro la puerta y entro, pero él sigue sin moverse.

—¿No vas a entrar?

Niega con la cabeza.

—Voy a ser un caballero.

—¿No prefieres ser un caballero dentro?

—Sí, pero deberías mandar al chico a casa al final de la primera cita.

—Vaya, una cita y asesoramiento gratis. Esta noche he sido agraciada con la experiencia Henry Turner al completo.

Él parece a punto de decir algo, pero se lo piensa mejor.

—Ni muchísimo menos. —Se inclina hacia delante y el corazón me da un vuelco. Entonces posa suavemente los labios sobre mi mejilla y siento que se me corta la respiración. Cuando se aparta, deja un rastro ardiente en mi piel—. Buenas noches, Halle.

—Buenas noches —respondo nuevamente con un hilillo de voz mientras se aleja.

Una vez que se ha subido al coche y se ha marchado, cierro la puerta con llave y, mientras cruzo el pasillo, miro el retrato de mí misma que he dejado apoyado en un marco de fotos.

Después de arreglarme para acostarme, me meto en la cama con el portátil. Pongo *The Great British Baking Show* de fondo en la tele, creo un capítulo nuevo y empiezo a teclear.

11

Henry

Cuando lo primero que he visto esta mañana ha sido a Lola en la cocina con una camiseta de hockey puesta del revés, he pensado que era un mal presagio.

Nunca he entendido las supersticiones de los deportistas y los aficionados. Puede que sea porque me criaron dos personas que no creen en ellas. Los diversos hábitos de los equipos siempre me habían hecho levantar una ceja: la ropa interior específica, que solo se pudieran escuchar ciertas canciones o la necesidad de llegar por un camino concreto a la pista, por ejemplo.

Pero, cuando he visto a Lola delante de mí sirviendo café en dos tazas sin ser consciente siquiera de que yo había bajado las escaleras, he pensado: «Joder. Hoy perdemos».

Me han entrado ganas de vomitar de inmediato y me he dado cuenta de lo nervioso que he estado disimulando que estaba por el primer partido de la temporada. Oír las palabras «debut de capitán» se ha convertido en lo que más me ha molestado en los días previos al partido, pero ha sido cuando he creído que íbamos a perder cuando me he dado cuenta de lo responsable que me siento del éxito del equipo.

Esa sensación no me abandona ni un segundo en todo el día. Soy tan consciente de ella que siento náuseas. Y a pesar de que lo petamos en el partido, las ganas de vomitar solo remiten un poco. Espero que algo haga clic, espero sentirme capaz, notar un cambio de algún tipo al salir del hielo con mis compañeros para celebrarlo juntos en el vestuario, pero no.

Pienso en mañana y en la semana que viene y en la siguiente. Pienso en los tiros que hemos fallado y... pienso en todo demasiado y es como si me hundiera bajo mis propias preocupaciones.

A nadie más le afecta.

Nadie más se hunde.

Nadie más lo entenderá porque hemos ganado y, por ahora, eso es lo único que importa.

Les sigo el juego cuando estoy con ellos y sonrío devolviéndoles como un espejo lo que me transmiten. Les digo que podemos ganar y ganar y volver a ganar. No quiero convertirme en una persona supersticiosa, pero lo último que voy a hacer antes de irme a dormir es decirle a Lola que a partir de ahora se sirva el café por las mañanas con la camiseta del revés.

¿Por qué cada vez que necesito un poco de privacidad la gente se empeña en no dejarme solo?

No veo a Faulkner al acercarme a su despacho, así que entro y cierro la puerta mientras busco el contacto de Nate en el móvil.

—Hola, colega, ¡enhorabuena por la victoria! —dice en cuanto contesta a la llamada—. Estoy conduciendo, ¿me oyes bien?

—¿Lo de «colega» lo has dicho siempre o solo desde que te has ido a vivir a Vancouver? Te oigo bien.

Se queda callado unos segundos.

—No lo sé, la verdad. No lo recuerdo... En fin, ¿qué pasa?

—¿Cómo lo hacías?

—¿El qué, Hen?

No sé lo que intento decir. Solo sé que, a pesar de que ganamos ayer y hemos ganado hoy, sigo sintiendo que debería haber hecho y estar haciendo muchísimo más. ¿He apoyado lo bastante al equipo? ¿He respondido bien a las preguntas? ¿Cómo he estado en comparación al año pasado? ¿Y cómo coño voy a seguir haciendo todo esto todo el año una y otra vez? ¿Cómo puedo no fallarles a mis amigos?

Antes de que pueda encontrar una forma buena de expresarle todo eso a Nate, se abre la puerta del despacho y Faulkner entra comiéndose una magdalena y parece entre sorprendido y asqueado por encontrarme allí.

—Da igual, tengo que irme —digo deprisa y cuelgo.

—Dos victorias no te dan derecho a usar mi despacho, Turner —me dice—. ¿Qué haces aquí?

—Disculpe, entrenador. Estaba buscando un lugar tranquilo para hacer una llamada. Adiós.

Paso por su lado a toda prisa antes de que tenga la oportunidad de indagar más. El vestuario se ha vaciado y, una vez que he cogido la bolsa, salgo yo también. Todavía no ha desaparecido toda la adrenalina y estoy hipersensible a todo sonido y luz. Me alivia ver a Russ en el pasillo esperándome solo con Aurora, pero todavía no he llegado donde están cuando nos entra una notificación simultánea al móvil.

AMIGUITAS GUAPITAS

Mattie
Celebración atrasada de cumpleaños en el Honeypot?

Kris
Vamoooooos. Me apetece gastarme en dos copas todo el dinero que tengo para la comida de un mes.

Lola
Dilo, rey del ahorro!!
Pero no contéis conmigo, tengo cosas que hacer

Bobby
Es el cumple de tu novio, cómo que no contemos contigo?

Robbie
Sí, no contéis conmigo tampoco. Tengo trabajo

Anastasia
Yo no. Mañana me pongo pronto y quiero hacer videollamada con Nate esta noche. Pero enhorabuena por las victorias, chicos!

Mattie
No me puedo creer lo que leen mis ojos

—¿Qué está pasando? —pregunta Aurora viéndonos leer los mensajes conforme van llegando—. ¿Vais a celebrar las victorias al Honeypot? ¿El equipo de hockey es demasiado bueno para el bar del campus?

—Es el lugar favorito de Nate y Robbie para salir a beber —explica Russ—. Nate era amigo de una chica que trabajaba allí y nos conseguía mesas y cosas muy baratas. Creo que nunca he ido.

Lo cierto es que el Honeypot no me gusta mucho. No me gustan las discotecas, pero Nate se esforzó tanto para asegurarse de que podía ir con ellos el año pasado a pesar de que no tengo la edad de entrar que no supe cómo decirle que estaría bien en casa solo. He ido tantas veces ya que no sé cómo decirles a las personas a las que les encanta que no me lo paso muy bien.

—Bueno, supongo que podemos ir —digo.

Ya sabía que la gente iba a querer salir de fiesta esta noche y que yo tendría que estar presente, pero la verdad es que en el fondo esperaba que este fuera el finde que decidiéramos colectivamente quedarnos en casa. No suelo ceder ante la presión, pero me parece que tengo que estar ahí para celebrarlo con el equipo.

—Iba a ver si Halle quería quedar.

—Igual todavía la pillas —dice Aurora señalando la salida con la cabeza—. Se iba hacia el aparcamiento entre la marabunta cuando he entrado yo. Iba con Cami Walker y Ava Jones. Me imagino que seguirán todavía por ahí fuera.

—Espera, ¿está aquí?

Aurora asiente despacio.

—Sí. ¿No te lo ha dicho ella?

—No.

—¿Se lo has preguntado? —quiere saber ella sospechando ya la respuesta.

Iba a preguntarle si vendría ayer, pero me dijo que igual se quedaba a echar una mano en Encantada mientras los dueños estaban en un evento, así que no se lo pregunté. Quería volver a escribirle y preguntarle si podía venir hoy, pero me he estresado tanto con la cuestión de Lola y la camiseta que Russ me ha distraído poniéndose unos calcetines nuevos y se me ha olvidado.

—Escríbele —me dice Russ—, pero igual es mejor que no le digas que te has olvidado de ella.

HALLE

Dónde estás?

Hola!! De camino a casa
Has estado genial!!

Estás borracha?

No me manda una respuesta, solo una foto de Joy, lo cual, por lo que sé, significa que sí.

Qué haces esta noche?

Voy a ese bar nuevo que acaban de abrir
al lado de Encantada

Todavía no he cumplido los 21, pero Ava dice
que no pasará nada

—Halle va al bar nuevo que han puesto donde trabajaba Russ antes. Dice que todavía no ha cumplido los veintiuno.

He pasado de no querer estar en ningún lugar concurrido a tener ganas de echarle un vistazo al bar nuevo.

—Dile que puede usar el carnet falso de Emilia —dice Aurora—. Se parecen bastante. Nadie le dará importancia mientras Halle enseñe un poco las tetas.

Abro el grupo en el que están mis amigos y veo que la conversación ha seguido en forma de debate sobre qué hacer esta noche.

AMIGUITAS GUAPITAS

Henry
Y lo que han puesto donde estaba aquel bar turbio?
Halle va con unas amigas y va a usar el carnet de Emilia

Lola
Eh... cómo?

Russ
Aurora dice que se parecen bastante y que
"nadie le dará importancia mientras Halle
enseñe un poco las tetas"

Bobby
Que nadie diga nada, Gordi nos ha tendido una
trampa

Mattie
No sabía ni que tenía tetas, Hen
Te lo prometo
Anastasia
POR QUÉ sois así?

Lola
Esperemos que no le presten atención a la altura xd

Kris
Estará bien, 18 centímetros no son nada

Jaiden
Eso es lo que Henry le dijo a ella anoche
Bum!
Buenas noches
Quién es Halle?

Lola
Joder, qué susto puaj

Jaiden
No seas mala, Lola

Bobby
Halle es la "nueva amiga" de Henry con la que quiere pasar todo el tiempo, pero "no" se está liando con ella

Mattie
Yo me apunto a darle una oportunidad al bar turbio 2.0

Kris
Y yo

Anastasia
Está increíble, ahora no tiene nada de turbio

Russ intenta esconder la risa a la vez que le esconde la pantalla a Aurora. Yo vuelvo a abrir la conversación con Halle.

HALLE

Nosotros también vamos
Aurora te llevará un carnet falso

Gracias!! Nos vemos luego

Vuelvo —de malísima gana— al grupo en el que están mis amigos.

AMIGUITAS GUAPITAS

Anastasia
Claro que pueden ser amigos y no liarse, JJ

Kris
En serio eres tú la que defiende esa posibilidad?

Lola
Halle tiene un cuerpazo que hace que me entren ganas de postrarme a sus pies

Robbie
Me gustaría ver su reacción si lo haces

Mattie
Bua, te entiendo perfectamente en un sentido muy casto y que no puede cabrear a Henry

Russ
A mí me parece maja

Bobby
Así me gusta, gordi

Henry
Por favor, no seáis raros con ella
Es mi amiga

Kris
Es todo broma, capi. Nos parece supermaja, ya paramos

Bobby
Mensaje recibido, mon capitaine

Robbie
A la mierda, igual cae una copa

Mattie
Vuelta a la normalidad, por fin

Me parece que todo Los Ángeles ha decidido venir a este bar esta noche y todavía no he visto a Halle.

Han intentado ligar conmigo cuatro personas según los chicos, a los que les divierte mucho llevar la cuenta, pero yo no me he enterado. No sé cuántas veces he mirado el móvil, pero ahora me caen puñetazos en el brazo cada vez que toco la pantalla. No dejo de mirar la hora, pero no me acuerdo de qué hora es.

Hace demasiado calor. Hay demasiada gente. Me noto la ropa demasiado apretada y rasposa y es como si pudiera notarme demasiado el pelo, pero tengo que quedarme por el equipo. Y tengo muchas ganas de ver a Halle. Hemos tenido suerte de hacernos con unas mesas al lado de la pared cuando otro grupo grande se ha levantado al llegar nosotros, pero, hasta con ese poco más de privacidad comparado con estar de pie en la barra, me parece que hay demasiada gente.

No me he dado cuenta de que Aurora no estaba hasta que vuelve a aparecer con Halle y sus amigas detrás. Halle enseguida viene directa hacia mí sonriendo de oreja a oreja. Al acercarse donde estoy, la sonrisa se le apaga y frunce las cejas.

—¿Qué te pasa?

¿Cómo le explicas a otra persona que hay partes de tu cuerpo que notas demasiado y que, si quien está a cargo de la música pone otra canción chillona, repetitiva y mal mezclada, puede que te pongas a gritar?

—No me gusta demasiado el ruido.

Asiente y deja el bolso en la mesa, al lado de mi móvil.

—¿Puedo tocarte la cabeza? Solo las orejas y las sienes.

A cualquier otra persona le habría dicho que no sin pensármelo, pero asiento. Ella se acerca, se coloca entre mis piernas. El taburete en el que estoy sentado me deja la cara a la altura de la suya y la verdad es que es todavía más guapa de cerca.

Halle me pega las palmas de las manos a las orejas y aplica una suave presión. Encuentra mis sienes con los pulgares y a cualquier otra persona tal vez le parezca que está a punto de besarme, pero está amortiguando el sonido. Se inclina un poco hacia mi oreja izquierda y alivia un poco la presión.

—¿Nos vamos? Has tenido muchas cosas este finde. Nadie te lo tendrá en cuenta si necesitas descansar.

Su pelo me hace cosquillas en la mejilla. Se lo pongo detrás de la oreja y llevo la boca ahí para que pueda oírme.

—Acabas de llegar. Tus amigas...

—Hace horas que estamos juntas y no les sentará mal. ¡Vamos!

Antes de que pueda objetar está cogiendo ya el bolso y dirigiéndose a Cami y Ava. Se les acerca y las dos asienten y sonríen, al parecer indiferentes a que les esté robando a su amiga. Los chicos se me quedan todos mirando cuando les digo que me voy y no tengo fuerzas para decirles que no nos marchamos juntos en el sentido que creen. Halle me da la mano mientras esquivamos a gente para salir del bar y, en cuanto noto el aire fresco, la tirantez que siento en el pecho empieza a aflojarse poco a poco.

—Siento estropearte la noche —le digo mientras pido un coche por el móvil.

—¿Alguna vez te han dicho que te disculpas mucho?

—Nunca. —Me quito la chaqueta y se la pongo sobre los hombros—. Toma, no llevas mucha ropa e igual te entra frío.

—Gracias. Estoy mucho más sobria que durante el partido y no tengo tanta protección ante mis elecciones de vestuario… o, bueno, las de Ava. —Se la ciñe más al cuerpo—. No me has estropeado la noche, por cierto. Es imposible que me estropees una noche, Henry.

—Siento no haberte invitado al partido. Quería, pero me he liado con otra cosa. Me alegra que hayas venido.

—La verdad es que sí que me he sentido un poco rara al ir, pero Cami me ha convencido de que no pasaba nada, porque es un partido abierto al público. Supongo que es que solía ir a los partidos de Will porque él me invitaba, así que no quería que pensaras que… No lo sé, pero no lo sientas.

—Hablamos de Will mucho más de lo que me gustaría.

Suelta una carcajada y oír ese sonido ligero me tranquiliza más.

—Me ha respondido a una historia antes. He subido una foto con una camiseta del Maple Hills y me ha dicho «siempre detrás de los jugadores de hockey xd». Creo que me he quedado mirando el móvil cuarenta y cinco segundos y entonces me ha entrado la risa y no podía parar de reír.

Sé que Will le escribió antes de nuestra cita, así que no me sorprende.

—Pregunta importante: ¿qué nombre llevabas en la camiseta?

—No llevaba ninguno. En realidad, la camiseta no es mía, me la ha dejado Ava.

El coche se para delante de nosotros y yo le abro la puerta para que suba.

—Vale, eso se arregla el lunes.

12

Halle

Hoy ha sido uno de los días más ajetreados que he tenido en mucho tiempo.

He ido a clase, he comido con Aurora, me he pasado por la biblioteca, he colgado en el tablón los folletos nuevos de Encantada, le he llevado la compra a mi vecina, la señora Astor, he ayudado a Gigi con el trabajo de Shakespeare, he empezado con el mío y ahora estoy dejando que dos personas imaginarias llamadas «Harriet» y «Wyn» me destrocen el corazón en un audiolibro que estoy escuchando a doble velocidad mientras hago galletas. Aunque no puedo más, sigo yendo con retraso, pero ese es un tema para otro día.

Y aun así, a pesar de todas esas cosas que me mantienen la mente tan ocupada..., no puedo dejar de pensar en el sueño erótico que tuve con el hombre que está sentado en mi sofá.

Cuando volvimos a casa el sábado después de la discoteca, Henry estaba claramente sobreestimulado tanto a nivel físico como mental. Puse una manta y unos cojines en el suelo del salón, nos tumbamos y vimos mi programa de repostería favorito en silencio. Joy se durmió acurrucada entre los dos y, en algún momento entre la parte técnica y el clímax del primer episodio, yo también me quedé frita. Cuando volví a despertarme, estaba en la cama y Henry dormía a mi lado.

Esta semana hemos repetido el mismo ritual tres veces, despertándonos cada vez más pegados.

Menos anoche, que dormí sola y fue cuando tuve ese sueño tan escandaloso.

Ahora intento mantenerme lo más ocupada posible para no tener que mirar a Henry, porque mi imaginación ha visto cosas que no puede fingir no haber visto y no soy capaz de establecer contacto visual con él sin ponerme roja como un tomate.

Estoy escuchando el libro del club de lectura de este mes a todo volumen por los auriculares, así que no oigo a Henry acercarse ni me doy cuenta de que lo tengo detrás hasta que pasa la mano por delante de mí para coger una de las galletas calientes de la bandeja del horno.

Me quita suavemente los auriculares de la cabeza.

—Pareces nerviosa. ¿Te encuentras bien? —No me doy cuenta de lo cerca que está hasta que me giro y nos quedamos casi nariz con nariz. Él retrocede, pone una mano debajo de la galleta para darle un mordisco y suelta un gemido. Lo que me faltaba—. ¿Hoy te han salido más ricas o es que hacía mucho que no comía una? —Me encojo de hombros y miro hacia otro lado mientras él se chupa los trocitos de chocolate derretido de los dedos—. Estás muy rara.

—¿Qué dices? —Vaya si lo estoy.

Henry se lava las manos en el fregadero, se da la vuelta y se apoya en la encimera mientras se las seca con un paño.

—Estoy agotado de verte dar tantas vueltas. Siéntate con Joy y conmigo.

—¿Ahora sois «Joy y tú»?

La forma en la que me sonríe me gusta tanto que debería estar prohibida. Viene hacia mí y se detiene a la misma distancia que antes. Una distancia normal que no supondría ningún problema si ayer por la noche no me hubiera hecho un montón de cochinadas en mi subconsciente.

—¿Estás celosa?

—Más quisieras. —A regañadientes y oponiendo una resistencia considerable, dejo que Henry me agarre de la mano y me arrastre hacia el sofá del salón—. Tenemos que acabar de una vez de buscar información para tu trabajo. Es el único día de la semana que voy a poder ayudarte.

—Shhhhhh —dice él, sentándome a su lado en el sofá—. Vamos a echarnos una siestecita.

—No me hagas callar para librarte de trabajar. Yo también tengo que ponerme con lo mío, así que lo vamos a hacer te guste o no.

—Ya lo he terminado, Halle.

Me incorporo inmediatamente y lo miro a los ojos por primera vez.

—¿Qué?

—Lo he acabado hoy. Era sobre un tema que conocía muy bien. Ya había investigado sobre ello. Fue facilísimo, me ceñí a la estructura que me enseñaste y listo. Así que tendrás que buscarte otra cosa para mangonearme, capi.

—No te estoy man...

—Me encanta que me mangonees, Halle —susurra—. Tienes derecho a ser asertiva. No siempre tienes por qué hacer lo que quieren los demás. Pero ahora sí: coge el portátil y ponte a escribir. Yo te vigilo.

Estoy prácticamente segura de que tengo la boca abierta de par en par. Me levanto del sofá, cruzo la sala para ir al lugar donde he usado el portátil por última vez y lo cojo. Cuando vuelvo a su lado, Henry le está enseñando a Joy un vídeo de peces en el móvil.

—Alucino —murmuro, doblando las piernas para sentarme sobre los pies y abrir la pantalla.

—Por favor, no me distraigas —replica él—. Estoy muy ocupado.

Cuando llevo veinte minutos escribiendo, noto una mano en el tobillo. Henry se pone mi pie en el regazo y no me queda más remedio que dejarme caer sobre el codo. Luego me agarra el otro y repite la operación, haciéndome acabar básicamente tumbada de lado, lo que me impide escribir en el ordenador.

—¿Puedo ayudarte en algo, Henry?

—No.

Me tumbo boca abajo para estar más cómoda y coloco el

portátil delante de mí para intentar seguir trabajando. Él aprovecha mi resignación para estirar una de mis piernas sobre su regazo y subirme el vaquero hasta la rodilla. Entonces siento un cosquilleo en el pie. Giro la cabeza y lo miro con desconfianza.

—¿Me estás pintando el pie?

—De pequeño me enseñaron a no decir mentiras —contesta.

Vuelvo a concentrarme en el portátil pero siento otra vez el cosquilleo, que avanza por el tobillo y me sube por la pantorrilla. Estoy convencida de que tardo el doble en acabar lo que estoy haciendo porque, por muy fuerte que sea, no lo soy tanto como para ignorar las suaves caricias de Henry sobre mi piel. Que, por cierto, llegan en el peor momento posible, teniendo en cuenta el sueño de anoche.

Después de lo que me parece una eternidad, por fin cierro el ordenador y me levanto del sofá. Se oye un coro de murmullos de disconformidad cuando Joy se ve obligada a moverse del sitio en el que estaba durmiendo e interrumpo lo que sea que Henry estuviera haciendo.

—No está acabado —dice él mientras me subo la pernera de los vaqueros para investigar un poco más.

Giro la cabeza e intento doblar el pie en un ángulo imposible.

—¿Qué es? —Henry me mira como si fuera boba por no poder identificarlo inmediatamente del revés.

—Unos gatos en un prado.

La verdad es que es muy mono. Ojalá estuviera en otro sitio para poder guardarlo, en vez de decorando mi piel.

—Si llego a saber que ibas a prestar tanta atención a mis piernas, me habría depilado.

Él levanta un poco las cejas.

—No me sorprende encontrar vello en un sitio donde es normal que haya vello, Halle. No me has arruinado la fantasía de que las mujeres son seres suaves y sin pelos.

La feminista que llevo dentro me echa la bronca porque Henry tiene razón. Lo que acaba de decirme es exactamente lo que yo les diría a mis hermanas porque no quiero que crezcan juzgándose e intentando ser lo que no son, y sin embargo es algo que no me digo a mí misma.

—Perdona, tienes razón. No es para tanto.

—Deja de disculparte. No es culpa tuya, la industria de la cosmética y los hombres adictos al porno te han lavado el cerebro. —Suelto una carcajada. Aunque una vez más tiene razón, me sorprende que lo diga de una forma tan clara y directa. Nunca había conocido a nadie así. Entonces recuerdo que se ha criado entre mujeres y que no lo dice ni para apuntarse un tanto ni para que lo halague. Cambia de tema inmediatamente, antes de que me dé tiempo siquiera a dar mi opinión—. ¿Qué te apetece hacer?

—Pues me gustaría tomar un poco el aire, pero tengo que acabar de leer el libro del club de lectura. Y tengo hambre. Aunque también me encantaría tumbarme un rato, porque estoy agotada. Y debería escribir.

Henry asiente hasta que acabo con la lista.

—Vale. Pues ve a ponerte un pantalón de chándal. Tienes una cita.

Me vienen a la cabeza muchas preguntas. Muchísimas. Pero en vez de verbalizarlas, asiento y desaparezco escaleras arriba.

La emoción ante lo desconocido es lo único que me hace guardar silencio mientras avanzamos cuesta arriba en la camioneta de Russ.

La caja de pizza que tengo sobre el regazo me da calorcito y los ruidos y arañazos que se escuchan en la parte trasera de la camioneta hacen que me pique la curiosidad. Henry me ha dicho que es una sorpresa, así que no hago ninguna pregunta y la verdad es que verlo conducir una camioneta tiene un punto que me está dando mucho que pensar.

No sé si he tenido ese sueño porque me siento atraída por él, o si me siento atraída por él por culpa del sueño. Obviamente, siempre me ha parecido atractivo —tengo ojos en la cara— pero una cosa es saber algo y otra muy distinta sentirse de verdad atraída por ese algo. En cualquier caso, me siento culpable por estar tan excitada y nerviosa, sobre todo por alguien que lo único que ha hecho es comportarse como un buen amigo.

Cuando por fin dejamos de subir, Henry aparca marcha atrás y sale rápidamente del coche para venir hacia el lado del copiloto. Coge la caja de pizza con una mano y me da la otra para ayudarme a salir.

—¿Qué hacemos aquí?

Desde este sitio se ve toda la ciudad, con sus miles de lucecitas brillando en el horizonte.

—Es una cita, ya te lo he dicho. —Me pasa la pizza y empieza a hurgar en la parte de atrás de la camioneta. Cuando me asomo por el lateral, veo un colchón hinchable y varias mantas, además de un altavoz y una nevera portátil—. Comida y aire fresco, y podemos escuchar el audiolibro mientras te tumbas un rato. Y luego, si te apetece, puedes escribir. ¿Me dejas tu móvil para poner el audio? ¿Y puedes coger las bebidas que hay delante para meterlas en la nevera?

Arrastro el dedo hacia arriba por la pantalla para desbloquearlo y se lo paso.

—Henry, esto es la leche. En serio.

Me meto las botellas debajo del brazo y cierro la puerta del copiloto con la cadera. Al acercarme a la parte trasera de la camioneta, oigo un ruido que hace que las botellas se me escurran de las manos.

Se trata del sonido inconfundible de dos personas gimiendo y de dos cuerpos desnudos chocando entre sí.

—¡Ay, Dios! —chillo, al mismo tiempo que la desconocida de mi teléfono gime exactamente las dos mismas palabras pero de una forma mucho más erótica.

El ruido del golpeteo disminuye y la desconocida vuelve a hablar mientras yo me subo a la cama de una forma que no podría ser menos seductora y me arrastro por el colchón hinchable para arrebatarle el teléfono a Henry.

«Métemela otra vez, métemela otra vez», suplica la desconocida antes de que lo apague.

Henry se queda callado mientras levanto la vista del móvil.

—Esa no es la aplicación —susurro.

Todo mi cuerpo entra en calor. No en plan sensual, sino en plan «me voy a morir de vergüenza».

Henry está sonriendo de oreja a oreja.

—Entonces, ¿ese no es el libro?

—No, no es ese —replico, sentándome como es debido. Ni la oscuridad puede ocultar lo colorada que estoy ahora mismo.

—Y ¿qué es? —pregunta con curiosidad, aunque su cara me dice que lo sabe perfectamente. En su defensa he de aclarar que estoy segura al noventa y nueve por ciento de haberme dejado la aplicación abierta en segundo plano sin querer después de haberla usado por la mañana. Ese puñetero sueño está siendo un problema de lo más problemático.

—Es una..., por Dios. Es una aplicación de audio erótica que se llama Whimper.

—¿Por qué estás tan roja?

Excelente pregunta. ¿Que por qué estoy tan colorada? Me tumbo en la cama mirando hacia el cielo para no tener que mirarlo a él.

—Porque me ha dado un poco de vergüenza.

—¿Por qué? ¿Porque ahora sé que te gusta escuchar a gente follando para correrte? —me pregunta tan tranquilo.

—Prefiero que me mates a que intentes tener esta conversación conmigo.

Henry se ríe, pero ni eso me tranquiliza. Se tumba de lado junto a mí, apoyado sobre una mano.

—Te he visto desnuda y ahora conozco tus preferencias sexuales. Nuestra relación se está volviendo superíntima.

Me giro para mirarlo boquiabierta.

—¡Acabas de romper una de las reglas!

—Y tú también, porque te has avergonzado.

—Además, no es una preferencia sexual propiamente dicha. Simplemente me gustan los audios... de muchas cosas, no solo de gente follando. Por el amor de Dios, ¿podrías replantearte la idea de matarme?

—Viví un año entre las habitaciones de Nate y JJ. Estoy acostumbrado a conocer los detalles íntimos de la vida sexual de mis amigos. Lo de JJ no era para tanto porque nunca volvía a ver a ninguna de las chicas, pero a Anastasia la veo constantemente. Te gustan los audios. Seguramente a mí también me gustarían. No hay nada que hayas hecho que no les haya oído hacer a ellos. Pero no tenemos por qué hablar del tema si te sientes incómoda.

—No hay nada de que hablar —declaro tímidamente—. Soy virgen.

Henry no dice nada de inmediato, lo que me proporciona el tiempo suficiente para pensar en cómo escurrir el bulto. A la gente le preocupa más mi falta de vida sexual que a mí misma, así que no temo sus reacciones porque crea que algo va mal. Temo sus reacciones porque tengo que acabar convenciéndolos de que no me pasa nada.

—La virginidad es un constructo social —dice finalmente—. Me alegro de no haber dejado que te fueras con Mason. Habrían sido los peores cuarenta y cinco segundos de tu vida. Soy un buen amigo.

Henry nunca dejará de sorprenderme.

—¿Cómo te las has apañado para que mi falta de experiencia sexual haya terminado girando en torno a ti?

Henry sonríe de esa forma que hace que se me ponga el cuerpo del revés.

—Si me das el tiempo suficiente, puedo convertirme en el protagonista de cualquier cosa. Incluida tu vida sexual.

Me quedo sin palabras.

—Seguramente la pizza ya estará fría y deberíamos poner el libro. Mejor lo hago yo, para evitar cualquier otro error con el audio y esas cosas.

—Qué pena. Estaba deseando descubrir si al final se la volvía a met…

Me pongo de costado a una velocidad inaudita para taparle la boca con la mano.

—Cállate. Pienso añadir eso a la lista de cosas de las que no podemos hablar.

Él me agarra por la muñeca y me aparta la mano de su boca. Luego me besa suavemente en la palma y la posa sobre el colchón hinchable, entre el pecho de ambos.

—Pues suerte intentando que la junta directiva lo apruebe.

—¿La junta directiva del reglamento? —Henry asiente—. ¿Y por quién está formada?

—Por ti y por mí. Y yo no pienso añadirlo a la lista.

—Eres increíble, ¿lo sabías?

—Eso dicen.

13

Henry

Nate Hawkins está sentado en el sofá de la sala de estar. Parpadeo una, dos veces. Intento desesperadamente recordar si hoy me he dado algún golpe en la cabeza.

—Por lo menos haz como si te alegraras de verme, colega —dice cuando la sorpresa de encontrármelo hace que me quede parado en la puerta.

—¿Ahora dices «colega» porque vas de canadiense? —le pregunta Robbie.

Los dos van dando sorbos de sus tazas favoritas y me arrastra una oleada de nostalgia cuando me doy cuenta de lo familiar que me resulta ver a Robbie y a Nate en el salón cotilleando y bebiendo café.

—¿Quieres que te dé una buena hostia a ver si eso te parece falso? —salta Nate—. Hen me preguntó lo mismo hace unas semanas.

—¿Vas a entrar? —pregunta Russ detrás de mí.

Yo dejo la bolsa junto al sofá y me siento al lado de Nate resistiendo el impulso de tocarlo con el dedo para comprobar que es real.

—Bueno —dice volviéndose para quedarse de cara a mí—, ¿cómo va, capitán? ¿Qué tal Faulkner?

Tanto Robbie como Russ sueltan un quejido en voz alta, pero antes de que pueda contestar Russ levanta el móvil.

—JJ me está haciendo una videollamada. ¿Le has dicho que venías?

Nate niega con la cabeza y Russ acepta la llamada.

—Tenía una corazonada de que algo pasaba —dice JJ enseguida—. ¿Conque haciendo un reencuentro sin mí? Capullos egoístas.

—¿Tú no juegas en Florida esta noche? —le pregunta Nate—. Y una corazonada los cojones, lo has visto en mis historias.

—¿Por qué hablas con acento canadiense? —dice JJ arrugando la nariz.

—¿Lo ves? —grita Robbie haciéndome dar un respingo.

Nate musita algo.

—Se lo he dicho cuando ha llegado —explica Robbie— y me ha respondido que me lo estaba inventando.

La sonrisa de JJ es enorme. Sospecho que es por haber conseguido irritar a Nate desde la otra punta del país.

—Sí que te traes un rollo muy de alce canadiense últimamente, Nathan. Muy desagradable. Bueno, y ¿de qué va el cotilleo de hoy? A ver ese salseo, como dice la juventud.

—¿Cuando dices «como dice la juventud» te refieres a ti hace como dos meses? —pregunta Robbie—. Nate le estaba preguntando a Hen qué tal es ser capitán cuando has llamado.

JJ suelta el mismo quejido que Russ y Robbie hace unos minutos y a mí me parece que mis amigos han comunicado mis sentimientos sin que yo haya tenido que abrir la boca.

—¿Por qué coño no deja de gruñirme todo el mundo? —pregunta Nate, que parece confundido.

Debería intervenir y explicar cómo me siento, pero la verdad es que estoy demasiado cansado. Cuando hablo de cómo me siento, mis amigos siempre terminan ofreciéndome una montaña de consejos para que me sienta de otra forma, pero no funciona. No puedo escapar de la preocupación constante de que todo va a ir mal por mi culpa.

—Solo estoy cansado de la necesidad incesante de Faulkner de hablarme de hockey —digo optando por comentar la molestia más sencilla—. No quiero verlo tanto.

—Henry se lo toma todo demasiado personal —le dice Robbie a Nate—. Internaliza cualquier error y se responsabiliza de él aunque le hayamos dicho todos que las cosas no funcionan así.

Eso da pie a una conversación de la que, en gran parte, puedo retirarme mientras todo el mundo mete baza como había previsto. Robbie explica que está intentando mediar entre Faulkner y yo, Russ habla en positivo de cómo va la temporada y Nate da un discurso sobre el trabajo en equipo.

JJ carraspea.

—¿Nadie piensa comentar que nuestro fiel líder se largó para hacer el bobo en mallas varios meses del año pasado? Hen, mientras estés para jugar los partidos serás mejor que Nate, ni te rayes.

Apenas entiendo lo que dice el resto por debajo del estruendo de la carcajada de JJ riéndose de su propia broma mientras Nate enumera cada cosa en la que tuvo que sacarle las castañas del fuego a JJ en los cuatro años que vivieron y jugaron juntos. Para cuando han terminado, siento que tengo la cabeza a punto de estallar de todos los consejos que me han dado. Consigo desconectar y no vuelvo a unirme mentalmente a ellos hasta que Nate se pone a hacerle un corte de mangas al teléfono de Russ.

—Los amigos pueden tener opiniones diferentes sobre cómo gestionar las cosas, Jaiden. No tengo por qué darte la razón si sé que te equivocas.

JJ replica, pero yo he vuelto a dejar de escuchar.

—¿Vienes esta noche al concierto? —le pregunta Russ a Nate cuando el ambiente vuelve a calmarse.

El grupo del hermano de Russ, Take Back December, toca hoy en Los Ángeles y Russ nos ha conseguido entradas a todos. Yo he dicho que no quería ir porque no me gusta su música y, lo que es más importante, el hermano de Russ me parece un gilipollas.

—No, solo estoy aquí veinticuatro horas, y puede que ni eso. Tengo que irme dentro de nada a la pista a ver a Stas y luego la llevo a una librería. Está muy estresada ahora mismo. Bueno, supongo que os habréis dado cuenta. Y, además, le está costando lo de la distancia.

Nadie dice nada.

—Qué coño, nos está costando a los dos. Es una puta mierda, pero pienso dedicarle toda mi atención mientras estoy aquí. Ahora está reunida con una profesora, por eso he tenido tiempo de pasar por aquí.

Yo no sabía que Anastasia estaba estresada porque no le he preguntado. Siempre está muy ocupada y, desde que he empezado a estudiar con Halle y no me ha hecho falta su grupo de estudio, apenas la he visto. Cuando vivía aquí era fácil porque la veía todos los días. Y comprobar si los demás están bien también es fácil porque aparecen por mi casa casi cada día. Me he dado cuenta de que no se me da bien mantener las amistades que no tengo delante y tendré que añadir a mi lista de prioridades ver cómo está Anastasia.

Cuando Nathan se despide y se va, Robbie es el primero en hablar.

—Tenemos que cuidar más de Stassie. Hablaré con Lola. No sé por qué no me lo ha comentado. También está bastante ocupada, igual no se ha dado cuenta.

—Me siento fatal —confiesa Russ—. Sabía que echaba de menos a Nate, pero pensaba que por lo demás estaba bien.

—Yo no lo sabía —digo—, no le he preguntado cómo está.

—Pues yo sí que lo sabía —comenta JJ, que se me había medio olvidado que estaba ahí—, supongo que eso demuestra que soy mejor que todos vosotros.

—Adiós, Jaiden —dice Robbie alargando las vocales—. Vete a trabajar.

—Adiós, amigos, un placer como siempre.

Cuando volvemos a estar los tres solos, me tumbo en el sofá.

—Creo que me voy a ir a acostar.

—¿Estás seguro de que no quieres venir esta noche? Aurora me ha pedido que meta a Halle en la lista.

Iba a quedar con ella anoche, pero tuve que irme al taller a terminar un proyecto y luego vine a casa.

—¿Por qué Halle no me lo ha pedido a mí?

Russ se encoge de hombros.

—No lo sé. Pero ¿vienes, ya que viene ella? ¿Pongo tu nombre en la lista también? Estaría guapo que vinieras. Sin presión ni nada, pero si quieres que te añada a la lista no hay ningún problema.

Sigo sin querer ir, pero sí que me apetece ver a Halle y Russ está bastante raro. Además, Robbie me está mirando como lo he visto mirar a Nathan mil veces. JJ bromeaba diciendo que era su forma de comunicarse por telepatía, pero a mí no me llega nada. No soporto cuando la gente me mira raro y espera que sepa qué coño quieren decir.

Hoy todo el mundo está muy raro.

—Sí, voy. Pero voy a echarme una siesta aquí antes de prepararme. Estoy demasiado cansado para subir las escaleras.

Mis dos compañeros de piso levantan el respaldo de las butacas reclinables asintiendo y Robbie pone *La jueza Judy*.

—Voy a poner una alarma. Ah, este es un buen episodio.

—¿Por qué estás tan misterioso y taciturno? —pregunta Kris levantando la mano para llamar al camarero.

—Pensativo. —Estoy intentando disociar para ahogar la música—. No taciturno.

—Bueno, pues no quiero interrumpir lo que sea que estés tramando en ese precioso cerebro que tienes, pero Halle acaba de llegar con sus amigas —dice señalando con la cabeza hacia donde está nuestro grupo—. Madre mía, Cami Walker podría destrozarme la vida si quisiera.

Por muchas ganas que tenga de estar con ella, cuando Kris dice que Halle ha venido con sus amigas, me alegro. Creo que es porque no hace tanto Halle decía que no tenía amigas.

—Pues pídele salir.

Kris se ríe burlón.

—Ya lo hice, el año pasado en la fiesta de cumpleaños de Robbie, y me dijo que no pensaba salir con alguien más joven que ella. Que me gusten las mujeres mayores es una cruz.

Kris sigue hablando sobre la mala racha que ha tenido últimamente con las mujeres, pero yo he dejado de prestarle atención. No estoy seguro de que un año de diferencia cuente para afirmar que te gustan las mujeres mayores, pero no tengo fuerzas para discutir con él.

Halle se ha sentado en el espacio libre entre Jimmy y Brody, dos tíos que han entrado este año al equipo. Les encanta el grupo y Russ les ofreció la entrada. Ojalá Russ se hubiera replanteado su generosidad. Se les da bien el hockey, pero se han tomado lo de cumplir con el estereotipo de deportista capullo muy a pecho.

Igual es porque me criaron dos madres o puede que sea porque de verdad respeto a las mujeres, pero no me gusta demasiado cómo se comportan algunos de mis compañeros.

—Puede estar bien que vayas a salvarla de los dos tontos muy tontos estos —añade Kris—. Yo espero a que nos sirvan el resto de las bebidas.

Brody ya le está tirando la caña a Halle cuando llego donde están, lo cual significa que puedo hacer lo único bueno que tiene tratar con hombres que respetan las jerarquías de mierda y la misoginia más que a las personas.

—Marchaos.

Siento que estoy fingiendo ser otra persona cuando la hostilidad sale de mi boca, pero la verdad es que tengo muchas ganas de que se marchen. Del concierto, si pudiera ser.

—Lo siento, capi —dice Brody dándole un golpe a Jimmy en el hombro para llamarle la atención—. No me había dado cuenta de que era tuya.

«Era tuya» dice todo lo que hace falta saber de estos dos y mientras se alejan arrastrando los pies para ir a molestar a otras tías me doy cuenta de que me avergüenzo de conocerlos.

Noto que Halle está achispada en cuanto suelta una risita y se acerca para abrazarme.

—Mi héroe. Me alegro mucho de «ser tuya». —Se ríe tan fuerte que la oigo por encima del tema instrumental que suena por los altavoces mientras esperamos a la banda—. Perdón, es que ha sido muy de *Sensación de vivir* o alguna serie adolescente vieja o algo así. «Marchaos». Madre mía, creo que nunca te había visto ponerte intimidador.

Su risa me hace sentir mejor al instante.

—Soy muy intimidador cuando hace falta.

—Yo puedo ser tu damisela en peligro si tú vas a ponerte en plan don Serio.

Me pellizca con suavidad la barbilla y me sacude un poco la cabeza mientras hace pucheros y, en ese momento, me doy cuenta de que está más que achispada.

—¿Cómo de borracha estás? —le pregunto pasándole un mechón por detrás de la oreja mientras ella rebusca algo en el bolso—. ¿Necesitas ayuda?

—Estoy muy borracha. Te he traído un regalo, pero ahora no lo encuentro, joder.

Resopla con teatralidad mientras sigue revolviendo el bolso, que no es tan grande como para tener que dedicarle tanto esfuerzo. Creo que nunca la había visto tan alterada. Al final, saca una bolsita cerrada con un cordón ajustable y me la deja en la palma de la mano.

—Ábrela.

No sé qué espero encontrar en la bolsa.

—¿Son semillas?

—Me encanta que te dé una bolsita misteriosa en un concierto y pienses en semillas antes que en drogas. Tú ábrela, Henry.

Observa atenta mientras me caen dos aros negros en la mano.

—Gracias, pero no tengo agujeros en las orejas.

Halle se echa a reír otra vez y me coge los aros de la mano y me los mete en las orejas. El ruido de la sala se atenúa al momento.

—Son tapones de reducción de sonido. Así podré pasar parte del tiempo bailando con Aurora como le prometí y la otra tapándote las orejas. Estoy pluriempleada esta noche, Turner. Tienes que compartirme.

Lo oigo todo, pero es como si alguien hubiera bajado el volumen. Ya no siento como si me estuvieran dando hachazos en la cabeza. Me rodea con los brazos cuando la atraigo hacia mí para abrazarla, agradecido de verdad.

—Gracias.

Ella me sonríe desde abajo, le doy un beso en la frente y nos pillo a los dos por sorpresa.

—De nada.

Justo en ese momento, la intensidad de las luces disminuye y todo el mundo se pone a gritar. Halle se gira hacia el escenario, pero no se aparta de mí. Mis manos se posan en un lugar cómodo alrededor de su cintura y ella se apoya en mí.

Bueno, puede que el grupo este no esté tan mal…

14

Henry

—Ey, que estás en las nubes —susurra Halle, y me toca la rodilla con la suya para llamarme la atención porque la verdad es que he desconectado—. Tengo que ir al baño.

Me mira como si tuviera que leerle la mente, pero no puedo. Cuando no digo nada, señala la puerta con la cabeza.

—¿Me ayudas a buscarlo?

Dos de los miembros del grupo —no recuerdo cómo se llaman— hablan de cuando Russ era pequeño y ellos ensayaban en el garaje de casa de los Callaghan. Aurora está encantada, pero yo tengo ganas de irme desde hace ya veinte minutos. Russ está esperando a que aparezca su hermano. No entiendo por qué, ya que parece que no se caen bien, pero soy hijo único, así que no me atrevo a intentar entender el comportamiento de los hermanos.

—Si no les cambio el agua a los peces, voy a explotar —susurra Halle.

—¿Qué peces? —le respondo también susurrando.

Tardamos dos minutos en encontrar la puerta en la que dice ASEOS y diría que Halle no necesitaba ayuda para encontrarla. Estoy a punto de hacerlo notar cuando ella abre la puerta y revela a Ethan, el hermano de Russ, esnifándose una raya de polvo blanco del borde del lavabo con una mujer.

Hay varias bolsitas de plástico transparentes a su alrededor con polvo y pastillas y una botella de vodka a medio beber. Ethan no nos presta atención y Halle corre a entrar en uno de los cubículos. Me estoy teniendo que esforzar al máximo por no preguntarle qué coño cree que hace.

En realidad, no me importa que cometa las irresponsabilidades que quiera, pero me cabrea por mi amigo. Russ se merece algo mejor.

—Cierra la puta puerta, tío —me grita sin molestarse siquiera en mirarme.

Entro en el baño con cierta reticencia y dejo que se cierre la puerta. No quiero estar cerca de nada de esto, pero tampoco quiero dejar a Halle sola. Sé que Russ sospecha que a su hermano le pasa algo, porque me lo contó en verano.

Me dijo que sería típico de su familia encontrar algo nuevo por lo que pelearse ahora que su padre estaba mejorando tanto con el tratamiento de la ludopatía. Russ pensaba que tal vez Ethan tomaba pastillas para dormir para viajar con la banda y por eso parecía tan chupado cuando se habían visto en verano. Creo que no sospechaba esto y no quiero tener que ser el que le diga que tiene otro problema familiar por el que preocuparse.

El cubículo de Halle se abre y ahora que está vuelta hacia mí le veo la expresión horrorizada en la cara. Creo que no es la experiencia que buscaba esta noche. No mira ni a Ethan ni a su amiga mientras se lava las manos a su lado.

—¿Qué coño? —dice tras salir del baño como un rayo.

Halle no sabe nada de la familia de Russ aparte de lo que saben todos los que han venido esta noche: que Russ tiene problemas con su hermano, pero quiere apoyarlo. Yo no se lo he contado y sé que Aurora tampoco.

—Sí, qué loco —contesto sin saber qué más decir.

El día ha sido agotador y, cuando estoy cansado, no me explico bien y, ahora mismo, necesito no decir nada equivocado. No quiero traicionar la confianza de Russ.

—¿Russ lo sabe? —pregunta.

Yo me encojo de hombros.

—Deberías ir a decírselo. No quiero ser chivata, pero eso no me ha parecido de uso recreativo. ¿Has visto el lavabo? Estaba lleno.

—A Russ no le hace falta cargar con ese peso. Ethan es adulto.

—Entonces debería contárselo yo a Aurora —dice.

Se me hace un nudo en el estómago.

—Se está portando muy bien conmigo, supongo que ahora somos amigas —continúa—. Y lo del hermano de Russ es muy peligroso. ¿Y si tiene una sobredosis y no se lo hemos contado a nadie? Aurora puede decidir si es importante que Russ lo sepa o no. Así por lo menos habremos hecho algo.

—No. —No sé cómo gestionar la situación—. No tenemos que meternos donde no nos llaman. No es cosa nuestra. Y, si Ethan sale con esas pintas, seguramente Russ terminará notándolo de todas formas.

—Pero ¿y si...?

—Halle, no. —Remarco la negación—. Los conozco mejor que tú. Estás borracha y no me estás escuchando. Ahora no es el momento.

Veo cómo se le hunde la expresión y me odio a mí mismo.

—Vale, tienes razón, son tus amigos, tú sabes lo que es mejor.

Toda la confianza que ha ganado estas semanas la abandona; es como ver cómo se desinfla un globo.

—Son amigos de los dos —digo, pero no sirve de nada, ya la he disgustado.

Cambia el peso de pierna, incómoda.

—Creo que voy a buscar a Cami y a pedir un Uber para irme a casa. Estoy bastante cansada y no sé... Creo que quedarme a pasar el rato con el grupo y ver todo lo que pasa no es mi rollo. Supongo que soy muy inocente, porque me siento muy rara e incómoda.

—A mí tampoco me gusta, voy contigo.

Cuando encontramos a Cami en el bar de al lado con unas amigas, no quiere irse. Ninguno de los dos dice nada en el trayecto de vuelta a casa de Halle. Yo agradezco el silencio y el conductor no parece querer ser el que rompa el hielo. El coche se detiene delante de casa de Halle y ella empieza a bajar. Cuando no me muevo, aparece la arruguita entre sus cejas.

—¿No vienes?

—Esta noche no. Quiero irme a casa y dormir.

Si consigo apagar el cerebro pronto, ni siquiera me enteraré cuando los demás vuelvan a casa.

—Pero te acompaño a la puerta.

—No, estoy bien, quédate aquí. Vale, adiós —dice con un tono de voz raro—. Gracias por todo.

Cierra la puerta antes de que yo haya tenido tiempo de responder a su extraña despedida y entonces el conductor me mira por el retrovisor.

—Dios, ¿qué le has hecho, tío?

No me esfuerzo en contestarle y tomo nota mental de darle solo cuatro estrellas.

Puto Ethan Callaghan.

Tengo que contarle a Russ lo que pasó anoche, pero no quiero.

Halle tenía razón. Russ tiene que saberlo y si descubre que yo lo sé y no se lo he dicho, puede que se enfade. Pero, como acabo de decir, no quiero mantener esa conversación con él. No confío en poder darle la noticia de una forma que no lo empeore, pero sé que Halle no puede ayudarme.

Tal vez por eso me parece que ni la alarma de incendios podría sacarme ahora mismo de mi habitación.

—Henry —me llama Russ mientras toca a la puerta de mi cuarto—, ¿estás ahí?

Anastasia diría que es una intervención del universo.

—Sí, pasa.

La cabeza de Russ se asoma por la puerta y tiene el teléfono pegado a la oreja.

—No está aquí —le dice Russ al teléfono—. Vale, dame un momento y se lo pregunto, Ror. Llevaste a Halle a casa anoche, ¿no?

—Sí, ¿por qué?

—Sí, Ror. Tranquilízate, seguramente solo está de resaca. No, no, se lo digo. Todo irá bien, cariño. Sí, te llamará. Vale, yo también te quiero. —Cuando cuelga la llamada, entra en la habitación y se sienta a los pies de mi cama—. Está de los nervios porque anoche alguien echó droga en la bebida de alguna gente y Halle no ha aparecido en clase esta mañana. Una de las víctimas es Poppy, y Rory está muy afectada. Poppy está bien, por suerte no le pasó nada.

Russ sigue hablando mientras yo entro en piloto automático y me visto. Me lleva a casa de Halle y solo cuando llamo a la puerta y la veo puedo respirar.

—¿Qué haces aquí? —pregunta frotándose los ojos con la manga del cárdigan.

Entro por la puerta y enseguida la envuelvo con los brazos y le apoyo la cara en la parte de arriba de la cabeza.

—Henry, me estás asustando, ¿se ha muerto alguien?

Doy un paso atrás y la miro de arriba abajo, e incluso aunque deje de lado los ojos rojos y de una forma que no puedo explicar, no parece ella misma.

—¿Estás bien? Tienes una pinta horrible.

—Estoy bien —susurra con el labio inferior temblando mientras se obliga a sonreír—. Genial.

—Halle, ¿por qué lloras?

—No estoy llorando —dice ella mientras se pone a sollozar—. Está todo bien.

La llevo a la sala de estar y ella se deja guiar cuando me siento en el sofá y la subo a mi regazo.

—¿Por qué lloras? ¿Ha pasado algo?

—Pensaba que ya no querrías ser mi amigo —suelta—. Pensaba que estabas enfadado conmigo.

Eso no es lo que esperaba que la estuviera afectando.

—¿Por qué no iba a querer ser tu amigo?

Le seco con los pulgares las lágrimas que le caen por las mejillas rosadas. Parece desolada.

—Anoche estuve mandona y rara. Intenté entrometerme entre tú y tus amigos. Sé que me pasé de la raya, Henry.

—No, tenías razón. Tendría que haberle dicho algo a Russ. Tiene una situación familiar complicada y a veces yo no sé cómo gestionarla. Suelo escucharlo rajar y no hace falta que le dé ningún consejo. Voy a hablarlo con él. No te pasaste.

Aparecen nuevas lágrimas y la observo atentamente mientras que ella evita mirarme a mí. Le cojo la barbilla con cuidado y le giro la cara hacia mí.

—¿Qué te pasa?

—No lo sé. Nuestra amistad es muy nueva y tenías razón, tú conoces a tus amigos mejor que yo y la idea de perder a todo el mundo y volver a quedarme sin amigos otr...

—Los amigos pueden tener opiniones diferentes sobre cómo lidiar con algo, Halle. Eso no hace que no quiera hablar contigo y, aunque hubiera pasado algo entre nosotros, la gente no quiere ser amiga tuya por mí. Les caes bien.

Levanto el brazo tras un momento de deliberación y ella se apoya en mi cuerpo dejándome que la envuelva con el brazo. Su cabeza encaja a la perfección en el hueco de mi cuello.

—No sé por qué lloro tanto —musita—. Me he despertado supertriste y ansiosa y ahora que has venido no puedo parar.

—Estás dramática porque tienes resaca, Halle.

—No estoy dramática —responde al momento antes de que sienta su cuerpo empezar a sacudirse un poco.

Mierda.

—No aposta —añade.

Mientras le acaricio el pelo con suavidad, la aprieto hacia mí con el otro brazo.

—El alcohol es un depresor, por eso te sientes tan mal cuando estás de resaca. ¿Te pasa siempre que bebes?

Ella niega con la cabeza. Su pelo emana olor a champú. Huele a vainilla.

—Solo si bebo mucho. Creo que no me gusta.

—Y entonces, ¿por qué bebes?

Sé que ha vuelto a echarse a llorar antes de oírlo por cómo se mueve su cuerpo. Me hace sentir fatal.

—Shhh. Te sentirás mejor cuando lo hayas sacado del cuerpo. Tú deja de llorar.

Sorbiendo por la nariz, se seca los ojos con las mangas del cárdigan.

—No quiero que la gente piense que soy aburrida y dejen de invitarme a las cosas. Cuando estaba con Will, nunca bebía en las fiestas y la gente pensaba que era aburrida. Y me hace sentir más segura y me gustan las dos primeras copas, pero, luego, si bebo más, termino sintiéndome así al día siguiente. Me preocupa que todo el mundo me odie y encima me siento morir.

—Te saltaste las charlas sobre presión social en el instituto, ¿eh? No hablemos de Will porque entonces seré yo el que se sienta morir y no podré cuidarte. —Por fin consigo que suelte una risa corta y el alivio es inmenso—. Halle, nadie con más de dos neuronas piensa que alguien es aburrido por no beber cuando no quiere. No hagas algo que no te gusta por los demás.

—Ya. Nadie me está presionando. Es algo que tengo en la cabeza y si lo racionalizo sé que es absurdo.

—A veces no puedes fiarte de que tu cabeza piense lo correcto, y menos cuando la has inundado de tequila. A la gente le caes bien tú, tú cuando estás sobria, no la versión supersegura de sí misma de cuando estás borracha. Tener todo un grupo de amigos nuevos de golpe es abrumador, pero no tienes que cambiar por ellos.

—Mmm —dice.

Nos quedamos en silencio y, por suerte, no hay más lágrimas. Le acaricio el muslo con la mano e intento recordar cuándo ha empezado a resultarme tan natural estar tan cerca de ella. Siguen unos minutos de silencio y creo que se ha dormido hasta que habla en voz baja.

—¿Puedo preguntarte algo?

—Claro.

Se incorpora para mirarme y baja el culo de mi rodilla al espacio entre mi muslo y el reposabrazos. Deja las piernas sobre las mías y yo dejo descansar las manos en su espinilla.

—Si no estabas enfadado conmigo, ¿por qué no te quedaste anoche?

—Cuando me siento sobrepasado, tengo que estar solo para procesarlo todo, y después de dormir me encuentro mejor. Lo siento, podría habértelo explicado. A la próxima lo haré.

Asiente.

—Lo entiendo. Perdona por preguntar y por ser tan exigente o lo que sea. Es que como no quisiste quedarte y no me habías invitado, pensé que igual no querías que fuera y las chicas dij... Da igual. Gracias por explicármelo.

—No te invité porque no iba a ir. Solo fui porque tenía ganas de verte. —Me río cuando abre un poco más los ojos—. Ni siquiera me gusta Take Back December. Y el hermano de Russ es un capullo, como has podido comprobar. ¿Qué te dijeron tus amigas?

Vuelve a recostarse en mí y entierra la cara en mi pecho como si fuera lo más instintivo para ella. Masculla sobre mi camiseta:

—Quesiquisierasmehabríasdichoalgoperoyolesdijequenosotrosnofuncionamosasí.

—¿Eh?

Levanta la cabeza y puedo verle la cara y vuelve a tener rubor en las mejillas.

—Que, si quisieras, me habrías dicho algo, pero yo les dije que nosotros no funcionamos así. Y ahora encima sé que ni siquiera ibas a ir, así que me siento tonta.

—¿Qué significa eso?

—Cuando los tíos no se esfuerzan en algo, le gente dice que, si quisieran, se esforzarían. Porque la gente siempre se acuerda de hacer cosas por las personas que son importantes para ellos. Así que, si alguien no se esfuerza, es porque no eres una prioridad para esa persona. Es que como dijiste que se te había olvidado invitarme al partido y luego no me invitaste a eso y... no sé. No pasa nada, solo estaban charlando mientras nos arreglábamos.

—Siempre quiero y siempre querré, pero la verdad es que a veces no sé si debo. Quiero que me lo digas si ves que no me estoy esforzando, porque me esforzaré. Haría lo que fuera por ti, Halle. Lo que pasa es que no siempre sé hacerlo, porque yo no pienso así. Me quedo atascado con ciertas cosas y luego no me centro en las cosas externas en las que quiero centrarme. Tú eres una prioridad.

—Ha sido una conversación muy profunda para la sensación que tengo de poder ponerme a vomitar en cualquier momento. Igual sí que estoy dramática —dice mientras vuelve a apoyar la cabeza en mí.

No creo que le haga falta que se lo confirme. Estoy dispuesto a pasarlo por alto porque es evidente que la resaca no le sienta bien. Escucho el ritmo de su respiración mientras me enrollo un mechón de pelo en el dedo.

—¿Cómo has sabido que estaría aquí?

—Aurora estaba preocupada por ti porque no habías aparecido en clase. A algunas personas les echaron droga en la bebida anoche y cuando no ha podido hacerse contigo ha entrado en pánico. Debería escribirle.

—No sé dónde dejé el móvil. Lo siento, no quería asustar a nadie. Qué miedo.

No le digo lo de Poppy porque no estoy seguro de que deba y no quiero que vuelva a llorar.

—Dile que estoy bien, porfa.

Saco el teléfono y abro la conversación con Aurora.

AURORA

Está bien, solo tiene resaca

Ufff. Por fin puedo parar de estresarme.
Dile que le dejaré los apuntes
Gracias, príncipe encantador

Tengo que hablar contigo sobre una cosa de Ethan
No sé cómo sacarle el tema a Russ

??

Sí

Russ ya lo sabe. Se destapó todo anoche cuando os fuisteis
Sospechaba que pasaba algo desde el verano, o sea que no ha sido una sorpresa
Luego lo hablamos, que tengo una reunión con una profesora

—¿Cómo es que tienes más de cuatrocientos mensajes sin leer? ¿No te entra una ansiedad enorme cuando no los abres o es solo cosa mía?

—Es cosa tuya. Son sobre todo grupos, ofertas del Kenny's y chicas que quieren rollo a altas horas cuando están aburridas y cachondas. Nada importante.

Suelta una risa burlona.

—Sí, ya, a mí me llegan los mismos mensajes, vamos.

Me siento un poco más derecho.

—¿De gente que quiere rollo?

—A montones. Siempre los que se aburren y están cachondos... Tengo la app que rebosa. Menudo incordio, ¿eh?

—¿Son tíos que conozco?

Creo que está de broma. Creo.

Me lanza una mirada penetrante, pero no sé qué significa.

—Venga, por favor, que no me escribe literalmente nadie queriendo rollo.

Siento alivio y no sé muy bien por qué. Sé que se supone que no debería sentir alivio, dado que Halle es solo una amiga.

—¿Y tú quieres? ¿Quieres vivir esa experiencia?

—Depende de lo que estés preguntando. Haría muchas cosas por el certamen literario, pero liarme con cualquiera para inspirarme no es una de ellas. ¿Que me gustaría la experiencia de liarme con alguien que me importa? Sí.

—Entiendo.

La conversación termina ahí de forma natural. Halle sigue hecha un ovillo en mi regazo y cualquier señal de que intenta apartarse hace que la abrace más contra mí hasta que vuelve a relajarse. Joy se ha unido a la ecuación y ha ocupado su sitio en el regazo de Halle y la imagen me resulta inusualmente hogareña. Me gusta lo relajado que me siento y esa sensación hace que me plantee saltarme las clases de la tarde y quedarme aquí. Bueno, hasta que me acuerdo de que, si lo hago, tendré que vérmelas con Faulkner.

—Tengo que buscar en Google por qué estar contigo me da ganas de dormir —dice ella tras un largo silencio.

—Por la oxitocina.

—No sé qué es eso.

—Yo tampoco. Busqué en Google por qué no me duermo tan fácilmente cuando no estoy contigo, pero me distrajo un anuncio de almohadas para embarazadas. Me llega el lunes.

—Puedes quedarte a dormir siempre que quieras, Henry —dice con suavidad—. Siempre eres bienvenido y me gusta tu compañía. Tener amigos está muy bien. Aunque todos los días entre en pánico por si los pierdo y aunque tenga arrebatos de dramatismo vergonzosos cuando estoy de resaca.

—No eres vergonzosa. Dramática, sí. Pero, si te hace sentir mejor, ni siquiera estás entre las tres amistades más dramáticas que tengo —le digo haciéndole cosquillas en el costado—. Ah, y has roto una norma. Por favor, deja de pasar vergüenza por mí. Igual las amistades te parecerían menos frágiles si conocieses mejor a la gente. Y además es hora de que vivas una nueva experiencia. ¿Alguna vez has estado en una cita en grupo?

—Más o menos, sí. Fue horrible y en todo momento me sentí como si fuera una extraterrestre.

—Vale, es mejor si lo has hecho ya. Así no tendré que sentirme mal por secuestrarte en cuanto lleguemos allí. Este fin de semana jugamos fuera de casa, pero el domingo cuando volvamos iremos a la playa.

Se ríe y su cuerpo vibra contra el mío.

—Entonces no será una cita en grupo, solo una cita con testigos.

—Testigos pesadísimos.

Cuando se libera de estar apretada contra mí, parece más contenta que cuando he llegado y agradezco no habérmelas apañado para empeorar las cosas.

—¿Testigos pesadísimos? ¿Qué podría salir mal?

15

Henry

De todas las cosas aburridas que tengo que hacer esta semana, observar a Anastasia pesar arroz blanco es la más aburrida.

Apoyo la mejilla en la palma de mi mano al otro lado de la isla de la cocina y observo cómo lleva el táper de vidrio de la encimera a la báscula y de vuelta a la encimera una y otra vez. Para cuando pasa a la pechuga de pollo, estoy medio dormido. A veces se da la vuelta para remover la salsa que ha elaborado para todas esas comidas que está preparando con antelación, pero, aparte de eso, es como un robot de cocina. Apenas abre la boca.

—Lo de Santa Mónica será más divertido que esto —le digo, esperando que baste para convencerla.

La verdad es que cualquier cosa sería más divertida que esto.

—Pasarlo bien no formaba parte de mi calendario, así que, como ya te he dicho, no podré ir.

—Te pasas los días patinando y estudiando, tienes que descansar.

—No es verdad, también como siete mil veces al día como un puto ratoncito. —Deja de añadirle brócoli a las comidas y se apoya en la encimera. Creo que no es consciente de lo cansada que parece—. ¿Te ha convencido Nathan para que hagas esto?

—No.

Se me queda mirando de ese modo que hace que me sienta como si me estuviera riñendo una madre.

—Que no. Me dijo que estabas estresada y me di cuenta de que casi no te pregunto cómo estás. Te he descuidado sin querer.

—No me has descuidado, Hen. Sé que tienes muchas cosas, entre la universidad y el hockey, y que estás pasando mucho tiempo con Halle. —Una sonrisa casi desquiciada se apodera de su cara—. Quiero que me lo cuentes todo de ella, por cierto. Tuve que saber que estabais saliendo por Mattie y me pasé una clase entera flipando. No me enteré de nada.

—No estamos saliendo, somos amigos.

Me molesta la cara de lista que pone en este momento.

—Yo soy amiga tuya y a mí nunca me has besado la frente ni me has dado la mano.

«Puto Mattie».

—Eso es culpa tuya. Si creces quince centímetros, lo hablamos. No pienso agacharme solo para ser majo contigo.

Me hace un corte de mangas y resopla.

—Solo digo que parece que tienes normas especiales para amigas especiales. Si a mí me encantaría que tuvieras novia. Me preocupo por ti cuando vas por ahí haciendo el guarro.

—Hace más de un mes que ni siquiera me beso con nadie, así que puedes dejar de preocuparte. ¿Te preocupabas por ti misma cuando eras tú la que iba por ahí haciendo la guarra?

No sé por qué no me he besado con nadie, así que no tendré respuesta si Anastasia pregunta. Podría inventarme montones de excusas sobre el estrés y el hockey. No admitiría delante de ella que me sentiría raro besándome con alguien delante de Halle y que pasamos mucho tiempo juntos. Ni siquiera tengo ganas de besarme con nadie. A lo mejor me excedí en verano y ahora estoy en otra fase. A lo mejor me gusta la idea de besar solo a una persona. No lo sé.

Anastasia pone los ojos en blanco y coge una uva de la bolsa que tiene delante, agitándola mientras habla.

—Lo de que yo haya ido por ahí haciendo la guarra en algún momento lo pongo en duda, pero lo que quiero decir es que el sexo es divertido…

—No, si ya, te he oído montones de veces.

Me lanza la uva.

—... y si lo haces para pasarlo bien, genial, pero cuando te sientes solo empiezas a ir de flor en flor.

—Ojalá no te lo hubiera contado.

—Bueno, pues te aguantas, porque me lo contaste. Es que me encantaría que tuvieras las dos cosas. La compañía y lo demás. Te gusta, ¿no? Aunque no estéis saliendo oficialmente.

—Me gusta, pero no sé cómo ser pareja de alguien ni tampoco quiero. ¿Y si se va todo a la mierda con lo bien que estamos ahora?

Es algo en lo que he pensado mucho desde el estallido emocional de Halle. Solo quería abrazarla y cuidarla. Fue una mierda tener que irme por culpa de otros compromisos. También he pensado mucho en que la idea de que pudiera liarse con otra persona me hace infeliz, aunque lo dijera de broma. Y en que quiero ver cómo hace amigos y gana la seguridad de que no va a perderlos.

Anastasia coge otra uva y se la mete en la boca.

—¿Cómo te sentirías si saliera con otra persona?

—No lo sé... Bueno, sí. Me disgustaría. Pero no entiendo por qué.

Anastasia levanta los hombros y me sonríe como si acabase de destapar un gran misterio y hubiese sido pan comido. No es así, yo ya he pensado en todas estas cosas.

—Pues porque te gusta, Hen. Lo cual es genial, pero entiendo que te cueste procesarlo si nunca te había gustado nadie. Si la idea de que esté con otra persona te disgusta, haz algo antes de que lo haga otro.

—No me estás ayudado tanto como te crees —me quejo.

—Sí que te estoy ayudando, pero tú estás siendo cabezota. No procrastines con los sentimientos, Henry. Si es tan guay que quieres estar con ella a todas horas, alguien va a pensar lo mismo y a querer estar con ella a todas horas.

—Deberías venir hoy a Santa Mónica y conocerla —digo sin molestarme por contestar a lo que acaba de decir—, a hacer la evaluación en persona.

—Bien desviado el tema, pero no. Aunque el muelle parece un buen lugar para un primer beso. Muy romántico.

—Desde luego, más romántico que apretados contra una puerta.

Esta vez, es un puñado de uvas lo que vuela hacia mí.

—Respira hondo. Ya ha pasado —me dice Halle en voz baja mientras esperamos a que todo el mundo salga de su respectivo coche en el aparcamiento.

—No me siento libre.

Me da un golpecito con la cadera y me chista, yo bajo la voz.

—No van a volver con nosotros en el coche.

Kris y Bobby dijeron que una cita en grupo era discriminación hacia las personas solteras, o sea, ellos, y han exigido que los invitásemos. A Mattie, en cambio, le parecía genial que lo discriminasen porque su miedo a las gaviotas lo había vuelto antimuelles. Además, creo que está volviendo a ver a su ex. Para equilibrar las cosas, porque, al parecer, es algo que hay que hacer, Halle ha invitado a su amiga del trabajo, Cami, y a la compañera de piso de Cami, Ava.

Bobby y Ava son los dos de California, y solo con eso, a pesar de que son de sitios muy distintos del estado, Aurora y Halle han dado por hecho que harían buenas migas. Para nada. He tenido que oírlos discutir sobre deporte durante todo el trayecto.

—Sigo pensando que hacen buena pareja. Esa rabia que sienten el uno por el otro tiene que desembocar en algo.

—Eso es como decir que hacen buena pareja porque los dos son rubios. No tiene sentido.

—El amor no tiene sentido.

—Lo único por lo que Bobby siente amor es por la *happy hour* y por la comida gratis.

Halle vuelve a darme un golpecito, esta vez con el hombro, pero está aguantándose la risa. Vemos cómo continúan discutiendo, ahora sobre baloncesto en lugar de béisbol, y está claro que no veo lo que ve Halle. En cambio, Cami no le dirige a Kris ni una palabra y ha decidido hablar con Emilia y Poppy.

—Supongo que vais a abandonarnos —dice Robbie en cuanto se nos une junto con Lola.

—Correcto —digo, y no me sorprende que me responda poniendo los ojos en blanco.

—Solo a ti se te permite que nos invites a todos a algo y luego te vayas —dice Lola—. Es como si no quisieras que Halle y yo nos hiciéramos amigas.

—Es que no quiero. Halle es la persona más buena que conozco y tú eres la que más me aterra. No quiero mezclar esas dos personalidades.

Lola se echa a reír, pero cuando miro a Halle parece impactada.

—Esas cosas no se dicen —señala en voz baja, pero yo conozco a Lola lo bastante bien como para saber lo que puedo y no puedo decir.

A Lola le gusta que diga esas cosas. No lo entiendo muy bien, pero intento no preguntar demasiado.

Después de unas negociaciones acordamos —bueno, Halle acuerda— encontrarnos más tarde después de que cada uno vaya a lo suyo durante un rato. Además, los demás quieren ir sobre todo a la playa, mientras que yo le he prometido a Halle que la ayudaría a ganar algo en la feria.

—No he estado aquí desde que era niña —dice cuando entrelazo los dedos con los suyos y caminamos por el muelle.

Mira nuestras manos unidas y luego a mí.

—Me encanta lo comprometido que estás con la experiencia de la cita.

Tardo un segundo en darme cuenta de lo que quiere decir. La verdad es que no recuerdo el momento en el que he decidido buscar su mano.

—Se me había olvidado que esto tenía que ser una experiencia. Lo he hecho porque me gusta, pero no tenemos que…

Me aprieta más fuerte la mano cuando empiezo a desentrelazar los dedos.

—No, a mí también me gusta.

—Bien. ¿Primero jugamos o compramos churros? —le pregunto cuando nos acercamos a la entrada del Pacific Park, la parte de feria que hay en el muelle.

Ella sopesa la oferta y la mirada le salta de un mostrador a otro y de vuelta hacia mí.

—¿Jugamos, luego compramos tacos y luego churros? Pero tengo que advertirte de lo mala que soy en cualquier cosa que requiera coordinación ojo-mano.

—Esta es una fantástica oportunidad para decirte que a mí se me da genial todo.

—Volver a decirme. Volver a decirme que se te da genial todo. Lo que más me gusta de ti es lo humilde que eres, por cierto. La verdad es que nunca he ganado un peluche en la feria, ni siquiera uno pequeñito mierdoso.

Le rodeo los hombros con el brazo, la acerco a mi cuerpo y le doy un beso en la cabeza mientras nos acercamos al primer puesto de la feria.

—Voy a ayudarte a que te lleves el más grande que haya.

Cuando era pequeño, mis madres me enseñaron que es más valioso ser la persona que ayuda a otra a alcanzar sus objetivos que ser la que los alcanza en su lugar.

Siempre me ha parecido lógico y mis madres me lo recordaban a menudo para ayudarme a luchar contra mi instinto natural de hacer las cosas directamente yo porque era más fácil y rápido. Sin embargo, viendo a Halle fallar por quinta vez, me está costando cada vez más recordar que debería ayudarla a alcanzar su objetivo de ganar y no ganar por ella.

—Veo que no exagerabas —digo con delicadeza.

Halle me mira desde delante con mala cara antes de proceder a lanzar la bola al blanco otra vez. Cuando la bola pasa entre las dos caras de payaso que se supone que tiene que tumbar, suelta un taco en voz alta. Es el cuarto puesto en el que hemos tenido este mismo problema tan específico: las aptitudes físicas de Halle.

—Estos juegos están amañados —dice entre dientes acercándoseme a grandes zancadas y apoyando la frente en el centro de mi pecho—. Ni siquiera tú podrías vencer a un sistema amañado.

—Creo que cuando tiras una bola no se acerca a nada lo suficiente para que puedas afirmar que te están timando. ¿Quieres que pruebe?

Le pongo las manos a los lados del cuello y ella levanta la vista hacia mí.

—No quiero darles más dinero, nos están estafando. Vamos a que nos estafe otro.

Cuando le suelto el cuello, me da la mano como si fuera lo más natural del mundo y yo pienso en lo que me ha dicho Anastasia de que a ella nunca le doy la mano. Tiene razón, pero creo que la diferencia principal entre Halle y Anastasia es que Anastasia nunca me ha atraído. Y ahora sé que a Halle también le gusta darme la mano.

Nos paramos delante de un juego de lanzamiento de aros y enseguida sé que no va a salir bien. No puedo más.

—Deja que te ayude —le digo mientras me coloco detrás de ella—. Tienes que lanzarlo así.

Rectifico su postura hasta que por lo menos se acerca a tener alguna posibilidad de acertar.

—Quiero ese pato enorme.

Abro los ojos como platos porque me ha parecido oír otra cosa.

En la pared hay un patito de peluche del tamaño de un niño mediano y no puedo dejar de imaginármelo en un rincón de la habitación de Halle mientras dormimos por la noche. Por suerte, a Halle tampoco se le da bien este juego. Cuando se le acaba el turno, parece decepcionada. Más que con cualquiera de los otros, aunque se le han dado igual de mal. ¿Y a mí por qué me importa tanto?

—¿Podemos volverlo a intentar, por favor? —le digo al tío.

—Pero se me da fatal —se queja Halle.

—Se te da como el culo. Estás castigada sin tirar. Échate a un lado.

Acertar no es muy difícil y, cuantas más anillas entran

en las botellas, más se emociona Halle, que termina animándome.

—Por favor, no grites.

—Perdón, perdón. Vamos, Henry —susurra—. Tú puedes.

Tiene razón, y lo consigo, lo cual me lleva a decir algo que nunca me habría imaginado que diría.

—Deme ese pato enorme. Gracias.

—Mi héroe. —Acepta el pato y apenas puede rodearlo con el brazo—. Voy a llamarlo Henry.

—No, por favor.

Parece tan feliz que hasta me duele.

—¿Qué más quieres? —le pregunto.

Volvemos atrás y pasamos por todos los puestos de la feria de los que nos hemos marchado antes con las manos vacías. Lanzo aros, disparo escopetas, tiro bolas y saquitos de arena y chuto balones de fútbol hasta que Halle no se ve debajo de la pila de peluches que lleva. Y me mira como si se los hubiera hecho a mano.

Llevo una vaca enorme debajo del brazo y dos osos en las manos cuando encontramos un banco al final del muelle. Me siento y Halle descarga el botín a mi lado y se queda sin sitio en el banco.

—No lo he pensado bien —musita intentando amontonar los peluches para hacer hueco.

Le tiendo los osos y me doy unas palmaditas en el regazo para que se siente. Ella mira el montón de premios y luego me mira a mí y decide sentarse en mis rodillas.

—Este es el día que mejor lo he pasado desde que vine a vivir a Los Ángeles. No sé decirte si eso es bonito o lamentable, pero creo que voy a optar por bonito. Gracias, Henry.

—Gracias a ti por no obligarme a seguir viendo cómo perdías.

Me pasa el brazo por los hombros y me mira directamente. Tiene la cara cerca de la mía y me concentro en su boca mientras habla.

—Oye, ya sé que el hockey es lo tuyo y eso, pero... ¿alguna vez has pensado labrarte una carrera profesional en los juegos de feria? Porque eres tan bueno que das rabia. Y no me digas que se te da bien todo, porque no cualquier chico puede ir a un puesto de estos y ganar así como así.

Mi mirada se encuentra con la suya.

—Si quisieran, se esforzarían.

—Eso dicen.

Apoyo las manos en su muslo y ella se recuesta en mí mientras escuchamos el mar debajo del muelle. La diferencia entre las citas con Halle y las citas con cualquier otra chica con las que haya estado es que con ella no quiero que se acaben. Con las demás, siempre he tenido ganas de irme a casa, solo o para que nos liáramos. En cambio, con Halle, aunque no sea una cita de verdad en un sentido estricto, quiero seguir.

—Estás muy callado —susurra.

—Es mi marca personal.

—¿En qué piensas cuando estás en las nubes?

«En ti. En ti siempre».

—En decirle a Bobby que no puede subirse a tu coche por culpa de tu pato enorme y sus amigos.

Se echa a reír y es el único sonido que preferiría antes que silencio.

—Dejaré que les ponga nombre. ¿Igual es momento de centrarnos en la parte grupal de la cita en grupo?

—¿Y si te dijera que me gusta no tener que compartirte?

Se gira en mi regazo para mirarme bien, y notar su culo apretado contra mí me recuerda el tiempo que hace que no me acuesto con nadie.

—Pues te respondería que me compartieras ahora y que más tarde podrías volver a tenerme para ti. Esta noche tengo que escribir, pero puedes quedarte… si quieres, claro.

No siempre se me da muy bien leer las expresiones faciales, pero me parece que estoy leyendo la de Halle bastante bien. Parece esperanzada y sé que es porque quiere conocer mejor a la gente. Halle piensa que es introvertida, pero no. El introvertido soy yo. Sí, a ella le gusta hacer cosas como leer y escribir, que son actividades solitarias, pero cuando más feliz está es rodeada de gente.

No puedo más que imaginarme lo difíciles que habrán sido estos últimos años para ella, con las ganas desesperadas que tiene por crear conexiones, y la gente, que no la entiende, no hace más que dejarla tirada o no saber apreciarla.

—Sí que quiero —le digo—. Venga, pues vamos con los demás, pero que sepas que solo lo hago para ampliar tus experiencias románticas.

—Me parece que hay otras cosas que podríamos hacer para ampliar mis experiencias románticas que no fuera quedar con Kris y Bobby, pero vale.

La brisa le agita el pelo, el sol se refleja en los puntos más elevados de su rostro. Le acerco la mano despacio y con un dedo le coloco los pelos que le bailan por la mejilla detrás de la oreja. Está preciosa. Ojalá pudiera capturarla ahora, pero me temo que ni con un pincel ni con un lápiz en la mano le haría justicia. Me pregunto si me creería si se lo dijera.

Habría que decírselo. Tendría que oírlo cada día, pero ¿le gustaría que fuera yo el que se lo dijera?

—Sí, podría hacerte una lista.

Se me va la mirada hacia sus labios. Oigo la voz de Anastasia en mi cabeza repitiendo que el muelle sería un lugar romántico para un primer beso. ¿Querrá Halle que la bese? Nunca había dudado tanto de algo así.

—Estás preciosa. ¿Te parece bien que te lo diga?

La mano del brazo que tiene sobre mis hombros me toca el lado del cuello. Se revuelve un poco en mi regazo.

—¿Lo dices en serio?

Asiento.

—Entonces me parece bien que me lo digas.

Me pregunto cuántos halagos más le parecería bien que le hiciera. Estamos tan cerca que nuestras narices se tocarían si nos inclinásemos un poco hacia delante. Huele a algodón de azúcar y a la vainilla de sus productos para el pelo. Me acerco unos milímetros.

—Halle...

—Henry —dice ella en voz baja de la única forma que quiero que diga mi nombre a partir de ahora.

Le pongo una mano en la mejilla y la mano que tiene libre cubre la mía. Desvía la mirada detrás de mí.

—Tenemos público.

Me vuelvo deprisa para saber qué está mirando y veo a nuestros amigos a diez metros de donde estamos sentados con conos de helado en la mano. En cuanto se dan cuenta de que los hemos visto, empiezan a venir hacia aquí y lo único que tengo ganas de hacer yo es gritarles que desaparezcan.

Halle aparta el brazo y se pone la mano en el regazo junto a la otra. Me entran ganas de renegar de mis amigos. Bobby le da un lametón largo y despreocupado a su helado cuando se detiene delante del banco.

—Decidme que ese pato no se sentará a mi lado en el coche.

16

Halle

Cuando Henry me preguntó si quería ir a comer con él después de clase, no se me ocurrió pensar que podría no sentirme lo suficientemente guay al pasear por la facultad de Bellas Artes.

Así como Grayson se quedó con todos los genes atléticos, mi madre reservó todos los genes artísticos para Maisie. Sin duda soy capaz de hilar una frase —a veces— y de devorar una novela romántica de quinientas páginas en un día, pero cuando veo las creaciones que me rodean, me parece que esa gente está a otro nivel.

Siguiendo las indicaciones que me ha dado Henry, encuentro sin problema el estudio de escultura y, aunque me cueste admitirlo, me decepciona un poco ver que ya está sentado esperándome y con la bolsa lista para irse. Levanta la vista del móvil mientras me acerco y sonríe de una forma que me hace pensar que de verdad se alegra de verme.

—Esperaba que todavía estuvieras con el profesor para poder ver tu obra —comento con un mohín pícaro mientras él se levanta y se echa la bolsa al hombro.

Luego me rodea los hombros con el brazo, con la típica actitud amistosa que solemos tener el uno con el otro. Con la típica actitud amistosa que no me hace cuestionarme para nada toda mi existencia.

—Llegas sesenta segundos tarde, capi. Acabo de terminar.

Me conduce hacia la salida con el brazo.

—¿En serio no me vas a dejar verla? Me parece fatal que no me la enseñes.

—Vaya —se lamenta, aunque su tono no tiene nada de comprensivo—. Te va a costar mucho seguir enfadada para siempre, ¿no?

Sigue manejándome como la marioneta en la que me convierto en cuanto las manos de este hombre entran en juego.

—Nunca en mi vida he tenido tantas ganas de ver algo.

—Si dibujo para ti todo el rato.

—Dibujas encima de mí todo el rato. O me dibujas a mí todo el rato. Y no es lo mismo porque yo ya sé cómo soy.

Él suspira, pero, una vez más, no hay nada en su tono ni en su comportamiento que me haga pensar que esto no le está pareciendo divertidísimo.

—El arte es algo muy íntimo para mí. Nunca le enseño mi obra a nadie voluntariamente, así que no te lo tomes como algo personal. Pero si te apetece discutir, tú tampoco me has preguntado si quiero leer tu libro.

Mierda. Por eso está tan sonriente, porque sabe que me tiene entre la espada y la pared.

—Pues porque más que un libro son las divagaciones caóticas de una mujer que fantasea demasiado y pierde el tiempo buscando la lista de reproducción perfecta cuando debería estar escribiendo. En fin, que no me distraigas cuando estamos hablando de ti.

—Es que me encanta distraerte. —Henry me abre la puerta del pasillo y cruzarla se me antoja una derrota. Lo hago de todos modos, pero solo porque me estoy planteando las posibles consecuencias de colarme en el estudio de escultura más tarde—. ¿Qué estás tramando, Halle?

—¡No estoy tramando nada!

—Claro que sí. Cuando tramas algo, pones morritos. Te veo hacerlo cuando trabajas en tu libro. ¿Dónde quieres comer? —me pregunta, pulsando el botón del ascensor.

—No pienso hablar contigo hasta que me digas en qué estás trabajando.

—Subestimas mi amor por el silencio. —Abro la boca para replicar, pero no se me ocurre nada. Mientras pulsa el botón de la planta baja, Henry me cierra la boca con el nudillo—. El proyecto consiste en reinterpretar una escultura conocida con tu propio estilo y utilizando influencias de un periodo artístico diferente. Mi pieza es una escultura renacentista que he reinterpretado inspirándome en algunos artistas del Renacimiento de Harlem, como Augusta Savage. Mi versión es mucho más pequeña que la original y la estoy haciendo de arcilla. ¿Contenta?

—Si tu objetivo era que todavía tuviera más ganas de verla, lo has conseguido. ¿No piensas darme más detalles? ¿Ni siquiera vas a decirme qué escultura estás reinterpretando?

—No. No me fío de que no vayas a buscarla. Y yo siempre consigo lo que quiero, Halle. —Las puertas del ascensor se abren y, muy sabiamente, Henry me obliga a salir, porque si por mí fuera volvería arriba—. Venga, ¿qué te apetece comer?

Me da pena que Henry haya creado algo tan especial y que yo no vaya a verlo, pero entiendo que no quiera que la gente vea su obra. Está esperando mi respuesta, pero no dejo de imaginármelo trabajando con tenacidad para hacer algo bonito.

—Algo que se coma con la mano. Me has inspirado.

—Se me ocurre una cosa, pero vas a necesitar las dos. —Me abre la puerta del jardín y paso por debajo de su brazo. Giro la cabeza hacia atrás y lo observo, mientras la puerta se cierra tras él. Henry me mira, medio escandalizado, medio divertido. Me encanta lo contento que está cuando va al estudio en vez de a clase—. Estaba pensando en una hamburguesa, Halle. Conozco esa mirada. ¿Cómo puedes tener la mente tan sucia? Vamos al Blaise's.

—Yo no tengo la mente sucia. —Sí la tengo y las mariposas de mi estómago lo confirman—. Venga, vale. Pero no me juzgues si no me cabe en la boca.

Por primera vez en los dos meses que llevamos siendo amigos, lo pillo desprevenido. Su cara es un poema.

—*Touché.*

Al final el Blaise's estaba cerrado por mantenimiento, así que fuimos a otro sitio que queda cerca de la universidad.

Cuando llevaba quince minutos hablando con Aurora del libro que teníamos que analizar para clase, empezaron a llegarme mensajes de Henry diciéndome que se encontraba mal del estómago. Los mensajes continuaron durante toda la tarde con niveles de autocompasión cada vez mayores, hasta que terminó el entrenamiento de hockey, fue a casa a por la bolsa para pasar la noche y se presentó en mi puerta.

Nunca había visto a Henry enfermo, pero no tardo en descubrir que es como un bebé grandote. Miro hacia el sofá, donde está tumbado, y veo que Joy ronronea alegremente en su regazo mientras él le rasca detrás de las orejas. Se han hecho inseparables y cada vez me cuesta más no ponerme celosa.

—¿Necesitas algo? En breve tengo que ayudar a Gigi con los deberes. —Ya solo me faltaba que se paseara sin camiseta por delante del portátil.

—Atención. Compasión. Un remedio —dice, enumerando sus necesidades con voz grave e inexpresiva—. Retroceder en el tiempo para no haberme zampado esa hamburguesa de olor sospechoso.

—Ahora mismo no sabes cuánto me alegro de haberme comido la de pollo que a ti te pareció tan triste. Puedo ofrecerte caldo de pollo casero que tengo congelado y, como mucho, una palmadita semicompasiva en la espalda. —Henry me mira frunciendo el ceño—. Ahora en serio. Siento que te encuentres tan mal. Prometo dedicarte toda mi atención y compasión cuando termine.

—Gracias. No me apetece. Ya he tomado caldo de pollo y el tuyo seguro que no está tan rico.

—¿De dónde lo has sacado? —le pregunto mientras enciendo el portátil, sin molestarme siquiera en defender la integridad de mi caldo. Henry estira los brazos y su abdomen cuajado de músculos se contrae mientras los levanta por encima de la cabeza. Se gira para ahuecar los cojines antes de tumbarse de costado y cambiar de sitio a Joy, poniéndosela al lado del pecho sobre el sofá, de manera que ambos acaban mirando hacia mí.

—Me lo ha llevado mi madre de camino al trabajo después de que la llamara pidiéndole atención, compasión y un remedio.

—Eres un niño mimado. —Henry sonríe como si ya lo supiera—. ¿A qué se dedica tu madre? ¿Y cómo se llama? Para no confundirlas.

—Yasmine. Es cirujana en el Cedars-Sinai, pero también colabora como voluntaria en una organización sin ánimo de lucro en sus ratos libres y ha parado a dejarme el caldo cuando iba hacia allí para pasar unas horas en la clínica.

No creo que Henry sospeche cuánto deseo conocer hasta el más mínimo detalle de su vida.

—¿Cuál es el objetivo de la organización?

—Ayudar a las mujeres negras que necesitan asistencia médica. Sufren de forma desproporcionada las consecuencias de las negligencias médicas o de una atención insuficiente, y tienen más probabilidades de no ser diagnosticadas debido al racismo institucional. —Parece que su explicación solo va a llegar hasta ahí, pero imagino que mi mirada ávida de información le anima a continuar—. Atiende voluntariamente en la clínica a personas a las que sus médicos ignoran o que no tienen acceso a la sanidad pública. Y a veces da charlas sobre los prejuicios raciales en el ámbito sanitario en actos que se celebran en los hospitales. Mami también es médica y antes también colaboraba con ella en la clínica, pero ahora ya no tanto porque está dando clases.

—Qué pasada que las dos hagan voluntariado, Henry. ¿Dónde da clases mami? ¿Y cómo se llama?

Me mira como si le acabara de preguntarle los números ganadores de la lotería.

—En Maple Hills. Se llama Maria. ¿No lo sabías?

—Obviamente, no —contesto, poniendo los ojos en blanco—. ¿Por qué decidió dar clases?

Henry bosteza tapándose la boca con el dorso de la mano y juraría que lo hace porque sabe lo interesada que estoy.

—Al principio lo pasó mal en la universidad porque sus padres dejaron de hablarle. Dice que no tuvo profesores gais que le demostraran que podía triunfar. Quiere ser un ejemplo para aquellos que lo necesitan, ya sabes: carrera profesional brillante, mujer, hijos, etcétera.

—¿Alguna vez te sentiste tentado a seguir sus pasos y dedicarte también a la medicina? ¿O siempre te interesó más el arte?

—Mi madre estudió Medicina porque mis abuelos eran médicos y para ella era importante dar continuidad a su legado ayudando a la comunidad. Sus padres la tuvieron cuando ya eran mayores, así que también es hija única. Mami estudió Medicina porque quería un trabajo en el que le pagaran lo suficiente como para no tener que pedir nunca ayuda económica a sus padres homófobos y porque quería ayudar a la gente. Yo nunca sentí ningún tipo de presión, así que siempre me he centrado en mis pasiones, que son el deporte y el arte.

—Me encanta oírte hablar de tu familia —digo con sinceridad—. Podría estar todo el día oyéndote hablar de ti mismo.

Él sonríe, pero hunde la cara en Joy para disimularlo. Luego levanta la cabeza, acaricia su pelaje blanco con el puente de la nariz y se incorpora apoyándose sobre una mano.

—¿Tenías que esperar a que estuviera enfermo para hacerme un interrogatorio sobre mi vida?

—Necesito pillarte en baja forma para que te estés quieto el tiempo suficiente para hacerlo. La última pregunta, que Gigi me va a llamar en cualquier momento. ¿Por qué decidiste estudiar Bellas Artes? Ya sé que tienes talento, pero ¿por qué no un grado en Actividad Física y Deporte, o algo así?

Henry se queda callado, pensativo, y rezo para que Gigi no me llame antes de que me conteste.

—Siempre ha sido mi forma de expresar aquello que no conseguía decir con palabras. Sobre todo cuando era más joven y no tan comunicativo como ahora. No levantes la ceja, para mí esto es ser comunicativo. El arte cuenta una historia, puede hacer cambiar de opinión a la gente o reafirmar sus creencias. Me he pasado la vida preocupándome por no meter la pata. Con el arte no me puedo equivocar.

El tono de videollamada empieza a sonar en mi portátil y

nunca había tenido tantas ganas de estrellarlo contra la pared como ahora.

—¡Te he mentido! Todavía tengo un montón de preguntas —digo en un tono que refleja lo alterada que me siento de repente.

—Se te ha acabado el tiempo, capi —replica Henry, recostándose sobre los cojines—. Además, estoy muy enfermo, así que voy a echarme una siestecita hasta que acabes.

—Esto no ha terminado —le advierto, sujetándome el pelo por detrás de las orejas mientras apoyo el portátil en el brazo del sillón.

—Estoy deseando que llegue el segundo asalto —dice él, cerrando los ojos.

Pulso «aceptar» y Gigi aparece en la pantalla.

—Ya era hora.

—Hola a ti también —replico, viéndola dar vueltas por la casa—. Me estás mareando. ¿Qué te pasa?

Veo los cuadros enmarcados que hay en la pared de la escalera mientras Gigi baja por ella.

—Tu madre quiere hablar contigo. ¿Puedes convencerla de que me deje hacerme un piercing en el ombligo?

—¿Qué? No. Además, ¿eso está permitido?

Mi hermanastra se sienta en las escaleras, acercándose a la cámara del portátil.

—Con el consentimiento de un tutor legal. Por favor, Halle. Me muero por hacerme uno. Todas mis amigas lo tienen, no es justo.

—Nunca te dará permiso. Mejor pídele a tu madre que te acompañe cuando vuelva a casa.

Gi suspira dramáticamente de esa forma tan premeditada que utiliza para hacerme sentir mal por no apoyarla en su última ocurrencia.

—Ya se lo pregunté cuando me llamó y me dijo que no.

Esta niña es tremenda.

—¿Y qué te hace pensar que mi madre va a llevarle la contraria a la tuya?

—Venga, tú eres muy persuasiva, Osito. ¡Si de verdad quisieras, me ayudarías! —Qué suerte tiene Grayson de que yo nunca lo obligue a pasar por esto—. Porfa, porfa, porfa. Nunca más volveré a pedirte nada.

—¿No decías que tenías que pasarme a mi madre para no sé qué?

Gigi pone los ojos en blanco, levanta el culo de las escaleras e incluso a través del altavoz cutre del portátil puedo oír la fuerza de sus pisadas. También escucho la televisión y a Maisie hablando con su padre mientras Gigi cruza toda la casa para ponerme delante de las narices de mi desprevenida madre, que al parecer está en la cocina.

—Uf. Cuando acabe te lo subo, Gi.

Ni siquiera se despide de mí antes de largarse.

—Hola, mamá.

Mi madre pone el portátil de Gigi en la mesa de la cocina y siento un poco de nostalgia al darme cuenta de que voy a estar una buena temporada sin ir a casa.

—Hola, cariño. ¿Te puedes creer que esta niña quiere que ignore a Lucía y la acompañe a hacerse un piercing en el ombligo?

—Pues sí, me lo creo. ¿Qué pasa? Esta noche estoy muy liada y todavía no le he corregido los deberes.

Mi madre se pone a contarme con pelos y señales la actuación de baile de Maisie, que al parecer no es de lo que quería hablarme, antes de pasar a lo maravilloso que sería que a Grayson lo traspasaran a un equipo de la costa oeste. Sigue dándole a la lengua sin parar de tal forma que ni siquiera oye el ruidoso bostezo de Henry.

—Total, que Gianna ha decidido que al final sí va a ir a la universidad y le gustaría visitar alguna con sus amigas. ¿Puedes sacar tiempo para acompañarla? Dice que prefiere las de California, que es donde va a vivir su madre cuando vuelva a casa. ¡Un viaje de chicas sería muy divertido! ¿A que sí?

Cuando Grayson y yo nos fuimos a la universidad, Gianna decía que ella no pensaba ir nunca, hasta cuando era pequeña. Decía que quería aprender a cuidar plantas así que, cada vez que preguntaba, le hablábamos de las escuelas de formación profesional. Todo iba bien hasta que nos dimos cuenta de que odiaba el colegio porque no recibía el apoyo que necesitaba y tenía la idea equivocada de que para cuidar plantas no haría falta estudiar mucho.

—Es demasiado pronto para que vaya a visitar universidades, mamá. Todavía está en cuarto de secundaria. ¿No sería mejor que esperara hasta el año que viene?

—Ya lo sé, cariño. Pero no quiero desanimarla. Sus nuevas amigas no paran de hablar de la universidad y ella está entusiasmada, y si al final es lo que le gustaría hacer, no quiero que piense que no la apoyamos.

Me da pena mi madre, porque hace todo lo posible por ser una buena madrastra. Sé que le preocupa mucho hacer las cosas mal y que Lucía piense que trata a Gigi de forma diferente que a sus propios hijos, o que la apoya menos en sus objetivos.

—Vale, pero ¿podríamos retomar la conversación después de las vacaciones de primavera? Puedo hablar con ella esos días y vamos viendo.

—¡Claro! Gracias, Osito. Te dejo para que sigáis con la sesión de estudio.

Cuando vuelvo al entorno familiar del dormitorio de Gigi, parece que ya se le ha pasado la rabieta.

—¿Qué? ¿Has conseguido que cambie de opinión?

Quién sabe por qué narices estará tan empeñada en hacerse un piercing.

—Estoy en ello, peque.

—Qué mal mientes —dice, poniendo los ojos en blanco.

Cuando por fin cierro el portátil, después de haber acabado mi trabajo y el de Gigi, tengo el cerebro reblandecido. Henry, que sigue diciendo que no se encuentra bien, pero que también dice que tiene hambre, me da una lista larguísima de cosas cuando llamo para pedir comida.

—¿Necesitas atención, compasión y un remedio? —me pregunta Henry, mirándome por debajo del antebrazo que tiene encima de la cara.

Me froto los ojos cansados con las palmas de las manos, asintiendo con la cabeza.

—Sí.

—Pues únete al club de los arrastrados —dice, colocando a Joy sobre su pecho y poniendo los pies en el borde del sofá para dejar un hueco entre él y los cojines del respaldo.

No hay ninguna forma elegante de encajar en ese espacio y, cuando lo intento, Henry tira de mí y acabo medio en el hueco, medio encima de él. No dejo de preguntarme en qué momento este nivel de contacto físico se ha convertido en algo normal entre nosotros, pero no quiero verbalizarlo en voz alta por si lo arruino.

—¿Y por qué está Joy en el club de los arrastrados? —pregunto, extendiendo la mano para acariciarle el lomo.

—Es que es muy empática —contesta Henry.

—Ah, ¿sí? Y yo sin enterarme de que tenía una gata empática.

—Mmm. El hecho de que no te hayas dado cuenta es otra de las razones por las que debería vivir conmigo —murmura, apoyando la barbilla sobre mi cabeza.

Me dispongo a protestar, pero él me lo impide rápidamente.

—No quiero ni oír hablar de la supuesta «alergia» de Robbie.

—¿Por qué le tienes tanto cariño? A ver, yo la adoro porque es mi gata, pero ¿por qué la quieres tanto?

—Fin de la ronda de preguntas —dice Henry, sujetándome un mechón de pelo por detrás de la oreja.

—Por favor, solo una más. Me prometiste una segunda ronda.

Seguimos los tres tumbados en el sofá, disfrutando de la tranquilidad de mi casa. Empiezo a pensar que Henry me está ignorando, o que se ha quedado dormido, cuando veo que sujeta a Joy contra el pecho para ponerse de lado y quedarse con la cara casi pegada a la mía.

A Joy no le gusta nada esa nueva ubicación que la deja encajada entre los dos y sale corriendo para acomodarse en su sitio, sobre el respaldo de los cojines del sofá, dejándonos torso con torso y nariz con barbilla. Henry mira hacia abajo y yo hacia arriba. Observo su boca mientras se humedece el labio inferior con la lengua.

—Pues porque es una monada y me gusta que tenga una personalidad tan peculiar. Además, me encanta cuando se pone mimosa y me deja achucharla todo lo que quiera. Hace que me relaje y me hace ilusión que ella también me tenga cariño a mí.

—Sí, es una gata muy buena —susurro, porque hablar en voz alta me parece demasiado, dado lo cerca que estamos.

—Pues sí —murmura él.

Hay un momento en el que nuestras respiraciones se sincronizan y nuestros ojos se encuentran en el que pienso que probablemente no sobreviviría a una experiencia con Henry Turner. Que oírlo hablar de mí de la forma en la que habla de Joy podría destruirme por completo.

Pero entonces suena el timbre, avisándonos de que ha llegado la comida. Y recuerdo que, de todos modos, nunca ha existido ninguna lista de adjetivos elogiosos que la gente recite cuando habla de mí.

17

Halle

Todo el polideportivo estalla en vítores cuando los Titans consiguen la victoria en los últimos diez segundos.

Llevo años yendo a partidos de hockey, pero no hay nada como presenciar este tipo de resultado sabiendo lo aliviado que se sentirá Henry. Aurora también está dando saltos; ni que hubiéramos sido nosotras las que hemos conseguido algo.

Henry me dijo que si me ponía el regalo que me hizo, es decir, su camiseta, seguro que ganaban. Me da la sensación de que siempre estoy haciendo comparaciones, pero lo bien que me lo he pasado hoy con Aurora no tiene nada que ver con cuando iba a los partidos de Will con otras amigas suyas.

Hemos estado hablando sobre cuál es el mejor deporte —o más bien casi discutiendo— con los chicos que han estado sentados a nuestro lado todo el partido. Mi familia es amante del fútbol americano por Grayson; Aurora, obviamente, es más de deportes de motor y el chico cuyo nombre no he llegado a entender tiene un hermano que juega al béisbol. Por suerte, el hockey nos ha unido y, aunque parezca una chorrada, ha sido divertido interactuar con gente nueva sin ningún tipo de estrés.

Mientras recogemos los vasos del suelo y cogemos los bolsos para marcharnos, el chico sin nombre me para.

—Oye, ¿me das tu número? Me gustaría profundizar un

poco más en el tema del fútbol contra el béisbol. Me has caído bien.

Me quedo perpleja. Miro a Aurora, que se limita a observarme en plan «¿qué?».

—Uy, lo siento. Pues... ¿no? Perdona, no quiero ser borde. Es que... —No tengo ni idea de a dónde quiero llegar.

—Le mola otro tío —dice Aurora con una sonrisa, sacándome de ese atolladero en particular, pero metiéndome de cabeza en otro.

—Vale —dice el chico—. Me ha encantado conoceros.

—¿En serio?

Aurora se encoge de hombros.

—Dime que querías darle tu número y te pediré disculpas.

Yo resoplo.

—*Touché.*

En cuanto llego al coche, saco el móvil para mandarle un mensaje a Henry.

HENRY TURNER

Sigo haciendo campaña para que te cambies a los juegos de feria, pero reconozco que ha sido una victoria espectacular

Gracias, capi
Dónde estás?

Cami está enferma. Le voy a llevar un kit de primeros auxilios

A mí no me diste ninguno cuando estuve enfermo

Te pedí dim sum y no me quejé cuando lo vomitaste todo

Cierto

Puedo compensártelo luego?

Ok. Te mando un mensaje cuando salga de casa de Cami

El pato gigante tendrá que buscarse otra habitación

Cuac Efron vive allí y tú no

Odio a Bobby con todas mis fuerzas.
Date prisa. Echo de menos a Joy

Hay mujeres en Maple Hills que darían un riñón porque Henry hablara de ellas como habla de mi gata.

Hago una parada rápida en el supermercado y estoy entrando en el aparcamiento del edificio de Cami cuando en la pantalla del móvil aparece el nombre de Will. Por poco estampo el coche contra uno de los arbustos que bordean la pared de hormigón. Una vez pasado el susto inicial, le cuelgo y me quedo tan ancha. Seguro que él también ha jugado hoy y seguro que ha visto mi story del partido. No me apetece nada discutir con alguien que solo quiere hablar conmigo cuando está… ¿celoso? —ni siquiera lo sé—. Bueno, cuando me llama para hacerme sentir mal por algo.

Para cuando llego a la puerta de la casa de Cami, ya me he convencido a mí misma de devolverle la llamada y de no devolvérsela. De devolvérsela por si les ha pasado algo a él o a su familia y de no devolvérsela porque, si ese fuera el caso, mi madre ya me habría llamado. De devolvérsela por si quiere que volvamos a ser amigos y de no devolvérsela porque, si ese fuera el caso, habría empezado por mandarme algún mensaje.

Cami me abre la puerta con el aspecto de un cervatillo deslumbrado por los faros de un coche. Lleva la melena roja recogida en una trenza sobre un hombro y tiene el pijama puesto. Últimamente está un poco rara en el trabajo y no he conseguido averiguar por qué. Me da la sensación de que está más callada. Es como si hubiera perdido su seguridad habitual.

Lo que más me escama es que ha empezado a llegar a su hora. Ella, que siempre llega tarde a todas partes. Y el otro día un huésped se puso borde y no le dijo absolutamente nada. Levanto la bolsa de papel.

—Te he traído sopa de pollo con fideos y otras cositas saludables.

—Oh, Halle —dice ella con dulzura—. Entra y siéntate.

Sé que sus compañeras de piso no están porque acabo de verlas y ha sido Ava la que me ha dicho que estaba enferma. Ava también está de acuerdo en que últimamente parece distinta, pero cuando le he preguntado si sabía por qué, ha cambiado de tema. Creo que en el fondo me preocupa haber metido la pata y que nadie quiera decírmelo.

—¿Cómo te encuentras? —le pregunto, mientras me siento en el sofá.

Ella se sienta frente a mí, dobla las rodillas contra el pecho y las abraza.

—He tenido días mejores. Gracias por traerme comida.

—¿He hecho algo que te haya molestado? —le pregunto. No soporto el tono de desesperación con el que lo digo. No soporto lo desesperada que me hace sentir—. Si es así, te pido perdón.

Cami se queda de piedra.

—¿Qué dices? Por favor, claro que no. Por supuesto que no has hecho nada que me haya molestado.

—Si es así, estoy dispuesta a reconocerlo. Ya sabes que no tengo mucha experiencia en esto de la amistad y no quiero ser la típica amiga que no se disculpa cuando le toca.

—Halle, no tienes que disculparte por nada. El problema soy yo. Es mi cabeza. Todo esto es una mierda. Uf. —Se pasa las manos por la cara—. Me echaron algo en la bebida en el concierto de Take Back December y..., no, no te asustes, no pasó nada. A Poppy también se lo echaron, pero Ava se dio cuenta enseguida de que estaba ocurriendo algo raro y nos llevó a Urgencias. Tuvimos suerte.

—Que te echen algo en la bebida no es tener suerte. Qué

mal que hayas tenido que pasar por eso. Te juro que no lo sabía, o no me habría presentado aquí haciéndome la víctima.

—¡Tú no te has hecho la víctima! Pero no quería que nadie lo supiera porque, bueno, ya me había pasado antes. En el último año de instituto. Aquella vez no tuve tanta suerte —dice y el corazón me da un vuelco—. La verdad es que no me apetece hablar del tema, si te soy sincera. Simplemente me ha removido un poco, pero lo superaré. No quiero que pienses que es por algo que has hecho, Hals. Tú no has hecho nada. Es que necesito estar sola para procesarlo, pero luego volveré a ser la de siempre, te lo prometo. Aunque no voy a ir a lo de mañana. No creo que una fiesta de Halloween sea el sitio más apropiado para mí ahora mismo, tal y como me siento, pero te prometo que pronto volveré a ser la de antes.

Me invaden un millón de emociones diferentes al enterarme de lo que ha pasado. Pero ninguna de ellas supera la rabia que siento por mi amiga.

—No quiero que vuelvas a ser la de antes, solo quiero que estés bien. ¿Hay algo que esté en mi mano para ayudarte? Puedo venir a hacerte compañía mañana por la noche, para que no te quedes sola.

Ella niega con la cabeza.

—Proceso mejor las cosas en soledad, pero gracias. Se me da bien compartimentar.

—¿Eso es bueno o malo?

Cami se ríe, pero sigo viendo el dolor en sus ojos.

—No lo sé, pero ya lo averiguaremos.

—¿Te apetece quedar el domingo? Podríamos ir a desayunar, o de compras. Respeto tu opinión de procesar las cosas en soledad, en serio, pero creo que no deberías hacer esto sola; y sé que tus mejores amigas ya no viven aquí y que yo no soy ellas, pero... —Me estoy yendo por las ramas. Me estoy yendo mucho por las ramas. Cami compartió piso con Summer y Briar durante cuatro años hasta que se graduaron y no quiero que piense que me creo igual de amiga suya que ellas, o que considero que tenemos el mismo nivel de confianza—. Es que creo que...

—Halle. —Cami me interrumpe, riéndose—. Lo del desayuno me parece bien. ¿En el Blaise's? No muy temprano, por si vas al Honeypot, ¿no? Yo paso de la alarma cuando estoy de resaca.

—Me da igual la hora. No voy a beber. —Cami no grita horrorizada, ni reacciona de ninguna otra forma, mientras rebusca en la bolsa de la compra que le he dado para sacar la comida—. Me he dado cuenta de que me pongo muy nerviosa y sensible cuando tengo resaca. Espero no volverme una aburrida y que la gente siga queriendo salir conmigo.

Ella deja la bolsa y me mira.

—Summer no se emborrachaba exactamente por la misma razón. De hecho, Briar y yo la convencimos para que dejara de hacerlo porque estábamos hartas de que pensara que el mundo se iba a acabar cada vez que se tomaba más de dos copas de vino. Eso no te convierte en una aburrida.

—Racionalmente lo tengo claro. En serio, sé que estoy siendo una boba y que a una mujer adulta como yo no debería preocuparle la presión de grupo. Pero...

—Pero te asusta que dejen de invitarte a las fiestas y quedarte sola por no querer hacer lo que hacen los demás —dice Cami, leyéndome la mente—. Ya lo pillo. Parece que tu ex y sus amigos se cebaron con tu autoestima, ¿eh?

Anda. Ese sí que ha sido un giro inesperado.

—Supongo. No lo sé, la verdad es que nunca lo había visto así. Lo de la autoestima, digo. Aunque, ahora que lo pienso, está claro que me consideraban una aburrida.

—Que ellos no hayan sabido apreciar tu maravillosa compañía no significa que los demás no lo hagamos. Además, estadísticamente es mucho menos habitual que echen droga en los refrescos que en las bebidas alcohólicas, así que no hay mal que por bien no venga. —Mi cara debe de ser un poema, porque Cami frunce el ceño—. ¿Qué? ¿Cómo voy a superarlo si no me río del tema?

—Campbell, ¿necesitas un abrazo? —le pregunto.

—Ay, por Dios, me has llamado por el nombre completo. —Se ríe, pero la observo mientras asimila mis palabras y al final asiente—. Sí. No me vendría mal.

Me siento a su lado en un hueco que no está lleno de tentempiés saludables y le rodeo los hombros con los brazos. Cami me devuelve el abrazo y nos quedamos sentadas en silencio hasta que al fin ella habla.

—Tus tetas son muy cómodas.

—Gracias.

—Es mejor que te vayas antes de que me quede dormida encima de ti.

—¿Seguro? Puedo quedarme. Le mando un mensaje a Henry para decirle que estoy ocupada y ya está.

—No, tranquila. Además, tengo que seguir compartimentando. Quedamos a las diez para desayunar.

—Vale. Allí estaré.

Sigo pensando en Cami y en el resto de las personas que esa noche sufrieron una experiencia tan negativa cuando aparco delante de mi casa.

Henry está sentado en el porche y, como un puñetero pájaro de mal agüero, el nombre de Will vuelve a aparecer en la pantalla del móvil.

—¿Estás bien? —me pregunta Henry desde lejos, levantándose con el bloc de dibujo y la bolsa en la mano.

Pulso «responder» a regañadientes, porque prefiero acabar de una vez que tener a Will llamándome toda la noche.

—Hola. ¿Qué pasa?

—¿Desde cuándo hay que llamarte seis veces para que contestes?

—¿Desde cuándo me llamas?

—Tu hermana está aquí —dice inexpresivamente.

Eso capta mi atención.

—¿Cómo que mi hermana está ahí? ¿Ahí, dónde? ¿Dónde estás tú?

—Sí que has olvidado rápido mi agenda, Osito —replica Will, y si pudiera agarrarlo a través del teléfono y sacudirlo, lo haría.

—¿Qué narices iba a pintar Gigi en San Diego un viernes

por la noche? ¿Estás intentando agobiarme a propósito o es que eres así de inconsciente?

—¿Inconsciente, yo? Al menos uno de los dos sabe que tu hermana está en el estado equivocado.

Lo odio. Lo odio con todas mis fuerzas.

—Will, pásame a Gigi, por favor.

—No sabe que te he llamado. De hecho, me ha pedido expresamente que no lo hiciera. No creía que te lo tomaras muy bien y he de decir que tenía razón. Pero está perfectamente. Yo estoy cuidando de ella.

—Tengo la sensación de que no me crees capaz de coger el coche e ir hasta San Diego para matarte, pero estoy perfectamente dispuesta a hacerlo. Explícate de una vez.

Will se ríe y mis ganas de lanzarme a la carretera aumentan considerablemente.

—Me encanta cuando te pones hecha una fiera. Gianna les mintió a tus padres y les dijo que se iba de excursión al campus con una amiga y los padres de esta. Evidentemente, nadie se puso en contacto con los padres de nadie, porque resulta que la amiga de Gi es mayor que ella, tiene carnet de conducir y en realidad han venido a visitar a su hermana mayor. Gi y su amiga discutieron por colarse en una fiesta y la amiga la dejó tirada. Tu hermana me llamó después del partido —hemos ganado, por cierto, gracias por preguntar— para saber si estabas aquí y, cuando le dije que no, me preguntó si podía quedarse en mi casa. Y, como soy buena persona, le dije que sí.

Por fin entiendo el repentino interés de Gianna por visitar universidades.

—¿Dónde está ahora? —le pregunto a Will.

—Abajo, viendo la tele con los chicos.

—¿Has dejado a mi hermana pequeña sola con tus compañeros? Por el amor de Dios, Will. ¡Ve a buscarla! A mi madre le va a dar algo.

—Creo que es mejor que vengas. Así podremos idear un plan para que vuelva a casa y, con un poco de suerte, evitar contárselo a tu madre.

Henry espera al lado de la puerta con cara de preocupación mientras los miro alternativamente a él y al parabrisas.

—Vale. Salgo ahora mismo. No la pierdas de vista. En serio, Will. Que se enteren bien todos de que es menor de edad. Como vaya ahí y los vea mirándola aunque sea de reojo, te quemo la casa.

—¡Eh! Caray, Hals —dice. La verdad es que yo estoy tan sorprendida como él. Creo que aún no me he recuperado de la noticia de que les echaran algo en la bebida a mis amigas y nunca me han caído bien los compañeros de Will. Aunque esto no tiene nada de divertido, me hace gracia pensar que si Gigi se hubiera presentado en la casa de Henry, no me habría preocupado en absoluto que la dejara con sus amigos—. Les obligaré a vendarse los ojos, si te quedas más tranquila. Tú ven aquí.

En cuanto salgo del coche, Henry viene hacia mí.

—Tengo que irme a San Diego. Es una historia muy larga, ¿te importa si te llamo desde el coche para explicártelo?

—¿Quieres que vaya contigo? —me pregunta Henry.

—Qué va. Cosas de hermanas pequeñas. Además, tienes partido mañana. ¿Puedes darle de comer a Joy y estar un poco con ella? Si no, puedo pedirle a la señora Astor que la cuide hasta que vuelva.

—Atención gatuna. Entendido. —Henry posa las manos en mi cuello, gravito instintivamente hacia él y me da un beso en la coronilla. Quiero que lo repita un millón de veces más—. Llámame si me necesitas. Estoy seguro de que Aurora puede alquilar un helicóptero, o un jet privado.

Todavía no sé en qué momento el tacto de Henry se ha convertido en un bálsamo para mí, pero me dejo caer contra él y apoyo la mejilla en su pecho.

—Te llamo por el camino. Prometido.

Lo único positivo del viaje en coche hasta la casa de Will es que me permite ponerme al día con el audiolibro del club de lectura. Literalmente, lo único.

Cuando llamo a Henry para contárselo todo, su primera reacción es preguntarse cómo es posible que una niña salga del estado sin que sus padres se den cuenta de que les está mintiendo. No es que mi madre y mi padrastro sean especialmente descuidados, pero admito que esta vez se han cubierto de gloria. A mí nunca se me habría pasado por la cabeza hacer esto a la edad de Gigi, y Grayson no tenía motivos para escaparse porque siempre se salía con la suya, así que está claro que les falta experiencia.

Lo segundo que comenta Henry es que ha tenido suerte de estar en una universidad en la que conoce a alguien, aunque ahora mismo no quiero ni pensar que no hubiera sido así.

Me detengo delante de la casa de Will con una sensación inconfundible de inquietud en el estómago. He estado aquí un montón veces y, sin embargo, tanto el hecho de haber estado alejada un tiempo como el de tener un nuevo grupo de amigos me han ayudado a darme cuenta de que mi presencia aquí, aunque no era mal recibida, tampoco era especialmente bienvenida. La forma en la que me acogen cuando voy a casa de Henry o de Cami no tiene nada que ver con cómo me trataban aquí. Pero la verdad es que entonces no me daba cuenta.

Llamo con fuerza a la puerta, oigo unas risas al otro lado y cuando por fin Will abre veo a sus compañeros y a Gigi.

—Hola, nena —dice él, acercándose para besarme. Creo que nunca me había llamado «nena».

Lo esquivo como si fuera una bala.

—¿Qué haces?

Will me agarra por la cintura para atraerme hacia él y vuelve a acercarse, esta vez más despacio y para darme un beso en la mejilla.

—No le has dicho a tu hermana que hemos roto, así que finge que me quieres. No creo que sea tan difícil —dice, bajando la voz.

Deja unos instantes la cara pegada a la mía y su proximidad me inquieta. No recuerdo si antes me sentía así o si simplemente se me daba mejor disimularlo.

Lo dejo atrás para ir hacia Gigi, que está sentada en el sofá con cara de culpabilidad.

—¿A qué narices estás jugando?

—No ha sido culpa mía —dice inmediatamente.

—Tú nunca tienes la culpa de nada, Gianna. Las cosas te pasan por casualidad, tú nunca tienes nada que ver. Siempre lo mismo, ¿verdad?

Los compañeros de Will se levantan inmediatamente para salir al jardín de atrás.

—Tú no eres mi madre, Halle. No puedes hablarme así. ¡No soy una cría!

—Sé perfectamente que no soy tu madre. ¿Crees que tengo ganas de controlarte? ¿Crees que me apetece cancelar mis planes un viernes por la noche para venir en coche hasta aquí y discutir contigo?

—Te encanta decirme lo que tengo que hacer, así que igual para ti esto es un planazo.

—¿Sabes la suerte que tienes de que Will viva aquí? ¿Tienes idea de lo que les pasa a las chicas que andan solas por la noche en este país? ¿O incluso a plena luz del día? Eres una irresponsable, Gianna, y claro que eres una cría. Eres literalmente una cría y si crees que voy a aguantar tu actitud cuando estás en el puñetero estado equivocado es que estás alucinando. ¿Cómo puedes ponerte en peligro tan alegremente? ¿Y si Will estuviera en un partido fuera de casa? ¿Qué habrías hecho?

—Vale, vale... —dice Will, acercándose. Se queda detrás de mí y me frota los brazos con las manos—. Creo que estás exagerando un poco sin necesidad, Hals. No hace falta que aterrorices a la pobre niña. Ha cometido un error y lo siente mucho.

—Ya he hablado con mi amiga. Me ha dicho que puedo volver a casa en coche con ella mañana por la mañana, pero que esta noche necesita estar sola para olvidar lo de la discusión. No hacía falta que vinieras. Tampoco es para tanto.

Me giro inmediatamente para mirar a Will. Él levanta ambas manos, poniéndose a la defensiva.

—No quiero a una menor sola en mi casa, igual que tú tampoco quieres que esté aquí. No me ha contado que ya lo había solucionado hasta que estabas de camino y no quería distraerte mientras conducías. Deja de mirarme como si fueras a arrancarme la cabeza, Hals.

—Uy, qué mal que hayas tenido que venir a ver a tu novio de improviso —murmura Gigi, lo que demuestra que no tiene ni idea de lo enfadada que estoy con ella—. Pobre Halle.

—Hemos roto, Gi. Hace dos meses —digo inexpresivamente, experimentando una retorcida sensación de satisfacción al verle abrir los ojos de par en par a causa del asombro. No porque el tema me resulte agradable, sino por su mierda de actitud—. Lo último que me apetecía era tener que venir aquí de improviso.

Por primera vez en los diez años que Gianna lleva siendo mi hermana, se queda sin palabras.

—Pues yo me alegro de verte, aunque tú no te alegres de verme a mí —dice Will, sentándose al lado de Gigi en el sofá. Camino con decisión hacia una silla que hay al otro lado de la habitación. De todas las personas del mundo con las que estoy enfadada, ellos son los primeros de la lista—. Qué bien, los tres juntos, como en los viejos tiempos. Tú diciéndole a Halle que no es tu madre, Halle sacando las cosas de quicio... Cuánto lo echaba de menos. Podéis dormir las dos en mi cama, yo dormiré en uno de los otros cuartos.

—No vamos a quedarnos a dormir —digo de inmediato, mirando a Will y no a Gigi, cuya actitud se ha suavizado claramente en los últimos treinta segundos. Ya no tiene los brazos cruzados de forma desafiante sobre el pecho, sino pegados al cuerpo, y se está hurgando las uñas sobre el regazo. Tiene la cabeza gacha y los labios apretados.

—Oye, Halle. Sé que estás enfadada y lo entiendo. Gigi también es como mi hermana pequeña. Pero quédate. No vas a conseguir un hotel y no vas a volver a Maple Hills para traerla otra vez por la mañana. Quedaos. Echo de menos estar con vosotras.

—Vale. Gi, haz el favor de irte arriba. Ahora subo. —Afortunadamente, se va sin rechistar. Me vuelvo hacia Will—. ¿Puedes dejarme algo para dormir, por favor? Mañana por la mañana tengo que ir directamente a trabajar, así que no quiero dormir con la ropa puesta.

Él me mira como si se hubiera salido con la suya, aunque no sé muy bien por qué.

—Acabo de hacer la colada. Te traeré una camiseta. Si no quieres dormir con Gigi, puedes compartir cama conmigo.

Lo ignoro. Ni siquiera sé qué responder a eso. Saco el móvil mientras él desaparece en dirección al cuarto de la colada y veo que Henry me ha enviado un vídeo. Primero sale el programa de televisión de repostería que tanto me gusta y luego él sin camiseta, con Joy dormida sobre su pecho.

HENRY TURNER

Mensaje de vídeo Te echamos de menos
Qué tal todo por ahí?

Me voy a quedar a dormir aquí con Gigi
Vuelvo mañana por la mañana

Ojalá estuviera ahí con vosotras

He llamado a la señora Astor
por el camino y me ha dicho que le lleves
a Joy cuando te vayas

Tenía que haberte acompañado

No sería muy de líder faltar al partido
Me voy a la cama. Suerte mañana
🩶

Buenas noches, capi. Cierra la puerta con llave

—¿Es tu nuevo rollete? —me pregunta Will, reapareciendo con una camiseta de su universidad.

Bloqueo la pantalla rápidamente, aunque no sirve de mucho porque Henry se ha puesto a sí mismo de salvapantallas y aún no lo he quitado. Creo que solo lo ha visto de refilón, así que me apresuro a cambiar de tema antes de que empiece a hacer preguntas.

—Gracias por llamarme, Will. Muchas gracias.

—¿Por qué estás siendo tan formal conmigo? —me pregunta—. Nunca has sido así de formal.

Sinceramente, es porque tengo la impresión de que ya no lo conozco. Me siento incómoda y rara en su presencia, y me cuesta recordar que en su día fue mi mejor amigo.

—Lo siento. Estoy cansada por el viaje, la universidad y...

—Sí, ya —dice él, interrumpiéndome—. Quiero que hablemos más, Hals. Lo digo en serio. No me gusta que nos hayamos distanciado tanto sin motivo. Deberíamos hacer algo los dos solos cuando volvamos a casa por Acción de Gracias. Salir a cenar y ver una película, por ejemplo.

No sé si es por la sorpresa o por el estrés de la noche, pero tardo cuatro veces más en reaccionar.

—Pero si yo no voy a ir a casa por Acción de Gracias... Hace meses que quedamos en eso.

Él se encoge de hombros con indiferencia y, por alguna razón, eso me cabrea.

—Creo que exageramos un poco.

Increíble. Yo alucino.

—Si ya he dicho que iba a ir a trabajar... ¿No podías haberme comunicado antes que creías que estábamos exagerando?

—No sabía que fuera tan importante. Cámbiale el turno a alguien.

—No puedo cambiar el turno. Todo el mundo tiene planes para las vacaciones. Ni siquiera se lo he dicho a mi madre porque sé que se va a enfadar. No puedo creer que hayas cambiado de opinión y no me lo hayas dicho.

—Nena...

—¿Por qué me llamas así? —le suelto, levantándome de la silla. Cojo la camiseta y voy hacia las escaleras—. Gracias por ayudarme con lo de mi hermana. Me voy a la cama.

Vuelve a llamarme mientras subo, pero yo lo ignoro y, cuando entro en su habitación, donde Gigi está ya en la cama, cierro la puerta con llave, como ha dicho Henry.

—Lo siento —susurra mi hermana.

—Ya.

—No volveré a ser una irresponsable —dice cuando me cambio y me meto en la cama a su lado.

—Sí que lo serás.

—Siento que Will y tú hayáis roto.

Apago la lámpara de la mesilla y nos tapo bien con el edredón.

—Pues yo no.

18

Henry

—Así no fue como quedamos —salta Bobby mirando a Russ de arriba abajo.

—¿Qué ha pasado con el espíritu de equipo? —añade Mattie llevándose las manos a las caderas—. ¿No íbamos a ir todos disfrazados de Flavortown?

Aurora suelta una risa burlona mientras se recoloca la diadema con orejas.

—Bueno, lo siento, chicos, no pienso liarme con Guy Fieri esta noche. Tengo novio por primera vez en la vida y por Halloween pienso hacer cosas cuquis de pareja.

—Se te han emborronado los bigotes —le señalo.

Russ se sonroja como suele hacer por todo, así que no me molesto en decirle que tiene restos de bigotes en la cara. No hace falta ser un genio para entender por qué han llegado tarde.

—¿Por qué vas de ratón con sombrero de chef? —le pregunto a Aurora.

—¡Voy de Remy! —Parece ofendida, como si esperase que supiera de qué me habla. Creo que reconoce la expresión vacía que sin duda tengo en la cara, porque aclara—: ¡De *Ratatouille*! Russ va de Linguini. Y voy de rata, no de ratón.

—Si hubiera sabido que podíamos elegir, me hubiera puesto otra cosa.

—¿Y tu conejita? —pregunta Aurora buscando entre el grupo ataviado con camisa negra con llamas estampadas, peluca de pelo pincho rubio, perilla y gafas de sol.

—Allí, hablando por teléfono —digo, y señalo hacia una pared exterior del Honeypot, donde Poppy y Emilia flanquean a Halle.

Aurora trae el nuevo carnet falso de Halle, que, al parecer, es idéntico a uno real, así que la estamos esperando antes de entrar.

—La ha llamado su madre porque se ha perdido sin querer la videollamada de su hermana pequeña vestida para salir a hacer truco o trato. Creo que le está gritando.

—¿Qué tal es el disfraz? —pregunta Aurora.

—No vamos a hablar del disfraz —contesta Kris antes de que pueda responder yo mientras se acaricia el vello facial que se ha pegado a la cara como si fuera el malo de una peli de Bond—. Es la opción más segura para todo el mundo.

—¿Tan bueno es? —Aurora exhala—. Sabía que tenía que convencerla de que no fuera de payaso.

«Bueno» se queda muy pero que muy corto. Nunca me han gustado los personajes ficticios en ese plan, pero puede que Halle vestida de Lola Bunny de *Space Jam* me haya desbloqueado algo. Cuando me dijo de qué iría, supuse que se pondría un disfraz de conejo de cuerpo entero como el de Minion que me puse yo el año pasado y tal vez una equipación de baloncesto encima.

Solo acerté a medias y no fue con lo del disfraz de cuerpo entero.

Y lo de la equipación de baloncesto hay que cogerlo con pinzas, porque lo que lleva son unos pantalones diminutos, una cola de conejo, calcetines hasta el muslo y un top a juego.

Entre el trabajo y el hockey, no hemos podido ponernos al día hoy cuando ha vuelto de casa de su ex. La desesperación por saber lo que pasó cuando se vieron por primera vez desde hacía dos meses y lo bien que le sienta el puto disfraz no me están ayudando en nada a aclararme con lo que siento respecto a nuestra amistad.

El no haberme acostado con nadie desde hace la tira tampoco es muy útil para mi juicio, porque voy a tener que estar viendo las curvas y el culo de Halle toda la noche. Madre mía, cuánto echo de menos el sexo.

Y no solo es que esté increíble, sino que ver la seguridad en sí misma con la que ha reaccionado cuando todo el mundo le ha dicho lo guapa que está me hace sentir muy orgulloso. Le va genial estar en grupo y a mí me alivia mucho que mis amigos la hayan aceptado sin poner pegas.

—La Tierra llamando a Henry —dice Aurora agitando la mano delante de mi cara—. Madre mía, las orejas de conejita esas te están dejando tonto. ¿Cuándo vas a aceptar que sientes algo por ella y a pedirle salir?

¿A quién he cabreado para acabar compartiendo la vida con dos mujeres que se meten tanto en todo?

—Sabes que las ratas no hablan, ¿no?

—Ñiii, ñiii, amiguito. Se te van a adelantar.

—¿Anastasia y tú os pasáis el testigo para saber a quién le toca meterse más en mi vida? —pregunto bajando la voz cuando veo que se nos acercan las chicas.

Anastasia y Lola han venido al partido de hoy y lo primero que me ha preguntado Anastasia ha sido dónde estaba Halle. No «me sabe mal que hayáis empatado en lugar de ganar» ni «guau, qué bien se te da el hockey». Por suerte, Lola ha confesado que no había preparado el café con una camiseta del revés por la mañana y eso me ha permitido alejar la conversación del tema de Halle.

—Sí. —Aurora sonríe de oreja a oreja y se vuelve enseguida para saludar a Halle, Emilia y Poppy. Le tiende el carnet a Halle—. Te traigo un regalito.

—Sí, a buenas horas —refunfuña Emilia, y le da un capirotazo a su amiga en la frente—. He visto cuántos relojes tienes, ¿por qué tienes que llegar tarde?

—¿Culpar a un hombre sería una respuesta aceptable? —pregunta ella—. Porque no tengo ningún problema en culpar a Russ.

Mattie se me acerca por detrás y me rodea los hombros con

el brazo mientras mira a Emilia y a Poppy de arriba abajo. Usa la patilla de sus gafas de sol para levantar un mechón de la peluca rubia de Emilia.

—¿De qué se supone que vais vosotras?

—De Dionne y Cher de *Fuera de onda* —digo mirando los conjuntos de falda y chaqueta a cuadros—. Qué rabia me da saberlo.

—No se os puede llevar a ningún sitio, sois como una clase de niños de parvulitos —se queja Bobby, recolocándose las gafas de sol detrás de la cabeza.

No ha hecho más que presumir de que a él no le hacía falta peluca porque ya es rubio. Entre todos los disfraces, creo que hemos provocado una escasez de pelucas rubias en Los Ángeles.

—Vale, equipo Fieri y amigos —nos llama Bobby a todos—, vamos a ir hacia la entrada, venga, que a este paso se me va a hacer noviembre antes de que pueda pedirme una puta copa.

No sé por qué me pongo tan nervioso cada vez que vengo al Honeypot, si sé que entro siempre. Daisy, la hermana pequeña de Briar, heredó el puesto de trabajo de Briar cuando esta se graduó. Nos acostamos una vez y cuando nos vemos en el taller nos llevamos bien. Como su hermana, no tiene ningún problema en dejarnos entrar siempre que no la liemos.

Lo hago por el equipo. Un buen líder está ahí tanto en las victorias como en las derrotas, o en los empates, en este caso. Lo hago por el equipo aunque no tenga ningunas ganas. He leído en todos sitios que tengo que encontrarles el lado bueno a las malas situaciones, encontrar lo bueno en lo que no lo es tanto, así que eso intentaré esta noche, aunque prefiera estar en casa.

Aurora ha reservado un hueco en la zona VIP, así que ella entra la primera al reservado y el resto la seguimos. El DJ está poniendo R&B y no el tecno ese repetitivo que hace que sienta que va a explotarme la cabeza, así que, dentro de lo malo... Puede que hasta me lo pase bien esta noche si no cambia la música.

Daisy se para delante de mí cuando va a salir del reservado

y levanta el micrófono de los auriculares. Se pone de puntillas para hablarme al oído.

—Me gusta la camisa. Si todavía estás aquí a la hora de cerrar, ven a buscarme.

Se marcha como un rayo de pelo rubio y piernas largas antes de que tenga tiempo de pensar una respuesta y observo cómo vuelve a su lugar de trabajo en la entrada. Cuando miro otra vez hacia el reservado, Halle y Poppy me están mirando. Halle me dedica una sonrisa con los labios apretados y enseguida aparta la mirada. Poppy no deja de vigilarme y es en ese concurso accidental de a ver quién parpadea antes cuando me doy cuenta de cuánto me recuerda a mi madre a veces.

Podría ser por lo dulce que es, con unos ojos buenos del mismo tono avellana. O porque ambas tienen la piel del mismo tono marrón oscuro y el pelo negro peinado en microtrenzas largas. Aunque lo más probable es que sea porque me fulminan con la mirada de la misma forma cuando he hecho algo mal.

Daisy no me interesa, pero tal vez eso no sea evidente para las personas que no son yo. Le sonrío a Poppy, pero parece que el encanto que todo el mundo afirma que tengo no funciona con las mujeres a quienes no les gustan los hombres, puesto que le susurra algo a Emilia y veo que esta pone los ojos en blanco.

—No entiendo a las mujeres —le grito a Robbie por encima de la música cuando me dejo caer a su lado en el asiento y nadie puede verme.

—Me preocuparía más que pensaras que sí —responde él avanzando con la silla de ruedas hasta el borde de la mesa, preparándose la bebida y luego sirviéndome un refresco antes de volver a su sitio a mi lado.

Sé que Halle está preocupada por si la gente piensa que es aburrida por no emborracharse. No lo pensarán, pero, si lo piensan, pues que piensen lo mismo de mí.

—Este año tienes dos objetivos: aprobar y no ponerte a Faulkner en contra. Del resto ya te preocuparás en otro momento.

Robbie me está haciendo una explicación ebria de lo claro

que está que vamos a ganar la semana que viene cuando aparece Aurora en la entrada del reservado con alguien a quien no esperaba ver esta noche.

—¿Qué hace Ryan Rothwell aquí? —pregunta Robbie mirándome confundido.

Aurora enseguida llama a Russ y, por la forma de darse la mano, igual que la de Ryan y Nate, apostaría que Ryan conoce a Aurora en el mismo sentido en el que parece conocer al resto de mujeres del país. Miro y, a un par de reservados, hay algunos jugadores de los LA Rockets, el equipo de la NBA en el que juega Ryan, con Kitty Vincent y otras personas a las que no conozco.

Me encojo de hombros en respuesta a la pregunta de Robbie.

—Parece que conoce a Aurora.

Aurora le hace un gesto a Halle para que se acerque y, en cuanto está lo bastante cerca, Ryan empieza a hablar con ella.

Halle se echa a reír y nunca he sentido celos tan deprisa en mi vida. Robbie está observando tan atento como yo.

—¿Conoce a Halle?

Estoy seguro cuando afirmo:

—Halle no conoce a nadie.

¿Por qué se ríe todo el mundo? ¿Qué es tan gracioso que hace que todo el mundo esté tan contento? Estoy a punto de ir hacia allí, pero entonces Aurora se aparta de mi línea de visión y me doy cuenta de que Ryan va disfrazado de Bugs Bunny en *Space Jam* y el disfraz va a juego con el de Halle.

En mi campo de visión periférica, Robbie da un largo trago de su copa.

—Parece que intenta conocer a Halle. Casi que llevan un disfraz de pareja.

—¿Qué hago? —le pregunto.

Nunca me había hecho falta pedir consejo sobre mujeres, pero nunca me había importado con quién hablase alguien antes o después de hablar conmigo.

—Eso depende de si quieres quedarte aquí viendo como Ryan se lleva a tu chica o hacer algo al respecto. El tío no tendrá ningún problema, debe de tener una polla mágica o algo.

—No es mi chica, es mi amiga.

—No te entiendo, tío —dice Robbie acercándose a mí un poco para que pueda oírlo mejor—. Comprendería que me dijeras que quieres enrollarte con otra gente y por eso no quieres empezar nada con ella, pero no te he visto traer a nadie a casa desde…, joder, ni me acuerdo. ¿Has traído a alguien a casa este curso?

—¿Cómo se sabe la diferencia entre que alguien te guste como amiga y te sientas atraído por ella y querer tener una relación con alguien? ¡¿Cómo se sabe que estás listo para tener una relación en general?!

—Madre mía… ¿Dónde está Jaiden cuando se lo necesita? Tienes que arriesgarte, supongo. Mira, estas cosas no se me dan bien. Eh… Imagínate que tu amistad con ella sigue igual, seguís pasando tiempo juntos igual que ahora, pero Ryan se va a casa con ella esta noche. La semana que viene puede que tenga una cita con otra persona, pero, al mismo tiempo, seguís con lo que coño sea que hacéis que os hace querer pasar juntos cada minuto del tiempo libre que tenéis. ¿Cómo te sentirías?

—Celoso.

—O incluso podría ser peor y que ya no tenga tanto tiempo para ti.

—Ella no me haría eso —protesto.

Me parece que conozco a Halle. No me dejaría tirado por un tío.

—¿Cuánto tiempo pasas con Stas ahora que eres amigo de Halle? No pretendo hacerte sentir mal, pero las relaciones cambian las cosas. ¿Sabes que ayer alguien le pidió el número de teléfono a Halle? Y pasó la noche en casa de su ex. ¿Qué tiene que ocurrir para que te pongas las pilas y hagas algo respecto a lo que sientes?

Lo dice como si fuera de lo más evidente, pero la verdad es que no me había dado cuenta de que sentía algo por ella hasta hace muy poco y sigo intentando asimilarlo. Aun así, Robbie tiene razón, por poco que me guste su forma de decírmelo.

Cuando vuelvo a mirar a Halle, se está haciendo una foto con Ryan y hacen muy buena pareja. No me gusta nada lo buena pareja que hacen. No me gusta la idea de que ella tenga experiencias con otras personas. No quiero que mire a otras personas como me miró a mí cuando le conseguí el puto pato absurdo aquel en el muelle. O alguna de las otras cosas que gané.

Ryan le pasa un brazo por los hombros mientras posan y Aurora les hace otra foto. Es el empujón que necesito para hacer algo al respecto.

—¿Qué pasa, tío? Me encanta el disfraz —me dice Ryan cuando me acerco a ellos. Me da unas palmaditas en la espalda de la forma amistosa a la que ya estoy acostumbrado—. ¿No ha venido Stassie con vosotros?

—Esta noche no, están sus padres de visita.

Lo peor de Ryan Rothwell es lo majo que es. Nate siempre lo ha dicho y yo nunca he entendido cómo podía ser que lo peor de alguien fuera lo majo que es. Ahora lo entiendo. No está haciendo nada malo y, aun así, me entran ganas de hacer que Daisy lo eche a la calle. Sería una opción más tentadora si no creyese que hablar con ella tendría como resultado que las amigas de Halle quisieran pegarme.

Halle se pone a mi lado y me mira desde abajo. Las orejas de conejita se le caen hacia atrás.

—¿Estás bien?

—¿Quieres bailar? —le pregunto.

Arquea una ceja. Yo estoy igual de sorprendido que ella.

—Eh… Claro.

Me da la mano y me lleva entre la gente hasta una zona menos abarrotada, lejos de la vista de nuestros amigos.

—Suéltalo.

—¿El qué?

—¿Por qué estás tan inquieto? Está claro que voluntariamente no bailas. ¿Llevas los tapones reductores de sonido?

—No es eso. Es…

Me mira desde abajo, esperando paciente a que diga algo.

—¿Has estado en una fiesta de Halloween alguna vez?

—Desde que era pequeña no. Y nunca había estado en una discoteca.

Pues claro.

—Entonces, ¿esto es una experiencia nueva para ti?

Asiente y las orejas de conejita se bambolean.

—Me viene de maravilla, porque estoy escribiendo un capítulo que empieza en una discoteca.

—¿Qué necesitas para poder escribirlo? ¿Qué hacen tus amigos imaginarios en esta parte?

Eso es lo que se supone que tengo que hacer: ayudarla a cambio de la ayuda que me ha dado ella a mí, no pensar en con quién habla o deja de hablar. No le pregunto por el libro tanto como debería. Ella le quita importancia cada vez que saco el tema.

—¡No son mis amigos imaginarios! Bueno, vale, igual sí que son imaginarios, pero da igual. Nada. Solo tengo que intentar escribirlo, supongo. Los personajes, que no son mis amigos, tienen una buena bronca y ella se va hecha una furia. Él la sigue, le dice que es obstinada y rara y que le hace perder la cabeza. Se besan. Pero es difícil de visualizar vestidos así, igual podríamos bailar y ya está. Y tú me cuentas por qué estás tan raro. Venga.

No sé bailar, así que sigo a Halle mientras ella me guía de la punta más tranquila de la pista de baile al centro. Entrelaza los dedos en mi nuca, su cuerpo se pega al mío para que podamos seguir hablando aunque haya gente alrededor. Como lleva tacones, estamos a una altura más parecida.

—¿Te parece bien que te toque aquí? —le pregunto cuando le pongo las manos en la cintura con cuidado notando cómo se mueve con fluidez al ritmo de la canción.

Ella asiente y me roza la oreja con la boca al acercarse para que pueda oírla bien.

—No tienes que preguntarme.

—Sí que tengo que preguntarte. Debo hacerlo. Los hombres deberían hacerlo.

«¿Cómo he conseguido llevar la conversación hacia la idea de que Halle considere que otros hombres deberían tocarla?».

—Solo te mereces buenas experiencias —concluyo.

—Pero tú no eres cualquier hombre, eres tú. Me gusta cuando me tocas. Contigo solo vivo buenas experiencias, Henry.

—¿Sí?

—Ya sé que te has vestido para la ocasión, pero ¿podemos deshacernos del pelo pincho? —dice señalándome el pelo con la barbilla—. La camisa me gusta bastante, pero cuando me miras no puedo concentrarme.

Música para mis oídos. Me cuelgo las gafas de sol del botón de la camisa y con mucho gusto me arranco de la cabeza la peluca plasticosa que han comprado mis amigos en la tienda de disfraces.

—¿Y la camisa te gusta?

—Mmm.

Aunque tiene la boca al lado de mi oreja, sé que está sonriendo. Qué bueno tener su cuerpo junto al mío. Y qué bien huele. Todo lo que tiene que ver con ella me hace sentir bien.

—A mí también me gusta tu disfraz. Mucho.

Si se aprieta un poco más contra mí, notará cuánto me gusta el disfraz. Cuánto me gusta ella.

—¿Has visto la cola?

—He visto la cola. Y los calcetines. Y los tacones. Y las orejas. Siempre presto atención a lo que llevas, pero esta noche has hecho que sea imposible no fijarse.

—Esperaba que te gustara —es todo lo que contesta.

Y esas cuatro palabras me mantienen la cabeza ocupada toda la noche.

Todavía oigo a mis amigos cantar borrachos una canción sobre el karma en el Uber que se aleja de casa de Halle.

—Van a buscarme un lío con la señora Astor. Te juro que sus sonotones captan el sonido a dos calles de distancia —dice Halle yendo por el caminito que lleva a la puerta de su casa con los tacones en la mano.

Yo la sigo de cerca intentando no concentrarme en su cola de conejo ni en la curva de su cintura en la que se han pasado la noche mis manos.

—La señora Astor está encandilada conmigo. Yo te protejo de ella.

Rebusca en el bolso las llaves y, en cuanto cruzamos la puerta, deja caer los tacones y el bolso en el suelo y en la mesa de al lado de la puerta.

—¿Hay alguien a quien no hayas encandilado con tu encanto?

—Al profesor Thornton. —Sin usar las manos, me quito los zapatos para que caigan al lado de los suyos—. A ti.

—¿Crees que no me has encandilado a mí? Henry, estás en mi casa. A punto de dormir en mi cama.

Me acerco a ella y observo la forma de mirarme de sus ojos. Me inclino hacia un lado para sortear su cuerpo y dejo caer las gafas de sol en la mesa, al lado de su bolso.

—A mí me parece que me has encandilado pero bien —concluye.

No se mueve cuando vuelvo a incorporarme lo bastante cerca de ella como para verle cada pestaña oscura cuando se le cierran los ojos. Cada peca apenas visible en la nariz. Cada pequeño movimiento de su pecho cuando intenta controlar la respiración.

—No era lo que pretendía, Halle.

—¿Qué harías si hubiera sido el caso?

—Joder, pues decirte lo preciosa que eres, que cuando te ríes quiero quedarme escuchando ese sonido para siempre. Decirte que cuando estoy en las nubes pienso en nosotros y en todo lo que quiero que hagamos. Y en todo lo que quiero hacerte.

Tiene los ojazos marrones fijos en mí.

—Me parece que eso funcionaría.

La forma que tiene su mirada de recorrerme los labios no deja lugar a dudas. Le quito la diadema de conejita de la cabeza y la tiro al suelo detrás de mí.

—Esto no es para que vivas ninguna experiencia, Halle —le digo con suavidad pasándole el pulgar por la mandíbula—. Es porque quiero, y solo quiero si tú quieres.

Me inclino despacio, más despacio de lo que me he movido en mi vida, porque, si me equivoco, si todo el mundo se equivoca, lo echaré todo a perder. El corazón me late con una intensidad dramática en el pecho y estoy más nervioso de lo que lo he estado nunca por besar a alguien. Y, entonces, ella susurra:

—Quiero.

Y por fin la beso.

19

Halle

No me avergüenza reconocer que me había preguntado cómo sería si Henry Turner me besara.

Mi subconsciente tuvo la amabilidad de ofrecerme un adelanto algo más subidito de tono hace unas semanas, pero ahora que lo he vivido de verdad puedo decir sin temor a equivocarme que mi subconsciente no tiene ni idea de lo que se hace.

Me aferro a su camisa con ambas manos, agarrándolo como si fuera a esfumarse si lo suelto. Él me acaricia la cara mientras su boca me deja sin aliento, calentando mi entrepierna y haciéndola palpitar. Definitivamente, esto es lo que se siente, decido de inmediato.

Deseo, desesperación, necesidad de hacer algo, lo que sea, para calmar estas ansias.

Y una voz en mi cabeza que dice, o más bien grita, que esto que estamos haciendo, él y yo juntos, es perfecto.

—Halle —murmura Henry, retrocediendo para apoyar la frente sobre la mía. La dulzura con la que pronuncia mi nombre debería ser ilegal—. Vamos a la cama.

—Vale.

—A dormir —añade.

Henry no necesita preocuparse por si no me proporciona suficientes experiencias nuevas porque con él las estoy viviendo todo el rato. Como en este momento, en el que me siento decepcionada porque no quiera irse a la cama conmigo para llegar a algo más. Puedo garantizar que eso es algo que jamás me había pasado antes.

—Ah. ¿Es que no te...? —¿A dónde quiero llegar con esta pregunta?—. ¿No te apetece? Espera, no hace falta que contestes. Estaba...

Henry me pone las manos en la cintura y me mantiene pegada a él mientras me hace retroceder los pocos pasos necesarios para que mi culo choque con la mesa. Luego pega las caderas a las mías y obtengo la respuesta. El hecho de sentir lo excitado que está y saber que es por mí hace que me vuelva loca.

—Claro que me apetece —dice, besándome con suavidad—. Pero no hay por qué precipitarse.

Asiento con la cabeza, aunque no sé si estoy muy de acuerdo.

Lo agarro de la mano mientras se aleja y dejo que me lleve a mi habitación. La bruma de lujuria que se cierne sobre mi cabeza como una nube se va disipando a cada paso, hasta que por fin llegamos al final de la escalera y la Halle lógica recupera el control. De momento.

—Te vendría bien una caja para guardar las cosas del baño —dice Henry mientras me agacho debajo del lavabo para buscar los artículos de aseo que usó la primera vez que se quedó a dormir inesperadamente. Los guardé en un lugar seguro por si quería volver a quedarse y ahora no sé en cuál. No los he vuelto a necesitar porque desde entonces siempre se trae la bolsa, pero entre lo del trabajo, lo de Will y... se está quitando los pantalones—. Halle.

—¿Sí?

—¿Por qué pones esa cara?

Buena pregunta. Se los dobla sobre el brazo, los vuelve a doblar hasta formar un cuadradito perfecto y los deja sobre la tapa de la cesta de la ropa sucia. Cuando acerca los dedos al primer botón de la camisa, decido continuar con la exploración debajo del lavabo.

—No estoy poniendo ninguna cara.

—¿No quieres que duerma en ropa interior? Puedo dormir con los pan...

—¡No! Me parece bien. En ropa interior está bien. En ropa interior está genial. No quiero que estés incómodo.

La primera vez que Henry pasó la noche conmigo, el día que me quedé dormida abajo y me llevó a la cama, cuando me desperté estaba durmiendo encima de las sábanas completamente vestido.

—No hay ningún código de vestimenta.

—¿Estás tan rara por haberme visto los muslos o porque nos hemos besado?

Henry tiene unos muslos preciosos. Probablemente los más bonitos que he visto nunca. Cuando por fin encuentro lo que buscaba, me levanto con su cepillo de dientes y su toalla de manos y los dejo en su lado del mueble.

—Creo que por ambas cosas.

Nos miramos en el espejo del baño. Yo observo cómo se quita la camisa y él observa cómo lo observo con una sonrisa burlona. Luego se me acerca por detrás, me rodea los hombros con los brazos y me besa en el punto sensible entre el cuello y el hombro.

—Date una ducha para asimilarlo. Y luego vente a la cama conmigo.

—Vale. Buena idea.

Tras darme un beso en la sien, Henry coge sus cosas y se va al otro cuarto de baño, dejándome sola para «asimilarlo» y ducharme. Tardo más de lo normal en elegir lo que me voy a poner para dormir, pero todo el tiempo que me lleva quitarme la purpurina me viene estupendamente y me alegro de haberle hecho caso. Aunque, incluso después de remojarme con agua fría, la sensación de hinchazón y sensibilidad en la entrepierna sigue ahí.

—Te he subido una botella de agua. Y gracias por comprar fundas de almohada de seda —me dice Henry cuando salgo del baño. Levanta la vista del teléfono mientras cierro la puerta—. ¿Mejor?

—Mmm.

Tengo la sensación de que va a decir algo, pero no lo hace. Me meto en la cama con él y dejo el móvil en la mesilla. Cuando me tumbo, Henry se inclina sobre mí para poner el suyo al lado, pasando con su pecho desnudo a escasos centímetros del mío.

—Buenas noches, Halle.

No sé de dónde saco el valor, pero mientras está suspendido sobre mí, acerco mi cuerpo al suyo y extiendo los brazos para entrelazar las manos por detrás de su cuello. Luego levanto la boca y él baja la suya. Esta vez estoy menos abrumada, más en el presente, mientras su lengua acaricia la mía con maestría. Me siento como si cada centímetro de mi piel estuviera al rojo vivo cuando separo las piernas y él se coloca en medio.

Su cuerpo está formado por montones de músculos duros y líneas definidas, pero Henry se mantiene suspendido encima de mí como si fuera demasiado valiosa para tocarme, cuando lo único que quiero es sentir su peso entre mis piernas. Bajo la mano por su espalda desde el cuello y él se estremece mientras le acaricio suavemente la columna con el dedo.

—Con más fuerza —dice, dándome un beso en la mejilla. Luego me agarra ambas manos, me las pone a ambos lados de la cabeza, entrelaza sus dedos con los míos y me las sujeta—. No me gustan ni las cosquillas ni las caricias suaves.

Asiento con la cabeza para que vea que lo he pillado.

—Entendido.

Seguimos con las manos entrelazadas cuando Henry hace descender su cuerpo sobre el mío. La presión que ejerce entre mis muslos no hace más que intensificar mi deseo, porque siento lo excitado que está. Mis caderas se retuercen contra él como si tuvieran vida propia y él se frota conmigo hasta que empezamos a movernos rítmicamente el uno contra el otro, sin que los finos tejidos que nos separan puedan hacer apenas nada para mitigar la sensación.

—Nunca me había sentido así con nadie —reconozco mientras Henry me acaricia la mandíbula con la boca y sigue bajando por el cuello. Me sale más bien como un gemido, pero le hace detenerse.

—¿En el buen sentido? ¿O quieres parar?

—En el buen sentido. Me gusta que me toques. Aunque aún no estoy preparada para llegar hasta el final.

Henry deja de mover las caderas, pero sigue encima de mí.

—¿Podrías decirme qué has hecho hasta ahora? ¿Solo has estado con él?

—Sí, solo con él. Le dejé que me hiciera un par de dedos y yo se la chupé varias veces…

—¿Y te gustó? —Debo de poner una cara rara, porque me da un beso en la mejilla—. Sé sincera.

—No me gustaba chupársela, pero tampoco me ponía mucho que me suplicara que lo hiciera y además era un poco brusco. Pero creo que podría volver a intentarlo, si me prometieras tener paciencia y cuidado. Tampoco me gustaba que me tocara, pero creo que soy de esas personas que solo se excitan consigo mismas.

—¿Nunca hizo que te corrieras?

Aunque tener el cuerpo de cualquier otra persona encima del mío me habría hecho sentir atrapada, tener a Henry tan cerca mientras mantenemos una conversación tan íntima me hace sentir segura.

—No, pero, como ya te he dicho, creo que es un problema mío. Cuando me lo hago yo misma soy capaz, pero con él ni siquiera me acercaba.

—¿Es eso lo que haces mientras escuchas a gente follando en la aplicación que tienes en el móvil?

Veo que sus ojos brillan de satisfacción cuando entreabro los labios.

—Sí.

—¿Quieres que haga que te corras, Halle?

Asiento con la cabeza.

—Pero no te sientas mal si no lo consigues.

Henry vuelve a besarme y mueve las caderas por última vez, haciéndome sentir un relámpago en la espalda.

—Confío bastante en mis posibilidades. Lo solucionaremos juntos. Puede que tardemos un poco en conseguirlo, pero lo haremos.

Henry me suelta las manos y se me quita de encima para tumbarse de costado a mi lado. Gimo discretamente en señal de protesta, pero él me cierra la boca con un beso abrasador.

—Déjame el móvil —dice.

Se lo paso sin rechistar.

—¿Para qué?

—Para que tengas algo mejor que escuchar que a unos desconocidos poniéndose cachondos cuando pienses en esto. —Después de desbloquear la pantalla, abre la aplicación de la grabadora y deja el teléfono encima de mi abdomen—. Enséñame cómo quieres que te toque, Halle.

Todo el calor del cuerpo se me sube a las mejillas. Esas siete palabras podrían bastarme para borrar la aplicación de Whimper.

—¿Y tú?

—Siempre pensando en los demás. —Henry sonríe y se acerca a mí para besarme lentamente, casi como para tranquilizarme, pero eso no es suficiente para calmar los nervios que están haciendo vibrar todo mi cuerpo—. Quiero verte conseguir lo que quieres. Sin distracciones.

Me baja los pantalones cortos hasta debajo del culo y, con la mano que le queda libre, me los quita y los tira a un lado de la cama. Menos mal que me ha convencido para ducharme, o ahora mismo estaría viendo las bragas de calabazas que llevaba puestas, en vez de las de encaje semitransparente.

Estoy respirando muy fuerte y es como si los latidos de mi corazón me retumbaran por todo el cuerpo.

—Estoy nerviosa —susurro con una risita, porque al mismo tiempo me muero por hacerlo.

—Si cambias de opinión o no te gusta, me dices que pare —susurra él, pasándome la mano por el muslo—. Solo quiero hacerte sentir bien.

—Ya lo sé. Confío en ti. —Le agarro una mano y la meto debajo del encaje. Se me entrecorta la respiración y mi abdomen se tensa cuando roza mi clítoris. Con mis dedos sobre los suyos, ejerzo una leve presión y froto suavemente—. Esto me gusta.

—¿Qué más te gusta? —murmura Henry, sin apartar los ojos de mí.

Si pretende recibir una respuesta coherente, va a tener que dejar de mirarme así. Y de tocarme así. Y de existir en el mismo universo que yo, porque me distrae demasiado y lo único que tengo ahora mismo en la cabeza son emoticonos de caritas con ojitos de corazones y de cupidos en las nubes. Pero en versión explícita.

—No lo sé. Lo sabré cuando me lo hagas.

Henry me besa, y su lengua toca la mía mientras me acaricia con el dedo al ritmo perfecto. Retiro la mano porque no necesita que le guíe. Está atento a cada gemido, a cada jadeo, a cada movimiento de mis piernas. Yo le acaricio la cara, el cuello, todo el cuerpo. Absolutamente todos los puntos que tengo a mi alcance para sentirme más cerca de él.

Profundiza un poco más con la mano y arqueo la espalda mientras mis caderas intentan seguirlo desesperadamente. Él espera a que asienta con la cabeza y entonces desliza un dedo en mi interior.

—Estás superhúmeda, Halle. Me estás empapando la mano.

Es increíble que algo tan personal y que en circunstancias normales me habría avergonzado viniendo de Henry me parezca un halago. Cada vez estoy más excitada; siento cómo todo se inflama y se humedece ahí abajo, y puedo oír el sonido que hacen sus dedos tan claramente como oigo a Henry diciéndome lo guapa que estoy con la cabeza echada hacia atrás. Mi cuerpo se retuerce bajo su mano, oigo el eco de mis gemidos y cierro los ojos.

—Vas a hacer que me corra —gimo mientras el fuego chisporrotea sobre mi piel.

Y entonces, al más puro estilo Henry Turner, este pronuncia tres únicas palabras.

—Lo sé. Hazlo.

Aprieto con fuerza su mano entre mis muslos mientras el orgasmo se apodera de mí, tan sorprendente como abrumador. No puedo creer que me haya pasado un año pensando que solo yo era capaz de conseguir esto. Su boca se encuentra con la mía y absorbe cada uno de los gemidos que llevan su nombre, pero Henry no cambia de ritmo hasta que estoy demasiado agotada y sensible. Entonces se detiene y aparta suavemente la mano.

Me recoloca las bragas y me atrae hacia su pecho, besándome en la frente con ternura.

—¿Te ha parecido lo suficientemente encantador?

Asiento.

—Sí, creo que el tema del encanto lo tienes dominado.

—Finge que te has muerto.

Pongo los ojos en blanco por enésima vez.

—Hablas como Aurora.

—Me parece muy cruel que digas eso después de que hiciera que te corrieras ayer por la noche. Deberías disculparte. Di que no vas y quédate en casa.

—¿Puedo añadir al reglamento lo de usar eso como herramienta de negociación?

Henry se incorpora para sentarse apoyado contra el cabecero con las mantas alrededor de la cintura, como si estuviera en la cubierta de una novela romántica.

—La junta directiva dice que no, lo siento. Ven aquí, capi.

—Levántate y vete a tu casa. No me fío de ti como para dejarte aquí solo; seguro que tiras a Cuac Efron a la basura.

—Halle —dice de nuevo Henry, tendiéndome la mano. Cuando soy lo suficientemente tonta como para aceptarla, tira de mí hacia él, riéndose.

—¿Era necesario? Podías haberme pedido que me acercara.

—Halle, ¿podrías hacer el favor de sentarte en mi regazo para que pueda admirarte? —Yo me incorporo y se pasa una de mis piernas por encima para que me siente a horcajadas sobre él. Luego me aparta el pelo de la cara y apoya las manos en mis caderas—. ¿Cómo estás?

—Estresada, porque como no me dejas salir de la cama, voy a llegar tarde a desayunar con Cami y Aurora.

Lo he intentado con todas mis fuerzas, de verdad. Pero Henry se ha puesto sobre mí y ha empezado a besarme, y me encanta la sensación de tenerlo encima. Luego se ha disculpado por estar empalmado todo el rato y le he propuesto hacer algo al respecto, pero él me ha preguntado si me ofrecía porque me parecía justo o porque de verdad me apetecía hacerlo.

Cuando le he dicho que me sentía mal por ser la única que se había corrido, se ha quitado de encima de mí y me ha explicado detalladamente por qué eso es una gilipollez, y que el sexo no es un intercambio de favores. Cuando le he dicho que es una persona muy sabia, me ha respondido que lo había leído en internet. Y ha añadido que no entiende por qué algunos hombres están tan perdidos, cuando en internet está todo lo que hay que saber en cuestión de sexo.

—Podrías haberte esforzado más por salir de la cama. Y los dos sabemos que Aurora y Cami no van a llegar puntuales. —Estrecha mis caderas entre sus manos y hago todo lo posible por quedarme inmóvil—. ¿Te sientes bien, después de lo de anoche?

Asiento con la cabeza, seguramente con demasiado entusiasmo.

—Muy bien. ¿Y tú?

—Tendré que masturbarme cuando llegue a casa, pero sí, estoy bien —contesta levantando las caderas para que sienta lo bien que está—. Deberías proteger con contraseña esa grabación.

Sé que me estoy sonrojando.

—¿Te gustaría que te la enviara? Podría ayudarte con tus planes matutinos.

Me acaricia arriba y abajo la parte delantera de los muslos. Estoy convencida de que, con un poco más de esfuerzo por su parte, podría hacer que me quedara.

—Sí, pero no lo hagas. Es mejor que solo la tengas tú. Yo ya tengo el recuerdo de ti apretándome la mano y cabalgándola; con eso me apaño.

—Estaba a punto de comentar que esta conversación era demasiado seria para lo poco serio que es el tema y vas tú y abres la boca —digo sacudiendo la cabeza. Me siento como si estuviera presentando un informe en una reunión, pero agradezco que Henry me pregunte. Es más de lo que nunca hizo Will. Él no conseguía que me corriera y ahora que me doy cuenta sé que nunca lo intentó de verdad, así que tampoco debería formar parte de la conversación—. Pero gracias por preocuparte por si estoy bien.

—Estoy dispuesto a demostrarte lo mucho que me importa que estés bien cuando quieras. Tengo en mente varias cosas que creo que te podrían gustar.

Me inclino lentamente hacia delante y lo beso con suavidad.

—Haré espacio en el teléfono para los archivos.

Para cuando entro en el Blaise's, ya me he inventado al menos tres excusas diferentes para justificar el retraso.

Aurora y Cami están sentadas en el mismo lado de la mesa, con los brazos cruzados e idéntica cara de pocos amigos. Si llego a saber que iban a aliarse contra mí, no habría invitado a Aurora a desayunar.

Me siento en el reservado de cuero rojo dispuesta a defender mi inocencia y ofrecer alguna excusa cutre cuando Cami da un respingo.

—¡Esta noche has echado un polvo!

—¿Qué? —exclamo con voz temblorosa—. ¡De eso nada!

—Entonces ¿por qué estás tan radiante? —me pregunta Aurora, acercándose para examinarme.

—Puede que sea por la purpurina de ayer. A lo mejor no me la he quitado del todo —digo mientras me inspeccionan como si fuera un animal del zoo.

—Mentirosa. Has entrado aquí en plan «he tenido un orgasmo que lo flipas». ¿Por eso llegas tarde? —me pregunta Cami—. ¿Ha sido Henry?

—Pues claro que ha sido Henry —dice Aurora, esbozando la mayor sonrisa que he visto nunca—. Mira lo roja que está. Quiero saber todos los detalles, aunque estamos hablando de Henry, así que no me cuentes todos los detalles. ¿Podrías filtrarlos específicamente para mí?

—Yo sí que quiero saberlo todo. Sin filtros, por favor —añade Cami.

Me encojo de hombros, porque ¿qué otra cosa puedo hacer?

—No hay nada que contar.

—Tener integridad no es nada divertido, Halle —dice Aurora, sirviéndome un vaso de agua y empujándolo hacia mí—. ¿Podrías decirnos al menos si estás contenta?

—Supercontenta.

Cami me abanica con la carta, algo que en circunstancias normales cuestionaría, pero prácticamente siento cómo el calor está irradiando de mi cara.

—¿Y has tomado precauciones?

—Os juro que esta noche no he echado ningún polvo, chicas —digo bajando la voz para no molestar al resto de los clientes de Blaise's con mi recién estrenada vida sexual a dúo—. Lo cierto es que nunca lo he hecho. Pero estoy encantada y la verdad es que sí me siento un poquito radiante.

Aurora reacciona como si acabara de ganar algún concurso.

—Me alegro mucho por ti, aunque también me da un poco de asco porque estamos hablando de Henry y es algo así como descubrir que mi hermano se está tirando a mi amiga. ¡Pero estoy muy contenta por ti! Seguro que ha sido muy cariñoso, ¿verdad? Le gustas mucho. No, espera, no me digas si ha sido cariñoso. No quiero saberlo.

—Ignórala, cuéntamelo a mí —dice Cami, apoyando la cara en una mano.

Sé que me estoy sonrojando, pero a la vez me siento genial.

—Ha sido muy cariñoso y paciente, y me ha dicho que no hacía falta que nos apresuráramos, porque sabe que soy virgen. Y vosotras dos no estáis reaccionando a la noticia como creía que lo haríais, por cierto.

—¿A qué noticia? ¿A la de que nunca te has acostado con nadie? —me pregunta Cami, bajando la carta-abanico. Asiento—. ¿Por qué íbamos a hacerlo? No es para tanto. Además, eso de considerar que el sexo con penetración es la primera vez de una persona es un rollo heteronormativo. Mi primera experiencia sexual fue con una mujer. Y, por otro lado, yo creo en la ciencia y, para no ponerme demasiado profunda contigo mientras desayunas, la virginidad no es un concepto médico.

Es la segunda vez que me dicen algo parecido últimamente. Aurora asiente hasta que Cami deja de hablar.

—Eso, y además Will tiene pinta de ser un capullo, así que yo tampoco habría querido tirármelo.

—Esta conversación está siendo muy reveladora —digo antes de beber un trago de agua del vaso que tengo delante—. No sabéis cuánta gente me ha hecho sentir rara por culpa de eso. Una vez, la novia de uno del equipo de Will me dijo: «¿No te preocupa que te engañe si no lo satisfaces?». Ironías de la vida, su novio le puso los cuernos.

Aurora abre los ojos de par en par.

—¿Por qué a la gente le preocupa tanto lo que hacen los demás con su entrepierna? Es rarísimo. Vale, sí, soy tu amiga y quiero saber todo lo que te pasa, pero, por favor, solo faltaba que te dijera lo que tienes que hacer con tus propios genitales.

—Por favor, no digas «genitales» tan temprano un domingo por la mañana —le suplico.

—¿Will te hacía sentir rara por eso? —me pregunta Cami—. Si es así, estoy más que dispuesta a hacer algo que no pienso decir en voz alta para asegurarme de que nunca llegue a triunfar en el hockey o, mejor aún, a ser feliz en la vida.

—Me da la sensación de que, como responda con sinceridad, voy a acabar siendo cómplice de un crimen.

—Solo puedes ser cómplice si te digo lo que estoy planeando —dice Cami, guiñándome un ojo—. Siento que se portara tan mal contigo, Hals. Espero que sepas que no hay ningún plazo para esas cosas. No quiero sonar como una de esas pegatinas que jamás me compraría si tuviera coche, pero la autonomía corporal incluye tanto las cosas que no quieres hacer como las que quieres hacer. Me alegro mucho, porque Henry es un buen tío y además tiene experiencia, lo que te facilitará las cosas.

Yo también me alegro de que Henry sea un buen tío. No sé por qué, pero cada vez que lo nombran me entran ganas de taparme la cara con las manos y ponerme a patalear de emoción. Nunca se me había ocurrido que su experiencia pudiera ser un punto a favor.

—Pues sí. Quiero acostarme con él. Solo que no quiero ir con prisas y hacerlo todo de golpe, ¿entendéis? Estoy nerviosa.

—No quiero ponerme en plan madre, pero ¿te ha dado alguien la charla de los pájaros y las abejas? —me pregunta Aurora. La verdad es que sí me siento un poco como si mis padres me estuvieran interrogando ahora mismo—. ¿Y te han hablado de lo de hacerse pruebas y esas cosas? ¿Tomas anticonceptivos?

Aunque lo está preguntando muy en serio, me cuesta no reírme. Así no era como me imaginaba el desayuno.

—Sí, me han dado la charla de los pájaros y las abejas. No tomo anticonceptivos porque me preocupaba que Will lo considerara una señal de que tenía vía libre antes de que estuviera preparada. Debería investigar un poco sobre el tema antes de seguir adelante, ¿no?

—No estaría mal, más que nada para decidir si te interesa. No todo el mundo los toma. Si necesitas ayuda, yo los he probado literalmente todos. Mis periodos son matadores, así que los tomo desde los catorce años —dice Cami.

—Y si decides tomarte alguno, yo puedo acompañarte al médico —añade Aurora—. Una vez tuve que intentar conseguir la píldora del día después en un pueblo perdido de Suiza chapurreando en italiano, así que ya no hay conversación sobre anticonceptivos que me altere.

—Ah... —Estoy perdidísima—. Tengo un montón de preguntas. ¿Qué hacías en un pueblo perdido de Suiza?

—Yo también tenía una vida antes de que Russ me convirtiera en la mujer responsable y refinada que tienes ante tus ojos. —La vida de Aurora antes de salir con Russ está perfectamente documentada en internet, así que no es difícil de imaginar—. Vale, todavía sigo sin tener ni idea de cómo pudo pasar. Se suponía que yo tenía que estar en Italia. Había un tío que trabajaba con mi padre con el que me gustaba meterme en líos. Ya os lo contaré en otro momento. En fin, a lo que íbamos..., estábamos hablando de Halle y Henry. Espero que lo que acabamos de contarte haya hecho que te sientas mejor.

Ha sido reconfortante oírlas decir todas esas cosas que ya

sabía, pero que nunca nadie me había dicho. Will me hacía sentir como si me estuviera quedando rezagada, en cierto modo, como si hubiera algo malo en mí. Echando la vista atrás desde esta nueva perspectiva, me doy cuenta de que tal vez no fuera tan buen amigo, dejando a un lado el tema de la relación. Cami y Aurora sí son buenas amigas.

—Gracias a las dos. En serio.

—Me parece que acabas de tener una revelación, así que voy a hablar de mí para darte vía libre para procesarlo —dice Aurora, apoyándose en la palma de la mano—. Pero nada de historias sobre conquistas. Se acerca mi cumpleaños y no tengo ningún plan. Le dije a Russ que no quería organizar nada porque está agobiadísimo con el gilipollas de su hermano, pero sí quiero hacerlo, lo que pasa es que no sé qué. Mi madre correrá con los gastos de lo que yo quiera, solo necesito decidirme rápido, pero es que estoy en plan quisquilloso.

Nos toman nota del desayuno y, mientras intercambiamos ideas y después de haberme comido la mitad de mis tortitas, llegamos a la conclusión de que no tenemos tiempo suficiente para organizar un festival de música.

—¿Qué tal una fiesta de pijamas? —propongo, acercándole mi plato a Cami para que me dé sus fresas—. Una fiesta de pijamas con películas. Podríamos hacerlo en el hotel. Si es entre semana, seguro que el ático está libre.

—Sí, si tu madre le pone la tarjeta black delante de las narices a la organizadora de eventos, removerán cielo y tierra para conseguir cualquier cosa. La verdad es que son muy buenos, solo tienes que decidir cómo quieres que sea —dice Cami con entusiasmo—. Les he visto organizar cosas con muy pocos días de antelación. Además, no quiero revelar ningún secreto profesional, pero he visto a Pete cambiar las reservas para dar el ático al cliente adecuado cuando ya estaba reservado.

—Puedo hacerles un collage de ideas y una lista de todas las cosas que necesitas. Me aseguraré de que sea perfecto. Seguro que ahora hay tropecientas empresas que alquilan camas, pantallas y esas cosas. No creo que sea tan difícil, aun con tan poco tiempo de antelación.

—¿Tienes tiempo para eso? —me pregunta Aurora—. Tu agenda me da dolor de cabeza.

Quiero encontrar tiempo para ella.

—Claro, podré hacerlo casi todo en horas de trabajo. Será fácil.

—¿Seguro que no podemos organizar un festival?

—Rotundamente no —contesta Cami.

—Vale, luego hablo con mi madre y le digo que llame al hotel. Gracias, chicas. A ver, ¿qué os parecería Reese Witherspoon como tema?

20

Halle

Ningún día puede empezar bien con una llamada de mi hermano.

—¿Ha muerto alguien? —pregunto nada más descolgar, activando el altavoz del teléfono. Estoy tratando de meter la tarta de cumpleaños de Aurora en una caja que aguante el camino hasta el hotel y al mismo tiempo acabar el libro del club de lectura, todo ello mientras intento no caerme encima de Joy, que ahora mismo se está enredando en mis pies.

Solo una emergencia haría que Grayson me llamara si no es mi cumpleaños o algún otro día señalado y la verdad es que no me siento capacitada mentalmente para asumir otra cosa más, así que no me pilla en el mejor momento.

—Tú, potencialmente. Soy tu alarma de tsunami. Sube a una zona más elevada, Osito —dice Grayson.

—Anoche vi tu partido, así que sé que no te has dado ningún golpe en la cabeza. Intenta explicarte mejor, Gray. Y por favor, sin rodeos.

—Mamá dice que no vas a ir a casa en Acción de Gracias. Ha llamado a papá y él le ha dicho que tampoco vas a pasar las vacaciones con él. Luego me ha llamado a mí y le he dicho que no sabía de qué estaba hablando. Así que sospecho que está a punto de llamarte.

Hoy no tengo tiempo para gestionar las emociones de mi madre.

—Gracias por avisar. Oye, estoy superocupa...

—¿No piensas contarme qué está pasando? —me pregunta, interrumpiéndome a media frase.

—No hay nada que contar. Me voy a quedar trabajando. Quiero evitar a mamá. Y a Will. Y a todos los demás, si te digo la verdad.

—¿Y al imbécil no le molesta que te quedes trabajando? Sabes que mamá lo convencerá para que te presione y finjas estar enferma o algo así.

—El imbécil y yo cortamos hace meses, así que no creo que le importe, en realidad. —El teléfono empieza a pitar indicando que tengo otra llamada entrante—. Me está llamando mamá, Grayson. Tengo que contestar.

—¡Espera! Creo que no había estado más feliz en mi vida. ¿Por qué has tardado tanto? ¿Por qué no me lo habías contado? Qué orgulloso estoy de ti.

Grayson nunca ha ocultado lo mal que le cae Will, así que tampoco esperaba que ocultara lo feliz que le hace nuestra ruptura. Estoy segura de que le gustaría Henry, pero no pienso contarle que estoy con él porque sé que lo primero que me preguntaría es por qué solo me enrollo con mis amigos.

—Pues porque no se lo dije a nadie para evitar que me quemaran en la hoguera. Oye, tengo que dejarte. Gracias por avisarme.

Corto la llamada de Grayson y le contesto a mi madre.

—¡Hola, mamá! Me estoy arreglando para salir, ¿puedo llamarte en otro momento?

Dado que mi madre ignora totalmente que soy una adulta con compromisos y cosas que hacer, voy a dar por hecho que la respuesta a esa pregunta va a ser «no». Aunque sé perfectamente para qué me llama —gracias a Grayson—, evita ir directamente al grano, para variar.

Primero me pregunta qué podría hacer Maisie como proyecto para la feria de ciencias y me pide que la ayude. Después si creo que debería teñirse el pelo más oscuro para el invierno.

Me cuenta que a ella y a mi padrastro los han llamado del instituto de Gigi para comentarles que no se relacionaba con nadie de su edad y que están preocupados por su desarrollo social. Quiere que hable con ella. Y también saber si he empezado a planear el itinerario de las vacaciones de primavera, cosa que no he hecho porque, de todos modos, van a pasar de él. Mientras habla, hago mentalmente una lista de todas las cosas que tengo pendientes antes de ir al hotel para la fiesta de pijamas del cumpleaños de Aurora. Le doy las respuestas que pide en vez de volver a decirle que estoy demasiado ocupada para hablar, pero mi aguante acaba llevándola al tema por el que sé que me está llamando.

—¿Cómo vas a venir en Acción de Gracias? Normalmente tú y Will solíais venir en coche con Joy, pero me han dicho que este año viene él solo, en avión.

Prácticamente se atraganta con la palabra «solo».

—Iba a llamarte para decírtelo, pero trabajo en Acción de Gracias, así que no voy a ir a casa. Y también tengo que trabajar en Navidad. He sido la última en entrar, así que no me queda más remedio si no quiero que me echen del trabajo —miento—. Hay gente con hijos que ya se ha pedido esos días de vacaciones. Sé que te hacía ilusión, pero solo será este año.

Se hace un largo silencio.

—No sabes el disgusto que me das. Le va a sentar fatal a todo el mundo. Tus hermanas se van a llevar una decepción. ¿Y Will? Esa actitud es muy egoísta, Halle.

Una hija es como una prolongación de la unidad parental y tiene una responsabilidad: no ser nunca la que haga tambalearse el barco. La hija es el ancla que mantiene a todo el mundo en su sitio. Existe una norma tácita que prohíbe a la hija tener problemas que no pueda resolver por sí misma discretamente, una regla que, hasta ahora, yo siempre había cumplido.

Aunque evitar contarle a mi madre lo de Will fue básicamente una cuestión de supervivencia, también influyó el hecho de no querer escuchar las opiniones y los sentimientos de los demás sobre algo que solo me concierne a mí. No me malinterpretéis, si llamara a mi madre con mal de amores, se subiría al primer avión para venir a consolarme. Mi familia me quiere tanto como yo a ella, pero mis necesidades nunca han sido la principal prioridad de nadie y esta ruptura no iba a ser una excepción.

Estaría haciendo tambalearse el barco y, ¿cómo van a mantenerse firmes los demás si yo no estoy anclándolos? ¿Cómo vamos a romper Will y yo si nadie quiere que lo hagamos?

Ha llegado el momento de pasar página y es en eso en lo que me concentro para reunir por fin el valor que me ha faltado durante los dos últimos meses.

—Hemos roto, mamá. De mutuo acuerdo, porque no éramos felices. Seguro que a Will le importará un bledo lo que haga.

Silencio.

—Todas las parejas tienen malas rachas. Tu padre y yo nos tomamos un descanso de seis meses cuando estábamos en la universidad. Es normal.

No necesito un espejo para saber qué cara estoy poniendo, porque siento la tensión en mis músculos faciales. Ahora mismo soy la personificación de la palabra «¿qué?».

—Mamá..., papá y tú acabasteis divorciándoos...

—Después de dos hijos preciosos y muchos años de felicidad juntos, Halle. Un divorcio no borra eso. Sé que tienes grandes expectativas debido a los libros que lees, pero la gente real tiene defectos. Tú incluida. Seguro que podéis arreglarlo, cariño. Will es tu mejor amigo.

—En serio, tengo que colgar. Es el cumpleaños de una amiga y he organizado una fiesta de pijamas en el hotel. Quedará fatal si llegan todos antes que yo —digo con resignación.

—Vale, cariño. Vuelve a llamarme pronto, necesito que me expliques cómo hacer cualquier tontería de ciencias para ayudar a Maisie con los deberes.

—¿No puedes buscarlo en Google?

—Sí, pero ya sabes que prefiero que me lo expliques tú. En fin, sigue a lo tuyo y dale recuerdos a tu amiga.

—Adiós, mamá.

La llamada se corta y emito un gemido fuerte y profundo antes de continuar con todo lo que tengo pendiente.

La suite del ático del Huntington es más grande que mi casa. De hecho, puede que sea más grande que la casa de la señora Astor y la mía juntas. Por suerte, Pete, mi jefe, me ha ayudado a llevar los diversos elementos de la decoración al hotel mientras la organizadora de eventos se ha ocupado de gestionar otras entregas.

Me encantaría fingir que lo han hecho para ayudarme, pero lo más probable es que la organizadora de eventos haya recibido instrucciones precisas de la madre de Aurora de hacer lo que yo diga, junto con su tarjeta de crédito para pagar todo lo que pida. Creo que a la organizadora le ha molestado un poco que me haya entrometido, pero Aurora tiene unos gustos muy particulares y su madre ha exigido que yo dé el visto bueno a todos los detalles de antemano.

Ayudarle a preparar todo es mi forma de disculparme por haber metido las narices donde no me llamaban.

Gracias a la ayuda extra, todo queda listo antes de tiempo, lo que me permite leer la última redacción de Literatura de Gigi, ponerme al día con los mensajes de la gente que quiere unirse al club de lectura de Encantada y reescribir las únicas dos líneas del capítulo que escribí anoche. Mis objetivos cuando empecé con el club de lectura eran superambiciosos y, sin embargo, tengo la sensación de que no me da tiempo ni a parpadear entre sesión y sesión. Me gustaría dedicarle más tiempo, pero no sé de dónde sacarlo.

Me pasa lo mismo con la escritura, aunque los últimos acontecimientos han hecho que mi inspiración se desborde. Cierto es que reescribo una de cada dos palabras, pero al menos ahora las hojas no están en blanco. Aunque, para ser sincera, hasta la semana pasada no le había dedicado tanto tiempo como debería.

Cuando las puertas del ascensor del ático se abren inesperadamente, aparece alguien mucho más interesante que un servicio de catering.

—Qué rosa es todo —dice Henry, echando un vistazo al salón de la suite. Tiene razón. Entre los globos, la comida y los colchones hinchables que hay delante de la pantalla de cine, parece un poco la casa de Barbie—. Me siento como si acabara de entrar en un algodón de azúcar.

—Qué forma tan original de decir «caray, Halle, qué bien se te da la decoración» —bromeo mientras Henry se acerca con paso decidido al lugar en el que estoy trabajando—. Además, ¿tú no deberías estar en la peluquería? No tienes pinta de haber pasado por ella recientemente.

Cuando llega a donde yo estoy, se agacha para darme un beso cariñoso en la frente mientras deja la bolsa con las cosas para pasar la noche al lado de la mesa en la que trabajo.

—Qué bien hueles.

Siento un impulso abrumador de abalanzarme sobre él. No lo hago porque no sé si quedaría muy bien, pero me muero de ganas. Por una parte, me resulta raro que no hayamos hablado de qué somos ahora, si es que somos algo, pero también me gusta no tener que cumplir ningún tipo de expectativa.

Él ha estado ocupado con un proyecto de arte y con el hockey, y yo he estado organizando este evento y atendiendo el resto de mis responsabilidades, así que tengo la sensación de que apenas hemos disfrutado de tiempo juntos, pero no pasa nada. De todos modos, necesitaba estar un poco sola para procesar estos nuevos sentimientos. Eso es lo que me gusta de Henry, que no espera que actúe de ninguna forma específica.

—No me distraigas. ¿Por qué no estás en la peluquería?

Él suspira y se sienta en la silla que está a mi lado, inclinándose rápidamente hacia delante para echar un vistazo a la pantalla de mi portátil.

—Es sin cita previa y no he salido de casa a la hora a la que tenía pensado salir. Tampoco he salido a la segunda hora que me había propuesto y luego me he quedado mirando el reloj hasta que ha llegado un punto en el que, si iba a la peluquería y esperaba al único tío al que le dejo cortarme el pelo, llegaría tarde a esto fijo.

—¿Cómo consigues hacer algo en la vida? —le pregunto con sinceridad—. Si necesitabas un empujoncito, podía haberte dejado allí de camino.

Él se pasa la mano por el pelo y se revuelve los rizos, que ahora están más largos.

—Antes iba con Joe, un chico del equipo. Le recomendé a mi peluquero cuando nos conocimos porque tenía el pelo de la misma textura que el mío y todavía no había encontrado uno que le gustara. Quedábamos siempre para ir juntos y tomar algo luego viendo los deportes durante un par de horas. Pero después de graduarse se fue a Connecticut a estudiar Derecho, así que ahora tengo que ir solo.

—¿Te ibas de cita con tu compañero de hockey? ¡Qué mono!

No puedo evitar reírme, pero a él no le hace ninguna gracia y pone los ojos en blanco.

—No eran citas. Éramos dos tíos que iban al mismo peluquero y se cortaban el pelo juntos. Y que después tomaban algo en el mismo sitio.

—¿Así que Joe te enseñó todo lo que sabes sobre las citas y ahora piensas pasarme a mí esos conocimientos? Me encanta. Todo muy sano.

Henry se acerca para agarrarme de las manos y sentarme en sus rodillas. Cuando nuestras caras están a la misma altura, se agacha hasta que sus labios prácticamente rozan los míos.

—Las cosas en las que pienso cuando estoy contigo no tienen nada de sanas. O cuando no estamos juntos.

Froto ligeramente mi nariz contra la suya y su respiración se ralentiza.

—¿Le decías lo mismo a Joe? —digo, bajando la voz.

Eso le hace reír.

—No, pero hay muchas cosas que te digo a ti que no le digo a nadie más. ¿Cuánto tiempo tenemos antes de que llegue todo el mundo?

Henry me acaricia el muslo con el dedo, dibujando circulitos y espirales mientras me escucha. Me resulta muy difícil hilar una frase.

—Menos de una hora. Aurora está cenando con su madre y luego he pedido un coche para que los recoja a todos en su casa. La organizadora del evento ha sido supereficiente, así que los del equipo de montaje y los de las entregas han acabado antes de tiempo.

—¿Y qué quieres que hagamos con este rato libre a solas en el hotel, después de una semana sin verme? —me pregunta susurrando, pasándome la boca suavemente por la mandíbula hasta llegar al cuello.

Me siento como si tuviera electricidad en la piel. Todas las células de mi cuerpo se ponen alerta cuando Henry está cerca y, cuanto más me acaricia, más fuerte gritan pidiendo más. Más contacto, más presión. Más de todo. Es tan emocionante como aterrador.

—Quiero que vayamos a mi habitación... —Henry murmura un «mmm» de aprobación sobre mi piel—... y que nos quitemos la ropa... —Empieza a besarme el cuello y mi voluntad para seguir hablando disminuye a marchas forzadas—... para ponernos los pijamas rosas personalizados del cumpleaños de Aurora.

Él se queda inmóvil y se aleja lentamente para que pueda verle la cara y las pupilas dilatadas.

—La forma de decirlo podría mejorar, pero el plan me parece bien. Además, hace muchísimo que no te veo totalmente desnuda... —Me pasa el brazo por debajo de las rodillas y, antes de que me dé tiempo a reaccionar, cruza el salón conmigo en brazos para llevarme hacia las habitaciones—. ¿Cuál es la nuestra?

—¡Acabas de incumplir una de las reglas! —chillo alterada mientras me lleva en volandas como si no pesara nada—. ¡La misma de siempre!

—Quéjate a la junta directiva, capi.

Señalo una puerta que está entornada.

—Esa es mi habitación. Tú dormirás ahí fuera con el resto de los chicos.

Henry empuja la puerta con la espalda para abrirla del todo y va hacia la cama para depositarme con cuidado sobre ella. Luego cruza los brazos, se agarra la parte inferior de la camiseta y se la quita lentamente por la cabeza para dejarla caer en la cama, a mi lado.

—Los dos sabemos que eso no va a pasar.

El deseo y el nerviosismo luchan por convertirse en mi principal emoción. Por supuesto que quiero repetir lo de la última vez, pero ¿aquí? ¿A todo correr y luego teniendo que pasar la noche con el resto de la gente? No creo que haya llegado todavía a ese punto. Si incluso el deseo de hacer algo con alguien es totalmente nuevo y extraño para mí.

—Henry... —digo, incorporándome sobre los antebrazos para verlo bien. No soporto lo sumisa que suena mi voz.

—Sé lo que quieres, Halle. ¿Confías en mí? —Asiento con la cabeza—. Vale. Cierra los ojos. —Debería decirle que no estoy segura, pero también tengo curiosidad por ver qué pasa. Esto no tiene nada que ver con cómo han sido las cosas hasta ahora; mi nerviosismo se debe al miedo a lo desconocido. En el fondo, es tanto excitación como aprensión. Henry no me toca cuando cierro los ojos. Oigo el sonido de sus pasos por la habitación y el ruido de una cremallera. Tengo el corazón desbocado, y eso que él todavía no ha hecho nada—. Abre los ojos, Halle —me pide con dulzura.

Respiro hondo —espero que con discreción— antes de empezar a abrir poco a poco los ojos.

E inmediatamente suelto una carcajada.

—Me siento como una nube de azúcar —dice él, bajando la vista hacia el pijama de satén que lleva puesto.

Noto una ligera sensación de alivio que, básicamente, me desconcierta.

—El rosa bebé te sienta muy bien.

Henry tira del dobladillo de la parte de arriba y sacude la cabeza. Me encanta que lleve su nombre bordado en el bolsillo del pecho, como sus camisetas de los Titans.

—A mí todo me sienta bien. Pero eso no significa que deba ponérmelo.

—Lo que más me gusta de ti es tu modestia —bromeo. Me incorporo del todo para poder verlo entero. La verdad es que está monísimo de rosa.

—¿Por qué voy a ser modesto si es verdad que todo lo que me pongo me queda bien? —Se acerca a mí, me agarra por las rodillas y me arrastra hasta el borde de la cama para situarse entre mis piernas—. Sin nada también estoy bastante bien. Pero no creo que quieras comprobarlo justo ahora, cuando todo el mundo está a punto de llegar.

Eso me parece a la vez una pregunta y la confirmación de que me entiende, todo en uno.

—Me encantaría que me lo demostraras —digo retándolo, pero lamento de inmediato mi atrevimiento al verle bajar las manos hacia la cintura de los pantalones—. ¡Pero no hoy! —chillo, extendiendo los brazos hacia delante para protestar con dramatismo.

—Ya lo sé. Me estoy esforzando mucho por saberlo, Halle. Estoy prestando atención a todo para poder hacer las cosas bien contigo. —Henry agarra mis manos extendidas y se las pone detrás de la nuca, acercándose aún más a mí. Me da un beso en la frente y otro en la punta de la nariz antes de alejarse lo justo como para permitirme verle bien la cara—. Que hayamos hecho algo una vez no significa que tengamos que volver a hacerlo, o que lo hagamos en un sitio en el que no te sientes cómoda.

—Ya lo sé. De verdad que lo sé y entiendo el concepto del consentimiento continuado. Pero es que… —«¿no sé cómo decir esto?»—… nunca había vivido la experiencia de que alguien me hiciera sentirme así. La experiencia de desear esa experiencia es una experiencia nueva para mí, ¿entiendes? Así que, entre los nervios de no tener experiencia y el hecho de desear tenerla, tengo la cabeza a punto de estallar.

¿Me habrá entendido? ¿Me entiendo yo a mí misma? Definitivamente, no tengo ni idea.

—Lo único que he sacado en limpio de todo eso es que soy tan bueno proporcionándote experiencias que estás teniendo experiencias tras experiencias y más experiencias. Me gustaría entenderte mejor. ¿Podrías explicármelo de otra forma? A veces me cuesta leer entre líneas. Es mejor que me lo digas directamente. —Me encanta que se esfuerce tanto por comprenderme—. A lo mejor puedes dividirlo en diferentes puntos. Empieza por lo primero que has dicho.

Ya sé que tengo edad suficiente como para desear acostarme con alguien y que debería ser lo suficientemente madura como para hablar de ello, pero ahora mismo solo quiero que me trague la tierra.

—Nunca he deseado activamente a nadie como te deseo a ti.

Durante mucho tiempo, creía que tenía un defecto. Sé que no es verdad, pero así era como me hacían sentirme y es difícil de olvidar. Y esa es la primera experiencia nueva.

—Total, que Will no te ponía cachonda pero yo sí —dice Henry, encantado de la vida—. Resumiendo, que tu primera experiencia nueva ha sido ponerte cachonda.

¿Por qué tiene que decirlo de esa forma?

—Sí.

—¿Y qué más?

—También estoy experimentando el hecho de desear hacer algo con ese deseo. A Will y a mí nos fue bien durante las primeras semanas de relación. Deja de poner esa cara cuando hablo de él, por favor. Pero nunca sentí el impulso de que hiciéramos algo más que besarnos. Ahora contigo sí, pero no sé muy bien dónde están los límites. Es decir, ¿qué es lo que va más allá de los límites de nuestra amistad? La última vez que me enrollé con un amigo se convirtió en mi novio y los dos sabemos cómo acabó la cosa. Ya sé que nunca has salido con nadie, pero ¿y si la etiqueta es lo que hizo que saliera mal? En cierto modo, me gusta no tener expectativas.

—¿Dónde quieres que estén los límites? ¿Qué etiqueta te ayudaría a sentirte cómoda? —me lo pregunta con tanta delicadeza que me entran ganas de llorar. Se esfuerza muchísimo conmigo y eso que ni siquiera yo sé lo que quiero—. No es que no salga con chicas porque no me guste. Lo que pasa es que nunca me han importado las etiquetas, Halle. Solo sé que te deseo tanto como tú a mí. Y estoy dispuesto a hacer lo que haga falta para que dejes de comerte la cabeza.

—Qué bonito que pienses que algún día voy a dejar de comerme la cabeza —bromeo, intentando relajar un poco el ambiente tan denso que he generado al intentar explicarme—. Pero eso me lleva a la siguiente experiencia, o a la falta de ella, más bien.

Debería seguir hablando, pero no sé cómo verbalizarlo. Henry asiente para animarme.

—Sigue. Te escucho. Quiero entenderte.

—Estoy nerviosa, Henry. No sé lo que estoy haciendo, ¿y si

no se me da bien? —le pregunto en voz baja—. Estoy acostumbradísima a resolver problemas, pero esto no puedo resolverlo de antemano. Tú tienes experiencia y yo no. ¿Y si decides que prefieres estar con alguien que pueda tener más de un encuentro sexual sin convertir su proceso mental en una puñetera adivinanza que hay que dividir por puntos para poder entender? Acabo de decir que me gusta no tener expectativas, pero a la vez sé que si un día llegas y me dices que has estado con otra, me dolería.

—Me alegro de que hayas dejado eso para el final, porque si no no habría podido prestar atención al resto. ¿Por qué iba a tirarme a otra?

Entorno los ojos.

—Te suelto un discurso conmovedor y sensible, ¿y esa es tu conclusión?

—Es lo único que has dicho que no tiene sentido para mí, Halle. Yo no quiero estar con nadie más. No he hecho nada con nadie desde que te conocí. Hasta hace poco, ni siquiera me daba cuenta de que era porque quería estar contigo.

—Ya, pero eso podría cambiar. Will se cansó de esperar a que estuviera preparada y…

—Will es un capullo —dice él, interrumpiéndome—. Pero continúa.

—Y no me gustaría perderte como amigo si decidieras estar con alguien menos…, no sé cómo denominarme. ¿Complicada?

Henry me acaricia la cara y sus manos cálidas me calientan la piel.

—Ojalá pasaras tanto tiempo imaginando cosas para tu libro como imaginando cosas que no van a pasar en la vida real.

—¡Henry!

Él desliza los pulgares sobre mis mejillas.

—Halle, ¿nunca te has planteado relajarte durante cinco minutos? —Por suerte para él, me besa antes de que me dé tiempo a protestar. Y su broma, junto con la ternura con la que me acaricia, alivian considerablemente la tensión que he ido acumulando durante la conversación. Finalmente, despega la boca de la mía y me abraza con fuerza. Algo que yo ni siquiera sabía que necesitaba hasta que lo hace—. Yo podría ser el tío que te proporcione tu primera experiencia, Halle —murmura pegado a mi pelo, acariciándome la nuca con una mano—. Esto también es muy importante para mí. No quiero a alguien más experimentado, te quiero a ti. Y si decides que no sea yo, seguiré aquí, intentando resolver adivinanzas para entenderte y ser tu amigo.

—¿Cómo te las arreglas para coger todas mis calamidades y convertirlas en algo tan bonito?

Henry se echa hacia atrás y me sujeta la cara entre las manos.

—Crees que lo he malinterpretado todo y que tengo la sensación de que estamos a punto de casarnos. ¿Quieres que volvamos a empezar para asegurarnos de que nos entendemos?

Gruño.

—¿Es necesario? Me da demasiada vergüenza como para repetirlo en voz alta. A lo mejor debería haberme metido en un convento nada más salir del instituto.

—No puedes avergonzarte, es una de las reglas. A ver, voy a resumir ese discurso tan «conmovedor y sensible», como tú lo has llamado. Experiencia número uno: te pongo tan cachonda que te estoy haciendo replantearte toda tu vida. —Dios mío, dame paciencia—. Experiencia número dos: por primera vez, quieres dar salida a esa excitación con alguien, preferiblemente conmigo, en vez de contigo misma y esa aplicación porno. Y experiencia número tres, que en realidad es la inexperiencia número tres: estás nerviosa por probar cosas que nunca has hecho antes.

—Bingo. —Si esto fuera un concurso, caería confeti. Asiento con entusiasmo porque lo ha explicado mucho mejor que yo, aunque creo que solo pretendía hacerme reír—. Básicamente, soy una triple bomba de relojería sin experiencia y con el cerebro a punto de estallar.

—Podremos con ello, capi. Somos un equipo, así que tómate todo el tiempo que necesites. Para empezar, ya cuentas con la ventaja de que soy mucho mejor para ti de lo que nunca lo fue Will. Y tengo una idea genial para que dejes de comerte el tarro. Solo tienes que acostarte y quitarte los pantalones. Si algo soy capaz de conseguir, es que te relajes durante cinco minutos.

Es justo el comentario que necesito para quitarle hierro al asunto y agradezco que podamos tener este tipo de conversaciones tranquilamente. Con Will siempre acababan en discusiones. Sonrío.

—Tu habilidad para resolver problemas no tiene parangón, pero creo que esta vez paso, gracias. Y llevo dirigiendo una familia desde que nací, así que no, no he tenido un solo día de relax en toda mi vida. Mi estado natural es adelantarme a cualquier contratiempo.

—Pues ya puedes ir tachando de tu lista de contratiempos la posibilidad de que me enrolle con otra. Y te prometo que esperar no me supone el problema que le suponía a Will. —En el exterior de la habitación se oye la campanilla del ascensor tintineando con estridencia, seguida por el rumor de las voces de varias personas que, según parece, llegan mucho antes de la hora—. Y ahora deja que te bese y te demuestre lo poco que me interesan las demás.

Henry se acerca rápidamente y me besa con la determinación de un hombre que tiene algo que demostrar.

Y justo en ese momento se abre la puerta de la habitación.

21

Henry

Aurora cierra de un portazo y silencia los gritos ahogados, muchos de los cuales no me creo que sean sinceros.

—¡No sabía que estabais ahí! —grita desde el otro lado de la puerta—. ¡Les estaba haciendo un tour!

Halle tiene las manos apretadas sobre la boca para ocultar el shock. Quiero volver a besarla, pero no tengo claro que sea el momento. Me aclaro la voz.

—Menos mal que no te has quitado los pantalones.

Asiente para mostrar su acuerdo.

—Tienes razón. Qué vergüenza.

Quiero recordarle que avergonzarse es romper una regla, pero la gente siempre dice que algunas normas pueden romperse, así que esta vez se lo dejo pasar.

—De todas formas, nadie se creía que fuésemos solo amigos y no nos estuviésemos liando. ¿Te hace sentir mejor?

Se lleva las manos de la boca a la frente y niega con la cabeza.

—No, no me hace sentir mejor en absoluto.

—¿Es porque te preocupa lo que piense la gente de ti?

Asiente, deja caer las manos hasta mis caderas y apoya la cabeza en mi pecho.

—Vale, pues deja de preocuparte.

—Decirme que deje de preocuparme por algo no hace que deje de preocuparme.

Le acaricio el pelo con delicadeza porque me he quedado sin consejos. Al final, levanta la cabeza para mirarme.

—Estoy siendo dramática. No pasará nada. Podemos reírnos de esto y ya está, ¿no? Seguimos siendo solo amigos, así que no les hemos mentido.

Mmm. No me gusta. ¿Eso es lo que entendió cuando hablamos de no poner etiquetas? Aparto ese pensamiento.

—Además, yo conozco sus secretos, así que, si se ponen pesados, empezaré a soltarlos.

—¿Y tú cómo sabes sus secretos? —pregunta ella.

Me encojo de hombros.

—La gente me cuenta cosas. Creo que es porque saben que no me importan lo suficiente para ponerme a cotillear.

—O puede que sea porque eres muy buen amigo y se te da muy bien escuchar.

En cuanto se les pase la emoción, sé que mis amigos se portarán bien con Halle. Les cae muy bien. Y, si no se calman, sumiré a todo el grupo en el caos. A Kris y a Bobby porque Bobby se acostó con la hermana de Kris y no se lo ha dicho; a Robbie y a Lola porque discuten todas las semanas sobre si ella debe volver a Nueva York cuando se gradúe; a Mattie por su ex tóxica, a quien dijo que bloquearía, pero con la que ha vuelto a hablar; y a Emilia y a Poppy porque cortan cada vez que se pelean, pero no se lo dicen a nadie porque vuelven al día siguiente. Tengo información acumulada de años de gente contándome cosas que no quiero saber.

—Ya te digo yo que no, que es porque saben que sus secretos no me importan como para cotillear.

Suelta un gruñido y vuelve a dejarse caer en el colchón. Yo subo a la cama a su lado y casi me caigo al suelo por lo que resbalan la tela del pijama y las sábanas. Me tumbo a su lado y me acerco para darle un beso en la mejilla. Y la maldita camiseta me aprieta los brazos cuando me muevo. Tengo mucho calor y ni siquiera he hecho nada.

—¿Es que Aurora no quería pagar pijamas de seda o…?

Halle suelta una risita.

—Algunos vegetarianos no usan seda, así que no quise arriesgarme. Búscalo, es una espiral de información muy interesante en la que quedarse atrapado.

—Sé cómo se fabrica la seda, es que se me había olvidado que era vegetariana. Tú lo recuerdas todo de todo el mundo, no sé cómo lo haces. Eres buena amiga, Halle. Aurora te protegerá de los demás si se pasan de listos.

Ella suspira mientras se frota la cara con las manos.

—Vamos a pasar el mal trago. Está bien. Porfa, no reveles todos sus secretos.

—Como quieras, capi.

En un extraño giro de los acontecimientos, nadie ha dicho nada cuando hemos salido del dormitorio.

Nada de nada.

Enseguida me ha parecido sospechoso, hasta que he visto a Russ al lado de la máquina de palomitas y me ha asegurado que, después del portazo, Aurora ha amenazado a todo el mundo con ponerse violenta si hacían sentir a Halle mínimamente incómoda o avergonzada.

Halle se fue a desayunar la mañana después de que pasasen cosas entre nosotros y, a juzgar por la actitud protectora que ha adoptado Aurora hacia ella al instante, supongo que lo sabe. A mí me da igual, como si Halle quiere gritarlo a los cuatro vientos. Me gusta que tenga amigas con las que hablar. Es evidente que tiene muchas cosas en la cabeza y a mí casi me da un aneurisma intentando entenderlas.

Yo, cuando me superan los problemas, suelo cerrarme en banda, pero la solución de Halle parece ser hacerse líos mentales y verbales. Sé que piensa que tiene que solucionarlo todo ella sola, pero no es así.

No sé por qué me molesta que haya dicho que seguimos siendo solo amigos cuando es algo a lo que estoy acostumbrado. Sé que a veces adopto la actitud de la gente que tengo alrededor, pero no quiero empezar a crearme problemas yo solo como hace Halle.

Aurora me amenaza a mí también con ponerse violenta cuando me quejo de que la primera película que vamos a ver sea *Una rubia muy legal* y comprendo de primera mano lo aterrador que ha tenido que ser lo de antes.

Halle y yo nos acomodamos en uno de los sofás cama de suelo que cubren toda la sala de estar de la suite y yo termino mirando las diferentes obras de arte que cuelgan de la pared en lugar de la pantalla enorme que se ha instalado para facilitar esta carísima fiesta de pijamas.

—Habría que despedir al decorador —le susurro a Halle, que está absorta en la película y en una bolsa de chucherías.

—¿Mmm? —masculla.

—Los cuadros no encajan con la habitación.

—¿Cómo te sientes al mirarlos? —me pregunta apartando por fin la vista de la pantalla para centrarse en mí.

Lleva su propio pijama rosa, se ha trenzado el pelo a ambos lados de la cara y se ha quitado todo el maquillaje. Está muy guapa. Y se la ve feliz. Eso es lo que más me gusta.

—Inspirado —respondo.

—¿Cómo? ¿No me acabas de decir que no te gustan? —susurra después de que Mattie y Cami se vuelvan en la cama a ras de suelo que hay delante de la nuestra para chistarnos sonoramente.

—Da igual.

Le doy un beso en la frente y se le abren mucho los ojos. Enseguida mira a su alrededor para asegurarse de que nadie se ha dado cuenta. Ojalá no le importase tanto lo que piense la gente.

Cuando vuelve a centrarse en la película, me saco el móvil del bolsillo.

JAIDEN

Necesito consejo

Y has acudido al experto
Buena elección

Eres mi último recurso

Soy tu única esperanza
A ver. Estoy listo para maravillarte
con mi sabiduría

Cómo sabes si estás en la friend zone?

Es por Halle?

Sí

No estás en la friend zone XDDD

Cómo lo sabes?

A la gente que está en la friend zone
no la pillan liándose en una habitación de hotel
con la persona que se supone que la ha metido
en la friend zone

Se puede saber cómo te has enterado?

Soy omnisciente y omnipresente
Pero sí, no tienes por qué preocuparte, tío.
Estás muy lejos de la friend zone
Por qué lo preguntas?

Quieres decir que Bobby es un chivato, no?

Pues ha sido Emilia, en realidad
Ahora me debe 5 pavos porque lo predije
hace semanas

Ella pensaba que igual yo quería liarme
con otra gente.
Luego me ha dicho que seguimos
siendo solo amigos

Y quieres liarte con otra gente?

No

Quieres una relación con ella?

Es que me da igual cómo lo llamemos.
En realidad, lo que me hizo lanzarme fue que
no quería que saliese con otras personas
después de una charla motivacional de Robbie
cuando me entraron celos

Al chaval le encantan las charlas motivacionales
Vale, todas esas cosas no te hacen estar en la friend zone
Pero igual deberíais hablar de qué es lo que queréis
Es solo follar? Queréis estar juntos? Son ambas cosas? Solo cuando los dos estéis solteros?
Halle ha tenido alguna relación de mierda?

Sí, con Will Ellington, de San Diego

Uf. Le ha dicho ya alguien al tío ese que no es tan bueno como se cree?

Lo tengo pendiente

Igual le gusta que no haya expectativas porque todavía está decidiendo cuáles son sus límites
Recuerda que tú también tienes derecho a poner los tuyos, tío
Dale tiempo. Es algo nuevo, pero si es tan maja como dice todo el mundo, deberías tener paciencia

Entonces le estoy dando demasiadas vueltas?

Eso parece, pero ya sabes lo que siempre digo

Que las tías están más buenas que las madres?

No
Bueno, sí
Pero no
Lo que siempre digo es que lo importante
es la comunicación. Asegúrate de que los
dos tengáis la misma idea de lo que sois

Nunca te he oído decir eso

Lo digo a todas horas

Qué va. Me dijiste que fuera tóxico

Fue una prueba y la superaste no siendo tóxico
Habla con ella y ya está, Hen. Entre los dos
lo resolveréis

Vale. Gracias, JJ

De nada, tío
No sé si atreverme a preguntar
cómo va el hockey
Vale, o sea que vas a dejarme en leído
Ya veo
Menos mal que te quiero

Y yo a ti, JJ

Me siento mucho mejor cuando bloqueo el móvil y me lo vuelvo a meter en el bolsillo. A mi lado, Halle se ha dormido. Dejo que Aurora ponga una película más antes de aceptar la derrota y llevar a Halle a la cama. Ni se despierta cuando se me escurre de entre los brazos por estos pijamas absurdos que llevamos y cae en la cama. Pero respira. Lo he comprobado dos veces.

En cuanto me acuesto a su lado, da señales de vida, gracias a

Dios, y se gira para apoyarse en mi pecho y pasarme el muslo por encima como siempre hace. Le aparto el pelo de la cara y ella emite un sonido de satisfacción y abre los ojos despacio.

—¿Por qué estás tan cansada?

—No me dormí hasta tarde. He tenido un día ocupado. ¿Estamos en la habitación? —musita.

—No, estás intentando montarme en la sala de estar delante de todo el mundo.

Es como si le hubiera echado agua fría encima. Se le abren los ojos de golpe y se levanta apoyándose en el codo para mirar a su alrededor.

—Qué capullo eres —dice, y vuelve a hundirse para tumbarse en mi pecho—. Ahora sí que estoy despierta.

—¿Quieres volver a salir? Te has perdido el final de *Una rubia muy legal* y *Crueles intenciones* entera, pero creo que están a punto de poner *Ojalá fuera cierto*. Se ve que a Aurora le encantan las pelis viejas de Reese Witherspoon.

Halle bosteza y niega con la cabeza.

—Estoy bien aquí contigo. Solos. En esta cama enorme.

—¿Intentas seducirme?

Me mira desde abajo expectante. Le paso el pulgar por el labio inferior y observo cómo se le ralentiza la respiración. Me inclino y ella levanta la cabeza para besarme con suavidad.

—No sabría seducirte —dice.

Me viene a la cabeza lo que me ha dicho antes sobre la falta de experiencia.

—Cuando nuestros amigos no estén al otro lado de la puerta, te dejo practicar todo lo que quieras.

—Mi héroe. —Me mira sonriendo, pero noto lo cansada que está cuando vuelve a apoyar la cabeza enseguida—. ¿Crees que Aurora se lo está pasando bien en su fiesta de pijamas de cumple?

—Ha dicho que es la mejor fiesta de pijamas en la que ha estado. ¿Y para ti? ¿En qué posición está?

Halle se acurruca más contra mí y lleva la cabeza a mi bíceps para poder mirarme mientras hablamos.

—Nunca había estado en ninguna.

—Qué bien se me da hacerte vivir experiencias nuevas.

Me llevo una de las manos a la nuca para que esté más cómoda apoyando la cabeza y descanso la mano que tengo libre en su muslo.

—A mí tampoco me dejaban ir, pero me daba igual. No quería dormir en una casa que no fuera la mía.

—Me parece que la que ha planeado esto soy yo, así que la experiencia nueva me la he buscado yo sola. Y no es que no me dejaran, es que no tenía amigos cuando era pequeña aparte de Will. Grayson se quedaba a dormir en casa de sus amigos a todas horas. Y Gigi también, pero, ahora que lo pienso, después del último numerito que montó, no estoy tan segura de que vaya donde dice que va a ir.

—Cuando veo a tu familia, me alegro de ser hijo único —le digo—. No sería capaz de cuidar a tanta gente.

—Ser capitán de un equipo tiene que ser como tener montones de hermanos, ¿no? Y no son una mala familia. Es que solo me quejo de ellos. Debería hablar más de cuando se portan bien conmigo.

—Es más bien como tener una granja al lado de la autopista y que los animales no dejen de escaparse.

Me encanta notar su cuerpo sobre el mío cuando se ríe de algo que he dicho. Hasta con la luz tenue de la habitación, veo que me mira como si fuera la persona más graciosa que conoce.

—Cuéntame algo bueno que haya hecho tu familia por ti últimamente —le pido.

Se queda pensando más rato de lo que me parece que sería capaz de justificar si le preguntase por ello. No lo hago porque no quiero que se encierre en sí misma. Me encanta oírla hablar de cualquier cosa y es una de las pocas personas de las que puedo decir eso.

—Grayson me ha llamado esta mañana para avisarme de que mi madre estaba cabreada porque no voy a casa por Acción de Gracias.

A mí me parece que eso no cumple con el criterio de ser algo bueno.

—¿Por qué no vas a casa por Acción de Gracias?

—Cuando Will y yo cortamos, sabíamos que nuestros padres querrían interferir, porque son así. Pensamos que, si yo no iba a casa por vacaciones, para la siguiente vez que fuéramos a estar juntos se les habría pasado. Y la verdad es que yo no me había hecho a la idea de contarle a mi madre que habíamos cortado hasta hoy.

Cada cosa que dice me suscita más preguntas.

—¿Por qué eres tú la que no va a casa por Acción de Gracias? ¿Por qué no él?

—Yo tengo otras opciones, supongo. Tengo a mi padre y a mi madrastra en Nueva York. Él no tiene otro lugar al que ir. Era más fácil que no fuera yo.

—Más fácil para él.

—Cuando lo vi el otro día, me dijo que deberíamos ir los dos, pero yo ya he dicho que trabajaré. No hay suficiente tarta de calabaza en el mundo para convencerme de ir a casa, visto el disgusto que se ha llevado mi madre. Pero ya se le pasará. Yo creo que para marzo lo tiene superado.

Siempre estoy muy agradecido por las madres que tengo, pero, cuando hablo con mis amigos de sus padres, todavía más. Mis madres nunca me han hecho sentir que no era suficiente, nunca me han hecho pensar que era incapaz de tomar mis propias decisiones, nunca me han desalentado ni me han exigido demasiado. Hasta que empecé la universidad y expandí mi círculo no me di cuenta de que mucha gente no tiene la misma suerte que yo. Sí, mis madres tenían mucho trabajo, pero siempre encontraban tiempo para pasarlo conmigo cuando lo necesitaba y me daban siempre lo mejor.

—¿Qué pasa en marzo? —le pregunto. Ella aparta la cara para bostezar y me acuerdo de que se supone que tendría que estar durmiendo—. Puedes volver a dormirte si quieres, ya dejo de hacerte preguntas.

—No pasa nada, me gusta hablar contigo y, además, me parece que debería disfrutar de esta cama tanto como pueda, ya que nunca volveré a estar en esta suite. ¿Qué pasa en marzo? —repite mi pregunta—. Mi dolor de cabeza anual. Mi familia se va de viaje con la de Will en las vacaciones de primavera. A mí me toca organizarlo todos los años y son treinta millones de horas de investigación y debate y luego, cuando por fin estamos de vacaciones, todo el mundo ignora mis planes y se queja sin parar. Es maravilloso.

Vuelvo a sentirme enormemente agradecido por la familia que tengo.

—Parece todo lo contrario.

—Pues sí. Todos los años me planteo planearles el viaje y buscarme otro sitio al que irme sola. Por desgracia, estoy casi segura de que no serían capaces de funcionar sin mí y terminarían desaparecidos, peleándose o tirados en algún lugar. Bueno, cuando estoy yo también se pelean, pero al menos sé dónde están todos.

—Mis madres van a agencias de viajes para planear las vacaciones, ¿tus padres no han oído hablar de ellas?

Vuelve a reírse y gira para tumbarse de espaldas. Yo la sigo y me pongo de lado y apoyo la cabeza en mi brazo. La atraigo hacia mí.

—No deberías ir si no quieres.

—Aurora me ha invitado a unirme a un viaje de chicas. Nunca he viajado con amigas ni me han invitado a nada por el estilo y me apetece mucho, pero no vale la pena la reacción que tendré que soportar. Igual el año que viene, si todavía quiere que vaya, puedo apuntarme.

—Sé que la familia es complicada y yo lo he tenido fácil, pero me cuesta entender por qué no les dices que no y haces lo que te haga feliz. ¿Por qué tienes que sacrificarte tú para complacer a todo el mundo?

—Es cierto que me exigen mucho a veces, pero por lo menos siempre quieren que esté con ellos. Dicen que soy la que los mantiene unidos.

—¿Incluso si mantenerlos unidos supone sacrificar lo que quieres?

Se queda un momento en silencio.

—Si todo se desmorona porque yo he agitado las aguas, ¿quién me prestará atención por si me caigo por la borda? ¿Quién estará ahí si me hundo?

Sé lo mucho que Halle quiere a su familia y, por las conversaciones que he oído, ellos también la quieren, pero me gustaría que no tuviera que cargar con el peso de los demás. Conversaciones como esta me permiten saber más de ella, algo que quiero desesperadamente, pero no puedo evitar sentirme incompetente para dar consejos.

—Yo presto atención a todo lo que haces, Halle. Y seguro que podría pilotar un barco si me lo propusiera.

Gira el cuerpo para quedarse mirándome y nuestras barrigas se tocan de lo cerca que estamos en esta cama enorme.

—Es verdad que dices que se te da bien todo.

—Y Russ es demasiado responsable como para no hacer que todo el mundo se ponga chaleco salvavidas. Seguramente Aurora tiene dinero suficiente para comprar la guardia costera al completo —le digo—. Los chicos hicieron el curso de socorrismo en el instituto para conocer chicas. Y a Robbie le encantaría dar órdenes. No te hundirías, capi. Yo no lo permitiría.

—A pesar de lo que puedas pensar, siempre dices lo correcto, Henry.

—Duérmete. Podemos hablar más sobre lo genial que soy mañana cuando te despiertes.

Halle se inclina hacia delante y me besa lento. Es un beso suave y dulce, como ella. Se da la vuelta hasta que tiene la espalda pegada a mi pecho y entonces los dos reparamos en que no hay forma de esconder una erección cuando llevas un pijama de satén.

22

Henry

—Estamos pensando en grabar un pódcast.

Seguimos en el norte después de haber jugado por aquí este fin de semana y después de la derrota —la tercera en las últimas dos semanas— hemos decidido desafiar la ira de Faulkner aprovechando la hora que tenemos antes de volver a Maple Hills visitando a JJ. Yo he estado intentando ahogar el ruido constante de la charla de mis amigos para concentrarme en un trabajo en el que mi cerebro no tiene ningunas ganas de concentrarse, pero oír la palabra «pódcast» salir de la boca de Mattie me basta para bajar la pantalla del portátil.

—Queremos llamarlo *El trío del frío* —añade Kris.

Bobby asiente.

—Será sobre hockey.

JJ se frota las sienes.

—Caballeros, preguntaos lo siguiente: ¿necesita el mundo a tres hombres hetero más delante de un micrófono?

El ruido de los otros parroquianos retumba a nuestro alrededor mientras Mattie, Kris y Bobby debaten la pregunta de JJ. Por muchas ganas que tenga de estar en casa solo, me alegro de que estén sopesando los pros y los contras de grabar un pódcast y no hablando de lo mal que he jugado.

No dejan de decirme que no es culpa mía, pero yo no puedo

quitarme de encima la sensación de que los estoy decepcionando a todos. No sé cómo arreglarlo. Y, además, si no termino el trabajo, dará igual lo mucho que me haya esforzado por ser buen capitán. Faulkner me matará si saco mala nota.

Halle intentó hacerme trabajar, pero pensar en quitarle la ropa no es la mejor ayuda para concentrarme en un trabajo aburrido sobre un tema que no me interesa. Tengo ganas de tocarla a todas horas y me distrae, sobre todo porque ella también quiere que la toque a todas horas.

Ahora mismo, me paso el tiempo libre frotándome con Halle por encima de la ropa y luego haciéndome pajas en la ducha. No me ha pedido más que eso, así que supongo que sigue con la misma gimnasia mental que la semana pasada.

Los chicos siguen hablando del pódcast cuando vuelvo a centrarme en el ordenador y en el cursor parpadeante que me atormenta. No puedo fracasar en esto y en ser capitán la misma semana. No puedo. Cuanta más presión me pongo, menos logro concentrarme en la pantalla. Los chicos cada vez gritan más y la situación me está superando.

Para cuando llegamos a casa, estoy agotado mentalmente. El entrenador ha insistido en que me sentase con él en el autobús y ha querido hablar y hablar y hablar. Hasta cuando Robbie ha intentado hacerse cargo de la situación he tenido que escucharlo. Me apetecía mucho estar solo, pero el universo tiene otros planes y el coche de Halle está aparcado delante de casa.

Me cuesta mucho gestionar la compañía cuando me siento superado, cuando sé que seguramente una persona que me importa y a la que yo le importo va a esforzarse por hacerme sentir mejor y que con su paciencia y afecto puede que me ayude. De todas las personas del mundo que querría que estuvieran esperándome por sorpresa, ella es la que elegiría.

Sin embargo, en la misma realidad, la idea de que alguien, quien sea, se me acerque, de que exista en mi espacio y quiera una interacción humana básica, se me antoja como el más pesado de los pesos, al que no puedo sobrevivir.

Halle se acerca cuando bajo de la camioneta de Russ. Agarra con fuerza un táper de vidrio. Me encuentro con ella a medio camino de la casa para no molestar a Russ mientras va a sacar la silla de ruedas de Robbie de la caja, pero también porque no estoy seguro de si quiero que entre.

—Pareces agotado —dice con suavidad, y me tiende el táper lleno de galletas—. Sé que te estarás poniendo el listón muy alto ahora mismo y sé que mi opinión en este tema no cuenta, así que, en lugar de decirte nada, he querido traerte algo bueno.

Agradezco que no esté intentando darme un discurso sobre que los equipos a veces pierden como parece querer hacer todo el mundo.

—Gracias.

—Voy a irme porque tienes pinta de necesitar descansar. Estoy luchando contra todos mis instintos de querer encontrar una solución a tu problema, porque sé que no te gusta que te asfixien cuando no te encuentras muy bien —dice en voz baja sonriendo—. Llámame si necesitas algo, ¿vale? Intentaré no agobiarte.

No me abraza ni intenta besarme. Se despide de mí con un pequeño gesto de la mano, se da la vuelta y sube a su coche. Hay una gran parte de mí que se siente aliviada; no quiero que me toquen ni me pregunten por lo que siento, ni siquiera ella, que, en realidad, es la única persona que me gusta que me toque ahora mismo. Sin embargo, cuando la veo alejarse empiezo a echarla de menos.

Robbie ha vivido lo suficiente conmigo para saber que debe dejarme espacio cuando me siento así. Russ tiene un sexto sentido para captar cualquier tipo de atmósfera negativa y me deja solo después de prepararme una taza de té.

Al principio, cuando Aurora dijo que una taza de té podía resolver una multitud de problemas, la juzgué, pero, por mucho que me duela admitirlo, el té me reconforta. En cuanto nos trajo un hervidor de agua para que dejásemos de hervir agua en el microondas, todo fue mejor.

Sigo sintiendo que el documento de Word se ríe de mí y de mis cuatrocientas palabras cuando miro la pantalla del portátil. Una entrega inminente suele provocarme una ansiedad que me revuelve el estómago y me hace escribir algo deprisa, pero, al parecer, incluso sabiendo que Thornton espera que le entregue algo mañana, hoy eso no me basta para ponerme en marcha.

Me doy muchísimo asco por no haberme concentrado cuando Halle vino a ayudarme durante la semana. Ya me advirtió de que me costaría más si no lo terminaba con ella e insistió en que no sería capaz de avanzar estando de viaje con el equipo.

No sé por qué soy así y me entran ganas de tirarme del pelo.

En mi cabeza hay un guion ideal de cómo tienen que ir las cosas, ya sea mi comportamiento, los acontecimientos del día, lo que comeré... Según el plan, todo funciona en perfecta armonía y yo salgo airoso. No parece que le esté prestando demasiada atención a la gente de mi alrededor ni tampoco soy del todo ajeno a ellos. No tengo que concentrarme tanto en los gestos y los comportamientos y las elecciones de la gente para poder imitarlos. Hago las cosas con tiempo para no tener que preocuparme por ellas más adelante. Soy un buen amigo al que no le cuesta estar al día con las personas a las que quiere.

En mi cabeza, existo en paz y eso me basta. Tengo una rutina de puta madre.

Me digo a mí mismo que voy a esforzarme más para ser la versión de mí que tengo en la cabeza y la idea me paraliza tanto que no hago nada, ni siquiera las cosas que habría hecho normalmente, y lo empeoro todo.

Me saco el teléfono del bolsillo, ignoro los cientos de mensajes de varios grupos para los que no tengo energía y busco el contacto de Halle.

—Hola —dice al contestar a la llamada al cabo de unos segundos.

—No soy capaz de redactar el trabajo. Me está costando mucho no darle muchísimas vueltas a todo.

Espero un «te lo dije» o «es culpa tuya», es lo que me merezco en estas circunstancias. Aparte de hacer las cosas que me tienen frustrado sexualmente de forma sistemática, la última vez que estuvimos juntos me pasé el rato dibujándole en el muslo el cuadro sobre el que se suponía que tenía que escribir.

Pero se trata de Halle, así que lo que doy por sentado que va a pasar no es lo que pasa.

—¿Qué puedo hacer para ayudarte?

—¿Estás ocupada? —pregunto.

Por el ruido de fondo, parece que no está en casa.

—Yo te he preguntado primero. ¿Qué puedo hacer para ayudarte, Henry?

Sé que está por ahí haciendo algo, pero hay una parte egoísta de mí que quiere que me haga sentir que la tarea que tengo entre manos no es imposible.

—¿Puedes venir a casa a ayudarme? Si no estás ocupada.

—Estaré allí en veinte minutos —dice—. ¿Has comido?

—Me he tomado una taza del té que Aurora compra en Inglaterra y un batido de proteínas.

Se ríe y, hasta a través del teléfono, su risa me da el mismo subidón de serotonina que siento cuando la veo reírse en persona.

—O sea que no. ¿Qué prefieres, algo saludable o comida basura?

—Me apetecen cosas crujientes como pepino y patatas fritas, nada pegajoso.

—De acuerdo. En nada estoy contigo, así que, de momento, intenta relajarte. Lo terminaremos, Henry. Todavía no hemos fallado ni una vez. Siento que esta vez esté consumiendo más energía de la que tienes.

—Eres la mejor.

Me quedo mirando el techo los treinta y cinco minutos que Halle tarda en llegar a mi casa y, en cuanto la veo de pie delante de la puerta, todo me parece más llevadero.

Le cuesta levantar las bolsas de la compra por lo llenas que están, pero intenta enseñármelas de todos modos.

—He comprado todo lo que me ha parecido crujiente.

Me inclino para coger las bolsas y le doy un beso en la mejilla con suavidad al agacharme. Quiero decirle cuánto lo mejora todo, pero Russ y Robbie salen de la sala de estar como dos perros que han oído el crujido de la bolsa de chucherías. Robbie se detiene al lado de la isla de la cocina.

—¿Las has traído?

Pienso que me está hablando a mí hasta que Halle le contesta que sí. Dejo las bolsas en la encimera y miro a mis amigos alternativamente.

—¿El qué?

—Necesito cervezas para superar esta sesión de estudio —dice Robbie—, pero Halle tenía miedo de usar su carnet falso que no es falso.

Halle empieza a vaciar las bolsas rehuyendo del contacto visual conmigo hasta que no puede soportar más que la esté mirando fijamente. Carraspea y se me acerca. Me mira desde ahí abajo con sus ojos enormes.

—Aurora me ha invitado a cenar con ella, Poppy y Emilia. Acabábamos de terminar de cenar cuando me has llamado y se me ha olvidado preguntarte si alguien más necesitaba algo del súper, así que he llamado a Russ…

—Y Russ estaba viendo la tele conmigo —la interrumpe Robbie—. Y hemos decidido que deberíamos hacer algo productivo en lugar de ver reposiciones de series, así que vamos a trabajar todos juntos y a beber cerveza y a comer. Y tú no vas a estar pasándolo mal solo en tu habitación culpándote de mierdas que no son culpa tuya cuando tienes a gente que quiere ayudarte.

—No me culpo de mierdas que no son culpa mía.

Russ coge una bolsa de patatas fritas y la abre con mucho ruido, consiguiendo, no sé cómo, arrugar cada centímetro de la bolsa.

—Ganamos en equipo y perdemos en equipo. No hay nadie que sea el único responsable de cómo jugamos. Es un esfuerzo colectivo.

—Faulkner quiere verme en su despacho el lunes. Él no finge que no es culpa mía.

—Quiere ver si estás bien, Hen —dice Robbie abriendo una cerveza y tendiéndomela—. Puede que haga como si no le importase nada, pero le importa. Se da cuenta de cómo te ensimismas después de cada derrota y está preocupado. Puede que sea un tipo duro, pero, aun así, tiene el deber de cuidarnos. Por eso no te dejaba en paz en el puto autobús. Estas cosas son una mierda, pero no pueden arruinarte la puta vida.

Justo por situaciones como esta me encierro en mi habitación. Halle lleva la culpa escrita en la cara. Puede que no supiera que terminaríamos así cuando le he pedido ayuda y ha involucrado a otras personas, personas que quieren respuestas y quieren ayudarme y quieren que me comporte de un modo concreto.

Tengo ganas de irme y cerrar la puerta de mi habitación. Eso es lo que me pide el cuerpo: entre las respuestas de huida o lucha, ha elegido la huida inmediatamente. Es demasiado complicado expresar cómo me siento de un modo que vaya a aplacar las preocupaciones de todo el mundo cuando ni siquiera sé responderme a mí mismo cómo me siento.

Agobiado ya no basta para describir la situación, porque sé que esta sensación de catástrofe inminente seguirá conmigo hasta que me gradúe o hasta que Faulkner se dé cuenta de que haberme pedido que fuera capitán fue un gran error y yo termine decepcionando a todo el mundo.

Russ vuelve a hacer crujir la bolsa de patatas y la tele está encendida y Robbie está golpeteando la botella de cerveza con los dedos y Halle me roza los nudillos con suavidad sin querer y siento como si unos bichitos diminutos me estuvieran subiendo por la mano y no puedo pensar.

NO PUEDO PENSAR.

—¿Quieres subir arriba? —me pregunta Halle con la mirada puesta en donde me estoy masajeando los nudillos varias veces intentando dejar de sentir la mano desconectada del resto del cuerpo—. Ve si lo necesitas.

Asiento y contestarle como es debido me parece del todo imposible, así que la rodeo y me dirijo a las escaleras. En cuanto entro a mi habitación, me lanzo a la cama bocabajo, entierro la cabeza en la almohada y me quedo frito.

No sé cuánto tiempo duermo, pero, cuando me despierto, hay una taza de té tibia y una selección de tentempiés al lado de dos paracetamoles en mi mesita de noche.

Decirle a Halle que no se avergüence de las cosas me sale natural, pero yo no puedo quitarme de encima la vergüenza cuando me tomo las pastillas y me levanto para ir a la planta baja.

Russ está viendo la tele solo cuando llego a la sala de estar y no veo ni oigo a Halle ni a Robbie. No dice nada cuando me siento en la otra punta del sofá; baja el volumen de la tele. Está viendo el programa de gente británica haciendo repostería que le gusta a Halle.

—Lo ha puesto Halle —dice.

—¿Cuánto hace que se ha ido? —pregunto.

—Un par de horas. Ha llevado a Robbie a casa de Lola, así que esta noche estamos solos. ¿Tienes hambre?

Aunque no la culpo por irse cuando no estaba despierto para hacerle compañía, ahora estoy en una situación todavía peor respecto al trabajo de Thornton.

—No hemos estudiado. Voy a suspender porque no tengo nada que entregar.

Russ no aparta los ojos de la tele.

—Robbie ha hablado con el entrenador y le ha dicho que no te encontrabas bien. El entrenador le ha dicho que pediría una ampliación de un día del plazo de entrega. Por motivos médicos sin especificar o algo así. Puedes entregarlo el martes y Halle te ayudará mañana. ¿Quieres cenar pizza?

—¿Motivos médicos sin especificar?

—Ajá. ¿Te vendría mejor si yo tomase la decisión sobre la cena? ¿Hay algo en concreto que no quieras?

Russ por fin me mira y ahora me toca a mí concentrarme en la tele. Asiento.

—Nada que ensucie mucho.

Enseguida coge el móvil que tenía en el brazo del sillón para pedir algo.

—Gracias, Russ.

—De nada. —Me tiende el mando de la tele, pero siento debilidad por este programa—. ¿Hay algo más que pueda hacer esta noche para ayudarte a llegar a mañana?

Es una forma rara de formular la pregunta, pero una de las

cosas que Russ ha aprendido desde que su padre ha empezado a recuperarse de su adicción es que hay que vivir día a día. Va con pies de plomo con las palabras que elige, pero a mí me gusta.

—No, no puedes hacer nada.

—Pues, si eso cambia, me lo dices, ¿vale?

No vuelve a abrir la boca hasta que llega la comida y nos quedamos sentados juntos comiendo y viendo el programa de repostería de Halle y no tengo que pensar en nada en toda la noche.

23

Halle

En todos los meses que Henry y yo llevamos siendo amigos, nunca había estado tan nerviosa por quedar con él como hoy.

No es que no me haga ilusión verlo, claro que sí —siempre me hace ilusión verlo—, pero hoy los nervios son un factor adicional que nunca había estado presente. Le he propuesto quedar en la biblioteca en vez de en casa de alguno de los dos. La biblioteca me parece un territorio neutral y, además, reduce las posibilidades de que nos distraigamos.

Ayer me quedé en su casa una hora después de que se fuera al piso de arriba, por si se despertaba y quería verme. Me di cuenta de que había metido la pata en cuanto Robbie y Russ entraron en la cocina. Cuando Aurora llamó a Russ, Robbie le dijo que había que demostrarle a Henry que podía contar con sus amigos. Como lo conoce desde hace mucho más tiempo que yo, supuse que sabría qué era lo mejor para él, a pesar de que el instinto me decía que aquello no tenía pinta de serlo.

Supongo que he aprendido la lección. Me preocupaba tanto decirle a Robbie que estaba equivocado por si creía que me estaba metiendo donde no me llamaban que no hice nada para ayudar a Henry. Aunque no hubo lágrimas ni gritos, me di cuenta enseguida de que la cosa no iba bien.

Me quedé allí plantada, nerviosa y sin saber cómo proponer

un plan más adecuado. Y entonces le rocé la mano sin querer. Nunca me había enfadado tanto conmigo misma. Creo que esa fue la gota que colmó el vaso. Resultó ser demasiado para una persona agotada y sobreestimulada. Sabía que era muy poco probable que pudiéramos solucionarlo y por eso le sugerí a Robbie que intentaran conseguir que hicieran una excepción con Henry. A mí Thornton me concedió una prórroga el año anterior cuando estuve enferma, así que no había ninguna razón por la que Henry no pudiera obtener también una, dadas las circunstancias.

Menos mal que hoy tenemos todo el día para rehacer el trabajo. A Henry le ha ido muy bien este semestre y nuestro sistema funciona; solo tenemos que asegurarnos de que, después de que yo haya cumplido con mi parte, él haga la suya.

Los nervios me han hecho salir demasiado pronto de casa y llevo veinte minutos sentada en una mesa al fondo de la biblioteca con dos chocolates calientes de la cafetería. A pesar del tiempo de espera, aún no sé cómo saludarlo cuando llegue, ni si debería sacar el tema de lo de anoche. El instinto me dice que le deje tomar a él la iniciativa, así no me pasaré de la raya sin querer.

Pasan otros diez minutos hasta que por fin veo unos rizos de color cobrizo asomando por debajo de un gorro de los Titans.

—Siento llegar tarde. No me apetecía venir —dice Henry, dejando la bolsa sobre la mesa y sacando el portátil. Coge la silla que tengo al lado y me da un beso en la coronilla antes de sentarse.

«Ay».

—Pues siento que hayas tenido que hacerlo —digo lo más serenamente posible, intentando que no se me note en la voz que eso me ha dolido un poco.

Henry se pellizca el puente de la nariz con los dedos y suspira.

—No quería decir eso.

Menos mal que, en estos treinta minutos que llevo esperando y devanándome los sesos sobre cómo actuar, también he releído el material con el que vamos a trabajar para refrescarme la memoria y así poder acabar rápido.

—Pues lo has hecho y no pasa nada, si eso es lo que sientes. Por mí no te cortes. ¿Acabamos con esto de una vez?

—Halle —susurra Henry. Me derrito ante la ternura de su voz. Se nota que está agotado simplemente por la forma en la que pronuncia mi nombre. Acerca mi silla a la suya y apoya la barbilla en mi hombro—. Me he expresado mal. No quería enfrentarme a ti después de lo de ayer. Me daba palo haberte invitado y luego haber desaparecido sin más. Vengo del estudio y he estado alargando el momento de salir. Siento llegar tarde.

—Avergonzarse es romper una de las reglas, Henry. Tienes derecho a hacer lo que te pida el cuerpo. Por algo los instintos se llaman así. Necesitabas estar un rato a solas y ya está. Tampoco es para tanto.

Él se recuesta en la silla y mi cuerpo anhela volver a sentir su contacto.

—En ocasiones tengo la sensación de que mi cerebro no funciona como debería. Hago todo lo posible por evitarlo, pero a veces me gana la batalla.

—Tu cerebro crea unas obras de arte preciosas y me dice cosas que me hacen sentir supersegura y realmente querida. Tu cerebro te convierte en un amigo en el que la gente como Russ puede confiar. Rory me ha comentado que tú le hiciste salir de su caparazón. Y Nathan confía en ti para que cuides de su novia cuando él no está y...

—Casi no he hablado con ella. ¿En qué clase de amigo me convierte eso?

—El teléfono funciona en los dos sentidos, Henry. —Se me revuelven las tripas al darme cuenta de que estoy hablando como mi madre—. Tú estás pasando por un mal momento y ella también puede llamarte si quiere. Los dos sois igual de responsables. Pero lo que quiero decir es que tú y ese cerebro contra el que aseguras que luchas sois muy especiales. Dices que no funciona bien y, aunque yo no entiendo mucho de eso, sí sé que las cosas en las que crees que eres diferente a los demás te convierten en esa persona a la que todos queremos tanto.

—¿Has estado practicando ese discurso mientras esperabas?

No me queda más remedio que sonreír. Yo andándome con rodeos para decirle lo maravilloso que es sin hacer que se muera de vergüenza ajena y va y me suelta eso.

—Me lo he inventado sobre la marcha. ¿Estás impresionado?

—He oído discursos mejores, pero te agradezco el esfuerzo.

Tengo ganas de darle un beso pero no me atrevo a tocarlo, así que aproximo la cara a la suya y espero que él haga el resto, si le apetece.

—Siento no haber sabido cómo hacerte sentir mejor ayer. Y también que tengas que estar aquí si no quieres.

Él también acerca la cara a la mía, tanto que puedo oler su colonia.

—Ya estás pidiendo perdón otra vez.

—Y no pienso parar hasta que acabemos el trabajo.

—Hoy mi cuerpo está hipersensible, así que no voy a besarte, aunque me encanta hacerlo. Además, tampoco quiero que nos echen por magrearnos en la biblioteca.

Estoy a punto de decirle que ya nadie dice «magrearse» cuando él se gira y señala un cartel que hay en la pared en el que pone eso, literalmente.

—Si acabamos en un par de horas, puedo acompañarte al despacho del entrenador. No tengo clases hasta esta tarde.

Temo haber ido demasiado lejos, pero él sonríe y asiente.

—Me encantaría.

Hasta que estamos de camino no me doy cuenta de que soy tan poco deportista que ni siquiera sé dónde está el polideportivo.

Henry me ha dicho que es una especie de guarida maligna habitada por varios supervillanos y que suele huir de ella a toda costa. Al parecer, en primero se quedó allí encerrado durante dos horas con el entrenador porque la puerta se atascó y nunca lo ha superado.

Cruzamos el campus, que está bastante tranquilo, para ir a la reunión de Henry; pero esa tranquilidad no hace que deje de preocuparme por si él está nervioso. Decido que la distracción podría ser la mejor táctica.

—¿Cómo acabaste jugando al hockey? ¿Por qué no al fútbol, al béisbol o, yo qué sé, al ajedrez?

—Mi tío Miles jugaba al hockey hasta que empezó a estudiar Medicina. En teoría es mi padre biológico, así que supongo que he heredado su talento. Es el mejor amigo de mi madre desde el instituto y fueron todos a la misma universidad, así que están muy unidos. De pequeña mi madre practicaba varios deportes y por eso quería que yo también encontrara alguno que me gustara.

—¿Fue él quien te enseñó a jugar?

—Sí. No se cansaba de repetirme que podía ser el mejor, si me lo proponía. Él me regaló mis primeros patines. Y me llevó a mi primer partido. Y me apuntó a la liga juvenil. Me obsesioné un poco, como suele pasarme con las cosas que me gustan. Mi madre se alegró de que eligiera un deporte de equipo, porque también me gustaba hacer cosas creativas, pero siempre las hacía solo.

Me viene a la mente una imagen del pequeño Henry jugando al hockey infantil.

—¿Miles vive en Maple Hills? ¿Ha tenido hijos propios?

Henry me agarra de la mano y tira suavemente de mí para apartarme del camino de alguien que está enviando mensajes de texto mientras camina. Entrelaza los dedos con los míos y no vuelve a soltarme.

—Vivía aquí cuando yo era pequeño, pero luego volvió a Texas. Su madre enfermó, así que ahora da clases allí en una universidad. Suelo verlo varias veces al año. Nunca lo he visto siquiera salir con nadie, así que no, no tiene hijos. Es un buen tío, creo que te caería bien. Lee muchos libros.

—Leer libros es sin duda la mejor afición que puede tener una persona. —Henry me da un golpecito con el hombro y pone los ojos en blanco—. Seguro que se siente orgulloso al ver dónde estás ahora.

—¿Paseando por el campus de la mano de una tía buena? Seguramente.

Esta vez soy yo la que pone los ojos en blanco.

—Muy gracioso.

—No lo decía de broma.

—Me refería al hecho de que seas el capitán del equipo.

—De momento.

—Henryyy.

—Halleee —replica él, imitándome.

—Ya sé que esta semana vas a estar con tus madres por Acción de Gracias y que yo voy a estar trabajando, pero pienso ir al partido el fin de semana. Encontraré la forma de cambiar el turno, de salir un poco antes, o algo. Quiero estar allí cuando salgas del hielo. Me pondré tu camiseta y gritaré tu nombre.

—¿Te importaría no ponerme cachondo antes de entrar a la reunión, por favor? —Me atraganto un poco—. Mejor espera a ver si Faulkner me echa del equipo antes de empezar a mover hilos.

—Sabes perfectamente que no lo va a hacer.

Él me mira mientras nos detenemos delante de un edificio que no había visto en mi vida.

—¿Ah, sí?

Henry me abre la puerta y me acompaña a un banco que hay en la entrada.

—Sé sincero con él, por favor. Sea lo que sea de lo que quiere hablarte, dile que lo estás pasando mal.

—Seré lo más rápido posible.

Mi libro electrónico apenas se ha calentado cuando Henry vuelve a aparecer. Miro el móvil y veo que solo ha estado dentro diez minutos.

—¿Todo bien? —le pregunto con cautela.

—Sí. Ya puedes tocarles las narices a tus compañeros de curro —dice, como si no necesitara saber urgentemente qué ha sucedido.

—¿Qué te ha dicho? Has sido muy rápido.

—Pues me ha dicho: «¿Estás bien?», y yo le he dicho: «Sí», y él me ha dicho: «Pues no lo parece», y yo le he dicho: «No me gusta que perdamos», y él me ha dicho: «A mí tampoco, así que ¿qué vamos a hacer al respecto?».

—Vale...

—Y yo le he dicho con mucho entusiasmo: «Ganar», porque a él le encanta el entusiasmo, y él me ha dicho: «Vale, ¿lo de ayer fue un bache puntual?». Y yo le he dicho: «Sí». Y entonces me ha dicho: «Cualquiera puede tener un mal día. Eres un ser humano, no un robot». Y yo le he dicho: «Está bien saberlo». Luego me ha preguntado si ya me había matriculado en las asignaturas de primavera y yo le he dicho: «No», así que él me ha dicho: «Pues hazlo», y yo le he dicho: «Vale».

Henry se mete las manos en los bolsillos, evitando mirarme a los ojos.

—Entonces, ¿no le has comentado que tienes miedo de decepcionar a tus amigos, que te cuesta procesar la relación entre las derrotas del equipo y tu papel como capitán y que eso te lo está haciendo pasar fatal?

—No, no ha salido el tema —dice él como si nada.

—Henry, por el amor de Dios, haz el favor de volver a subir y contarle cómo te sientes de verdad.

—Si no nos vamos ya, vas a llegar tarde a clase.

—Henry, por favor, dile que necesitas más apoyo. —Es casi una súplica—. ¿Y si volvéis a perder este fin de semana? No soporto verte ser tan duro contigo mismo.

—No vamos a perder. Tú vas a estar allí y eres mi amuleto de la suerte. Está científicamente comprobado.

—Henry, la ciencia no funciona así. Creo que no insisto lo suficiente en lo insoportable que eres —refunfuño, pasando por debajo de su brazo mientras me abre la puerta. Salgo del polideportivo de mala gana, al contrario que él—. Que yo vaya a tus partidos no es muy buena estrategia para triunfar.

—Eres la única persona que me considera insoportable. A todos los demás les parezco encantador.

Poco a poco, el Henry al que estoy acostumbrada empieza a emerger de nuevo. Todavía parece hecho polvo, pero se comporta de una forma más cercana que antes.

—Eres un peligro. No sé de dónde se sacan lo de «encantador». —El tío más bueno de la universidad, sí. ¿Encantador? Para nada.

—Para mis amigos soy como una especie de hermano pequeño que tienen que mantener con vida y evitar que se meta en líos. Tú tienes un audio en el que hago que te corras guardado en el móvil. Es un tipo de relación muy diferente.

Me sorprende no caerme de culo. De hecho, las rodillas me fallan un poco.

—Madre mía, no puedes soltar eso de repente en público.

Henry echa un vistazo al par de personas que se encuentran a la distancia suficiente como para oírnos y que nos ignoran totalmente mientras caminan en la misma dirección que nosotros.

—¿Por qué? No hemos vuelto a hablar de eso desde que pasó. Me preguntaba si me lo habría imaginado, porque esperaba que tú sacaras el tema. ¿Lo has escuchado?

—Henry, ¿en serio quieres hablar de eso ahora? Con lo mal que lo has pasado, ¿y quieres hablar de esto?

—Hablaré literalmente de lo que haga falta si eso impide que volvamos al tema del hockey.

—Estoy intentando ayudarte a conseguir un apoyo que necesitas desesperadamente.

—No has respondido a mi pregunta. ¿Lo has escuchado? —Me mira y sonríe—. ¿Por qué te ruborizas?

Echo otro vistazo a nuestro alrededor y concluyo que, definitivamente, la gente no nos está escuchando. De todos modos, bajo la voz.

—Porque me estás haciendo preguntas sobre masturbación mientras me acompañas a clase.

—De eso nada. Solo te he preguntado si lo has escuchado. Estás haciendo suposiciones sobre lo que creo que haces mientras gimes mi nombre escuchando el audio.

—Te odio.

—¿Tanto como para no querer hacerlo más?

Teniendo en cuenta lo mal que lo está pasando últimamente, no sé si está fanfarroneando en broma para fingir que se encuentra bien, algo que suele hacer a menudo, o si simplemente le gusta ponerse en mi lugar y su estado de ánimo de verdad está mejorando.

Por supuesto que he escuchado el audio. Si estuviéramos en los viejos tiempos, habría quemado la cinta, literalmente. Es la experiencia más erótica de mi vida y la tengo grabada. No sé por qué me resulta tan excitante, aparte de por el hecho de que se trate de Henry. Llevo un tiempo usando aplicaciones de audio y nada de lo que he escuchado es tan bueno ni por asomo.

Desde entonces, lo único que hemos hecho ha sido magrearnos, como diría el cartel de la biblioteca y, por mi parte, darme un montón de duchas frías. Y escuchar el clip de audio con el vibrador, obviamente.

A lo mejor es porque hace que me sienta poderosa en un ámbito de mi vida en el que nunca me había sentido así. Puede que me haya hecho sentir deseada, satisfecha y feliz.

O tal vez, solo tal vez, puede que el quid de la cuestión sea Henry Turner.

—Claro que he escuchado el audio, Henry. En la cama. En el baño. Y también cuando se supone que debería estar estudiando.

Llegamos a mi edificio y me abre la puerta.

—¿Y cuál es tu opinión como experta?

—¿Mi opinión como experta? Once sobre diez. Y una nominación al Óscar por tu excelente actuación.

—Gracias a la Academia, en ese caso —dice él.

Aquí hay mucha más gente que fuera, lo que reduce enormemente mis ganas de hablar de lo que hago cuando estoy sola en casa. No sé si veía demasiadas series de universitarios de niña, pero tengo la sensación de que todo el mundo mira a Henry al pasar. Su postura se vuelve más rígida y su expresión se endurece. Eso demuestra que no son imaginaciones mías y que tal vez ser el centro de atención no es lo que más necesita ahora mismo.

—Oye, mi clase ya es ahí. ¿Por qué no te vas? Hoy hay muchísima gente por aquí.

—Vale, gracias —dice—. Hoy estoy bastante cansado, así que puede que no nos veamos luego, pero mañana hablamos.

—Gracias por avisar. Venga, hablamos mañana.

Henry abandona de inmediato el pasillo. Lo cual no me extraña porque, definitivamente, la gente lo está mirando al salir, igual que lo ha mirado al entrar. En cuanto desaparece, dejan de prestarme atención a mí también y, mientras tomo asiento en clase, pensando demasiado en el audio que tengo en el móvil, Aurora se sienta en la silla de al lado.

—Espero que estés de humor para oírme echar pestes de Chaucer.

Ahora sí que tengo el ánimo por los suelos.

24

Halle

Tenía muchas expectativas sobre cómo sería mi vida de adulta.

Iba a ser sofisticada y estaría llena de aventuras. Conocería a gente interesante y haría cosas interesantes, sería una mujer atractiva y feliz.

Desde luego, no me imaginaba tumbada en el suelo del salón un martes por la noche con una bolsa de patatas fritas medio rancias y un montón de pañuelos de papel porque, cuando escucho «Marjorie», echo de menos a Nana y no puedo parar de llorar. Pero tampoco puedo parar de escucharla.

Hace veinte minutos he levantado las piernas para apoyarlas en el sofá, dejando el portátil en equilibrio sobre la tripa, y estoy tan cómoda que podría quedarme así para siempre. A Joy también le gusta nuestra nueva vida en el suelo y ha empezado a darme zarpazos en el pelo para intentar hacerse una especie de cama.

Se supone que debería estar estudiando para los exámenes finales. Se supone que debería haber quedado con Henry. Se supone que debería ayudar a Gigi. Se supone que debería estar horneando galletas para el club de lectura y pensando en las preguntas porque prometí que habría reunión para la gente que se quedaba en vacaciones. Se supone que debería estar limpiando. Se supone que debería llevar a la señora Astor al supermercado. Se supone que debería comprobar cómo está Cami cuando estamos fuera del trabajo. Se supone que debería buscar un proyecto de ciencias para Maisie. Se supone que debería planificar las vacaciones. Se supone que debería estar buscando el regalo conjunto de Navidad para mi madre, aunque todavía falta un mes, porque mis hermanos son unos inútiles y unos impacientes. Se supone que debería estar escribiendo.

Dios, se supone que debería estar escribiendo como una loca, pero, como todo lo demás, eso es una causa completamente perdida.

Después de asegurar con la determinación de una mujer que tiene metas reales en la vida y que desea alcanzarlas que iba a priorizarme a mí misma, parece que he acabado fracasando estrepitosamente. Tan estrepitosamente que, cuando me he dado cuenta de que me había equivocado de mes y estaba leyendo el libro que no era para el club de lectura después de haber olvidado que había prometido que habría reunión, he tenido que tirarme al suelo.

No es en absoluto la vida que me había imaginado, pero, teniendo en cuenta el estado de semidelirio en el que me encuentro, la verdad es que lo he aceptado bastante rápido. Desde el sitio en el que estoy tumbada tengo perfectamente controlada la puerta principal, así que no hay nada que me impida ver entrar a Henry, que me observa durante un buen rato con cara de no entender nada antes de acercarse y tumbarse a mi lado.

Estoy convencida de que esto no era lo que se esperaba cuando ha salido del entrenamiento y me ha preguntado si me apetecía quedar.

Joy abandona rápidamente la cama de pelo y se tumba en el medio del pecho de Henry, ronroneando feliz mientras él la acaricia. Este gira la cabeza para mirarme.

—¿Te has caído?

—Sí. —Cojo el móvil y bajo el volumen de la lista de reproducción de música triste de Taylor porque Henry acaba de superar el bajón y no hay necesidad de que me vea llorar a lágrima viva si empieza a sonar «This is me trying».

—¿Por qué estás tan triste, capi? —me pregunta.

—No estoy triste —miento—. Sigo siendo la alegría de la huerta, como de costumbre.

—Tú no eres la alegría de la huerta —dice Henry tranquilamente, levantando las piernas para apoyarlas en el sofá, igual que yo—. Eres la calma después de la tempestad o, si acaso, un panda bien alimentado.

Se me escapa un ronquidito al resoplar. He dejado de fingir que es algo que no hago porque, al parecer, sí lo hago cuando estoy con Henry.

—Eres todo un poeta. Lo pondré en mi biografía. «Halle Jacobs: aspirante a escritora. Experta en complacer a la gente. Tranquila como un panda bien alimentado».

—«Halle Jacobs: escritora profesional. Experta repostera. Tranquila como un panda bien alimentado. El mejor culo de Los Ángeles».

No soporto que me haga reír cuando lo único que de verdad quiero es venirme abajo completamente, perder los papeles y montar un buen drama.

—Vale, ahora sí que me ha quedado claro que te estás burlando de mí.

—He visto muchos culos. Y puedo confirmar que el tuyo es mi favorito. —Lo miro con el ceño fruncido mientras se levanta. Es evidente que está tramando algo y observo todos sus movimientos mientras me quita el portátil de la barriga y lo deja encima del sofá. Luego me coge el móvil y el libro electrónico, y cuando el nido que había construido a mi alrededor se queda vacío, me levanta del suelo y me deposita en el sofá. Después se sienta a mi lado, me arrastra hacia él como si no pesara nada y pasa una de mis piernas por encima de sus caderas para que me ponga encima de él. Le cuesta un poco porque me niego a cooperar, pero al final lo consigue y no me queda más remedio que apoyar la barbilla en su pecho mientras estoy sentada a horcajadas sobre su regazo.

Me sujeta el pelo detrás de las orejas y suspira.

—¿Por qué estás tan triste?

—Porque no me has dado suficiente bambú, obviamente —murmuro, negándome a levantar la vista.

Me pone un dedo debajo de la barbilla y me echa la cabeza hacia atrás para poder mirarme a la cara.

—¿Qué pasa, capi?

De todas las cosas por las que podría empezar, decido elegir la más trivial.

—¿Me llamas «capi» porque siempre me hago cargo de todo? Porque es algo que no soporto. Estoy harta de ocuparme de todo y de todos, de tener que ser la líder. No quiero ser la capitana, ni la jefa de la familia. Estoy agotada y todo se está desmoronando.

—¿Así que cuando yo no quiero ser el capitán todo el mundo pone el grito en el cielo, pero cuando tú quieres dejar de serlo no pasa nada? —Creo que está usando el humor para quitarle hierro al asunto, pero estoy demasiado decaída como para reírme. Henry me quita el dedo de la cara y me rodea con los brazos para estrecharme contra su pecho. Luego me acaricia el pelo, algo que me resulta muy agradable después de que Joy haya estado enredándose en él—. Al principio sí que lo hacía por eso, pero ahora es porque los dos hemos formado nuestro propio equipo y tenemos la misma autoridad. Ser capitán me gusta más si pienso que estoy compartiendo el mando contigo. Siento que hayas estado cargando con la mayor parte de la responsabilidad; me esforzaré más por ti.

Se me parte el corazón.

—Eso es precioso.

—Si no quieres que te siga llamando «capi», puedo dejar de hacerlo. Tengo un montón de apodos para ti. «Panda» mola muchísimo.

—No quiero que dejes de llamarme «capi» —digo—. Me gusta formar equipo contigo.

—Ahora que me has contado el problema más grave, ¿qué más te ha hecho acabar llorando en el suelo?

De la forma más calmada, más estructurada y menos llorosa posible, le explico que de repente todo se me ha echado encima y se ha derrumbado, y que ahora me siento como si estuviera sepultada bajo el peso de todo y de todos.

Es como si todos los platos que hago girar en el aire durante el año para asegurarme de que todo el mundo esté bien estuvieran empezando a caerse al suelo y hacerse añicos. Justo en ese momento me doy cuenta de hasta qué punto me hago responsable de las vidas ajenas y de repente entiendo por qué echo de menos a Nana, la única persona que nunca me hizo sentirme agobiada. Omito lo del libro, o la ausencia de él, mejor dicho, porque sé que lo achacará a la falta de experiencias y ese no es el problema.

El problema soy yo y mi incapacidad de comprometerme con algo tan importante para mí. Que Henry no me saque por ahí porque nos estamos centrando en hacer otras cosas no es lo que ha causado este caos. Que él me pregunte cómo va todo y yo diga que «genial» cuando en realidad no es así es un problema que me he buscado yo solita.

Si le digo la verdad, pensará que me está defraudando y ya tiene suficiente con la presión del hockey. No soportaría ver cómo se machaca por otra cosa que no es responsabilidad suya.

—Vale. Para empezar, creo que deberías dejar de escuchar esa canción sobre la abuela —dice Henry con firmeza—. Y tienes que empezar a decirle que no a la gente. A mí incluido.

—Parece fácil cuando tú lo dices, pero no lo es, Henry —murmuro con la cabeza hundida todavía en el calor de su pecho.

—Sí lo es. Yo digo que no constantemente. Pídeme que me vaya.

—No, no quiero que te vayas —le digo, echándome hacia atrás para mirarlo casi con cara de pánico.

—¿Lo ves? Mira qué fácil es decir que no. Lo acabas de hacer. Qué lista eres. —Me seca la parte inferior de los ojos con los pulgares y estrecha mi cara entre sus manos—. Me estresa mucho ver llorar a la gente, así que te doy dos minutos más para desahogarte y luego lo solucionamos todo, ¿vale? Tienes derecho a tener un mal día, Halle. Eres un ser humano, no un robot.

Sacudo la cabeza.

—No, necesito al menos cinco.

—¿Lo ves? Has vuelto a decir que no. Sigue así, campeona.

—En lugar de llorar, me paso los cinco minutos abrazando a Henry y dejando que me acaricie el pelo. El latido regular de su corazón me tranquiliza. Él coge el teléfono rápidamente para saltar «Marjorie» en cuanto reconoce las primeras notas y, cuando se me acaban los cinco minutos, me obliga a ponerme de pie. No voy a mentir: el deseo de volver a tirarme al suelo sigue ahí. Henry también se levanta y se pone delante de mí de forma que me resulte imposible volver a tumbarme—. Cámbiate y ponte algo cómodo. Espera, antes dúchate y lávate la cara, porque tienes los ojos negros del maquillaje. Luego vuelve a bajar. —Voy hacia el pasillo para hacer inmediatamente lo que me ha dicho y doy un respingo al notar una palmada en el culo. Miro hacia atrás y lo veo sonreír—. Lo que yo te diga: el mejor culo de Los Ángeles.

Cuando me giro hacia él, me pone las manos por debajo de los muslos para levantarme. Le rodeo el cuello con los brazos y las caderas con las piernas.

—Me gustas mucho.

Él me besa con dulzura.

—Y tú a mí.

Lo suelto, subo las escaleras y, cuando por fin vuelvo a bajar con bastante mejor aspecto y estado de ánimo, Henry está hablando por teléfono con alguien en la cocina.

—¿Puedes hacerlo, sí o no? Vale, entendido. No, me da igual. Sí, seguro que le encanta. Sí, yo también voy a participar. Envíaselo por email cuando hayas terminado. ¿Tienes su número para el mensaje de voz? No, no hace falta que le mandes fotos tuyas leyéndolo. Vale, gracias. Adiós. Adiós.

Observo la encimera que tiene delante. Hay ingredientes por todas partes y el horno está encendido.

—¿Qué estás haciendo?

Henry coge un delantal del gancho de la pared y se lo pone por la cabeza.

—Voy a hornear galletas para que las lleves mañana al club de lectura. Te he visto hacerlas un millón de veces, así que será fácil. Tengo la receta de tu abuela y espero que su fantasma no me persiga si la cago.

—Ah. —Es lo único que consigo decir mientras Henry rodea la barra del desayuno y me acerca un taburete, indicándome con la cabeza que me siente.

—He hablado con la señora Astor mientras estabas en la ducha y me ha pasado la lista de la compra. Russ va a ir ahora al supermercado mientras Aurora hace un listado de posibles regalos de Navidad para tu madre. Me ha pedido que le mande un mensaje con el presupuesto. Cami está bien; la he llamado, pero estaba en clase de pilates y ha contestado porque creía que era una emergencia. A lo mejor prefieres volver a llamarla tú.

«No voy a llorar. No voy a llorar».

—Vale.

—Jaiden me ha dicho que en el colegio ganaba siempre los concursos de Ciencias. No me lo creo, pero es licenciado en Químicas y tu hermana tiene ocho años, así que no debería haber ningún problema. Nos va a mandar algunas ideas y pautas para la investigación cuando llegue a casa. Bobby dice que ya se ha leído el libro que tocaba de verdad para el club de lectura, pero que va a hojearlo para refrescarse la memoria y que luego te envía un mensaje de voz contándote el argumento con todo lujo de detalles. Y también algunas preguntas que puedes hacer. Se ha ofrecido a dirigir la reunión por ti, pero he supuesto que no querrías. Yo te recomiendo que no lo hagas.

—Pero ¿no está todo el mundo liado viajando a casa por Acción de Gracias? ¿O estudiando? No quiero que la gente se retrase cuando se acercan los exámenes finales.

—La gente quiere ayudarte, Halle. Y creo que eres la única persona que conozco que ya ha empezado a estudiar.

Lo observo atónita y él me corresponde mirándome como si tuviera dos cabezas.

—Gracias.

—¿Por qué me miras así?

—Porque has evitado que el barco se balancee —digo mientras siento cómo se fusionan el alivio y el agradecimiento.

—No sé qué significa eso —replica Henry, encendiendo la báscula electrónica—. He tomado la decisión unilateral de mandar a la mierda la planificación de las vacaciones. Así que lo único que te queda es hablar con Gigi y estudiar, si lo consideras oportuno.

—¿Me das un beso? —le pregunto—. Prometo no llorar más.

—No —responde él. La verdad es que me pilla por sorpresa—. Porque si te beso querré hacer más cosas y ya me he lavado las manos. Vuelve a preguntármelo cuando haya terminado.

—Sí, capitán.

Gigi se pasa toda la videollamada intentando averiguar quién está haciendo ruido en la cocina.

Agradezco que Henry me haya pedido que me ponga los auriculares. Ha dicho que, si quisiera escuchar a críos quejándose de los deberes, ahora mismo estaría con sus compañeros de equipo. Entonces le he recordado que él lleva tres meses quejándose y ha replicado que eso no cuenta porque a mí me parece que está bueno.

Sigo sin tener muy claro qué tiene que ver una cosa con la otra, pero la verdad es que sí me parece que está bueno.

Después de observarlo por encima del portátil y verlo concentrado en el libro de recetas, empiezo a estar de acuerdo con él en que todo se le da bien. Gigi tarda más de lo normal en cortar, no porque de repente sienta interés por mí, sino porque es una cotilla.

Cierro el portátil y veo a Henry mirando las galletas a través de la puerta del horno mientras me levanto y me estiro. Ha mezclado los ingredientes más despacio que yo porque está empeñado en que le salgan bien a la primera.

—Tardan más en hacerse si las vigilas.

Él gira la cabeza, mirándome con las cejas tan levantadas que ha aparecido una arruguita entre ellas.

—Menuda trola.

—Es verdad —aseguro, lo más convencida posible, intentando no reírme. Él se levanta y rodea el mostrador hasta el lado en el que yo estoy, se agacha y me da un beso en la sien—. Lo saben todos los reposteros.

—¿Qué tal te sientes ahora? —me pregunta, sujetándome el pelo detrás de la oreja y acariciándome cariñosamente la mandíbula con el pulgar.

—Mejor. Muchísimo mejor, aunque creo que seguiría haciéndome falta un masaje de cuerpo entero para eliminar toda la tensión.

Henry desliza suavemente la mano por mi mandíbula y la baja hacia el cuello y la clavícula.

—Hay una cosa que yo podría hacer y que eliminaría sin duda toda la tensión de tu cuerpo, seguramente antes de que sonara el temporizador del horno.

—Oferta aceptada.

Después de besarme suavemente, Henry se arrodilla y presencio posiblemente la imagen más maravillosa que he visto jamás. Nunca he agradecido tanto llevar vestido. Sube las manos por la parte exterior de mis muslos, las mete por debajo de la falda y las posa sobre la goma de mi ropa interior.

—¿Has hecho esto antes?

Me mira pasándose la lengua por el labio inferior mientras espera una respuesta.

—No, pero me muero por saber qué se siente.

—Vale. Yo también. Apóyate en la encimera.

Me baja las bragas por las piernas y me ayuda a levantar los pies agarrándolos por los tobillos para que pueda quitármelas. Luego me besa la cara interna del muslo, se echa una de mis piernas sobre el hombro y su cabeza desaparece bajo la falda.

Me cuesta no preguntarme en qué momento me van a fallar las piernas. O el corazón. Lo que sea que suceda primero.

Henry se toma su tiempo para besarme y acariciarme el interior de los muslos y el culo, sujetándome mientras intento no apartarme de él cuando el tacto de su barba incipiente sobre mi piel sensible me hace estremecer.

Entonces me abre con la lengua y me quedo sin respiración, echando la cabeza hacia atrás mientras me lame. Siento que se me eriza la piel y me aferro a la encimera que tengo detrás para seguir de pie. Gimo su nombre y me gano una palmada en el culo y, cuando vuelvo a gemir, Henry desliza lentamente un dedo en mi interior, moviéndolo hasta que puede añadir otro.

Tengo la sensación de que todo lo que viene después sucede en un abrir y cerrar de ojos. El placer se apodera de todo mi ser, aumentando cada vez más mientras me acostumbro a sentirme así de llena. Henry gruñe al tiempo que me tenso alrededor de sus dedos, lamiéndome a la velocidad y con la presión perfectas.

—Henry —gimo. Él deja de agarrarme el muslo con la mano que tiene libre, busca la mía y deja que me aferre a él con fuerza.

Están a punto de fallarme las piernas en el momento en el que alcanzo el clímax. Él se aleja de mí con cuidado, dejándome sensible e hinchada, me sube las bragas y se levanta para mirarme.

Debería decir algo, cualquier cosa, escribirle una carta de agradecimiento o construir un monumento en su honor. Pero no es necesario, porque el temporizador del horno suena y, a juzgar por su expresión de suficiencia, ese es todo el reconocimiento que necesita.

25

Halle

Mucho después de que haya acabado el partido y la gente haya empezado a marcharse, continúa el alboroto en la entrada del estadio.

He conseguido agenciarme una de las mesas altas con taburetes que hay alrededor del vestíbulo para intentar esbozar un capítulo del libro. Henry me ha puesto como deberes decir más veces que no, algo que estoy poniendo en práctica diciéndomelo a mí misma cuando intento hacer algo que no sea trabajar en mi proyecto, ahora que ha pasado Acción de Gracias.

El manuscrito fue una buena distracción de lo triste que me sentí el jueves cuando entré en la casa vacía después de trabajar y Gigi y Maisie tenían demasiado sueño para hablar. La señora Astor invitó a su familia y tuvo la amabilidad de dejarme un plato en la nevera. Además me robó a la gata, aunque tuvo el detalle de avisarme antes. Una de sus nietas es autista y Joy le ayuda a tranquilizarse en los bulliciosos eventos familiares, así que no me importa compartirla.

Pero a un proyecto hay que dedicarle tiempo y ahora que estoy más relajada, aunque solo sea temporalmente, debería dejar de autocompadecerme por ir retrasada y hacer algo al respecto.

Después de venirme abajo, mi productividad ha aumentado

de una forma sorprendente, o no tan sorprendente, según cómo se mire. Me he dado cuenta de que no me faltaba inspiración, algo que me preocupaba mucho, sino que estaba distraída.

La verdad es que dudo que alguien me juzgue por pasar tanto tiempo pegada a un jugador de hockey tan cariñoso y guapo, pero, aun así, soy una mujer con aspiraciones. Puedo tenerlo todo y lo tendré, solo necesito esforzarme de verdad. No puedo seguir distrayéndome con una cara bonita y una personalidad alucinante. A pesar de que sean la cara más bonita y la personalidad más alucinante del mundo.

Hablando de caras bonitas. Henry sale por la puerta en la que ahora hay dos carteles de PROHIBIDO EL PASO, para regocijo de la gente que todavía sigue por aquí. Estallan en vítores en cuanto lo ven y, aunque me hace feliz que lo ovacionen, sufro por su sensibilidad a los ruidos fuertes.

Intento concentrarme en pensar cómo voy a hacer que mis personajes se líen y se peleen, en lugar de intentar no reírme de la indiferencia de Henry cuando la gente se para a hablar con él. Cuando se le acercan dos chicas que llevan su nombre en el dorso de la camiseta, lo de prestar atención al portátil se me hace un poquito más difícil.

Oigo como una de ellas se ríe a carcajadas desde el otro lado del vestíbulo mientras la otra le pone la mano en el brazo a Henry. No puedo oír lo que dice él, pero sigo fingiendo que trabajo mientras lo veo acercarse por el rabillo del ojo. Se detiene a mi lado y, como el taburete en el que estoy sentada nos deja casi a la misma altura, puedo ver su sonrisa radiante cuando me giro para mirarlo.

—Hola. Has ganado —me limito a decir—. Dos veces seguidas y yo he estado presente en ambas. ¿Eso me convierte en tu mayor fan?

—Claro que he ganado. —Me besa apasionadamente mientras tira la bolsa al suelo para enredar las manos en el pelo de mi nuca. No se aparta hasta que la afición empieza a gritar al pasar. Luego apoya la frente en la mía—. Eres mi amuleto de la suerte. Te lo dije: es ciencia.

No solemos besarnos en público, ni siquiera después de lo

del hotel, pero al ver que las dos chicas con las camisetas de Turner se marchan indignadas, empiezo a pensar que ese beso no era solo para mí.

—Puedes ignorar a la gente. No hace falta que montes ningún numerito delante de ellos.

Henry se echa hacia atrás para mirarme, todavía con las manos en mi cuello.

—¿De qué estás hablando?

—Del beso. De las chicas de las camisetas. Ignóralas y listo.

—Ya lo he hecho. Y luego he venido aquí a celebrar la victoria.

—Mmm —refunfuño. Sigo teniendo la sensación de que me ha utilizado para enviar un mensaje a unas personas a las que está demasiado cansado para aguantar—. Si tú lo dices...

—¿Te estás poniendo difícil porque quieres discutir? —me pregunta—. No es que me parezca mal, pero ¿podrías aguantarte la mala leche hasta que lleguemos a casa? Si vamos a discutir por esto, deberíamos hacerlo en un sitio en el que podamos reconciliarnos.

Me quedo mirando fijamente su pecho y me encojo de hombros.

—No vamos a discutir, y tampoco me estoy poniendo difícil.

—Perdona. Quería decir «dramática». —Yo murmuro entre dientes que no lo soy y él me tira un poco de la coleta para obligarme a mirarlo—. Claro que lo eres. —Luego me roza los labios y me derrito como una blandengue—. Pero no me importa. Todavía no hemos discutido. Sería una buena experiencia para ti.

—Como vuelvas a llamarme dramática, sí que vamos a acabar discutiendo —mascullo.

Henry sonríe y, después de su mala racha, verlo tan feliz tras un partido me resulta maravilloso.

—Ese comentario no demuestra precisamente que no seas dramática.

—Vale, es oficial: vamos a discutir —declaro. En mi cabeza la frase suena seria e intimidatoria, pero él me dedica una de sus puñeteras sonrisas burlonas y me da un beso en la punta de la nariz, dejándome claro que le da absolutamente igual.

—¿Dos victorias y una discusión contigo? Eso sí que es tener suerte. Tengo que volver, pero me esperas aquí, ¿no? —Echa un vistazo a la pantalla del portátil, donde tengo abierto el documento de Word—. ¿Qué están haciendo hoy tus amigos imaginarios?

Eso suena un poco condescendiente y en realidad lo es, pero Henry empezó a referirse a mis personajes como «mis amigos imaginarios» cuando le dije que se me hacía raro que los llamara por sus nombres. Además, me gusta que demuestre interés ahora que de verdad tengo algo que contarle.

—Tienen problemas de comunicación y están mareando la perdiz en vez de decirse directamente lo que esperan el uno del otro.

Henry resopla.

—Como nosotros.

—Nosotros no tenemos problemas de comunicación —protesto—. Acabamos de comunicarnos que vamos a discutir porque me has besado para librarte de unas chicas a las que no quieres prestar atención por estar demasiado cansado.

—Halle —susurra Henry—. La única persona a la que quiero prestar atención es a ti. Tú y tus dramas sois más que suficiente para mantenerme ocupado. Te he besado porque me encanta hacerlo. Podría decirse que es mi obsesión. Es lo primero en lo que he pensado al salir de la pista de hielo. Estar aquí escuchando tus conflictos imaginarios me va a causar un conflicto real con Faulkner, pero merece la pena.

—Eso de la obsesión suena bastante dramático, que lo sepas —murmuro, hundiendo la cabeza en su pecho para que no me vea la cara—. Venga, vete a ejercer de líder y déjame con mis amigos imaginarios.

—Estoy deseando discutir contigo cuando acabe —dice Henry, dándome un beso en la frente.

—¿Podemos dejar la discusión para más adelante? Soy más partidaria de no pelearme contigo nunca —bromeo.

Él se ríe y asiente con la cabeza mientras se aleja. Hasta que vuelve a entrar por la puerta por la que está prohibido el paso no me doy cuenta de cuánta gente me está mirando. Saco los auriculares del bolso y me concentro en mis personajes, que siguen andándose por las ramas en vez de decirse directamente lo que quieren el uno del otro. Pero no pienso en el comentario de Henry de que son como nosotros, ni muchísimo menos.

No hay nada más antinatural que la casa de Henry en silencio.

Hace un rato estaba hasta los topes de personas celebrando la tan ansiada victoria, pero, antes de que se fueran, Henry les ha dicho que esta noche se iba a quedar en casa conmigo. Estoy segurísima de que ha dicho «con Halle» para que no insistieran y la verdad es que no me importa ser su coartada, si está cansado por tanta adrenalina.

Mientras yo me acomodaba en su cama con el portátil, él se ha ido a otra habitación y ha vuelto con la ropa de pintar y un lienzo en blanco debajo del brazo. Lejos de alimentar mi entusiasmo por verle hacer algo más que bocetos, se ha sentado en el suelo, ha abierto una pequeña paleta con pinturas y ahí sigue desde entonces.

No sé qué está pintando, pero como nunca me deja ver su obra, me da miedo preguntarle por si lo espanto y se va corriendo con su lienzo a otro lugar de la casa.

—Sé que me estás espiando —dice mientras pasa el pincel por la tela.

—«Espiar» suena fatal. Te estoy observando. Me encanta todo lo que haces, al menos lo poco que me enseñas.

Solo veo las cosas que hace para mí, no para sí mismo. Los dibujos de Joy, las flores que pinta porque ahora las prefiero a las de verdad, el retrato de Cuac Efron vestido de traje, como un caballero elegante... Por no hablar de las cosas que dibuja sobre mí.

Henry sujeta el pincel entre los dientes y se levanta del suelo con la paleta y la toalla sobre la que estaba sentado. Tira la toalla en la cama a mi lado y deja la pintura. Con una mano cierra el portátil y lo pone en la mesilla de noche, y con la otra se saca el pincel de la boca y lo posa junto a la paleta.

—¿Qué vas a hacer?

Henry se sienta a horcajadas sobre mis caderas para inmovilizarme.

—Pintar. ¿Puedo levantarte la camiseta?

—¿Me vas a pintar la barriga? —le pregunto, sabiendo lo que va a contestar antes de verlo asentir con la cabeza—. No es plana.

—No es la primera vez que te veo la barriga —replica él, como si estuviera diciendo una absurdez—. ¿Y qué más da?

—Pues que no está firme y tengo algunas estrías. —«Y casi seguro que habrá unos cuantos pelos negros debajo del ombligo que no me he depilado».

—Tener estrías no es nada raro. Yo también las tengo. —Henry se sube la manga de la camiseta, flexiona el brazo y lo gira hasta que se ven unas líneas tenues y descoloridas en el bíceps—. No tienes por qué sentirte insegura.

No es que le salte al cuello, pero sí me pongo un poco a la defensiva. Sé que mi cuerpo no es lo que la sociedad consideraría como «perfecto», pero me he esforzado mucho a lo largo de los años por quererme a mí misma mientras tenía la sensación de que todo estaba diseñado para convencerme de lo contrario.

—No me siento insegura. Me gusta mi cuerpo —digo—. Solo que no estoy acostumbrada a que los demás lo vean. Simplemente me preocupaba que no fuera un buen lienzo.

—Eres el lienzo perfecto, Halle. Toda tú. Pero me alegro de las dos cosas. A mí también me gusta tu cuerpo y me gusta ser el único que lo vea.

«El lienzo perfecto».

—¿Qué vas a pintar?

—Tendrás que esperar para verlo.

Me levanto la camiseta y me la meto por debajo del sujetador para que no le moleste. Sin mediar palabra, Henry se pone manos a la obra. Empieza dándome unas pinceladas grandes sobre las costillas y por debajo del ombligo, seguidas de cientos, o más bien miles, de pinceladitas más pequeñas. Tararea en voz baja, haciendo alguna pausa de vez en cuando para sentarse y apreciar su obra.

Cada pincelada es como un beso sobre mi piel y, cuando me pregunta si estoy bien, me limito a asentir con la cabeza porque todo esto me parece tan bonito que me siento abrumada. Es algo muy personal y especial, y Henry quiere hacerlo conmigo.

Se quita de encima de mí y se pone a mi lado para seguir pintando, tumbado boca abajo. Luego al otro lado y después entre mis piernas. De vez en cuando me pregunta si necesito algo, pero le digo que no porque no quiero que esto acabe nunca.

Cuando termina, me obliga a quedarme tumbada en la cama hasta que la pintura se seca para no estropear su obra maestra.

—¿Ahora me toca a mí pintarte? —le pregunto, moviéndome muy despacio mientras me ayuda a levantarme de la cama para ir hacia el espejo de cuerpo entero.

—No. Ya he visto tus garabatos. Dibujas fatal.

—A veces eres muy maleducado, ¿lo sabías? —gruño, mirándolo con el ceño fruncido por encima del hombro mientras cruzamos la habitación.

Me tapa los ojos mientras doy los últimos pasos.

—Todo el mundo me dice que no hace falta que filtre lo que digo, hasta que les suelto que dibujan fatal. ¿Preparada?

—Enséñamelo. —Henry aparta las manos, pero se queda detrás de mí y hunde la cara en mi cuello para darme un beso en el punto donde está el pulso. Sobre mi caja torácica, unos remolinos de color lila y malva se mezclan con varias nubes blancas nacaradas. Las suaves tonalidades rosas, azules y verdes decoran mi piel de una forma delicadísima, fundiéndose a la perfección con el blanco y el amarillo. Tardo un poco en darme cuenta de lo que es—. Te encantan los prados. Es lo primero que me dibujaste.

—Dedico mucho tiempo a imaginarme tumbado en ellos. Me parece que debe de ser muy relajante. Y además les he cogido cariño a las margaritas.

En la esquina inferior izquierda de mi tripa veo una «H»

escrita con un trazo grueso y negro. Es el único color fuerte que hay en mi barriga.

—Me has firmado.

Sus dedos acarician la piel que hay bajo la inicial.

—¿Cómo te sientes al verlo?

—Guapa —respondo sinceramente, con una sensación de mayor vulnerabilidad que antes—. Tú siempre haces que me sienta guapa.

—Te sientes guapa porque lo eres, Halle.

—Prométeme que me dejarás vivir la experiencia de tumbarme contigo en un prado.

—Prometido.

26

Henry

Los exámenes finales son el único momento del curso en el que siento que tengo ventaja académica respecto a todos mis amigos.

Siempre me salen bien porque he descubierto un sistema que funciona y saca lo mejor de mí. Los exámenes prácticos nunca me han estresado porque los disfruto mucho y para los escritos tengo mi sistema. Dejo que el terror por el peligro inminente vaya creciendo hasta que me voy convenciendo de que, si no empiezo a hacer algo, será imposible que apruebe y, entonces, me pongo a estudiar.

¿Es la estrategia perfecta? No. ¿Es perfecta para mí? Sí, y nunca me ha fallado.

Poppy me miró con la boca entreabierta cuando se lo expliqué a ella y a Halle. Yo le dije que me entraron ganas de tener esa misma reacción cuando ella me dijo que quería ser maestra de guardería.

De acuerdo, es posible que mi sistema no sea tan organizado como el horario ordenado por colores de Halle o las dos libretas de planificación de Anastasia..., pero soy el único que no ha entrado en pánico todavía por los exámenes de fin de semestre que están a la vuelta de la esquina. Y qué bien sienta, joder.

La relación profesional entre el profesor Thornton y yo está a punto de terminar por completo y jamás me ha hecho sentir tan bien no tener que volver a hablar con alguien nunca más. He sobrevivido. En gran parte, gracias a la bondad y la determinación de Halle, pero he sobrevivido.

Ahora solo necesito seguir sobreviviendo al hockey y puede que no termine echando por tierra mi paso por la universidad. Halle me miró con una expresión de puro pánico cuando le dije que pasaría más tiempo en el gimnasio en lugar de seguir su meticuloso horario. Creo que puedo afirmar que no me cree cuando le digo que como mejor hago las cosas es bajo presión.

Señaló que su preocupación no es por falta de confianza en mí, sino porque cada vez que he estado bajo presión en el hockey, como cuando hemos perdido, he tenido lo que ella llama «una crisis».

No entiendo por qué lo dice.

Cuando esta noche todo el mundo toma la decisión colectiva de centrarse en los libros de texto en lugar de en jugar al *beer pong*, me esfuerzo al máximo por parecer decepcionado.

Halle y Aurora sueltan risitas delante de mí susurrándose algo como si fueran niñas pequeñas.

—¿Qué?

—Nada —dice Halle enseguida, y vuelve a bajar la mirada hacia su trabajo.

Miro a Aurora y no digo nada porque sé que no me hace falta. Si me quedo mirándola el rato suficiente, me lo dirá. Tarda unos doce segundos.

—Eres muy mal actor, Hen. Nunca he visto a nadie tan aliviado por no tener que salir una noche.

—Pero si estoy hecho polvo, Aurora. No sé cómo no lo ves.

A mí me parece que sueno convincente, pero, por lo que sea, vuelven las risitas. No sé de quién ha sido la idea de organizar una sesión de estudio por la noche, pero si significa que no tengo que ir a una fiesta de fraternidad llena de gente sudorosa, me apunto de cabeza.

Se abre la puerta de casa y aparecen Russ y Robbie con bolsas de comida. Russ me mira y señala la sala de estar.

—¿Puedo hablar contigo?

—Claro.

Lo sigo y me siento a la mesa y tiendo la mano para que Russ me dé el burrito que me acaba de comprar.

Al momento, Russ me pone un portátil delante. Cuando levanta la pantalla, entiendo de qué se trata. El campus virtual me devuelve la mirada como salido de mis peores pesadillas.

—Hazlo, Henry. O no te doy la comida. Ahora no puedes esconderte de mí en casa de Halle. Estamos todos aquí y vas a hacerlo. Te prometí que te obligaría.

Saca la comida de la bolsa y sostiene el burrito enrollado con papel de plata fuera de mi alcance. Los dos sabemos que soy más rápido que él. Si me lanzase, seguramente podría alcanzarlo antes de que Russ tuviera la oportunidad de repeler el ataque.

—Anda, no hagas el tonto.

—Ponte a clicar, Hen. O lo haces o te tiro la cena a la papelera.

—¿Cuando te has ofrecido a traerme un burrito ya tenías esto pensado? —le pregunto pasando el dedo por el ratón del portátil sin hacer clic en nada.

—Sí.

—No soy un perro —refunfuño.

—¿Se ha puesto ya con ello? —grita Robbie desde la cocina.

Entra con la silla de ruedas a la sala de estar, donde estamos sentados a una mesa en la que, al parecer, voy a hacer la matrícula y no a comerme un burrito como pensaba.

Robbie me tiende un plato para la comida que no tengo y ocupa su lugar a la mesa al lado de Russ.

—¿Qué tengo que hacer yo para que tú hagas lo que tienes que hacer para el próximo semestre?

—¿Lo que acabas de decir tiene algún sentido? —pregunto, a lo que él pone los ojos en blanco.

—Hace un mes me prometiste que ibas a matricularte a tiempo. Es importante que no cargues con ese peso. También es importante que el entrenador no me despida si pasa lo mismo que en septiembre. Te doy lo que sea, Hen. Dime qué quieres, pero hazlo.

Debe de habérseme olvidado decirles que Halle me obligó a matricularme hace dos semanas, pero no puedo desaprovechar una oportunidad de sacar algo de Robbie.

—Pon tu usuario y contraseña y dime a qué clases quieres apuntarte y te lo hago yo —dice Russ—. Y así podrás olvidarte de esto hasta el curso que viene.

—Todavía no he decidido lo que quiero hacer —digo disfrutando de cómo se les abren los ojos a ambos—. A lo mejor me matriculo en la otra asignatura de Thornton.

—¿Cómo que no sabes lo que quieres hacer? Llevas, sin exagerar, meses quejándote de él —salta Robbie.

Russ destapa despacio su burrito y yo miro el mío con anhelo.

—¿Es a la que irán Aurora y Halle? ¿La del sexo?

Robbie deja de comer y me fulmina con la mirada.

—Por favor, dime que no estás pensando en pasar voluntariamente por otro calvario solo para estudiar sexo con Halle. Eso hacedlo en la cama como una pareja normal. No hace falta que te evalúen.

No le presto atención a que tanto él como Russ musiten «No somos pareja» antes de que pueda decirlo yo.

Me encojo de hombros con aire despreocupado.

—Parece interesante. Me gusta el arte del siglo XVIII.

—Necesitas echar un polvo —dice Robbie como si yo no fuera plenamente consciente de ello—. Se te ha ido la olla. Henry, prométeme que no vas a matricularte en esa asignatura. Puedes pasar con ella cada momento de tiempo libre que tengas, no hace falta que también estéis juntos en clase. El profesor no te gusta, ¿recuerdas? Que Halle sea lista de cojones y te lo haya puesto fácil no significa que tengas que pasar otra vez por lo mismo.

—Tampoco ha sido para tanto —respondo, y Robbie empieza a ponerse rojo.

—Creo que ahora que ya ha pasado lo estás viendo de color de rosa —interviene Russ con prudencia—. Sé que Halle te lo ha hecho más accesible, pero, cuando no estaba aquí, te quejabas de Thornton que daba gusto.

—No lo recuerdo —contesto.

Robbie está ya muy rojo. En su frente hace acto de presencia una vena que solo veo cuando vamos perdiendo.

—Pues yo sí —salta Robbie—. Estabas quejica de cojones. Tanto que hasta me parecía que iba a esa clase contigo.

Esto me está divirtiendo más de lo que parece justo.

—Si JJ estuviera aquí, me diría que lo hiciera. Y me permitiría comerme el burrito.

Robbie suelta una risa irónica por la nariz.

—JJ te dijo que te hicieras un piercing en la polla y tú le dijiste que preferirías nadar con tiburones hambrientos a aceptar consejos suyos, pero, claro, sobre esto vas y lo escuchas a él. Me parece curioso que pienses en JJ y no en Nate, que se negaría a dejar que te apuntaras a una clase de sexo.

Robbie tiene razón, dije justo eso, pero también es cierto que últimamente he seguido los consejos de JJ y todavía no ha salido todo fatal.

—¿Has empezado a hacer ejercicios mentales o algo? ¿Por qué de repente tienes memoria de elefante? —le pregunto a Robbie—. Y sabes que no es una clase de sexo, ¿no? Es sobre arte y literatura.

Robbie se mira el reloj y luego vuelve a mirarme a mí.

—Llevas cinco minutos con tonterías en lugar de haber pasado cinco minutos priorizando tu educación. Lo digo en serio, Hen. ¿Qué quieres?

—Quiero el burrito. Dámelo —le digo a Russ, y atraigo el portátil hacia mí dejándolo en un ángulo en el que no pueden ver la pantalla.

Russ me tiende el burrito y los dos se quedan sentados delante de mí soltando fuertes suspiros de alivio sin tener ni idea de que me están observando escribirle un correo sobre el burrito a Halle.

Tras un par de horas en las que todo el mundo ha hecho ver que estudiaba, Halle y Aurora se van con los otros chicos, cada uno a su casa. Quiero que Halle se quede, pero también quiero ponerme con su regalo de Navidad, que decidí que iba a hacerle hace solo un par de semanas. A ella le ha parecido bien no quedarse y ha dicho que aprovechará el tiempo libre para estudiar sin que la distraiga.

Me he dado cuenta de que dice muchas veces que la distraigo y me he pasado mucho tiempo intentando descifrar si me está lanzando indirectas para que pare. A cualquier otra persona le preguntaría directamente, pero sé que Halle me dirá lo que cree que quiero oír.

Cuando le pregunto si se arrepiente de haber decidido no volver a casa por las fiestas, me dice que no, pero noto que no es verdad. Baja la vista antes de sonreír, levanta mucho los hombros y ladea la cabeza antes de decir:

—Es lo que hay.

Cami y Aurora cuentan que a ellas les dice lo mismo y me entran ganas de hacer algo especial por ella. Y algo bueno que tiene Aurora es que le encanta inmiscuirse en los planes de los demás.

Estoy a punto de buscar la tablet para seguir con el regalo de Halle cuando oigo que gritan mi nombre en la planta de abajo.

—¿Qué? —respondo con otro grito.

—Halle te está llamando. ¡Quita el modo no molestar del móvil! —contesta Russ.

Joder. Seis llamadas perdidas.

—¡Perdona! Lo tenía en silencio —digo cuando Halle responde a mi llamada—. ¿Qué pasa?

—¿Me he olvidado el cargador del portátil en tu casa? —pregunta alterada.

Miro por la habitación y lo veo en el suelo al lado de las zapatillas de ir por casa que se ha dejado aquí.

—Sí.

—Es que estoy avanzando mucho con este capítulo y el portátil está a punto de apagarse. Se me va a olvidar todo lo que quiero escribir. Madre mía, ¡no me puedo creer que me lo haya dejado! ¿Dónde tengo la cabeza? —dice. La oigo rebuscar al otro lado de la línea—. ¿Me lo puedes traer, por favor? Iría yo, pero tengo que apuntar todo lo que me ha venido a la cabeza.

—Ya voy —contesto, orgulloso de ella por habérmelo pedido—. Estaré ahí enseguida, que no se te olvide nada.

—¡Date prisa! —grita.

Cojo una sudadera y meto el cargador en el bolsillo.

Russ me deja su camioneta para que no tenga que ir a casa de Halle corriendo y vuelvo a acordarme de que tendré que comprarme un coche en algún momento. Buscar coche es aburrido y cada vez que intento decidir cuál quiero termino distrayéndome.

Solo tardo diez minutos desde que salgo de casa hasta que aparco en el camino de la de Halle y, cuando entro por la puerta que casi nunca cierra con llave aunque debería, me la encuentro tumbada en el suelo de la sala de estar rodeada de hojas de papel rayado cubiertas de una versión frenética de su buena letra.

—¡Se me ha apagado el ordenador! —dice, y arranca una hoja de la libreta y la deja caer en la pila creciente de papel—. No puedo hablar.

No abro la boca mientras enchufo el cargador y lo conecto al portátil. Cojo a Joy, que se pasea peligrosamente cerca de la pila de papeles de Halle, y me la coloco debajo del brazo mientras voy a la cocina, pongo algunos tentempiés en un plato y saco una botella de agua de la nevera. Lo dejo todo en el suelo al lado de donde está tumbada Halle y me siento en el sillón con Joy.

Es fascinante observar un proceso tan puro, tan crudo. Normalmente, cuando escribe, le está gruñendo al portátil o está tan metida en ello que desconecta y no oye cuando le hablo. Y las veces que me acuerdo de preguntarle cómo va el libro, cambia de tema enseguida o ignora la pregunta si lo que ha escrito es bueno.

Joy está ronroneando en el centro de mi pecho cuando veo que Halle tira el boli y se apoya en los antebrazos.

—Hola.

—Hola. Te he enchufado el ordenador.

Levanta la cabeza y mira las hojas esparcidas a su alrededor.

—Me daba miedo que se me escapase la escena.

Pongo a Joy a mi lado y abro el brazo.

—Ven y háblame de ella.

Halle se levanta del suelo y se sube a mi regazo pasando las piernas por encima del brazo del sillón.

—Pues no sé qué decirte. Supongo que cuando vuelva a leerla no tendrá sentido.

—Cuéntame lo que sea. Me gusta oírte hablar.

Le paso la mano por la espinilla, arriba y abajo, mientras ella piensa por dónde empezar.

—Estoy intentando terminar el segundo acto, pero como el giro de la trama es que ella va a casarse con otro, he escrito sobre la relación básicamente sin saber con quién se casará.

—Sigo esperando que al final mi amigo triunfe, pero continúa.

—Y entonces he pensado que estaba en el altar de la iglesia, pero ¿por qué iba a estar alguien siquiera en la iglesia cuando se casa su ex? Tremendo error de la trama, Halle. Y, peor aún, ¿por qué iba a estar en el altar? Entonces me ha venido: ¿y si ella se casa con alguien a quien él conoce, como su mejor amigo, por ejemplo?

No me gusta por dónde va, pero está tan emocionada que no quiero interrumpirla.

—Y eso me ha hecho pensar en cuando Will y yo lo dejamos y él se quedó con todos los amigos, pero ¿y si cuando cortaron mis personajes ella se hubiera quedado con el amigo, con su mejor amigo? ¿Y si se hubiera estrechado su relación porque ambos esperaban algo más de esa persona y estar juntos mientras pasaban el duelo por lo que hubiera podido ser en lo romántico y en la amistad les hubiera dado paz?

—¿Eso es sobre lo que has estado escribiendo? ¿Sobre ella y el amigo de él?

—Más o menos. Por lo menos he empezado a preparar el terreno. No dejo de pensar: ¿cuál es el precio del amor? ¿Y cuánto es demasiado? ¿En qué momento miras las decisiones que estás tomando y decides que el precio que tienes que pagar es demasiado alto? ¿Cuánto deberíamos sacrificar por alguien que nos importa? —Está radiante y no puedo dejar de mirarla—. Estoy llegando al último acto y la verdad es que no tengo ni idea de lo que va a ocurrir, así que quería plasmar todas las ideas que tenía antes de volver a bloquearme. —Me rodea la cara con las manos y me besa con suavidad—. Gracias por venir tan deprisa.

—¿Cuándo supiste que querías ser escritora? —le pregunto. No me puedo creer que no se lo haya preguntado nunca.

—Cuando tenía unos seis o siete años. Mi madre me llevó a una actividad para niños en la biblioteca en la que la autora de un libro estaba leyéndolo en voz alta y me pareció superemocionante y especial. Ni siquiera recuerdo quién era la escritora, pero todo el mundo estaba pendiente de cada palabra que decía y decidí que quería ser como ella.

—Quiero ver a la gente pendiente de cada palabra que tú dices en una biblioteca —le respondo en voz baja, y apoyo la mano en su muslo.

Ella la coge y me besa los nudillos con suavidad.

—Ojalá.

27

Halle

Salir a pasear bajo el aire frío de diciembre sabiendo que no tengo que volver a pensar en la universidad hasta la primera semana de enero me hace ver la vida de color de rosa.

Cuando salgo del edificio de Literatura con Rory, Henry está sentado en un banco concentrado en el móvil y completamente ajeno al grupo de chicas que están hablando de él a su izquierda. Vamos hacia allí y, cuando llego a su lado, levanta la vista y me sonríe de una forma que me acelera el corazón.

—¿Soy yo o el oxígeno está oxigenando más hoy? —le pregunto mientras se levanta, se guarda el móvil en el bolsillo y me da un beso en la mejilla.

—Hoy Halle está muy rara —dice Aurora—. Pero rara de narices y extrañamente alegre.

Henry frunce el ceño y arruga la nariz de esa forma tan característica suya.

—Eres tú. El aire está como siempre.

—Pienso aprovechar las vacaciones de invierno para hacer un montón de cosas y estoy feliz porque voy a dejar de sentirme como una fracasada —digo—. Voy a darle un empujón a todo lo que tengo pendiente y poner orden en mi vida.

—Qué aburrido suena eso. ¿Es que tu vida puede estar todavía más en orden? —me pregunta Henry, quitándome la mochila llena de libros del hombro para echársela sobre el suyo.

No me molesto en contestarle porque no tiene ni idea de cuántos capítulos a medio escribir y a medio pensar tengo ahora mismo acumulando polvo virtual en el portátil. También me falta por pasar al ordenador el capítulo que, no sé por qué, decidí escribir a mano. Se suponía que ya debería haber acabado el primer borrador para poder dedicar los dos próximos meses a corregirlo antes de presentarlo en marzo. Todavía no he terminado la segunda parte y no tengo ni idea de lo que pasará en la tercera.

Voy retrasadísima, pero he decidido tomarme el hecho de tener que trabajar todas las Navidades como algo positivo en lugar de como un coñazo y, cuando empiecen otra vez las clases, volveré a ser la Halle de siempre, centrada y organizada.

—Eso digo yo. Si eres una de las personas más sistemáticas que conozco. Pero hablando de gente que no tiene la vida resuelta... —dice Aurora, girándose hacia Henry—. ¿Sigues cagado de miedo? ¿Cuándo tienes el último examen?

—Eres muy crítica conmigo para ser una persona que necesita terapia urgentemente —replica Henry y, aunque yo me quedo con la boca abierta, Aurora se echa a reír—. Hoy por la tarde y no estoy nada preocupado.

—Qué divertido es mentir, ¿verdad? A mí también me lo parece. —Aurora baja la vista hacia el móvil y sonríe—. Russ me acaba de mandar un mensaje diciendo que ya ha terminado. Vamos a hacer algunas compras de Navidad, ¿necesitas algo?

Al principio creo que Aurora está hablando con Henry, pero luego me doy cuenta de que me está mirando a mí.

—Perdona, ¿qué?

—Que si has terminado con las compras de Navidad o necesitas ayuda. Vamos a ir al centro comercial, pero si quieres algo en concreto, puedo usar el servicio de *personal shoppers* de mi madre. Pueden envolverte los regalos y enviártelos a Phoenix.

Sé que no es para tanto, pero el ofrecimiento de Aurora me pilla por sorpresa. Ya me hizo un favor enorme al buscar el regalo conjunto de mi madre cuando mis hermanos no paraban de acosarme, pero no me esperaba que quisiera ayudarme con los de nadie más.

Tampoco se me ocurre ninguna ocasión en la que alguien se haya ofrecido a ayudarme en Navidad. Siempre soy yo la que me encargo de que todo el mundo tenga el regalo adecuado para los demás y es algo que la gente da por sentado.

—Ya lo tengo todo listo, pero gracias por ofrecerte.

—¡De nada! Mándame un mensaje si se te ocurre algo. Adiós, tortolitos.

Aurora se acerca el teléfono a la oreja mientras se aleja y, cuando ya no puede oírnos, Henry habla por fin.

—Tengo dos horas libres. ¿Quieres romper conmigo la regla de «prohibido magrearse en la biblioteca»?

Suelto una carcajada inesperada y Henry tira de mí hacia él, riéndose también. Posa las manos en mi cuello y me inclina suavemente la cabeza hacia atrás para que lo mire.

—Por muy navideño y poco exhibicionista que suene, le prometí a Inayah trabajar en Encantada un par de horas para ayudarle con los regalos de última hora de la gente. Todo el mundo está empezando a marcharse ya a casa por Navidad.

Henry hace un pucherito.

—¿Me estás diciendo que no?

—Si no paras de insistirme para que lo haga.

Él me acaricia la mandíbula con el pulgar.

—Pero me refería a los demás, no a mí.

—Pues las instrucciones no estaban claras, así que a partir de ahora pienso decirte que no a todo lo que me pidas.

—¿Me estás tomando el pelo? Después quiero que salgamos por ahí para celebrar que has sobrevivido a Thornton.

Tengo la sensación de que todo el mundo nos mira, pero intento autoconvencerme de que son imaginaciones mías. Estamos muy juntos, hablando en voz baja, mientras Henry me acaricia la cara con dulzura. No sé cómo hemos llegado hasta aquí, pero quiero quedarme así eternamente.

—Acabo de prometer decirte que no a todo lo que me pidas —bromeo.

—Yo no te he pedido nada. —Abro la boca para protestar, la cierro y vuelvo a abrirla de nuevo, pero no se me ocurre nada que contestar porque me ha pillado—. ¿Te ha dado un ictus? ¿Qué te pasa?

—Tú, Henry Turner. Tú eres lo que me pasa. Me estás pasando constantemente.

Se acerca poco a poco y sonríe antes de besarme de una forma que me hace sentir un hormigueo en todo el cuerpo.

—¿Y eso es bueno?

—Sí.

—Te dije que no ibas a ser capaz de negarte.

—¿Qué me pongo para salir después? —le pregunto, al parecer aceptando su no invitación sin resistencia alguna.

Henry me sujeta el pelo detrás de la oreja.

—Algo que te guste.

—Eres superútil.

—Ya lo sé. Es uno de mis innumerables talentos.

El día se me pasa volando y doy gracias por no tener que trabajar a jornada completa en una tienda.

Para intentar relajarme un poco después del caos de Encantada, decido ponerme un rato con el libro y al final me quedo sin tiempo para buscar dos zapatos del mismo par. Cuando Henry llega a mi casa, solo tengo uno. Me cuesta horrores no ponerme a babear cuando, al levantar la vista del suelo del armario en el que estoy arrodillada, me encuentro a Henry con traje y camisa blanca.

—¿Por qué me estás comiendo con la mirada? —me pregunta, apoyándose tranquilamente en el marco de la puerta.

—¡Yo no te estoy comiendo con la mirada! —protesto, aunque es muy probable que sea cierto—. Vale, es por el traje.

—Si me ves de traje todas las semanas.

—Pero ese traje es diferente. —No entiendo nada de moda masculina, pero este parece diseñado para amoldarse a todos y cada uno de sus músculos. No es demasiado ajustado, pero sí lo suficiente como para realzar su cuerpazo—. Te queda muy bien.

Henry se limita a sonreír, algo que interpreto como que está de acuerdo conmigo. Luego mete la mano en el bolsillo interior de la chaqueta y saca un papel doblado.

—Iba a dibujarte unas flores, pero pensé que te aburrirían.

—Nunca podría aburrirme de tus creaciones. —Abro el trozo de papel que me tiende y me topo con un retrato mío. Estoy en el salón leyendo un libro con Joy en el regazo. Parece una fotografía—. ¿Lo has hecho de memoria?

—Sí. Lo empecé hace un par de semanas, pero lo acabé ayer por la anoche.

—¿No dijiste que ayer por la noche estabas estudiando? —le pregunto en voz más alta de lo normal.

—No, dije que estaba ocupado trabajando, no que estuviera estudiando. —Abro la boca de par en par—. Halle, como sigas arrodillada en el suelo delante de mí con la boca abierta, vamos a acabar teniendo una noche muy distinta a la que había planeado. Dame las gracias y espabílate.

Todo mi cuerpo entra en calor.

—Gracias.

—De nada y tú también estás muy guapa.

Henry se me queda mirando hasta que por fin encuentro el otro zapato y me tiende la mano para ayudarme a levantarme del suelo.

—Ya tengo los dos zapatos. Estoy lista. ¿Puede saberse a dónde vamos?

—No —responde él, sonriendo—. Es una sorpresa.

Colocamos el muro improvisado de cartón alrededor del árbol de Navidad para evitar que Joy intente trepar por él y dejamos puesto el disco navideño de Destiny's Child para que le haga compañía. Estoy convencida de que, si le dejara, Henry se la llevaría con nosotros a todas partes en una de esas mochilas para gatos.

Avanzamos lentamente entre el tráfico en un agradable silencio, con la radio de fondo. Henry me pone la mano sobre la cara interna del muslo e intento mantener la compostura.

Luego baja el volumen de la radio y se gira en el asiento para mirarme mientras nos movemos a paso de tortuga por la carretera.

—¿Has escrito algo hoy?

—Como unas mil palabras, antes de empezar a arreglarme. Estaba agotada después de haber estado ayudando en la librería.

—¿Y qué han hecho tus amigos imaginarios en esas mil palabras? —me pregunta Henry, mirándonos alternativamente a la carretera y a mí—. ¿La protagonista ya está saliendo con su amigo?

—No, en el libro hay saltos temporales para poder narrar los momentos clave de la historia. Ahora estoy con el pasado. Está preocupada por si le gusta su amigo más que ella a él, porque no suele salir con chicas. Como tiene miedo de que le haga daño, está un poco recelosa, cosa que él no soporta. Ella quiere que él le demuestre que la merece antes de dejarse llevar y él quiere que ella confíe en que él puede ser la persona que necesita porque lo que tienen es lo suficientemente especial como para arriesgarse.

—¿Y él es capaz de cambiar por ella?

—No.

Henry sigue concentrado en la carretera y en mí, lo que me permite ver su ceño fruncido.

—¿Por qué?

—¿Quieres que te destripe el libro? —Él asiente—. Todavía no lo sé. Lo estoy escribiendo sobre la marcha. Sobre todo porque no tengo muy claro si una persona debería cambiar al enamorarse de otra. ¿En qué momento vuelves a ser la persona que eras antes? ¿Es amor verdadero si tienes que convertirte en alguien diferente para conseguirlo?

—No estoy de acuerdo —dice Henry—. Yo creo que la persona adecuada te convierte en la persona que deberías haber sido desde el principio. No creo que te conviertas en alguien diferente. Según tu teoría, la gente tampoco podría cambiar a causa del resto de factores no románticos que la hacen evolucionar.

—¿Por qué dices eso?

—Tengo amigos que han cambiado a mejor al enamorarse de la persona adecuada. Si la gente solo se enamorara cuando la otra persona fuera la pareja perfecta, no existirían las relaciones complicadas. La gente no puede controlar cuándo se enamora. Tú querías amar a Will, pero no pudiste.

Asimilo lo que dice y me parece que dista mucho de lo que comentó en la primera cita, cuando estuvimos hablando de mi idea.

—¿No decías que no había que dar más valor al amor romántico que a otros tipos de amor?

—¿No decías que lo complicado era emocionante? —Me aprieta la pierna con actitud juguetona—. ¿En serio tiene que casarse con otro?

—Aún no lo he escrito, pero sí. Ese es el plan.

—Pues no pienso dejar de insistir —replica Henry, resoplando—. No he perdido la fe en mi hombre imaginario. Seguro que se saca algún truco de la manga y la conquista.

El tráfico mejora y volvemos al agradable silencio habitual. Me doy cuenta de a dónde vamos cuando Henry toma una salida que me resulta familiar y enseguida me alegro de haber encontrado el otro zapato plano. Siempre he querido visitar la galería de arte Byrd & Bolton, pero no tenía a nadie con quien ir.

Henry sale del coche, viene rápidamente hacia mi lado, me abre la puerta y extiende la mano.

—Lo de la galantería lo tienes totalmente controlado —bromeo.

—Es por el traje, que me hace actuar así. —Entrelaza los dedos con los míos, como ha hecho hace un rato.

Luego saca dos entradas, mientras nos acercamos a la puerta, y las pasa por el lector para abrir la barrera.

—Tenía muchas ganas de venir aquí —confieso—. Gracias por traerme.

—Hace tiempo que me apetecía hacerlo. Pero quería tener algo especial que enseñarte.

Dejo que me guíe a través de la primera planta. Me agarra por la cintura para apartarme con delicadeza del camino de una persona que viene hacia nosotros, leyendo con atención un folleto. Luego me acaricia el antebrazo con el dedo.

—Tienes la piel de gallina. ¿Tienes frío?

—El aire acondicionado está un poco alto —miento descaradamente. Puede que mentir esté mal, pero es mejor que admitir que mi cuerpo hace cosas raras e incontrolables en su presencia—. No debería haberme puesto este vestido.

—El vestido es perfecto y tú estás perfecta con él —dice Henry, quitándose la americana. Antes de que me dé tiempo a rechistar, me la pone sobre los hombros—. No quiero que te enfríes.

—Gracias —digo. O más bien susurro.

—¿Por qué hablas tan bajo?

—No lo sé.

Me mira extrañado y vuelve a agarrarme de la mano.

—En teoría está ya ahí.

Pasamos por delante de los carteles de una exposición de artistas jóvenes locales que dura todo el mes de diciembre. Henry se detiene ante un cuadro enorme.

Es tan realista que parece una fotografía. Representa a dos mujeres sentadas a una mesa al aire libre, con el mar azul claro y unas casitas blancas como telón de fondo. Tienen las manos entrelazadas sobre la mesa, entre dos copas de vino, y se están mirando. La mujer de la izquierda tiene la piel clara y el pelo rubio oscuro cortado a la altura de la clavícula. Lleva desabrochado el botón de arriba de la camisa azul y blanca, y en la delicada cadena que le cuelga del cuello consigo distinguir a duras penas las iniciales «Y» y «H».

Me fascina la forma en la que el artista ha plasmado su risa; tengo la sensación de estar entrometiéndome en un momento de intimidad.

La otra mujer tiene la piel morena y el pelo largo y cobrizo trenzado hasta la altura del pecho, donde las trenzas se convierten en un montón de ricitos idénticos. Su cara me suena mucho; es como si la conociera. La parte de su atuendo que queda a la vista es de color amarillo Nápoles muy clarito, pero lo que me impide apartar los ojos de ella es su sonrisa.

Es una escena cautivadora y, aun sin tener conocimientos de arte, salta a la vista el tiempo y el esfuerzo invertidos en la obra.

Está hecha por alguien que ama a esas mujeres, no me cabe la menor duda.

Debajo del nombre del cuadro hay una placa rectangular mucho más pequeña con letras negras sobre fondo blanco.

DOS MUJERES ENAMORADAS
HENRY TURNER

—¿Lo has pintado tú? —Intento que no se me note la sorpresa en la cara, porque creo que con este hombre me paso demasiado tiempo con la boca abierta—. Henry, es impresionante. ¿Son tus madres?

Él asiente.

—Me alegro de que te guste. Hala, ya podemos irnos —dice, poniéndome la mano en la cintura.

—¡Un momento! —susurro, girándome hacia él—. Acabas de enseñarme una de tus obras, Henry.

—¿Por qué me lo dices como si no hubiera sido idea mía?

—Porque esto es importantísimo para mí. Aunque no te gusta que la gente vea tu obra, me estás enseñando voluntariamente un cuadro en el que no salgo yo o que no está inspirado en mí. ¿Entiendes lo especial que me hace sentir eso?

—Tú eres especial, Halle —replica él, acercándose para darme un beso en la frente.

—Por favor, háblame del cuadro. ¿Cuándo lo pintaste? Debe de haberte llevado muchísimas horas. ¿Dónde es?

—Lo hice durante las vacaciones de verano. Russ estaba trabajando en un campamento, Nate, JJ y Joe ya se habían ido y Robbie estaba con Lola visitando a sus padres. Tenía mucho tiempo libre. Fue en su viaje de aniversario a Grecia, el año pasado. Les presté mi cámara para el viaje y la encontré cuando estaba buscando otra cosa. Se las ve tan felices en esa foto que decidí pintarla.

—¿Y qué les ha parecido?

—Caray, menudo interrogatorio me estás haciendo. No lo han visto todavía. Olvidé decirles que lo había presentado. Las dos tienen vacaciones en Navidad, así que les preguntaré si quieren venir a verlo alguno de los días que voy a estar en casa.

—Pues claro que querrán venir a verlo, Henry. Por supuesto que querrán. Estoy orgullosísima de ti y es un honor que hayas querido compartirlo conmigo. ¿No quieres que te haga una foto con él? Es un momento muy especial. Deberíamos inmortalizarlo de alguna manera.

Henry me mira como si me hubieran salido tres cabezas.

—No, gracias.

—¿No quieres una foto para enseñárselo a la gente? ¿O para recordarlo?

Pienso convencerlo aunque tenga que agarrarlo y ponerlo al lado del cuadro.

—Si alguien quiere verlo, puede venir aquí. Es una galería de arte —dice él, tranquilamente. La gente pasa a nuestro lado sin pararse a prestar atención a las dos personas que están frente a frente, debatiendo la una con la otra—. Me da igual el resto del mundo. Quería enseñártelo a ti y ya lo he hecho.

—Pero quiero vivir la experiencia de hacerte una foto junto a tu preciosa obra de arte —le digo, haciendo un mohín. Una táctica infantil, pero espero que eficaz.

Henry niega con la cabeza, sonriendo.

—Estoy demasiado ocupado para hacerme una foto. —Se encoge de hombros, ladea la cabeza y me mira como diciendo: «¿Qué se le va a hacer?»—. Número uno del reglamento de conducta de Henry y Halle: tenemos que ser sinceros sobre lo ocupados que estamos.

—Eres insufrible.

Ahora sí que está sonriendo de oreja a oreja.

—¿Y si llegamos a un acuerdo? —Henry me agarra por la cintura con ambas manos, y el pulso me rebota en todo el cuerpo mientras me hace retroceder lentamente. Solo se oye el sonido de mis pies sobre el suelo y nuestras respiraciones. Cuando noto la pared detrás de mí, él se detiene y me suelta para echarse hacia atrás unos cuantos pasos. Saca el móvil del bolsillo y lo levanta—. Te haré a ti una foto con él.

—Estás de broma.

—Si quieres que salga bien, te recomiendo que dejes de hablar y empieces a sonreír, porque en esta última pareces la niña de *El exorcista.*

—Vaya forma de escaquea...

—Uy, otra más.

—¡Vale! —digo antes de posar sonriendo junto a su cuadro.

Al cabo de diez segundos, por fin baja el teléfono.

—Guapísima.

—¿Puedo verlas? —Henry asiente, se acerca y me pasa el móvil—. Voy a borrar todas las malas.

—Si son mis favoritas —protesta él mientras abro la galería del móvil.

No estaba bromeando: de verdad parezco la niña de *El exorcista.* Me tiro más tiempo borrando fotos horribles que mirando las buenas, pero al menos sé que no voy a venir aquí un día y verlas colgadas en la pared.

—¿Has acabado de ejercer de crítica fotográfica? Tenemos una reserva para cenar y me muero de hambre.

—No he acabado de ver tu obra —replico. Nos quedamos el uno al lado del otro en silencio, codo con codo, observando a las dos personas que han convertido a Henry Turner en el hombre que es—. ¿Cómo te sientes cuando lo miras?

Se toma su tiempo para reflexionar sobre la pregunta, pero no me importa esperar.

—Afortunado. ¿Y tú?

—Agradecida.

28

Henry

Normalmente no me gusta mucho la fiesta de Navidad que damos en casa, pero este año la sensación es distinta.

Robbie ha relajado un poco sus excentricidades festivas desde que ha empezado el máster. Sé que tiene mucho que hacer además de intentar demostrarle a Faulkner y a la junta rectora que es lo bastante responsable para que le den una plaza con contrato indefinido cuando termine el curso. De todos modos, vamos a dar la fiesta de disfraces que damos siempre, pero con la diferencia de que Robbie no se ha vuelto loco como en años anteriores.

Dice que es una forma de demostrar madurez y no le gustó mucho cuando le señalé que parecía más bien una mala gestión del tiempo, porque se le había olvidado pedir la decoración con margen para que llegase.

Dicho eso, la casa tiene pinta de que el mismísimo Michael Bublé ha vomitado por todas las habitaciones de todas formas. Michael —me he visto obligado a oírlo tanto que me parece que puedo llamarlo ya por el nombre de pila— lleva sonando toda la semana. Entre examen y examen, hemos ido decorando la casa para cumplir las exigencias de Robbie. Lola ha intentado ayudar, pero se distrae con facilidad y no se le da muy bien aceptar órdenes. Cosa curiosa teniendo en cuenta que quiere ganarse la vida en un escenario. Enseguida expulsé a Aurora y Poppy por tener cualidades parecidas, pero Halle, Cami y Emilia han ayudado mucho.

Ya estoy borracho cuando los invitados empiezan a llegar, lo cual hace más tolerable que todo el mundo me dé palmaditas en la espalda por nuestra reciente mejora en el juego. La gente no deja de pararse a saludarme y a charlar mientras yo intento mezclar un ponche en un cuenco para Halle. Varias mujeres con las que me he acostado no dejan de querer hablar conmigo. Les he estado diciendo con educación que no estoy disponible y eso ha hecho que se les hundiese la expresión antes de alejarse.

Vale, puede que técnicamente no tenga novia, pero, desde luego, no estoy disponible y a la persona con la que no estoy disponible le gusta mucho este ponche en el que intento centrarme.

Después de que a algunas personas a las que conocemos les pusieran droga en la bebida hace un par de meses, dejamos de preparar bebidas para compartir, pero esta noche haremos una excepción porque pienso proteger la ponchera con mi vida.

Viene Cami y es la primera fiesta a la que va desde octubre, así que hemos ideado un sistema para separar su bebida de la del resto de la fiesta para ayudarla a que se sienta cómoda. Poppy directamente ha dejado de beber alcohol. Dijo que entraba en pánico en cuanto empezaba a hacerle efecto.

Russ se apoya en la encimera a mi lado.

—Ir rompiendo corazones no es una actitud muy navideña.

Lo único que he roto hoy es el muérdago que había encima de la puerta de entrada. Se ha ido directo a la basura. No pienso dejar que uno de los chicos tenga la oportunidad de besar a Halle cuando llegue.

—¿De qué hablas?

—Hay como tres mujeres en el jardín comparando teorías conspiranoicas acerca de por qué no les prestas atención. —Le da un sorbo a la cerveza para no echarse a reír—. Igual les hace falta un grupo de apoyo cuando vean la publicación.

—¿Por qué todas las personas que me rodean son tan pesadas?

Me he despertado esta mañana con un millón de mensajes en el grupo de los amigos porque la capciosa página de cotilleos de la universidad había publicado una foto mía besando a Halle cuando ella salió ayer del examen. No le he hecho mucho caso porque me da igual, pero Halle ha pasado mucha vergüenza hasta que le he recordado que no puede avergonzarse cuando está conmigo.

Le echo al ponche el último chorro de vodka y nos sirvo dos vasos para probarlo. Cuando Russ da un sorbo, le entra un espasmo en el ojo y se le arruga la cara, me doy cuenta de que se me ha olvidado poner el zumo de naranja y de piña y de que básicamente le he dado alcohol con sabor a limón.

—Lo siento, tío.

—Creo que me suda la lengua. ¿Eso puede pasar?

—Es por el limón... O igual por el tequila y el vodka, no lo sé seguro —digo riéndome por cómo se le retuerce la cara.

—No quiero incomodarte, pero me alegro de que hayas recuperado la chispa después de haber pasado una mala época —dice Russ, y en ese momento me doy cuenta de que él también va algo achispado—. Eres muy buen amigo y muy buen capitán.

—¿Por qué tienes que incomodarme así? —le pregunto.

Él se frota la nuca con la palma de la mano y luego finge ponerse bien el gorro de Papá Noel.

—Ahora ya lo he soltado y no puedo volver atrás. Voy a esperar a que aparezca Rory y a que Robbie anuncie el juego.

Si Halle se sonroja de vez en cuando, Russ se sonroja a menudo. Hasta la punta de las orejas. No me gustan demasiado estas conversaciones con el corazón en la mano —siempre me parecen embarazosas e innecesarias—, pero comprendo lo que cuesta empezar una.

—Gracias por decirlo. Te lo agradezco.

Por suerte, las chicas no tardan mucho en llegar. Halle me ha dicho que ahora su parte favorita de cualquier plan es arreglarse. Siempre ha querido un grupo grande de amigas con las que poder hacer cosas y ahora lo tiene.

Veo la aureola blanca que lleva en la cabeza bamboleándose

entre la multitud cuando se abre paso hasta donde estoy yo en la cocina. El vestido blanco que lleva termina a medio muslo y de la espalda le salen unas alas blancas emplumadas.

—¿Vas de Cuac Efron? —le pregunto mirándola de arriba abajo.

Ella me rodea el cuello con los brazos y me besa, lo que me pilla del todo desprevenido. Cuando se echa atrás y me mira, me doy cuenta de que va algo alegre también. Me ha dicho antes que estoy a cargo de no dejar que se emborrache para que luego, de resaca, no se convierta en una pesadilla. Es un plan al cual no tengo ningún inconveniente en sumarme.

—¿Te parezco un pato? Pero ¡si voy de ángel!

Aurora aparece detrás de ella vestida de verde.

—Y ¿de qué vas tú? —le pregunto.

—Pues de árbol de Navidad, ¿de qué va a ser?

Me muestra el vestido con gestos de las manos como si, no sé cómo, tuviera que haberlo deducido solo con verla.

—Las dos estáis geniales para ir de pato y de planta.

Emilia y Poppy aparecen detrás de ellas con Cami e intento adivinar qué se supone que representa su ropa antes de tener que pasar por lo mismo otra vez.

—¿Vosotras vais de fichas de dominó? —pregunto.

Emilia se ríe por la nariz, pero Poppy, quien supongo que se ha encargado de los disfraces a juzgar por su reacción, parece ofendida.

—¡Vamos de muñecas de nieve!

Por último, miro a Cami y enseguida me entran ganas de rendirme.

—¿Te has aficionado al *patchwork* durante el tiempo que no has salido de fiesta?

—Es evidente que voy de Sally de *Pesadilla antes de Navidad*. —Se cruza de brazos—. A ver, ¿de qué vas tú?

—En primer lugar, *Pesadilla antes de Navidad* es una película de Halloween. —Señalo el mismo gorro que me he puesto ya tres Navidades seguidas—. Y es evidente que yo voy de Papá Noel.

Las cinco se me quedan mirando con la misma expresión,

pero no consigo descifrarla. ¿Respeto, tal vez? ¿Asombro y maravilla? Los brazos de Halle abandonan mi cuello y bajan por mi cuerpo hasta que llegan al dobladillo de la camisa y tiran de él.

—Pero si ni siquiera te has disfrazado.

Me encojo de hombros.

—Soy Papá Noel de paisano. Estoy comprobando que la información que tengo en la lista es correcta... o algo así.

—Eres el auditor de Papá Noel. —Aurora niega despacio con la cabeza—. Increíble y, aun así, muy típico de ti. Enhorabuena por la dedicación constante al mínimo esfuerzo.

—En las cosas importantes, lo doy todo.

—Eso dicen, tigre —responde, y Halle se vuelve despacio a mirarla.

Yo las observo a las cinco.

—¿A ninguna se le ha ocurrido ir de las Spice Girls? ¿En plan Spice Girls navideñas?

—¿Y tú cómo sabes quiénes son las Spice Girls? —pregunta Aurora negando con la cabeza.

Creo que está molesta porque yo he visto el parecido y ella no. No sé cómo no se les ha ocurrido si todas encajan a la perfección.

—Jugué dos años con JJ. Es imposible terminar esa experiencia sin saber quiénes son las Spice Girls.

—¿Por qué no me lo has dicho antes? Habría sido muy buen disfraz.

—No puedo dártelo todo hecho, Aurora. Estaba muy liado pensando en lo que iba a ponerme yo. Por lo menos ahora ya tenéis algo para Halloween. Y menos mal, porque Cami ha usado ya el disfraz de Halloween.

—Pero si ni siquiera te has disfraz... No, da igual —dice Aurora interrumpiéndose a sí misma—. ¿Sabes qué? Es Navidad, no voy a picarme para que tú te diviertas. Me voy a buscar a mi novio porque seguro que él entiende que voy de árbol.

—Está en la sala de estar —le digo señalando la habitación adyacente con la cabeza—. También va de Papá Noel de paisano.

—Pues va a ser que no, si puedo evitarlo —dice mientras se aleja.

Les cuento cómo está la situación de las bebidas e intento garantizarles al resto que estarán seguras y se lo pasarán bien. Emilia, Poppy y Cami me dan las gracias, siguen a Aurora a la sala de estar y me dejan a solas con Halle.

—Estás muy guapa —le digo—. Eres el cisne más bonito que he visto en la vida.

Me atraviesa con la mirada mientras mueve las alas.

—Ah, ¿o sea que ahora soy un cisne? Quería disfrazarme de burro, pero no ha podido ser. Al parecer, un burro no te haría caer de rodillas ante mí. Por lo visto, eso es lo más importante.

—A veces, Aurora dice cosas muy raras.

—Ah, no ha sido Aurora, ha sido Jaiden. Ha llamado a Emilia mientras yo estaba con ella y ha preguntado qué me iba a poner.

Parpadea despacio cuando le paso el dedo por debajo de donde le brilla el pómulo bajo las luces de la casa y le coloco el pelo por detrás de la oreja. Lo hago porque me gusta oír cómo intenta estabilizar la respiración cuando la toco sin que se lo espere.

—Deberíamos poner una regla sobre hacerle caso a JJ.

Se mira el vestido y luego vuelve a mirarme a mí con inocencia.

—Supongo que tienes razón, porque está claro que este no te ha puesto de rodillas.

—He querido arrodillarme delante de ti desde el momento en el que has entrado, pero no porque me encante el vestido. Es porque me encanta hacer que te corras.

Se le sonrojan las mejillas al momento y me embarga una satisfacción vanidosa al haberle provocado esa reacción.

—Es impresionante que seas capaz de pasar de tranquilizar a tus amigas diciéndoles que nadie les tocará la bebida a esto en menos de cinco minutos.

Cojo el cuenco del ponche y el cucharón de la encimera y me dirijo a la sala de estar con ella.

—Fliparías con lo que soy capaz de hacer en menos de cinco minutos.

La fiesta se ha extendido hacia el jardín y me parece que la universidad entera está en nuestra casa.

Hace un rato me he sentado en el sofá de la sala de estar y he dejado el cuenco de ponche en una mesita a mi lado y ahí me he quedado. Me he dado cuenta de que ahora que Halle está conmigo, la gente no viene a hablarme tanto porque todo el mundo quiere hablar con ella.

Me encanta.

Si alguien intenta incluirme en la conversación haciéndome una pregunta, delego en mi persona sociable de confianza y vuelvo al terreno seguro. Lo único malo es que, cuando se levanta para ir al baño, tengo que defenderme solo durante un tiempo indefinido. Se va con sus amigas y tardan la vida en volver.

Mattie se deja caer en el asiento al lado del mío.

—¿Tú lo sabías?

—¿Que si sabía qué?

Señala a Robbie, que está al otro lado de la habitación hablando con un Bobby más animado de lo normal.

—¡Que no hay juego!

—¿Y?

Robbie sigue a Bobby hasta donde estamos nosotros y pone los ojos en blanco con teatralidad.

—No es broma —dice Bobby lanzándose al sofá y haciéndolo temblar.

—Creo que me estoy perdiendo una parte importante de lo que ocurre —digo mirando alternativamente a mis amigos peleados.

—Que no hay juego —dicen Robbie y Bobby al unísono.

Suelo esforzarme por entender los diversos agravios de los que me informan en el día a día —Nate era el mediador y ahora ese papel recae en mí—, pero esta vez no puedo estar más perdido.

—¿Y?

—Si no hay juego, ¿qué estamos haciendo aquí? ¿Para qué hemos venido? —se queja Mattie.

El círculo crece, aparecen Russ y Aurora, y Halle vuelve del baño con Cami.

—¿Qué pasa?

—Este es mi nuevo rollo relajado —explica Robbie sin explicar nada en realidad—. Los días del Jenga alcohólico han quedado atrás. Además, todos sabemos cómo acabó eso la última vez.

—¿Cómo acabó la última vez? —pregunta Cami llenándose el vaso del cuenco de mi lado.

—Russ y Aurora follaron y Henry corrió desnudo por Maple Avenue —dice Mattie—. Dos cosas preciosas que no habrían pasado si no te hubieras mantenido fiel a quien eres, Rob. Nate y Stassie, tú y Lols..., todo pasó en tus fiestas. ¡En las que había juegos! ¡Y Hen y Halle! Eres el hilo invisible que une a la gente, tío. ¿Por qué nos lo niegas a los demás?

—¿Siempre habla así? —pregunta Cami mirando a Mattie con una expresión de repulsa y diversión al mismo tiempo—. ¿Como si pensara que, si sigue hablando, la gente acabará creyéndose lo que dice? Porque estoy segura casi al cien por cien de que no es así como va la teoría esa del hilo invisible. Halle y yo escuchamos una canción sobre el tema cada día en el trabajo.

—Sí —dicen varias personas a la vez.

—Cuando está muy borracho le gusta reimaginarse las cosas para que cuadren con sus objetivos —añade Robbie—. No te hace falta un juego de beber para pasártelo bien, Mattie.

—Un momento, nosotros no nos conocimos en una fiesta —repongo mirando a Halle, que parece que se está preguntando por qué ha querido tener amigos en algún momento—. Nos conocimos en una librería.

—A la que fuiste con Aurora, a quien no conocerías si gordi no se hubiera puesto en plan zorrón después de..., redoble de tambor..., ¡un juego en la fiesta de «Me despido y que os den» de Robbie! —explica Bobby—. Yo lo veo. Robbie, piensa algo rápido, la expansión de nuestro grupo de amigos depende de ello.

—Yo no tengo ningún problema si no se expande —digo—. De hecho, creo que hasta nos sobran algunas personas.

—Nos echarás de menos cuando nos hayamos graduado —interviene Kris apareciendo detrás de Robbie.

—¿Y tú dónde estabas? —le pregunta Russ—. Te has perdido a Mattie diciendo cosas muy raras.

Kris levanta una caja roja.

—He ido corriendo a casa a por el UNO, gordi. Porque, mientras viva, no pienso ser testigo de la ruina de Robbie Hamlet.

—Y ¿qué vamos a hacer con el UNO? —quiere saber Robbie arrastrando las palabras, y vuelve la silla de ruedas para mirar a Kris, que está detrás de él.

Kris se encoge de hombros y resulta evidente que no había pensado tanto.

—Cualquier cosa puede convertirse en un juego de beber. Me lo enseñaste tú.

Robbie vuelve a girarse para ponerse de cara a mí y se pellizca el puente de la nariz.

—Tengo que coger un avión para irme a casa de mis padres por la mañana. Si pierdo el vuelo, uno de vosotros tendrá que llevarme a Colorado.

—¡Así me gusta! —dice Mattie—. Voy a buscar los vasos de chupito.

Yo me quedo sentado al lado del cuenco de ponche y observo a todos mis amigos dirigirse a la mesa del comedor. Creo que la mitad van por curiosidad, por saber qué se le termina ocurriendo a Kris, y los demás creen por algún motivo que Robbie es la clave para conseguir enrollarse con alguien.

Halle se sienta a mi lado y los mira en silencio. Le paso el brazo por los hombros y ella se acurruca contra mí sonriéndome desde abajo cuando le beso la sien.

—¿No quieres jugar?

Niega con la cabeza y se apoya en mi hombro.

—Estoy bien aquí contigo.

—¿No quieres comprobar si los juegos de Robbie son la base de una relación feliz?

—No, como ya he dicho, estoy bien aquí contigo.

—¿Halle?

—¿Sí?

—¿Dónde te has dejado las alas de águila?

29

Halle

Si alguna vez me encuentro de forma inesperada en una posición de poder, hay una serie de normas que pienso establecer de inmediato:

No se puede responder a la pregunta «¿Qué quieres por Navidad?» con: «Nada. No necesito nada».

Cuando alguien te dice que vais a pasar una noche fuera de casa y le preguntas «¿Qué tengo que meter en la maleta?», no vale contestar: «Algo cómodo».

Los atascos navideños están prohibidos.

Cuando Henry me dijo que quería llevarme a pasar una noche fuera de casa porque voy a estar haciendo doble turno desde Nochebuena hasta la víspera de Nochevieja, no esperaba que me causara este nivel de estrés. No era mi intención hacer turnos dobles, pero cuando mi jefe me lo pidió porque alguien había dejado el trabajo de repente y todos los demás le habían dicho que no, no quise defraudarlo.

Aunque me viene fenomenal el dinero extra, sobre todo porque nadie me había dicho lo caro que es tener vida social, ha dado al traste con mis planes de ponerme al día durante las vacaciones de Navidad. Me había propuesto dar un empujón a varios asuntos pendientes y ahora voy a tener que esforzarme más y quedarme despierta hasta más tarde para conseguirlo.

Algo en lo que me habría gustado esforzarme un poco más es en preparar la maleta para este viaje. Joy está de vacaciones en casa de la señora Astor, pegándose la vida padre y recibiendo un montón de mimos de todos los nietos que han venido a visitarla. Y aquí estoy yo, en el suelo de mi habitación rodeada de ropa.

Cuando llevo cinco minutos mirando las prendas, con la esperanza de que formen solas algún tipo de conjunto, Henry entra en el cuarto.

—Caray, menudo desorden —dice, sentándose en la cama detrás de mí.

—Me encanta que me hagas cumplidos —mascullo, rebuscando entre la ropa. «¿Por qué es todo del mismo color?».

—Hoy tienes unas tetas estupendas y me gusta cómo te queda el pelo así.

Eso me basta para dejar de mirar fijamente el montón de ropa y levantar la vista hacia él.

—¿Qué?

—Has dicho que te encanta que te haga cumplidos. Puedo seguir, hay un montón de cosas que me gustan de ti.

—Eso no es... Eso es... ¿Gracias? —respondo, desconcertada.

Él se inclina hacia mí desde la cama y creo que va a besarme, hasta que empieza a mirarme con los ojos entornados.

—¿Por qué solo te has echado cosa de esa en un párpado?

—Muy buena pregunta. —Cruzo las piernas e intento inclinarme hacia atrás para mirarlo cómodamente, pero como no sé dónde apoyar las manos porque está todo lleno de ropa, opto por sentarme a su lado en la cama—. Pues porque mi madre me ha llamado cuando me estaba maquillando para suplicarme que me comprara un billete de avión para ir a casa y dijera en el trabajo que estaba enferma. Ha tardado un montón en colgar y entonces me he dado cuenta de que ya estabas de camino y aún no había metido nada en la maleta.

No pienso admitirlo delante de Henry, pero ha habido más de un momento en el que he estado a punto de aceptar que mi madre me reservara un vuelo. Está disgustada porque no vaya a estar allí y, por más que he intentado asumirlo, yo también lo estoy.

—Pero ¿está bien? ¿Y tú?

Asiento, no muy convencida.

—Me he dado cuenta de lo triste que estaba cuando ha dejado de pedirme que volara a Phoenix y ha empezado a intentar convencerme para que fuera a casa de mi padre. Es que no quiere que pase la Navidad tan lejos de mis seres queridos. Pero le he dicho que no y me he mantenido en mis trece.

Henry extiende el brazo y yo me acurruco debajo de él, inhalando profundamente su olor mientras me da un beso en la coronilla.

—No creo que te dure mucho. ¿Crees que si no estuvieras complaciendo a tu jefe habrías cedido para complacer a tu madre?

—¿Te importaría dejarme disfrutar el momento? ¡Dime que estás orgulloso de mí por no complacer a la persona que me educó para complacer a la gente!

—Estoy orgulloso de ti. Y lo estaré más todavía cuando acabes de arreglarte para que no lleguemos tarde. Eso me complacerá mucho.

—Eres un coñazo —refunfuño, volviendo a centrarme en el caos del suelo. Él se ríe.

—Eso no es muy navideño.

Cuando veo que en las señales de la autopista pone «Malibú», me doy cuenta de que no tengo ni idea de lo que Henry me tiene preparado.

Él ignora todas mis preguntas mientras nos detenemos delante del aparcacoches de un hotel de lujo. Rodea el vehículo para abrirme la puerta y me ayuda a salir al tiempo que sacan nuestras maletas del maletero.

—Qué sitio tan bonito —susurro, mientras subimos la escalera alfombrada hasta la entrada del vestíbulo. Solo faltan un par de días para Navidad y la entrada está decorada con un lazo rojo y varios adornos festivos con pinta de ser caros—. Creo que nunca había estado en un sitio tan elegante.

Por suerte, cuando Henry ha llegado a mi casa con pantalones de vestir y una camisa, me he dado cuenta de que iba a tener que ponerme y meter en la maleta algo más que pantalones de chándal.

—Si trabajas en el Huntington —exclama como si estuviera diciendo una tontería.

—¡Pero no es lo mismo! Creo que no voy lo suficientemente arreglada.

—Porque no me van las apuestas, pero si no apostaría a que Aurora te dice que pareces una diosa o que le entran ganas de postrarse a tus pies en cuanto te vea. Estás guapísima, Halle. Como siempre.

—Gracias, es que…, ¡un momento! ¿Aurora está aquí?

Henry gime, deteniéndose en el último escalón antes de llegar a la puerta.

—Mierda. Se suponía que era una sorpresa. Bueno, siempre llega tarde, así que, si te digo que no está aquí, seguramente no esté mintiendo. Vamos.

Me agarra de la mano y me lleva al vestíbulo del hotel donde, para mi sorpresa y desconcierto, están Aurora y Russ.

—Madre mía.

—¡Feliz «Navistad»! —Aurora se acerca y se abalanza sobre mí para abrazarme—. Me encanta cómo te queda ese color. ¡Estás guapísima! Me entran ganas de postrarme a tus pies. ¿Cómo puedes estar tan increíble? Pareces una diosa.

—Te lo dije. No sé por qué no te fías de mí —murmura Henry a mi lado. Le doy un codazo con el hombro en plan juguetón y él me rodea la cintura con el brazo para mantenerme cerca. Luego mira a nuestros amigos—. Me sorprende que hayáis sido puntuales.

—Mira quién habla —dice Aurora—. ¡Si tú siempre llegas tarde!

—Llego tarde porque no quiero ir a los sitios, no porque no consiga estar preparado a tiempo. No es lo mismo, Aurora —replica Henry. Lo cual, a decir verdad, es cierto.

—Hemos llegado pronto porque Ror no soportaba más la rivalidad fraternal —explica Russ, intentando no reírse.

Aurora pone los ojos en blanco y yo no puedo evitar preguntar, porque la vida familiar de Aurora es ya un poco tensa de por sí.

—¿Elsa?

—Qué va. Mi hermana pasa de la familia, está en las Maldivas. Se refiere al puñetero gato que ha robado mi madre. —Aurora levanta el brazo para enseñarnos varios arañazos rabiosos que tiene entre la muñeca y el codo—. Ni siquiera hay rivalidad; él ya ha ganado y lo sabe. Ayer por la noche me dejó un ratón muerto en un zapato. Mi madre no para de decirme que eso trae buena suerte y que deje de ser tan negativa todo el rato.

—¿No te has planteado que a lo mejor has hecho algo que lo ha ofendido? —le pregunta Henry, mirando la pantalla del teléfono de Aurora, mientras esta se lo enseña—. Efectivamente, eso es un ratón muerto en un zapato.

—¿Encima me echas la culpa a mí, que soy la víctima? ¿En «Navistad»? —protesta Aurora.

—Vale, intuyo que se avecina una discusión y me gustaría cenar antes de que acabe el año, así que quizá deberíamos recordarles que estamos aquí —comenta Russ, interponiéndose rápidamente entre su novia y su mejor amigo.

Es curioso, porque parece que a Henry y Aurora les encanta discutir. Los he visto convertir cosas insignificantes en un conflicto en el que el único objetivo era chincharse mutuamente todo lo posible. Como pacificadora de mi propia familia, puedo confirmar con absoluta certeza que actúan como si fueran hermanos. Henry siempre dice que se alegra de ser hijo único, sin darse cuenta de que Aurora es como su hermana pequeña y Anastasia como su hermana mayor.

Pedimos una cantidad ingente de comida pero, no sé cómo, conseguimos zampárnosla toda. Henry ha reservado una noche de hotel y, como Aurora sabe que tengo las maletas arriba, intenta persuadirme para que nos pongamos los pijamas y poder estar más cómodas con la tripa llena. Me lleva más tiempo de lo normal convencerla de que al restaurante no le haría ninguna gracia. Para cuando Henry y yo subimos a la habitación, cualquier sentimiento negativo por no pasar las fiestas con mi familia se ha esfumado hace tiempo.

Cuando entramos en el dormitorio, veo las maletas junto a la puerta y varios regalos envueltos de forma idéntica debajo de un árbol de Navidad maravillosamente decorado que hay en un rincón.

—Está prohibido abrir los regalos antes de Navidad —digo, viendo cómo Henry los coge del suelo y los pone sobre la cama—. ¿Qué estás haciendo?

—Infringir la ley. Ven, siéntate aquí. —Da unas palmaditas en la cama al lado del montón de paquetes y tengo que hacer un esfuerzo enorme para no gemir cuando mi trasero se hunde en el colchón. Después me agarra suavemente por el tobillo, me desata el zapato, lo deja caer al suelo a sus espaldas y repite la operación con el otro pie.

Lo observo mientras se quita la chaqueta y los zapatos, se desabrocha otro botón de la camisa y se la remanga. Luego se sube a la cama y se sienta a mi lado, con más pinta de estar posando para una revista que saliendo conmigo.

—Puede que sea por el vino, pero estás guapísimo —le digo—. Deberías salir en las portadas de las revistas.

Él sonríe mientras coge uno de los regalos.

—No es por el vino. Toma, quiero que abras este primero.

Reconozco inmediatamente el papel de estraza marrón. Henry se presentó en mi casa para pedirme papel de regalo porque él no había comprado y no quería pelearse por aparcar en el centro comercial con la gente que, según él, «no sabía organizarse en Navidad». Yo señalé que él tampoco sabía organizarse en Navidad, pero no recuerdo lo que dijimos después porque me besó.

Hay que decir a su favor que ha hecho dibujitos a lápiz de temática navideña por toda la parte de arriba, así que al menos ha intentado personalizarlo, además de añadirle un bonito lazo que también me suena muchísimo.

Henry me prometió que no me compraría más de un regalo, pero tengo tres delante. Cuento del uno al tres en voz alta, dando un golpecito con el dedo en cada cinta.

—Uno y dos —dice él, repitiendo el gesto en sus propios regalos, porque yo también he ignorado la promesa.

—Vale, yo la he roto, pero tú la has roto más.

—Dijimos «comprar» y hay uno que no he comprado. Estamos empatados.

—Si llego a saber que robar estaba permitido, me habría empleado a fondo.

Él se ríe y se acerca hacia mí para besarme muy despacio. Me sujeta el cuello con la mano para que no me escape, aunque no hay ningún otro sitio en el que prefiriese estar. Al final se detiene y apoya la frente en la mía.

—Empieza por el más finito.

Siempre me sorprende que Henry sea capaz de actuar como una persona normal después de cada beso, cuando yo necesito entre cinco y diez minutos para recuperarme. Cada vez que me toca, mi cuerpo entero enloquece y no sé si alguna vez lograré acostumbrarme.

«El más finito» parece más un sobre que una caja, pero Henry se las ha arreglado para envolverlo de todos modos. Ha garabateado encima unos cuantos animalitos con gorros de Papá Noel y, al ver que me entretengo mirando los dibujos, se impacienta y me clava el dedo en la cintura juguetonamente, haciendo que me retuerza.

—¡Ya voy! —Retiro el papel con cuidado y descubro que se trata de un sobre envuelto. Lo abro, miro el contenido y lo leo en voz alta—. «Señora Jacobs, gracias por apoyar las labores de conservación que junto con nuestros colaboradores llevamos a cabo en nuestras instalaciones de investigación y cría en Sichuan (China). Le enviamos un kit de bienvenida en el que se incluyen varias fotos recientes de las aventuras de Bao. Bao tiene cinco años y es un panda gigante».

—No creo que te den el panda, pero sí te mandarán noticias sobre él. Y te van a enviar un peluche, lo cual es genial porque no creo que los diez que te he conseguido hasta ahora sean suficientes.

—«Las aventuras de Bao». Parece el título de un libro infantil que me encantaría leer. Tú podrías ilustrarlo. Es genial, muchísimas gracias.

—Abre el siguiente.

Cuando lo cojo me doy cuenta de que es superligero, casi como si no tuviera nada dentro. En el papel hay galletas de Navidad dibujadas por todas partes. Abro con cuidado el envoltorio y me quedo desconcertada al ver una caja de zapatos, porque está claro que no hay zapatos dentro. Cuando por fin levanto la tapa, me sorprendo todavía más al encontrar un código QR impreso en un trozo de papel en medio de la caja.

—No sé dónde tengo el móvil —digo, palpando la cama a mi alrededor en busca de él.

—Usa el mío.

Henry me pasa el teléfono y lo primero que veo es mi cara, literalmente. Ha puesto en la pantalla de bloqueo una de las fotos que me hizo en la galería. Pulso cuatro veces el cero, la contraseña más fácil del mundo, y entre la retahíla de aplicaciones se ve otra imagen mía durmiendo con Joy.

Activo la cámara, escaneo el código y la letra de mi abuela aparece en la pantalla.

—¿Qué es esto?

Él se acerca, pellizca la pantalla para alejar la imagen, e inmediatamente puedo verlo con claridad. Es exactamente igual que el libro de recetas que tengo en la cocina, pero al digitalizarlo ha quedado más claro y legible. La letra se ve perfectamente. He hojeado esas páginas muchísimas veces y es idéntico. La única diferencia es que, donde antes había una foto del plato recortada de una revista, ahora hay una ilustración.

Henry desliza el dedo por la pantalla para ir pasando las páginas.

—Las ilustraciones son marcadores. Hice fotos de todas las páginas con la cámara, pero como los recortes de las revistas eran tan antiguos, había que escanearlos. Perdían demasiada calidad, pero no podía llevarme el libro para escanearlo sin que te dieras cuenta.

Me he quedado sin habla, pero me las arreglo para articular al menos una palabra.

—¿Cómo?

—La señora Astor me ayudó a entrar mientras Cami te distraía.

—Me encantan las ilustraciones. Me encanta todo —digo, aguantándome las ganas de llorar—. Es lo más bonito que ha hecho nadie por mí.

—Tengo pesadillas en las que me cargo sin querer esas recetas. Incendiando tu casa, tirándoles encima alguna bebida o metiéndolas en el horno por error. Sé lo importantes que son para ti, así que eché a volar la imaginación. Voy a seguir intentando no cargarme tu bien más preciado, pero me imaginé que, si a mí me preocupaba perderlas, a ti también te preocuparía, así que ahora tienes una copia de seguridad.

—No tengo palabras para explicar lo mucho que esto significa para mí.

—Por favor, no llores. Anastasia me dijo que ibas a llorar; no soporto tener que darle la razón.

—Yo no me he esmerado tanto con tus regalos —digo, pronunciando el «no» como si me fuera la vida en ello—. No sabía que ibas a presentarte aquí con una estrategia para ganar el premio al mejor regalo de Navidad.

Me sorbo la nariz mientras él me mira con aprensión.

—Yo siempre quiero ganar. Abre el último.

Le devuelvo el móvil y cojo el último paquete. Este, aunque es pequeño, claramente sí tiene algo dentro. El papel de regalo está decorado con bastones de caramelo, así que supongo que también tendrá algo que ver con la comida.

En la cajita verde no hay ninguna marca reconocible, por lo que, cuando abro la tapa, no me espero encontrarme una gargantilla. Una «H» pequeña y delicada cuelga de una cadena en el centro de la caja. Definitivamente, no está relacionado con la comida.

—Me encanta. Espera, esta es tu inicial. Henry, ¡es tu letra!

—Sí. Lo mandé hacer para ti.

—¿La «H» es de Halle? —le pregunto con cautela—. ¿O de Henry?

—Tú decides —dice—. ¿De qué quieres que sea?

Acaricio con el dedo el cojincito de fieltro.

—De Henry.

—Justo lo que quería oír. ¿Quieres que te la ponga?

Asiento con la cabeza y ambos nos levantamos de la cama. Me quita la caja de la mano y se coloca detrás de mí. Mientras me recojo el pelo, entrelaza los brazos con los míos para ponerme la cadena alrededor del cuello, rozándome suavemente la nuca con los dedos y haciendo que me estremezca.

Cuando acaba, me coge de las muñecas para hacerme bajar las manos y que el pelo caiga. Me aparta un poco la melena con un dedo y posa los labios sobre mi hombro, avanzando lentamente hasta llegar al cuello.

Lo siento por todo el cuerpo, aunque solo me está tocando con la boca. Mi piel vibra cuando habla.

—Feliz Navidad, Halle.

30

Halle

Henry Turner me da mil vueltas haciendo regalos.

Me giro hacia él y me pongo de puntillas para rodearle el cuello con los brazos, hundiendo la cabeza en la curva de su hombro. Él me abraza por la cintura y entrelaza las manos en la parte baja de mi espalda, apretándome tan fuerte como lo hago yo.

—¿Estás ganando tiempo porque crees que tus regalos no van a ser tan buenos como los míos? Ay. No me claves el dedo.

Me inclino hacia atrás con las manos en su nuca. Él baja las manos por mi espalda y las posa sobre mi trasero.

—Es que no lo son, eso te lo puedo decir ahora mismo. Ve reduciendo mucho tus expectativas.

Henry me agarra por los muslos y me levanta lo suficiente como para poder tirarme sobre la cama.

—No es culpa tuya que sea más detallista que tú. No te preocupes.

—Abre los puñeteros regalos antes de que decida anular la Navidad.

—Vale, Grinch. —Henry levanta las manos en actitud defensiva, sonriendo. Luego coge una de las cajas mientras yo me siento con las piernas cruzadas a observar pacientemente en el sitio en el que me ha tirado—. ¿Ni siquiera te has molestado en decorar el papel de regalo? Menuda vaga.

Le lanzo uno de los cojines de la cama, pero lo esquiva con facilidad. Rompe el papel de estraza poco a poco, seguramente para sacarme de quicio. Finalmente aparece la marca, seguida de la foto de los auriculares que he elegido para él.

—Tienen cancelación de ruido —le explico—. Sé que ya tienes unos, pero cuando te los pedí prestados aquella vez para escuchar el audiolibro, me di cuenta de la cantidad de ruido que dejaban pasar. Con estos no escucharás a nadie si no quieres.

—¿Y decías que redujera mis expectativas? Esto es la leche, capi. Me encanta no tener que oír hablar a la gente. —Examina la caja, emocionadísimo. Y entonces encuentra el regalo adicional—. Hay un código pegado, ¿lo necesito para algo?

—Sí, si quieres escuchar el audio que he hecho para ti.

Él levanta la cabeza y me mira.

—¿Un audio?

Me parecía un poco injusto que yo tuviera algo íntimo de los dos y él no. Aunque también me alegro de que considerara que la única persona que debía tener el que hicimos juntos era yo. Lo he escuchado muchísimo y se nos reconoce perfectamente por lo que decimos. Sé que Henry jamás lo compartiría con nadie, pero sigo teniendo claro que lo más inteligente es protegerme a mí misma ante todo. Y aunque estoy segura de que él nunca me traicionaría, hay muchos otros factores externos que podrían torcerse.

Pero la persona de este audio podría ser cualquiera, porque el único nombre que aparece es el suyo.

—Para cuando me eches de menos —le digo—. Abre el otro regalo.

—¿Por qué? ¿No vamos a hacer el festival del audio?

Pongo los ojos en blanco y me bajo de la cama. Empiezo a recoger los pedazos de papel de regalo que están por ahí tirados y los meto en la papelera que hay debajo del escritorio.

—No, escúchalo a solas con tus auriculares nuevos.

Cojo mis regalos y la caja de los auriculares, aunque él se resiste, y los pongo sobre la mesa, vaciando la cama de manera que solo queden él y el último regalo.

Henry lo agita y los nervios que he estado conteniendo todo el día entran en erupción dentro de mí como un volcán.

—No pesa nada. ¿Tú también me has hecho un libro de recetas?

—No. Lo pensé, pero luego me di cuenta de que descubrir que tienes madera de chef me molestaría bastante, teniendo en cuenta lo a menudo que se me quema la comida.

Henry rompe el primer jirón de papel y echo hacia atrás los brazos para bajarme la cremallera del vestido. Me tiemblan las manos, principalmente por la emoción. Saca la caja y en la tapa aparece el nombre de la marca en unas llamativas letras rojas. Me mira al darse cuenta de lo que es y sigue mis manos con los ojos mientras me bajo las mangas por los hombros.

—La lencería no está en la caja, ¿verdad?

Niego con la cabeza mientras me bajo el vestido por el torso, dejando al descubierto el delicado sujetador de flores y encaje de color beis. A continuación lo dejo caer por encima del liguero a juego y sobre mis caderas para que pueda ver el tanga que lo acompaña, hasta que el vestido se desliza por mis muslos, dejando al descubierto las ligas de las medias, y acaba cayendo al suelo. Estoy excitada y nerviosa a la vez, aunque me siento muy guapa con él. Vulnerable, pero guapa.

—La lencería no está en la caja —digo, agradeciendo que no me tiemble la voz.

Henry se levanta de la cama y se acerca muy despacio hasta ponerse delante de mí. Me retira suavemente el pelo de los hombros y me mete los mechones que me quedan delante de la cara detrás de las orejas. Con el dedo, me levanta la barbilla para que lo mire a los ojos.

—Eres la persona más guapa que he visto en mi vida.

—Yo pienso lo mismo de ti todos los días.

Henry se acerca poco a poco, me besa suavemente con las manos enredadas en mi pelo y me entran unas ganas tremendas de levantar el pie como si fuera un personaje de dibujos animados. Quizá porque, cuando me toca, la vida me parece demasiado bonita como para ser real.

Le desabrocho la camisa hasta el último botón y él solo me

suelta para despojarse de ella antes de estrecharme la cara con ternura. Me cuesta concentrarme en quitarle el cinturón mientras me acaricia la lengua con la suya, pero lo consigo. Lo rozo con la mano al bajarle la cremallera y él gime sobre mi boca.

Los pantalones caen al suelo y él se los quita antes de hacerme retroceder hasta que la parte trasera de mis muslos tocan el borde de la cama.

—Estoy preparada. Tengo algunas cosas en la bolsa que podrían facilitar las cosas.

—¿Preparada? —me pregunta Henry, acariciándome la mandíbula con el dorso de los dedos—. ¿Preparada para qué?

—Para acostarme contigo. Creía que era obvio, por lo de la lencería y eso... Lo siento...

Él abre un poco más los ojos y me besa antes de decir nada.

—No te disculpes, Halle. Está bien que lo digas para que no haya lugar a dudas. Túmbate y voy a por la bolsa. Está claro que te lo has pensado bien si has venido tan preparada. Me alegro. Tenía miedo de agobiarte.

Me lo he pensado bien, pero también he confiado en Cami, que me dijo que ya estaba lista cuando le pedí ayuda después de decidir empezar a tomar anticonceptivos. Además me dio una lista de cosas para traerme, como el vibrador, lubricante, una toalla por si sangraba y condones. Lo de ponerme la lencería y regalarle la caja también fue idea suya.

Me tapo con las sábanas mientras veo cómo Henry coge el resto de cosas de la bolsa de viaje. Las deja en la mesilla de noche y se mete en la cama conmigo.

—No me has agobiado. Has sido muy paciente, y te lo agradezco muchísimo.

«Paciente» se queda corto. De hecho, hasta llegué a pensar que tal vez no le ponía, porque no estaba acostumbrada a que no me presionaran. Luego me di cuenta de que no, de que se supone que así es como debe ser.

—Me alegro, pero no me des las gracias. Es lo mínimo. —Nos tumbamos de lado, el uno frente al otro. Henry me acerca a él hasta que nuestros torsos se tocan y pega la frente a la mía—. Si cambias de opinión podemos parar, ¿vale?

—Henry —susurro.

—¿Qué?

—Eres mi mejor amigo.

Él me roza los labios con los suyos suavemente y saltan chispas por toda mi piel.

—Tú también eres mi mejor amiga.

—Por favor, ten cuidado. —Lo digo en voz tan baja que casi creo que me lo he imaginado, hasta que Henry me contesta.

—Prometido.

Coge una de mis piernas y se la pone sobre la cadera. Luego se tumba boca arriba para colocarme encima de él. Con una mano en mi culo y la otra en mi pelo, acerca mi boca a la suya. Hay algo diferente entre nosotros. Es más apasionado, más visceral ahora que Henry ha dejado a un lado su moderación habitual. Se frota contra mí. Noto lo dura que la tiene mientras estoy a horcajadas sobre él. Muevo las caderas y él jadea de una forma que percibo directamente en la entrepierna. La sensación de fricción es maravillosa, aun con la ropa interior puesta.

Henry coge el vibrador de la mesilla y me lo da. Me siento sobre él y me agarra por las caderas.

—Enséñame cómo lo usas.

Me doy cuenta de que me empiezan a arder las mejillas, pero no es momento para tener vergüenza.

—Suelo tumbarme boca arriba —digo, bajándome de encima de él para ponerme a su lado.

Desabrocho los ligueros y empiezo a tirar del tanga. Henry se pone delante de mí y me ayuda a bajármelo por las piernas hasta quitármelo del todo. El corazón me late con fuerza cuando me acaricia los gemelos hasta la cara interna de las rodillas. Luego se detiene y me mira fijamente antes de separármelas poco a poco. Me siento tan excitada como vulnerable. Pongo el vibrador en el modo más bajo y me dejo llevar mientras Henry me besa el cuello, el pecho y la mandíbula. Mis pezones duros se clavan en el encaje, pero él los ignora y se concentra en el resto de partes de mí a las que tiene acceso.

Me toca con los dedos por debajo de donde tengo el vibrador y mi pulso se dispara. Asiento desesperadamente y cierro los ojos con fuerza mientras desliza un dedo dentro de mí, y luego otro.

—Tócame —me pide. Nunca lo había oído hablar con una voz tan ronca. Extiendo la mano que tengo libre hacia él y me ayuda colocando su cuerpo en la posición adecuada para que pueda introducirla bajo la goma de sus calzoncillos y cerrarla alrededor de su miembro—. Joder. Eso es, Halle. Aprieta con fuerza —jadea.

Oírle hablar así hace que explote tan rápido que a los dos nos pilla por sorpresa.

Apago el vibrador. Él aparta los dedos y me mira sonriendo de oreja a oreja, mientras todavía tengo su pene en la mano.

—Te pone que te digan lo que tienes que hacer en la cama.

Me quedo pensando y me doy cuenta de que tiene toda la razón.

—Creo que es porque me gusta no tener que controlarlo todo. Me gusta no tener que tomar decisiones.

—Mi chica preciosa... —dice con dulzura—. Quiero descubrirlo todo sobre ti.

Para mí es increíble saber que, cuando piense en la primera vez que me acosté con alguien, no voy a tener que recordar un momento en el que no estaba preparada, con una persona con la que no quería estar en realidad. Podré recordar este momento, aquí con Henry, en el que me está haciendo sentir que soy tan especial como todas las estrellas del firmamento.

Al principio me agarra la muñeca para guiarla arriba y abajo, centrándose sobre todo en la punta, hasta que pillo el ritmo y me suelta. Explora mi cuerpo con las manos, acariciándome y tocándome, hasta que está a punto de correrse y me pide que pare.

Cuando saca los condones, coge también el lubricante y la toalla.

—He leído en internet que la primera vez es más fácil desde atrás —comento, mientras Henry se pone de rodillas para extender la toalla a la altura de nuestras caderas—. Aunque no lo sé..., obviamente.

—La próxima vez te las dejaremos puestas —dice, señalando la toalla para que me ponga encima y empezando a bajarme las medias por las piernas, una detrás de otra. A continuación me quita el liguero, seguido del sujetador, hasta que me quedo completamente desnuda y con las piernas abiertas para él. Me preguntaba si me arrepentiría llegada a este punto, pero mientras Henry me recorre con una mirada intensa y lujuriosa, me doy cuenta de que no hay ni la más mínima posibilidad—. Eres perfecta, Halle. Estaba deseando verte así.

—Henry... —Es un gemido y a la vez una súplica, ni siquiera lo tengo claro. Lo único que sé es que lo necesito.

—Podemos hacer lo que te haga estar más cómoda, pero ¿quieres estar mirando hacia la almohada o el cabecero, o prefieres verme la cara la primera vez que entre dentro de ti?

Trago saliva con tanta fuerza que seguro que puede oírme. Se me eriza la piel.

—Quiero verte la cara.

—Bien. Porque yo también quiero verte a ti. Quédate boca arriba para empezar y, si no te gusta, podemos probar de la otra manera. Me aseguraré de que lo disfrutes.

—Una vez tuve un sueño erótico contigo. Fue hace semanas, y luego no era capaz de mirarte a la cara —confieso, un poco atacada, mientras veo cómo se baja los calzoncillos y se pone el condón. La tiene enorme y supergruesa. Sé que la biología está de mi parte y que estoy diseñada para recibirla, pero..., la madre que me parió—. Mi subconsciente no te hizo justicia.

—Ya retomaremos luego esta conversación —replica Henry, con tal arrogancia que me alegro de no habérselo contado en su día—. De momento creo que voy a tener que darle a tu imaginación material suficiente para entretenerse.

Me encanta que no haya ninguna prisa. En ningún momento tengo la sensación de que me esté manoseando o sobando. Al contrario: necesito urgente, desesperada y casi compulsivamente que me la meta.

—Henry, por favor. Estoy al límite y me da la sensación de que voy a sufrir una combustión espontánea.

—Y luego soy yo el impaciente. —Se pone encima de mí,

pega los labios a los míos y siento cómo se coloca y empieza a metérmela. No se parece a nada que haya sentido antes—. Dios, Halle. Joder, eres increíble. —Me da un beso en la comisura de los labios—. ¿Estás bien?

Asiento mientras me aferro a él desesperadamente.

—Es mucho más grande que tus dedos.

—Sí, ya lo sé. —Suena casi como una disculpa—. Pero estás muy mojada y eso facilitará las cosas. Pásame el vibrador y respira hondo para relajarte.

Henry vuelve a ponerlo en el modo más lento, lo sitúa entre los dos para pegarlo a mi clítoris y todo mi cuerpo se estremece. No es que me haga daño, simplemente es raro sentir por fin que la tensión disminuye al mismo tiempo que mi cuerpo se estira y todo se vuelve más intenso.

Cojo el vibrador para que Henry pueda volver a enredar las manos en mi pelo como a mí me gusta y lo rodeo con las piernas, entrelazándolas en la parte baja de su espalda. El cambio de ángulo debe de tener algún efecto, porque veo que pone los ojos en blanco mientras profundiza un poco más. Contrae el abdomen y, cuando vuelve a mirarme, veo en sus ojos algo que no soy capaz de ubicar, pero me doy cuenta de que yo también siento lo mismo, sea lo que sea.

Alcanzamos una sincronía perfecta. Nuestros cuerpos brillan por el sudor. Henry se mete uno de mis pezones en la boca y luego el otro, lamiéndolos y absorbiéndolos mientras mueve las caderas hacia delante y hacia atrás contra mí. Esto es demasiado. Es increíble.

Hundo los dedos en los sólidos músculos de su espalda, aferrándome a él como si fuera lo único que me mantuviera anclada a la tierra. Me empuja un poco más fuerte, un poco más profundo y oigo el sonido de nuestra piel chocando entre sí mientras Henry gime mi nombre. La combinación de todos esos factores me hace estallar. Aprieto las piernas alrededor de sus caderas, empujándolo más adentro con los pies. Él hunde la cabeza en mi cuello, besando y saboreando esa piel tan sensible. Arqueo la espalda, pegándome a él como si me fuera posible acercarme todavía más.

Entonces Henry me embiste con las caderas y siento cómo se hincha y se sacude, poniéndole la guinda al pastel.

Luego se queda tumbado encima de mí, tan jadeante como yo, pero me niego a soltarlo. Una reacción casi emocional empieza a salir a la superficie, aunque todo esto no podría haber sido más perfecto.

—¿Estás bien? —me pregunta Henry con dulzura antes de besarme los párpados, la nariz y los labios.

—Empiezo a sentirme un poco dolorida —admito, haciendo una mueca de molestia cuando él sale de mí, aunque lo hace con cuidado.

—Voy a prepararte un baño, ¿vale? —dice.

Asiento.

—Me parece genial. —No me hace ninguna gracia que se aleje, pero entiendo que en algún momento tendrá que limpiarse y deshacerse del condón—. ¡Henry! —exclamo mientras va hacia el baño.

—¿Sí, capi?

—No me habría gustado hacerlo con otro que no fueras tú.

Él asiente y sonríe de una forma que nunca había visto antes, casi con timidez.

—Lo mismo digo.

31

Henry

No sé por qué es en los momentos en los que me estoy esforzando mucho por no ser una distracción cuando de pronto me vienen a la cabeza todas y cada una de las cosas que en algún momento he pensado en decirle a Halle.

Ella está tecleando en el portátil. Las ideas que tiene para sus amigos imaginarios están fluyendo y no quiero interrumpirla ahora que ha cogido el ritmo, pero, al mismo tiempo, quiero que me haga caso. Y sé que lo hará si se lo pido. Por eso me estoy esforzando mucho por no pedírselo.

Todo ha empezado cuando he llegado y me ha dicho «feliz Nochevieja», a lo cual yo he contestado que eso no es algo que se diga y ella ha contestado que sí. Así que lo he buscado y he terminado leyendo sobre los orígenes de la celebración de Año Nuevo, y quiero contarle lo que he aprendido para que sepa que yo tenía razón.

Después de pasarse los últimos días haciendo turnos dobles, cualquiera pensaría que Halle se tomaría un descanso de escribir el libro, pero parece que ha cogido carrerilla. En teoría, no iba a verla en toda la semana porque yo iba a pasar las fiestas con mis madres y ella estaba ocupadísima, pero, no sé muy bien cómo, he terminado durmiendo aquí todas las noches y luego volviendo a casa.

Mi madre me ha preguntado si me he hecho stripper, porque desaparezco por la noche y vuelvo por la mañana.

Le veo las mejillas por encima del borde de la pantalla del portátil y por eso noto que se ponen de un rojo intenso. Está más pálida de lo normal, pero dice que no está enferma. Levanta la vista hacia mí como si supiera que la estoy mirando y luego vuelve a bajarla a la pantalla.

—Deja de vigilarme —se queja—, que me da mal rollo.

—No te estoy vigilando, te estoy admirando. ¿Por qué te has puesto roja?

Ella cambia de postura y se sienta sobre los pies.

—Por nada.

La voz le sale más aguda de lo normal, una señal que, según he descubierto, significa que está mintiendo.

—¿Qué están haciendo tus amigos imaginarios que te hace sonrojarte tanto?

—¡Nada!

Otra mentira.

—Halle Jacobs, ¿estás escribiendo una escena de sexo?

—¡No!

Y otra más.

—Intento no distraerte, pero me lo estás poniendo muy difícil.

La veo cerrar el portátil de golpe y venir hacia donde estoy yo despatarrado en el sofá. Me pasa por encima y entra a la perfección en el espacio entre mi cuerpo y el reposabrazos. Descansa una pierna sobre mí. Es algo que ya nos sale natural. Encajamos muy bien.

—Vale, ahora te estás distrayendo tú sola.

—Me merezco un descansito. —Estira el cuello para besarme por debajo de la mandíbula—. Estaba escribiendo sobre lo que pasa después de la primera vez que se acuestan. Cuando están en la cama hablando.

—¿De qué hablan?

Se encoge de hombros. Es raro. Es un gesto difícil de hacer estando apoyada en mí y no es un tipo de demostración de inseguridad que le haya visto hacer antes.

—De qué pasa ahora que lo han hecho. De si cambia algo entre ellos. De cómo puede ser el futuro.

—¿Es eso lo que te gustaría haber hecho después de que nos acostásemos nosotros? —le pregunto.

Igual tendría que haberlo pensado, pero la verdad es que no sabía que tenía que hacerlo. Siempre me preocupo por asegurarme de que ella está bien, de que le ha gustado, de no haber sido demasiado bruto, ni demasiado suave, y de no haber cometido ninguna otra combinación de posibles errores.

—¿Tendría que haber sacado el tema?

—¿Cuál de las veces? Creo que no tenemos mucho tiempo para charlar. —Se ríe, pero no ha dicho que no—. Lo podría haber sacado yo. En cualquier ocasión. Supongo que lo que pasa es que no sé en qué punto estamos. Has aprobado la asignatura de Thornton y ya no te hago falta. Yo casi tengo tres cuartos del libro terminados, y me has dado más experiencias de las que podría pedir.

—Sí que me haces falta, Halle. Quiero estar contigo. Te daré lo que quieras, pero quiero estar donde tú estés —le digo con sinceridad. Sí, sobrevivir a Thornton era el objetivo original, pero ahora tengo un propósito mucho mayor—. ¿Qué piensas tú?

—No va a gustarte que hable sobre él.

Gruño y ella me toca la mejilla con un dedo.

—Adelante, sobreviviré.

—Decir que Will era mi novio destrozó nuestra amistad. Me da miedo que, si intentamos ponerle una etiqueta a lo que tenemos, todo sea distinto. Y no quiero que las cosas cambien entre nosotros. Me gustan justo como están. Nos decimos lo que necesitamos, nos vemos tanto como podemos, el sexo... es increíble. Me haces reír, me haces sentir muy valorada, Henry. ¿Y si en realidad no estoy hecha para ser la novia de nadie? No quiero arriesgarme a que salga mal. Solo quiero exclusividad. ¿Es pedir mucho?

Es curioso, porque yo nunca me había planteado ser novio de nadie hasta que la conocí a ella.

—No, no me estás pidiendo mucho. No pienso compartirte y nunca he entendido las etiquetas. Me da igual lo que nos llamemos. No tiene por qué cambiar nada. Aparte de que igual esta vez seré yo el que te ayude con la clase de sexo de Thornton.

Suelta una risita y su cuerpo vibra sobre el mío.

—Por favor, no la llames «la clase de sexo de Thornton», que igual poto. —Me encanta oírla reír—. ¿Podemos prometernos que, si uno de los dos de pronto quiere una etiqueta, se la propondrá al otro? E igual podemos volver a ver cómo nos sentimos más adelante. ¿O estoy siendo demasiado fría?

—No, estás siendo sincera y la sinceridad me gusta. Nos diremos lo que queremos y respetaremos las necesidades del otro. Es lo que ya hacemos, Halle. No veo qué puede salir mal. —Le doy un cachete en el culo—. Ve a escribir. Tengo una historia muy interesante que contarte sobre los orígenes de la celebración de Año Nuevo para cuando acabes.

—Me encanta cuando me amenazas con pasármelo bien.

Después del silencio de casa de Halle, volver a mi casa siempre me recuerda a poner el pie en un zoo.

Halle viene detrás de mí, con los dedos entrelazados con los míos cuando pasamos entre toda esta gente que no vive aquí.

Cuando ha terminado de escribir el capítulo, ha vuelto a subírseme encima y lo que yo pensaba que sería una celebración ha terminado en una siesta conjunta de Halle y Joy sobre mí. Dice que no está enferma, pero yo estoy bastante seguro de que está incubando algo. Tiene los ojos más rojos de lo normal y la piel pálida y sudorosa. Cuando Russ me ha escrito para decirme que iban a pedir comida a domicilio y pasar la noche en nuestra casa en lugar de buscar una fiesta o una discoteca a la que ir, hemos decidido unirnos a ellos.

Dejo el transportín de Joy a mis pies y Halle me da unos golpecitos.

—Me está llamando Gigi, voy a contestarle en tu habitación. Asegúrate de que esta no se haga pis en ningún sitio.

—¡Madre mía! —chilla Aurora levantándose enseguida del

sofá y dejándose caer de rodillas delante del transportín—. ¡No sabía que tú también ibas a venir!

—No puede contestarte, Aurora, es un gato —le digo—. Y no parece que les gustes mucho a los gatos, así que no te acerques demasiado a la puerta.

Robbie pasa la Nochevieja en Nueva York con la familia de Lola y Russ me ha prometido que mañana me ayudará a eliminar cualquier pelo de gato de la casa antes de que él vuelva.

—¿Qué hace aquí? —quiere saber Aurora mientras abre la puertecilla y mete la mano dentro.

—No quiero que pase miedo con los fuegos artificiales si se queda sola. —Halle me ha dicho que Joy se ha pasado durmiendo todas las Nocheviejas desde que nació, pero yo no estoy convencido—. Y es muy mona —añado.

—Sí que es mona —dice Aurora hablándole a la gata como si fuera un bebé; algo que yo, desde luego, no hago—. Hola, bonita. Qué guapa eres.

Me vibra el teléfono, que es lo único que consigue desviar mi atención de que Aurora pueda robarme el amor de Joy.

HALLE

SUBE!

YA!

—No la pierdas —le digo a Aurora, y me dirijo a las escaleras.

Cuando tecleo el código de entrada a mi dormitorio y la veo en el centro de la habitación con las manos en jarras, creo que tal vez no he entendido bien lo que quería.

—¿Tengo que bajarme los pantalones o no? Porque el mensaje me ha sonado a que estabas cachonda, pero ahora tienes pinta de enfadada. Estoy muy confuso.

—¡Mírame el cuello! —grita apartándose el cuello del jersey. Tiene una mancha roja y amoratada que no recuerdo haber visto antes—. ¡Me has hecho un chupetón!

Niego con la cabeza.

—Yo no hago esas cosas.

Tira más del cuello del jersey para que pueda ver que tiene las mismas marcas en la parte superior de los pechos.

—Pues no he dejado que nadie más me acerque la boca a las tetas, así que estoy bastante segura de que eres el culpable. Gigi acaba de verme el del cuello y ahora no va a dejarme en paz con el tema.

—No parecen pruebas suficientes para incriminarme, ¿no crees? —le digo intentando no mostrar el extraño orgullo que siento. Me encanta conocerla lo bastante como para saber qué bromas hacerle—. ¿Llevas maquillaje en el neceser?

—He probado con base, pero no funciona —dice resoplando.

También me gusta un poco cuando se pone de mala leche.

—Porque primero tienes que corregir el color. ¿Tienes algo para eso? No me apetece ponerme a buscar las pinturas para la cara de Halloween.

Asiente y el puchero que hace sigue dándome ganas de besarla. Después de buscar en el bolso, saca una paleta de correctores y una esponja. Le aparto el cuello del jersey y le retiro el pelo con la mano.

—No es más que teoría del color, capi.

—No te pongas en plan artista sexy ahora. Estoy cabreada contigo.

—¿Quieres hacerme uno tú para que estemos en paz? No me importa, puedes marcarme entero si quieres. —Se esfuerza por no reírse—. Estás muy guapa cuando te enfadas.

—Date prisa, antes de que alguno de los chicos le haga un perfil a Joy en redes.

Le doy con la esponja más rápido y los colores cambian de inmediato, como sabía que pasaría.

—Entonces, solo para que me quede claro, no tengo que bajarme los pantalones, ¿no?

De todas las Nocheviejas de mi vida, esta ha sido una de mis favoritas.

Me está costando mucho controlar los celos cuando Joy se pasea entre la gente buscando atención. Halle me va besando la mejilla de vez en cuando y me promete que se nota que me quiere más a mí. Cuando la gata por fin se cansa de que Mattie y Bobby intenten sacarle fotos con la pata sobre un disco de hockey, Halle la coge en brazos y el animal se acurruca sobre nuestras rodillas superpuestas.

Solo faltan cinco minutos para la medianoche y me gusta saber ya a quién voy a besar, aunque esa persona se haya dormido en mi hombro. Todavía estoy preocupado por si está enferma y es demasiado cabezota para admitirlo.

Todo el mundo comenta los propósitos para el nuevo año. Poppy habla primero:

—Quiero empezar a escribir un diario. Me parece que aprendo muchas cosas y luego nunca recuerdo nada.

—Yo quiero empezar a hacer pilates —dice Emilia.

Russ le da un trago a la cerveza y tiene un aire derrotado al hablar:

—Yo quiero arreglar la relación con Ethan.

—Yo quiero empeorar la relación con mi padre —dice Aurora relajando el ambiente—. Y leer los libros que tengo en la lista de pendientes.

Mattie carraspea y mira solo a Aurora al hablar.

—Mi propósito es conseguir pases VIP para el Gran Premio de Nashville y acceso al *paddock* de Fenrir.

Bobby asiente.

—Yo tengo el mismo propósito.

Y Kris se une a ellos:

—Y yo.

Luego le toca a Cami.

—El mío es ser más tóxica y amargarle la vida a más hombres.

Kris niega con la cabeza con un suspiro.

—Haríamos tan buena pareja si me dieras una oportunidad...

Ella inclina la cerveza hacia él como brindando y le guiña un ojo.

—Sigue soñando.

—Venga, Hen, ¿qué propósito tienes tú? —me pregunta Russ.

Halle levanta la cabeza de mi hombro. Vaya, ahora parece que sí que está despierta.

Aunque sabía que terminarían por preguntarme, no sé qué responder. Nunca me marco propósitos de Año Nuevo porque nunca consigo ser constante en nada. Ni siquiera lo soy con mis obligaciones del día a día.

Quiero volver a disfrutar del hockey sin toda la ansiedad que me ha generado ser capitán. Quiero ser buen amigo con todo el mundo y no estar preocupándome constantemente por decepcionarlos a todos. Quiero hacer feliz a Halle. Quiero acordarme de preguntarle más a menudo a Anastasia cómo está. Quiero responder a los mensajes de la gente. No caer en el pozo cuando las cosas se pongan feas. Hay tanto que podría decir, pero no sé cómo.

—Quiero demostrar que Robbie no tiene alergia a los gatos. —Toda la habitación ríe y siento un subidón de dopamina, como cada vez que digo lo correcto—. Venga, Halle. Solo quedas tú.

—Lo de la lista de lecturas pendientes ha estado bien. No recuerdo cuándo fue la última vez que leí algo que no fuera para un club o para la uni. ¿Distraerme menos, a lo mejor...? Sí, quiero distraerme menos de mis objetivos.

Después de eso, Russ le quita el silencio a la reposición que estaban dando por la tele y la gente en Times Square nos informa de que solo queda un minuto para la medianoche.

Empieza la cuenta atrás desde diez, pero hay algo más que tengo que decir. Acerco la boca al oído de Halle y, lo suficientemente bajo para que solo me oiga ella, le susurro:

—Eres lo mejor que me ha pasado este año.

—Lo mismo te digo.

Sonríe y el subidón es sin duda mejor que cuando todo el mundo se ha reído de la broma que he hecho. Y, cuando la cuenta atrás llega a cero, la beso por primera vez este año.

32

Henry

—Deja de mirarme.

Halle no suena como mi Halle cuando me suelta eso por décima vez hoy. Tiene la voz rasposa y nasal; la congestión hace que parezca que tiene una nube de azúcar metida en la nariz cuando habla.

Cuando levanta la cabeza de su posición normal —la cara hundida en la almohada—, tiene la punta de la nariz rosa, los ojos vidriosos y ojeras oscuras.

—Debes ir al médico —le digo por décima vez, una por cada vez que me ha dicho que deje de mirarla—. ¿Por qué eres tan cabezota?

Ella sorbe fuerte por la nariz.

—Porque me dijiste que tenía que empezar a decirle que no a la gente. Así que: no.

—También te dije que no me refería a que me lo dijeras a mí.

—Es solo un resfriado o algo. He terminado pillando lo que dejó fuera de combate a todo el mundo la semana pasada. Estoy bien, Henry. Ya se me pasará, te lo prometo.

—¿Te ha dado una conmoción cerebral de tanto estornudar? La paciente cero de la epidemia que tumbó a todo el mundo fuiste tú. Llevas enferma todo el mes. No es normal, tienes que ir al médico.

Después de pasarse el día de Nochevieja diciéndome que me equivocaba, Halle empezó a quejarse de que no se encontraba bien en Año Nuevo. Dijo que era por haber trabajado tantas horas y luego haberse quedado despierta hasta tarde conmigo, pero que valdría la pena cuando le pagasen y pudiera comprarse ropa para las vacaciones. Un desagradable recordatorio de que el viaje con su familia seguía en pie.

La vuelta a la universidad supuso también la vuelta al hockey y, a pesar de que yo insistí en que se quedase en casa descansando, Halle se arrastró para asistir al partido del sábado después de que hubiéramos perdido el primero del año el día anterior. Estoy casi seguro de que se pasó el encuentro durmiendo en el hombro de Poppy y no vio ni un segundo de juego.

Llamarla mi amuleto la ha vuelto supersticiosa, algo que, a medida que sigue la suerte que tenemos cuando ella está presente, también va alimentando el equipo. Jugamos fuera de casa las últimas dos semanas y, en lugar de aprovechar el tiempo en el que yo no iba a estar para dormir, se fue a echar una mano en Encantada cuando el chico que trabaja allí los fines de semana no pudo ir porque estaba enfermo.

Le señalé que era probable que hubiera sido ella la que se lo había pegado, lo cual no fue muy bien recibido.

—El médico me dirá que descanse —musita con la cara en la fosa del codo—. He dejado de vomitar. Y no estoy embarazada, si eso es lo que te preocupa. Creo que lo que pasa es que mi cuerpo está rechazando mi increíble ética laboral.

La miro con incredulidad y parpadeo despacio, aunque ella no puede verme.

—Ni siquiera me lo había planteado. No sabía que parecer estar a las puertas de la muerte fuera un síntoma de embarazo.

—Es evidente que no has visto la cuarta de *Crepúsculo*.

—¿Crees que he vivido con Anastasia y Lola y no he tenido que ver *Amanecer*? Venga ya. Estoy preocupado por ti. He entrado en una espiral de buscar enfermedades en Google y me está costando estar tranquilo sin que te vea un médico.

Se incorpora en mi cama y se sienta de rodillas de cara a

mí. Es preciosa, hasta cuando está mocosa y con una pinta horrible.

—Si soy la viva imagen de la salud y el bienestar.

—Pues venga, si estás tan sana y tan llena de energía, vámonos.

La forma de mirarme en ese momento es lo más despierta que la he visto desde hace semanas.

—¿Eh?

—Quiero que tengas una nueva experiencia. ¡Vamos a prepararnos y nos vamos, capi!

—Henry, ya no tenemos por qué hacer eso. Te has librado de Thornton y yo hace semanas que no escribo nada. Olvídalo.

—No, te toca una experiencia. Vamos.

Leer el lenguaje corporal no siempre se me da bien, pero Halle casi lo lleva escrito en mayúsculas en la frente. Está cansada. Se encuentra mal. Me odia un poco por obligarla a elegir entre aceptar la derrota o hacer algo que no le apetece. Con un fuerte suspiro, se rinde.

—Vale. Voy a vestirme.

Aunque Halle no tuviera el aspecto de alguien que podría aparecer retratado en *El triunfo de la Muerte*, yo me daría cuenta de que no está bien de todos modos basándome en una sola pista: no me pregunta a dónde vamos.

Para cuando aparco delante de casa de mis madres, se ha dormido. Lo cual es revelador, dado que no está tan lejos de su casa. No me gusta despertarla cuando está enferma, pero llevo las últimas tres semanas dándoles vueltas a todas y cada una de las posibilidades. He terminado obsesionándome con cada estornudo y cada tos, intentando determinar con exactitud cómo suena para poder ubicarla en una tabla que he encontrado en internet.

Ver cómo intentaba hacer como si estuviera de maravilla mientras lidia con una especie de virus estomacal y vomita una y otra vez ha sido la experiencia más extraña de mi vida. No entiendo por qué no quiere cuidarse como es debido. Nadie se moriría si no hiciera lo que le ha dicho que haría. Todo el mundo lo entendería, pero le resulta imposible admitir que necesita tomarse un descanso.

Cuando fui a llevarle más medicina al trabajo, Cami me dijo que Halle tiene miedo de que, si deja de hacer todas las cosas que suele hacer, su madre se suba a un avión y venga a intentar cuidarla. Y puesto que la mujer mantiene la esperanza de que Halle se convierta en Halle Ellington y, dada mi existencia, pasar más tiempo con su madre no es algo que le apetezca ahora mismo.

—Despierta, dormilona —le digo sacudiéndola con delicadeza.

Ella frunce el ceño y mira a su alrededor intentando averiguar dónde estamos. Se frota los ojos con el dorso de la mano y se inclina para mirar bien por la ventanilla.

—¿Quieres que me apunte a una sororidad? Lo pensé en primero y decidí que no era una experiencia que quisiera, así que, ¿podemos volver a casa?

—No es una sororidad. Venga, vamos a entrar. —Abro la puerta con mis llaves y la hago pasar—. Es mi casa.

En cuanto entro, huelo la sopa que hay al fuego. Mientras Halle se preparaba, he llamado a mami y le he pedido que la examinase para quedarme más tranquilo. Hemos debatido sobre si aquello equivalía a traer una chica a casa y al final hemos acordado que no, porque yo nunca traería a una chica a casa mientras mi madre estuviera en el trabajo.

Halle me agarra de la mano y me impide seguir avanzando.

—¿Me has traído a casa de tus madres? Pero ¡si hoy ni me he peinado!

—Eso no es culpa mía, te he dicho que te preparases. Pensaba que la idea era que pareciera un nido. Se lleva así, en una especie de recogido despeinado. —El color le vuelve a las mejillas, aunque sea por el enfado—. Y solo hay una madre, la otra está trabajando —añado.

—¿En serio me estás haciendo esto? ¡¿En serio?!

Empiezo a pensar que la he cagado.

—Solo quiero que te eche un vistazo y me asegure que no te estás muriendo, porque, aunque racionalmente sé que no, hay una vocecilla en mi cabeza que me dice que igual sí. Pero a ti... —Bajo la voz para que no resuene por la casa—... no te da la gana... ir al médico.

—Esto empeora por segundos. Mira, vale. Lo haré por ti, siento que te hayas preocupado.

—No lo hagas por mí, hazlo por ti. Preocúpate por estar enferma. Es lo único que quiero.

Me rodea la cintura con los brazos y entierra la cara en mi pecho. Espero que no le esté goteando la nariz. Le beso la coronilla y el nido me hace cosquillas en la nariz.

—Esto me gusta, pero cada día que pasa estamos más cerca de que me pases todos tus gérmenes y me ponga enfermo yo.

—¿Pensáis venir a saludar o vais a salir corriendo? —grita mami desde la cocina.

—Tu madre tiene acento sureño —dice Halle mirándome desde abajo con los ojos muy abiertos.

—¿Es que no me escuchas? Si te dije que era de Texas.

Se ríe y cierra los ojos mientras niega con la cabeza.

—Ya, pero, por algún motivo, esperaba que hablara como tú, solo que, no sé, más femenina. Es una tontería, ya lo sé.

—Mamá tiene acento de Boston porque es de Boston, para que no haya ninguna confusión cuando la conozcas.

—Vale, listillo. Si le caigo mal tienes que convencerla de que me dé otra oportunidad porque no estoy en mi mejor momento —dice Halle abotonándose el cárdigan y alisándose el vestido. Luego vuelve a desabrocharse el cárdigan—. No sé lo que hago, tengo demasiado calor y estoy muy nerviosa.

—Venga, seguro que le encantas —le digo cogiéndola de la mano.

Por suerte, Halle no me obliga a arrastrarla hasta la cocina, pero se nota que hay un deje de reticencia en su forma de andar. Sigo aferrado a su mano para que no pueda echar a correr y, como sospechaba, mami está echándole especias a la olla de sopa y tiene el portátil y una copa de vino al lado.

—Hola, cariño. La sopa está casi hecha. —Levanta la vista de la olla y la dirige directamente a Halle sin detenerse en mí—. Halle, encantada de conocerte, cielo. Soy Maria. —Gira una de las ruedas de los fogones, se quita el delantal y rodea la isla de la cocina deprisa con los brazos abiertos—. Ay, no pongas esa cara de susto. Henry me ha dicho que estás pachucha, pobre.

Mami abraza a Halle, pero esta no afloja lo fuerte que me está agarrando la mano. En lugar de eso, usa la que tiene libre para recibir el abrazo. Verla tan nerviosa me hace pensar que tal vez tendría que haberla llevado a una clínica y punto. Cuando mami deja ir a Halle por fin, me toma la cara entre las manos y me da un beso en la mejilla.

—¿Has crecido?

—¿Por qué haces como si no me hubieras visto la semana pasada?

Guío a Halle para que se siente a la isla delante de la olla.

—¿Y tú por qué haces como si no siguieras creciendo? —replica, y vuelve a los fogones.

—No puedo haber crecido desde la semana pasada.

—Halle, cariño, ¿quieres los fideos en la sopa o aparte? —le pregunta, y Halle me mira buscando ayuda como si fuera una especie de prueba—. Cuando Henry era pequeño, cada pocos meses tenía amigdalitis y no comía más que sopa de pollo, pero, si había fideos tocando las zanahorias, no la quería. Aunque no nos lo dijo, claro, tuvimos que descubrir por qué lloraba mediante un proceso de eliminación.

—Y desde entonces no han dejado de recordármelo —mascullo.

—O hablas lo bastante alto para que te oigamos o te callas, cielo —dice mami sin dejar pasar ni un segundo—. Me parece que aquel año hice más sopa que todas las familias de la costa oeste juntas, y ahora es tradición familiar servir los fideos aparte, pero puedo ponértelos en el mismo cuenco si quieres.

—Aparte está bien, gracias —dice Halle, y suena más educada de lo que nunca lo ha sido conmigo.

Mami y Halle hablan. Bueno, mami le hace preguntas a Halle sobre de dónde es, qué estudia, qué aficiones tiene...

Y ella responde con el mismo tono educado en lugar de decir: «Déjame, estoy enferma». Golpeteo el mármol de la encimera con los dedos y subo y bajo el pie mientras las oigo hablar y hablar sin parar.

—¿Y tú por qué estás tan alterado? —me pregunta mami con una mirada penetrante.

—¿Piensas examinarla? Está muy enferma.

Tengo demasiada energía en el cuerpo y no puedo estarme quieto. Sé que debería dejar de darle vueltas, pero no puedo. Se le suaviza la expresión.

—Me ha parecido que sería de buena educación dejar que la pobre comiese algo caliente antes de empezar a mirarla con lupa, Henry. Halle, me han dicho que eres un poco cabezota. —La aludida se queda boquiabierta, pero no le sale ningún sonido—. Eso le pega mucho a mi hijo, que es terco como una mula cuando quiere. ¿No es verdad, cariño?

Ahora me toca a mí no tener nada que decir, porque ¿cómo es posible que me caigan esos comentarios a mí, si es Halle la que lo está haciendo mal?

Mi madre se ríe sola.

—Parecéis un par de besugos. A ver que busque el termómetro.

Cuando desaparece, Halle se vuelve hacia mí.

—¡No me puedo creer que le hayas dicho a tu madre que soy una cabezota! Ahora pensará que soy difícil de tratar y una desagradecida. Esa será la primera impresión que tenga de mí. Además, ni siquiera es verdad. ¡Si siempre digo que sí a todo lo que la gente me pide! Por eso me he puesto enferma.

Pues si ella está molesta, yo más.

—Exacto: haces cosas por todo el mundo, a todas horas, hasta el punto de que te pones enferma, y nunca te priorizas a ti misma.

—¡Pues no te quejas de eso cuando hago cosas por ti! —dice, y quiero discutírselo, pero tiene razón: trato la situación de forma diferente cuando me beneficia—. Perdona, Henry, no quería decir eso. Solo estoy de mal humor porque estoy harta de encontrarme mal. Tienes razón, tendría que haber ido al médico la semana pasada. Es que... No tengo excusa. Siento haberte preocupado tanto.

—No es que quiera ser el primero en tu lista de prioridades. Bueno, me gustaría ser el segundo después de ti. Pero lo que quiero es que empieces a darte prioridad a ti misma por encima de todos los demás.

—Ya... —contesta.

Echa un vistazo rápido a la habitación para comprobar que estamos solos y me besa la mejilla.

—No quiero pegártelo.

—No pasa nada, ya recuperaremos el tiempo perdido cuando te encuentres mejor.

Mi madre ha dicho que Halle tiene una enfermedad totalmente común y para nada mortal, y que con unos días de descanso real, hidratación y medicinas se recuperará.

De camino a casa, Halle ha llamado a su jefe y le ha dicho que no iría a trabajar esta semana y también se ha puesto en contacto con Inayah para suspender el club de lectura. Luego ha hablado a la señora Astor y le ha preguntado si le importaría cuidar a Joy unos días mientras ella se queda en casa de un amigo. Por algún motivo, que haya dicho «amigo» me ha puesto triste. O puede que haya sido porque yo quería que trajéramos a Joy con nosotros, pero parece ser que comprobar si Robbie miente sobre la alergia a los gatos es de mal gusto y, seguramente, ilegal.

—La señora Astor me dice que me parezco a su marido cada vez que hablamos. Le he pedido que me enseñe una foto y era un hombre blanco mayor y calvo —le digo a Halle cuando vuelvo de dejar a Joy en la casa de al lado.

Halle levanta la vista de la maleta que está haciendo y se ríe. Es lo más alegre que la he visto desde hace semanas.

—Quiere decir que te pareces a su futuro marido. Es una broma que tenía con Nana. Un poco en plan: «Vaya, parece que tienes madera de marido». Como: «Te pareces a mi marido». «¿A cuál?». «A mi próximo marido». Te está tirando la caña.

—¿No vas a luchar por mí? —le pregunto, y enseguida veo que pone los ojos en blanco.

—Ni hablar.

—Qué rápido has contestado. ¿Por qué no?

—Porque conozco a esa señora desde que era un bebé —dice Halle—. Y, sobre todo, porque sé que practicaba artes marciales en los setenta.

—Yo lucharía por ti si la señora Astor fuera el señor Astor, que en paz descanse.

Mete lo que espero que sea la última prenda en la maleta y empieza a cerrar la cremallera.

—Yo nunca querría que lucharas por mí contra nadie por nada. Pelearse es de tontos y tú no eres tonto.

Arqueo un poco una ceja.

—¿Pelearse es de tontos?

Se ríe masajeándose la sien con los dedos, señal de que pronto tendrá que volver a tomarse la medicina.

—Grayson se metía en peleas a todas horas cuando era adolescente y eso es lo que le decía mi madre. Hasta mandó que se lo bordaran en una tela en plan frase motivacional, como las que se venden con frases sobre Jesús. Creo que Grayson todavía tiene el bordado. Le pediré una foto.

—¿Por qué se peleaba?

Suspira.

—No lo sé. Mi madre decía que eran cosas de chicos, que es una excusa de mierda a mi parecer. Grayson quería irse con mi padre cuando nuestros padres se separaron, pero mi padre no luchó por nuestra custodia. Luego nos fuimos a vivir a Arizona y a Grayson no le hizo ninguna gracia. Le hacían muchísimo bullying por tener otro acento, y porque era bajito y ancho cuando todo el mundo estaba dando el estirón y adelgazando. Creo que eso hizo que se volviera un niño algo problemático.

—Y ¿sigue siendo así?

—¿Problemático? No, la verdad es que ahora es bastante tranquilo, no habla mucho. Fue una época muy difícil para mi madre, porque estaba embarazada de Maisie. Y tenía que cuidar a Gianna la mitad del tiempo y Gi no entendía por qué de pronto había una mujer haciendo como si fuera su madre, así que se portaba fatal. Y luego, cada dos por tres, llamaban del instituto de Grayson diciendo que iban a expulsarlo si no cambiaba el comportamiento.

—¿Cómo llevabas tú todo eso?

—No soportaba ver que Grayson volvía a casa con moretones. Me estresaba mucho porque pensaba que igual me harían bullying a mí cuando llegase al instituto. Era más alta que el resto de las chicas de la clase y la pubertad hizo que pareciera que la jugadora de fútbol americano era yo. Siempre he tenido las tetas más grandes y las caderas más anchas que las demás, pero al final no se metieron conmigo por eso. En realidad, no me hicieron mucho caso, pero, aun así, siguen sin gustarme nada las peleas por lo mal que lo pasó todo el mundo cuando Grayson se portaba mal. Nadie supo lo del bullying hasta más tarde.

Cada vez que Halle me cuenta algo de su vida, me enfado conmigo mismo por no haberle preguntado antes. Quiero que nos sentemos y me lo cuente todo.

—¿Qué hizo que dejase de pelearse? ¿Fue el bordado?

—Me temo que no fue el bordado —dice Halle con una risita que se convierte en un ataque de tos y me recuerda que luego tendré que indagar sobre esa tos—. Sé que parece sacado de *Forrest Gump*, pero ¡te juro que es verdad! Un día cabreó a un chico de su clase por algo y quedaron en pegarse después de clase. Cuando Gray llegó al sitio, en lugar de un chaval había un grupo entero, así que echó a correr. El entrenador de fútbol americano del instituto vio lo rápido que corría, averiguó cómo se llamaba y se enteró de que era una pesadilla de chico al que estaban a punto de expulsar. Lo citó, lo sentó y le dijo que, si dejaba de meterse en peleas y de dar por saco en clase, le permitiría entrenar con ellos. Si era constante y pasaba todo el curso sin incidentes, podría formar parte del equipo.

—Y supongo que no hubo más incidentes.

Halle ríe y tose otra vez, aunque la historia no tiene ninguna gracia.

—No, sí que hubo más. Y, cada vez que pasaba algo, el entrenador ponía el contador a cero, pero el viejo cabezota nunca dejó de creer en mi hermano y al final Grayson entró en el equipo. En cuanto empezaron a valorarlo por ser bajito y ancho, dejaron de hacerle bullying. Empezó a sacar mejores notas, entró en la universidad... y el resto ya se sabe.

—Y ¿a ti qué te pasaba? Grayson se peleaba, Maisie era un bebé y Gigi estaba confundida. ¿Qué hacías tú?

Aparece la sonrisa triste que a veces pone, una que no le llega a los ojos como cuando me sonríe de verdad.

—Bueno, pasamos a ser una familia futbolera, así que yo eché muchos ratos sentada en las gradas leyendo mientras apoyábamos a Grayson. Ayudaba a cambiarle los pañales a Maisie y a tenerla entretenida para que mi madre pudiera descansar. Luego Gigi vino a vivir con nosotros y todo el mundo tuvo que adaptarse también. Pasé mucho tiempo escondiéndome en casa de Will aquel verano.

—¿Así os hicisteis amigos? ¿Mientras te escondías de tu familia?

—No me escondía de ellos exactamente. Mi madre y Paul, pero sobre todo mi madre, tenían tantos frentes abiertos que yo no quería contribuir al estrés. Es difícil meterte en líos cuando lo único que haces es leer. Will tenía mucha confianza en sí mismo y me acogió sin que yo tuviera que poner mucho esfuerzo de mi parte.

¿Por qué le he preguntado por Will? ¿Por qué me gusta tanto autosabotearme?

—Supongo que tiene sentido.

—En su casa no tenía responsabilidades. Nadie me pedía que hiciera nada, nunca terminaba cubierta de babas de bebé, Will se lo tomaba todo con mucha tranquilidad y para mí era un descanso de tener que intentar mantener la paz en mi casa a todas horas. Sé que ahora no hablo muy bien de él, pero en aquel momento lo necesitaba. Me hacía sentir menos sola.

Vuelve a frotarse las sienes y eso me recuerda enseguida que tiene que descansar. Y no me apetece oír hablar de las cualidades de Will con lo mal que la ha tratado y lo poco que ella se da cuenta.

—Me gustaría ver el bordado si tu hermano lo tiene —digo cambiando de tema—. ¿Estás lista para que te cuide?

Asiente y mira alrededor por si se le ha olvidado alguna cosa. Es evidente que ve algo, porque suelta un chillidito.

—¿Qué te parecería si me llevo a Cuac Efron?

33

Halle

Lo más divertido de pasar tanto tiempo con alguien que siempre dice lo que piensa es que, cuando intenta no decirlo, resulta tremendamente obvio.

Ha habido cierta tensión nerviosa en el ambiente durante toda la semana y lo achaco a que Henry necesita desesperadamente hacer que mejore. Me siento mal por preocuparlo y, si llego a saber que se lo estaba tomado tan en serio como para presentarme a su madre, a lo mejor le habría hecho caso un poquito antes.

Es difícil pisar el freno cuando eres la persona que siempre les saca las castañas del fuego a los demás. Pero Henry tenía razón y esta vez han sido mis castañas las que han acabado quemándose.

Ahora que por fin estoy empezando a recuperarme, me toca convencer a Henry de que su salud es lo primero. Lleva semanas machacándose en el gimnasio y haciendo entrenamientos dobles de hockey con sus compañeros de equipo. Dice que lo hace porque, para ser un buen líder, hay que tener la fuerza suficiente para liderar al equipo —una frase que seguro que ha sacado de internet— y que no tiene nada que ver con el hecho de que vaya a jugar contra Will el viernes.

Supongo que hace tiempo que lo estaba esperando y seguramente sienta que tiene algo que demostrar. Está esquivando la verdad y yo se lo estoy permitiendo porque sé que los chicos no paran de decir que no podrán volver a mirarme a la cara si pierden. He intentado explicarles que me da igual, pero parece que nadie me hace caso.

Lo único positivo de las comeduras de tarro de Henry es su empeño en distraerse, algo que hasta el momento ha intentado abriéndome de piernas, cabalgando sobre mí y haciendo que me ponga encima de él en todos los rincones de su casa, de la mía y —por más que me espante admitirlo— de mi coche.

Me tiemblan las piernas cuando intento utilizarlas y, en lugar de apiadarse de mí, que claramente es lo que merezco, me ha dado la charla sobre que levantar pesas podría ayudarme a solucionarlo. Eso antes de hacer que me volvieran a temblar las piernas otra vez.

Como ávida lectora de novelas románticas, siempre me he preguntado cómo los protagonistas son capaces de hacer cualquier cosa a lo largo del día si están constantemente sobándose el uno al otro, pero la verdad es que ahora lo entiendo. Apenas consigo reunir el interés suficiente para vestirme y salir de casa. Lo que significa que, cada vez que me planteo preguntarle directamente a Henry qué es lo que le preocupa para poder asegurarle una vez más que no siento nada por Will, acabo permitiéndole que me distraiga a la primera de cambio.

La película que estamos viendo ha empezado hace cinco minutos, pero él ya está intentando besarme el cuello mientras me acaricia la barriga.

—¿No estás cansado? —le pregunto, cerrando los ojos con fuerza cuando empieza a darme besitos en el cuello, cada vez más abajo.

—¿De ti? Imposible —murmura.

Mi cuerpo reacciona ante él como si no lo hubieran tocado en años, en lugar de en horas, pero debería controlarme un poco y demostrar que soy una mujer adulta. ¿O no? En algún rincón de mi mente una vocecita me dice que eso sería lo correcto, pero otra mucho más insistente e impetuosa me dice que me quite la ropa.

—¿Quieres que agarremos el toro por los cuernos y hablemos del tema? —le pregunto, felicitándome para mis adentros por verbalizar mis pensamientos en lugar de rendirme sin más.

Cuando me contesta, su aliento me calienta el cuello.

—Todavía no te he conseguido ningún toro, pero si quieres podemos ir a Santa Mónica ahora mismo.

—No digas tonterías. Me refiero a la razón por la que estás descargando toda tu tensión nerviosa en mi cuerpo en lugar de contarme cómo te sientes.

Me empuja una rodilla con la suya y se mete entre mis piernas, apretándose contra mí para que pueda notar lo excitado que está.

—No estoy nervioso por el partido. Ni siquiera creo que vaya a ver a tus padres.

—¡Así que sabes de lo que estoy hablando! ¡Henry, suéltame! Vamos a hablar de ello.

Él gime mientras sale dramáticamente de entre mis piernas y se deja caer sobre el colchón.

—No hay nada de que hablar. No estoy nervioso.

No es casualidad que mis padres eligieran para su visita anual de enero el fin de semana que Will juega en Maple Hills, pero no me di cuenta de que las fechas coincidían por culpa de lo enferma que estaba cuando me llamaron para recordármelo hace unas semanas. Ya me he hecho a la idea de que esos dos días van a ser un infierno, pero no soporto que Henry haya estado preocupado por eso toda la semana.

—Sabes que me da igual que ganéis o perdáis, ¿no? Y si no quieres ver a mi madre y a mi padrastro, por mí perfecto. La verdad es que ni siquiera me lo había planteado, con lo ocupado que vas a estar con el equipo y, además, siempre que hablo con ellos por teléfono dices que son unos pesados.

—Quiero ganarle por ti —dice—. Quiero humillarlo, igual que él te humilló y te menospreció. Quiero que sufra cada segundo que pase en el hielo.

—Todo eso es muy loable, pero quiero que sepas que a mí me da igual. Voy a estar allí única y exclusivamente por ti. Bueno, también por los chicos, pero sobre todo por ti. Si ganáis, ganáis. Y si no, pues no pasa nada.

—¿Ahora viene la parte en la que te pones en plan peliculero y me dices «para mí siempre serás un ganador», o algo así de cursi?

—¿Quieres que te diga eso, campeón? —Henry pone los ojos en blanco, pero se acerca y posa la mano en mi mejilla—. Siempre podrás contar con mi apoyo. Somos un equipo, ¿recuerdas?

—¿Crees que nunca les voy a caer bien a tus padres porque no soy Will? —No estoy acostumbrada a que Henry se muestre inseguro, por lo que el deje de vulnerabilidad que hay en su voz mientras me aparta la mano de la cara para cogerme un mechón de pelo y empezar a retorcerlo entre los dedos me destroza.

—No les vas a caer mal, Henry. Ni siquiera te conocen. Si te conocieran, te adorarían. Eres una persona que hace inmensamente feliz a su hija y, a fin de cuentas, eso es más importante que cualquiera de mi pasado.

—Por una parte te veo muy convencida, pero por otra no te creo.

—Deberías hacer algo productivo para mantener la mente ocupada. —Le aparto la mano que posa inmediatamente sobre mi muslo—. Que no implique manosearme —añado—. ¿Por qué no pintas, o dibujas? O, no sé, podrías coger la tablet y hacerme un análisis estructural de todas las obras que has creado, con imágenes incluidas.

Espero que proteste, pero no lo hace.

—Vale —dice—. Quédate aquí.

Henry sale de la habitación mientras yo me quedo en su cama, confundida y muy recelosa. Cuando vuelve a entrar, me tiende la mano y me señala la puerta con la cabeza.

—No —digo, entornando los ojos con suspicacia—. Me da la impresión de que no estás tramando nada bueno.

Me dedica una sonrisa pícara que hace que me derrita.

—Estoy haciendo lo que me has dicho. Tengo que mantener la mente ocupada y no hay nadie más en casa, así que vamos.

Lo cojo de la mano sin abandonar mi escepticismo mientras me saca de la habitación y me lleva a la de al lado. Creo que nunca había entrado allí. Hay una cama pegada a la pared sin sábanas y varios lienzos en blanco apoyados contra el armario.

—¿Esta es tu guarida secreta?

Me siento en la cama mientras él camina por la habitación vacía.

—Es el antiguo cuarto de JJ. Se suponía que iba a entrar otra persona, pero al final no ha entrado nadie, así que solo la usamos si los chicos se quedan hasta muy tarde. He pegado la cama a la pared para que quede más espacio. A veces trabajo aquí.

—Qué práctico... —Sigo con la mosca detrás de la oreja.

—¿Quieres pintar algo conmigo? —me pregunta, extendiendo una tela protectora sobre el suelo de madera—. Tengo en mente algo muy específico.

Tardo diez veces más de lo normal en parpadear a causa de la sorpresa.

—Estás de broma. ¿Me vas a dejar participar en el proceso?

—No estoy de broma. —Henry aparta los lienzos para abrir la puerta del armario, mete la mano y saca lo que parece un lienzo de algodón enrollado y un paquete sin abrir de pinturas de distintos colores—. Pero nos vamos a poner perdidos. Es pintura corporal.

Deja los colores en el suelo, a sus pies, se arrodilla y despliega el lienzo en medio de la sábana protectora. Luego se lleva una mano a la nuca, se quita la camiseta por la cabeza y la lanza hacia atrás.

—¿Qué quieres hacer? —le pregunto, quitándome la sudadera que le he robado. Henry se levanta y se baja el pantalón de chándal para quedarse en calzoncillos.

—Quiero quitarte toda la ropa, cubrirte de pintura y follarte aquí mismo, en el suelo —dice, señalando el centro del lienzo—. Respetuosamente, por supuesto.

Siempre digo que me gustaría conocer mejor el proceso creativo de Henry...

—Me encanta el arte.

Se acerca a mí mientras me levanto, tira del cordón de mi

pantalón de chándal y captura delicadamente mi boca con la suya.

—A mí también me encanta el arte.

Me hace retroceder con cuidado, me quita la camiseta por la cabeza y me baja los pantalones. Entrelaza las manos en mi nuca y me doy cuenta de que me está retirando la cadena.

—No —le digo, protegiendo la «H» con la mano—. Trae mala suerte que me la quite.

—¿Quieres que se estropee con la pintura corporal? —Sacudo la cabeza—. No va a pasar nada malo porque te la quites.

Curiosamente, me hace sentir más expuesta que me quite la cadena que el hecho de que me haya desnudado hasta dejarme en ropa interior. Henry desaparece en el cuarto de baño, vuelve a aparecer con un sobrecito cuadrado de papel de aluminio y lo deja caer al lado del lienzo. Luego coge los tubos de pintura del suelo, rompe el precinto de plástico que los une y me pide que elija un color.

—El morado.

Deja los otros en el suelo y me hace retroceder unos cuantos pasos, de manera que ambos nos quedemos de pie sobre la sábana protectora.

—Voy a quitarme la ropa interior y luego te quito la tuya. ¿Te parece bien?

Asiento con la cabeza, nerviosísima. Tengo la sensación de estar observando cada uno de sus movimientos con un interés excesivo. Se le empieza a poner dura mientras se baja los calzoncillos y me quita las bragas y, cuando me desabrocha el sujetador y me baja los tirantes por los hombros, se me endurecen los pezones.

—Puede que pasemos un poco de frío —dice, quitándole el tapón al tubo de pintura. Me da un último beso fugaz antes de estrujarlo sobre mi pecho. Me estremezco un poco y se me pone la piel de gallina. La pintura empieza a salir; Henry pilla una gota con el pulgar y pinta algo entre mis clavículas—. Adiós a la mala suerte —dice, mientras firma mi piel con la misma «H».

Cojo otro tubo del suelo sin mirar siquiera el color, le quito el tapón y le lanzo un chorro contra el pecho. Henry me lo arrebata y me embadurna las piernas.

Seguimos así un buen rato, entre risas, caricias, pintura y besos. Luego Henry me tumba en el suelo y la pintura que me ha echado en el culo resbala por el lienzo. Después me cubre los pechos con las manos, dejando dos grandes huellas azules. El azul se mezcla con el rosa mientras me acaricia el pezón con el pulgar.

Comparamos nuestras manos a ver quién las tiene más limpias y, como gano yo, rasgo el papel de aluminio y le pongo el condón. A pesar de todo lo que he practicado, por una fracción de segundo tengo la sensación de que no voy a ser capaz de recordar cómo hacerlo.

Se coloca en posición y mi cuerpo se entrega a él mientras empuja suavemente.

—Me encanta estar dentro de ti —susurra, apoyando con firmeza las manos a los lados de mi cabeza mientras mueve las caderas contra las mías.

Henry es el colmo de la perfección.

Gimo en señal de protesta cuando se aparta para sentarse sobre los talones y coger más pintura. Me agarra de un pie, quita completamente el tapón y me echa pintura azul desde el tobillo hasta la rodilla. Repite la operación en la otra pierna con pintura roja.

—¿Qué haces? —le pregunto, incorporándome sobre los codos para observarlo mientras trabaja.

—El azul con el rojo hace morado. Ponte de rodillas.

—Sí, capi. —La forma en la que me fulmina con la mirada merece la pena cuando me pongo a cuatro patas y él me echa más pintura por el culo y me da una palmadita. Hago lo que me indica mientras me empuja un poco los hombros hacia abajo con las manos hasta que mi pecho toca el lienzo.

Henry me agarra de las caderas y gime con fuerza al volver a hundirse en mí.

El sonido de la pintura salpicando su piel al chocar contra la mía me lleva al clímax. Apoyo la mejilla en el suelo y extiendo un brazo hacia atrás para que me dé la mano. Él la agarra con fuerza mientras ambos nos corremos y nos desplomamos sobre la tela.

Como siempre, nos quedamos un rato en silencio mientras intentamos bajar de las estrellas y volver a la tierra. No sabía que era posible sentirse así.

—Halle —susurra Henry.

—¿Sí? —respondo, con el corazón martilleando en el pecho.

—Tienes pintura en la mejilla.

El martilleo disminuye.

—Gracias por la información.

Tardamos el doble de tiempo en ducharnos que en pintar el cuadro porque nos empleamos a fondo para eliminar cualquier rastro de pintura.

Estoy segura de que voy a seguir encontrando motitas moradas durante mucho tiempo.

—¡Tengo que irme a limpiar la casa antes de que mis padres vengan mañana! —grito desde su cuarto de baño mientras me pongo una de las camisetas de los Titans con su nombre.

Henry aparece en la puerta con los pantalones caídos sobre las caderas y echándose crema hidratante por el pecho y los bíceps.

—No puedes irte con el pelo mojado. Volverás a ponerte mala. Acabo de curarte.

—Eso es un mito. No me va a pasar nada. Y si me pasa, me encanta que me cuides.

Él frunce el ceño.

—Al menos hazte un moño, o algo.

—Menos mal que estás buenísimo, porque eres un mandón. —Saco la caja de mis cosas que está debajo del lavabo; tiene una etiquetita en la parte delantera que antes no existía en la que pone «Halle»—. Me he perdido un capítulo.

—¿De qué? ¿Del libro? Seguramente ha sido porque te distraes con mucha facilidad.

—No, no me refiero a mi libro, y no me hagas hablar de personas que se distraen con facilidad. Me he perdido el capítulo en el que has puesto mi nombre a las cosas.

—Ah —dice como si no tuviera importancia—. Es que le regalé a Anastasia una etiquetadora por Navidad y le estaba enseñando a usarla. Son tus cosas, así que necesitaban una etiqueta.

Se me pone un nudo en la garganta. Aunque es un detalle minúsculo, para mí significa muchísimo. Pero como me ponga a llorar por una etiqueta, Henry va a acabar echándome, así que intento controlarme.

—Me haces sentir muy especial, Henry.

—Me alegro, porque lo eres —replica él.

—Es mejor que me vaya. Tengo un montón de cosas que hacer. —«Como llorar en privado».

—¿Necesitas ayuda? —me pregunta.

—Gracias, pero más que una ayuda serías una distracción.

—No me estaba ofreciendo. Iba a decirte que hablaras con Russ. Se le da genial limpiar.

Pongo los ojos en blanco con todas mis fuerzas mientras paso a su lado con desgana. Él me cierra el paso con el brazo, me da un beso en el cuello y me clava un dedo en el costado.

—Adiós, Henry.

—Adiós, capi —replica él, pero me agarra antes de que pueda girarme del todo y me besa de una forma que hace que mis rodillas, que ya no eran muy fiables, se queden al borde del colapso—. ¡Halle, espera!

Sale corriendo de la habitación, dejándome desconcertada. Cuando vuelve, me enseña la gargantilla.

—No queremos tener mala suerte.

Sé que voy sonriendo como una boba durante todo el viaje de vuelta a casa. De vez en cuando me veo en los retrovisores, pero no podría evitarlo aunque quisiera.

Bueno, hasta que llego a mi casa y veo un coche que no conozco y las luces encendidas. Una persona normal pensaría que le están robando. Una persona normal entraría en pánico y llamaría a la policía, no se metería en casa con los supuestos ladrones. Pero yo no soy una persona normal y sé que esto es mucho peor que un robo porque, cuando entro en el salón, mi madre y mi padrastro se están bebiendo una botella de vino con Will y sus padres.

—¡Sorpresa, Osito! —grita mi madre, levantándose de la silla para darme un abrazo enorme—. ¿Por qué tienes pintura en el pelo?

34

Halle

Si existe un poder superior, el muy cabrón me odia.

No hay otra explicación para que mi peor pesadilla haya llamado a mi puerta un día antes de lo previsto. Bueno, ni siquiera ha llamado a mi puerta: ha entrado directamente en mi casa. Porque, al parecer, a mis padres les parece completamente normal entrar en una casa en la que no viven. Vale, puede que mi madre sea la dueña, pero aun así. Podría haber andado desnuda por ahí. Henry podría haber andado desnudo por ahí.

Mi madre me explica encantada que el entrenador de Will le ha dejado venir antes porque sus padres iban a coger un avión para ver el partido. Lo dice como si fuera algo maravilloso y no soy capaz de encontrar las palabras necesarias para expresar que no lo es en absoluto. Me gustaría preguntarles por qué no han cogido un avión hasta donde vive Will y han venido con él mañana, pero me parece una alucinación y no sé muy bien cómo gestionarlo.

Espero hasta que todos se ponen a hablar de la ilusión que les hace ir al partido para sacar el móvil del bolsillo. Abro el chat que tengo con mis amigas.

SPICE GIRLS

Halle Jacobs
Cuál es el código para cuando llegas a casa y te encuentras con tu ex, su familia y tus padres?

Poppy Grant
Hay alguno peor que el rojo? El código superrojo?

Cami Walker
a la mierda el código, nena, CORRE

Emilia Bennett
Quieres que te rescatemos?
Puedo llamar diciendo que hay una fuga de gas para que evacúen tu calle

Aurora Roberts
déjalos en tu casa y montamos otra fiesta de pijamas en el hotel!!!
pero no te olvides de Joy

Halle Jacobs
Llevo la camiseta de los Titans de Henry y no os imagináis la mirada ASESINA de Will
Pone HENRY encima de una teta, literalmente

Poppy Grant
Ládrale

Aurora Roberts
ládrale

Emilia Bennett
Ládrale!

Halle Jacobs
Me está preguntando que de qué me río

Cami Walker
guau guau guau guau guau

Poppy Grant
Dile que te ríes de la jeta que tiene
por presentarse en tu casa

Emilia Bennett
Se lo has contado a Henry?

Halle Jacobs
No. He cogido el móvil y os he escrito
a vosotras directamente

Aurora Roberts
es mejor que no lo hagas, no?
a no ser que quieras que se presente ahí.

Cami Walker
totalmente
es decir, como espectadora me gustaría verlo...
pero como tu amiga no

Halle Jacobs
Tengo pintura en el pelo y mi madre
quiere saber por qué
Si ella supiera...

Aurora Roberts
dile que te estás follando a un artista,
a ver qué dice

Halle Jacobs
Antes me pego un tiro

Dejo el móvil
Rezad por mí

Cami Walker
voy a decirle a mi abuela que te ponga una vela
aunque en Irlanda ya es medianoche
así que tendrás que esperar

Poppy Grant
Yo tengo una vela de Dolly Parton, funcionará?

Halle Jacobs
Seguro que sí, porque a peor no puede ir

Me guardo el móvil y empiezo a repasar mentalmente todas las cosas de la casa que habría escondido si no me hubieran pillado por sorpresa. La ropa sucia que hay encima de la cama de la habitación de invitados, el arenero que tenía que limpiar, los libros que hay por todas partes. Dios mío. Hay condones en el baño. Al parecer, sí puede ir a peor.

Me levanto de golpe, como si alguien hubiera encendido una hoguera debajo de mi silla.

—Cariño, ¿a dónde vas con tanta prisa? —me pregunta mi madre, haciendo que me quede inmóvil de repente.

—Tengo que ir al baño, lo siento. Vuelvo enseguida.

Subo las escaleras tan rápido que parezco una atleta olímpica. Puede que estuviera equivocada y que Grayson no acaparara todos los genes deportivos. Entro corriendo por la puerta del baño y la ofensiva caja negra me devuelve la mirada. Creo que, si pudiera hablar, me diría que madurara, pero eso no impide que la coja para esconderla de mis padres.

Lo que no me espero es que la caja esté vacía.

HENRY TURNER

Hemos usado todos los condones
que tenía en el baño?

Me estás provocando?

Lo digo en serio

No, aunque les hemos dado bastante caña
Habrá que esforzarse más la próxima vez

La caja está vacía

Qué raro. A lo mejor la señora Astor
no quiere que folle contigo
Yo tengo unos cuantos. Ven y te los enseño

Te creo. Tengo pintura en el pelo
que lo demuestra
Y me he marchado hace solo quince minutos!

La pregunta es: por qué te empeñas
en marcharte?
Vuelve. Te echo de menos. Tráete a Joy
No creo que Robbie se muera

No puedo. Mi madre y mi padrastro han
venido antes para darme una sorpresa
Ni lo menciones, no han sido ellos
Ni se te ocurra pensarlo

Gracias a lo de mi regalo de Navidad, ahora sé que la señora Astor utiliza la llave de emergencia de una forma muy liberal, pero no creo que me robara los condones antes que el cuenco al que le tiene echado el ojo desde que Nana lo compró en los noventa.

Mientras salgo del baño caja en mano para tirarla en la basura de mi habitación, llego a la conclusión de que tengo un fantasma en casa. Que es lo que me hace llevarme un susto de muerte cuando salgo al pasillo y Will emerge de la oscuridad como una puñetera aparición.

—Ay, joder, qué susto.

Él se ríe y levanta las manos en actitud defensiva mientras yo escondo detrás de la espalda la caja que llevo en la mano.

—Perdona, no pretendía asustarte. Quería ir al baño.

—¿Y no podías usar uno de los otros?

Se encoge de hombros, mira hacia la escalera y luego vuelve a mirarme.

—Mejor hablamos en tu habitación, Hals.

—Mejor hablamos aquí. O mejor nos vemos abajo, después de que vayas al baño que te dé la gana.

—Yo no sabía que no estabas al tanto de que veníamos. Nadie me dijo que era una sorpresa. Si lo hubiera sabido, te habría avisado. No me hace gracia pillarte desprevenida.

Mi cuerpo se relaja un poco y bajo un pelín los hombros.

—Bah. No te preocupes. La intención era buena y me alegro de verlos a todos.

Él asiente.

—Ya, te echamos mucho de menos en Navidad. La cena fue un desastre sin ti haciendo que todo el mundo cumpliera el horario; comimos dos horas tarde. Te mandé un mensaje, pero no me contestaste.

Ojalá le hubiera ladrado al salir del baño.

—Lo sé, Gigi me dijo que había sido bastante estresante. Y lo siento, tenía doble turno en el trabajo. Se me debió de traspapelar.

—Tranquila, no pasa nada. ¿Cuánto tiempo llevas con tu nuevo novio?

Es una sensación rara cuando el instinto se da cuenta de algo antes que una misma. Por eso me siento tan incómoda con él.

—No tengo novio, Will.

—No me trates como si hubiera nacido ayer, Hals. Los condones y el nombre del tío que llevas en las tetas indican todo lo contrario.

—Vale, esta conversación ha terminado.

Lo esquivo y voy hacia mi habitación; por suerte, no me sigue. Tras deshacerme de la caja, me doy cuenta de que no tengo un fantasma, sino un ex.

Salgo para bajar rápidamente por si Will de verdad necesitaba ir al baño, pero sigue en el pasillo, esperándome. Está apoyado en la pared de brazos cruzados y se endereza cuando me ve. Mi intención es ignorarlo y bajar, hasta que abre la boca.

—Tengo la sensación de que cada vez que te veo estás más distinta.

Eso me hace pararme en seco.

—¿Perdona?

—Te has cortado el pelo. Has cambiado de maquillaje. Hasta has empezado a usar joyas. Es evidente que ahora tienes relaciones sexuales. Incluso hueles diferente. ¿Has cambiado tu perfume por él, Hals?

Cierro la mano alrededor de la H que llevo colgada del cuello.

—He hecho todas esas cosas porque me ha dado la gana. Nadie me lo ha pedido. Nadie me ha obligado.

—Veo tus stories y estás por ahí todo el rato. Aunque no las mire, me entero de rebote por mi madre. «Los nuevos amigos de Halle le han conseguido entradas VIP para un concierto; los nuevos amigos de Halle la han invitado a un viaje a Europa para ir a una carrera de Fórmula 1 en verano; los nuevos amigos de Halle han ido con ella a un restaurante carísimo de Los Ángeles; los nuevos amigos de Halle la han llevado a un partido de la NHL». ¿Acaso saben cómo eres de verdad? Joder, ¿acaso sabes tú cómo eres de verdad, a estas alturas?

—No tienes ni idea de lo que estás diciendo, Will. Vamos abajo.

Ojalá me hubiera quedado en casa de Henry. Al menos así podría haber evitado esta conversación.

—¿Por qué soy la única persona a la que no has querido dar prioridad?

Eso es lo menos fuerte que ha dicho y, sin embargo, me hace hervir la sangre.

—¿Qué estás diciendo? ¡Si te daba prioridad en todo! Quería cortarme el pelo y no lo hice. Planifiqué mi horario en torno a ti y al hockey. Me tiraba horas en el coche conduciendo para verte. ¡Me rompí los cuernos intentando ser simpática con tus amigos para caerles bien! ¡Si no te hubiera dado prioridad absoluta, ni siquiera seríamos amigos!

—¡Perdona, pero eso no es cierto ni justo! Yo era tu amigo cuando no tenías a nadie. A lo mejor se te ha olvidado, ahora que tienes en Maple Hills los amigos que siempre quisiste.

Hay cierta amargura en su voz que revela algo que en el fondo siempre he sabido: no tiene ni idea del tipo de amigo que es.

—Will, si no fuéramos vecinos, si nuestros padres no fueran amigos íntimos o si no me esforzara más de lo debido en complacer a los demás, habríamos dejado de ser amigos cuando teníamos, no sé, ¿doce años? ¿Trece?

—Eso no es cierto, Hals.

—Si no te hubiera hecho prácticamente los deberes durante ocho años, si no te hubiera dejado copiar las respuestas en los exámenes, si no hubiera conducido siempre para que tú bebieras a gusto o no te hubiera proporcionado una coartada porque tus padres pensaban que, si estabas conmigo, te meterías en menos líos..., no seríamos amigos.

—Halle...

—Si no te hubiera ayudado con todas y cada una de las solicitudes para las universidades, no seríamos amigos. Si no hubiera cuidado a tus hermanos a la vez que cuidaba a las mías para que pudieras salir, tú y yo no seríamos amigos.

—Halle, para.

—Puedo seguir. Hay una larga lista de cosas que he hecho por ti en la última década porque no sabía decir que no. Si fueras mi amigo, me lo habrías impedido. Me habrías dado un toque de atención y me habrías dicho que no hacía falta que hiciera cosas por ti para no perderte. Me habrías dicho que dejara de permitir que todo el mundo me utilizara como si fuera un felpudo. Si de verdad fueras mi amigo, Will, me habrías dicho que me convirtiera en mi prioridad número uno. Me habrías dicho que aprendiera a decirle que no a la gente. Crees que sabes cómo soy porque me conoces desde hace más tiempo, cuando en realidad solo has conocido a la persona que se amoldaba a todo para facilitarles la vida a los demás.

—No sabes lo que estás diciendo, Halle.

—¡Entonces dime algo que te guste de mí! Dime algo que no esté directamente relacionado con lo que haya hecho por ti, o por otras personas, y a lo mejor cambio de idea.

Pero no se le ocurre nada y se le nota en la cara que está cabreado.

—No sé en qué mundo vives, pero tus nuevos amiguitos te dejarán tirada en cuanto Henry Turner se aburra de ti.

El problema de conocer a alguien desde hace tanto tiempo es que sabe perfectamente cómo meter el dedo en la llaga.

—No pienso seguir escuchándote. Lárgate a tu hotel y pasa de mí hasta que te vuelvas a San Diego. Ni somos amigos ni vamos a volver a serlo.

—A lo mejor deberías pensártelo bien, porque esos no son tus amigos, Hals, y tengo entendido que él tiene fama de mujeriego por algo. ¿Para qué iba a querer seguir contigo cuando ya ha conseguido lo que quiere de ti? Aunque tengo que felicitarlo por lograr que te lo folles cuando yo estuve intentándolo durante un año y no conseguí que lo hicieras.

—Te odio.

—No es verdad. Eres demasiado buena para odiar a nadie. Enfádate conmigo durante un tiempo si quieres, adelante, porque las verdades duelen, pero cuando te des cuenta de que tengo razón, te perdonaré, porque eso es lo que hacen los amigos de verdad. Y en las vacaciones de primavera pienso demostrarte que soy tu verdadero amigo y que las cosas pueden volver a la normalidad.

—Lárgate de aquí ahora mismo, Will.

Esta vez hace lo que le pido y baja las escaleras. Me quedo allí plantada, tensísima, mientras intento escuchar su voz abajo. Cuando oigo que la puerta principal se abre y vuelve a cerrarse, voy hacia mi habitación. Quiero llorar, pero no soy capaz. ¿Tal vez por la impresión? Desde luego, hoy no esperaba tener esa conversación.

Lo primero que se me ocurre es llamar a Henry, pero sé que debería dejar que se concentrara para el partido de mañana. Saco el teléfono del bolsillo y abro el chat con las chicas, pero la simple idea de contarles lo que Will me acaba de decir me da náuseas. No porque crea que me van a juzgar por haber sido amiga suya durante tanto tiempo, sino porque, ¿y si tiene razón?

Si les cuento lo que me ha dicho y dicen que es un mentiroso y luego me dan la espalda, ¿me dolerá el doble? ¿Es más fácil vivir en la ignorancia, con la esperanza de conocer a las personas a las que consideras tus amigas?

Cuando me siento preparada para fingir el resto de la noche, vuelvo a bajar al salón. Para mi consternación, los padres de Will siguen allí con los míos. Ahora que se me ha pasado el susto inicial por la visita, me doy cuenta de que solo han venido mi madre y mi padrastro.

—¿Estás bien, cariño? —me pregunta mi madre cuando vuelvo a la sala—. Has estado arriba mucho tiempo.

—Lo siento, me he pasado todo el mes enferma. Necesitaba descansar un poco. Por cierto, mamá, ¿dónde están Maisie y Gianna?

—En casa de Sylvia —dice, refiriéndose a la madre de Paul—. Hemos decidido tomarnos unas pequeñas vacaciones y hacer algo de turismo, y no podían faltar a clase.

—Vaya, tenía muchas ganas de verlas.

—Bueno, si vinieras a casa las verías —dice ella, sonriendo por encima de la copa de vino.

—Las verás en un par de semanas, Hals.

—Entonces venís de fin de semana largo. ¿Y dónde os vais a quedar?

Mi madre me mira como si acabara de pedirle los códigos nucleares mientras me siento enfrente de ella.

—Aquí, obviamente.

—¿Y no se te ha ocurrido preguntarme si me parecía bien? He quedado con una amiga. Va a venir para que la ayude con un proyecto grupal para una clase a la que vamos juntas. Le ha tocado un grupo que no aporta mucho y no quiere suspender...

—Puedes hacer todas esas cosas mientras estamos aquí, Halle. Nos mantendremos al margen —dice mi madre, interrumpiéndome.

Sé que es verdad, pero sigue molestándome que no se le haya ocurrido consultarme. Ha dado por hecho que me parecería bien, pero, claro, ¿por qué iba a pensar lo contrario, si siempre me parece bien todo? Sé que ha sido la discusión con Will lo que me ha puesto de mal humor, pero también sé que ella nunca decidiría quedarse en casa de Grayson un par de días más de lo previsto sin avisar. A él le preguntaría antes, sin duda.

—Ya.

Hay una tensión rara en el ambiente, pero no sé cómo romperla. La madre de Will se acerca y se aclara la garganta. Tiene en la mano el bloc de dibujo de Henry, algo que obviamente habría escondido si no me hubieran tendido una emboscada.

—¿Ahora dibujas, Halle? Están muy bien.

—Es verdad, pero no los he hecho yo. Es el bloc de un amigo. Debe de habérselo dejado sin querer.

—A ver —dice mi madre, cambiando la copa de vino a la otra mano para coger el bloc. Un trozo de papel cae por un lado y acaba en el suelo. Si no estuviera tan nerviosa, me reiría ante la perspectiva de tener que explicarles a todos la historia de Cuac Efron y su traje.

—Son todos retratos tuyos.

—No son todos retratos míos —replico, doblando las rodillas contra el pecho mientras agarro la «H» de la cadena, con la esperanza de que no se dé cuenta de que coincide exactamente con la «H» con la que Henry firma sus obras—. Muchos son de Joy y también hay flores.

El padre de Will se aclara la garganta, claramente incómodo.

—Creo que deberíamos irnos al hotel y dejaros solos para que os pongáis al día.

Es impresionante la velocidad a la que consiguen marcharse; ojalá se llevaran a mis padres con ellos. Mi madre sigue hojeando atentamente cada página y no tengo ni idea de lo que se le está pasando por la cabeza. Al final deja el bloc en la mesita de centro y mira a mi padrastro.

—Creo que nosotros también deberíamos irnos a la cama, Paul.

Mi madre se detiene delante de mí al salir de la sala y se inclina para darme un beso en la coronilla.

—Buenas noches, cielo.

Paul la sigue y me revuelve el pelo en el punto en el que mi madre acaba de darme un beso, como lleva haciendo desde que me heredó como hija.

—Te quiero, Osito.

Al oírlos salir de la habitación, Joy se despierta de la siesta. Ojalá pudiera hablar, porque ella les contaría cuánto mejor es Henry que Will.

35

Henry

Cuesta creer a toda la gente que me dice que el día de hoy no es para tanto cuando todo el mundo que nos conoce a Halle y a mí me ha preguntado cómo estoy.

Anoche, después de que Halle se fuera a su casa, el equipo discutió cómo sería la rutina perfecta. Mis antecedentes podrían llevar a pensar que fue una actividad inútil, pero hoy he hecho todas y cada una de las cosas que dijimos que íbamos a hacer. Y los demás jugadores también. Es extraño, pero ha confirmado la idea que tenía de que me siento mejor cuando sigo una rutina. Igual es el primer paso para ser capaz de seguirla.

No me he saltado ni un estiramiento, ni un gramo de proteína ni me he despistado durante ningún discurso motivador. En cierto modo, me ha recordado a lo mucho que me gustaba ser un jugador más del equipo sin el soniquete constante en mi cabeza de que tengo que hacer más, ser mejor, ser el líder. Hoy tenemos todos la misma idea: queremos ver a Will llorar al final de la noche.

Todo el mundo está igual de emocionado que yo con la idea excepto Halle. Hemos cumplido con todas las supersticiones de mis amigos. JJ, que está en San José, se ha puesto los pantalones de la suerte; Nate solo está escuchando rock; Joe se ha puesto primero la zapatilla derecha y también le ha pedido a su abuela que rece la oración especial que solía usar los días de partido.

Parece una actitud extremista y, desde luego, paranoica, pero todo el mundo sabe lo mucho que me importa Halle. Will es arrogante en la pista y sé por Halle que la gente lleva toda la vida lamiéndole el culo. No hay nada que pueda decirle que vaya a hacerle más daño que darles una paliza este fin de semana.

Soy el último que queda en la pista después del calentamiento. Llevo todo el día concentrado. Me siento bien, el equipo también, y ahora solo me queda sobrevivir al discurso motivador de Faulkner.

Estoy a punto de pasar por la tierra de nadie, una pequeña zona creada por un error de diseño que conecta nuestro pasillo con el del equipo visitante, cuando oigo que alguien me chista. Enseguida sé que tendría que ignorar a Will, pero cuando lo oigo llamarme cobarde de mierda no puedo evitar pararme. Los chicos que van delante de mí hacia el vestuario se detienen también y se vuelven para ver qué pasa.

—Parece que vas algo lento en el hielo —dice en un intento patético de provocarme.

Estoy más en forma que nunca. Es la vez que más me he esforzado.

Me quito el casco y me lo coloco debajo del brazo, me sacudo el pelo con la mano para que recupere el volumen y resoplo.

—Gracias por la crítica, pero ¿quién te ha preguntado?

No entiendo qué quiere conseguir. Todo el mundo que ha jugado a hockey sabe que aquí no se puede estar. No nos buscamos fuera del hielo. Es algo que se sabe desde la época en la que a los Titans se les conocía por hacer bromas y usaban este paso para meterse en el otro vestuario. No hay nada que pueda decir que vaya a afectarme.

Creo que sabe que no va a rayarme porque empieza a sonreír.

—¿Qué, te gustan mis sobras?

—Si crees que no puedes ganarme en la pista, lo dices y punto.

Me vuelvo para irme hacia el vestuario con mis compañeros, que siguen ahí quietos, pero Will no sabe cuándo parar.

—¿Has visto ya las cicatrices de Halle? Tiene unas cuantas, de tanto evitar que Maisie cayera y hacerse daño ella. O la marca de nacimiento que tiene en el interior del muslo... Esa me gustó descubrirla.

—¡Que te den, Ellington! —le grito sin mirar atrás.

—¡No me des la espalda cuando te hablo! —vocifera él.

Vuelvo a girarme para mirarlo y doy unos pasos hacia él. Soy más alto y la diferencia entre él y yo es que yo no tengo ninguna necesidad de pelearme. No quiero. Oigo en mi cabeza la voz de Halle diciendo con una risa «Pelearse es de tontos y tú no eres tonto» como una cancioncilla. Detesta las peleas y no le gustaría nada que me pelease. Y yo la tengo a ella y él no.

—¿Lo ves? Somos capaces de hablar como adultos. De hecho, podríamos ser mejores amigos, tenemos mucho en común. Debería darte las gracias por no dejar que se enfríe mi lado de la cama.

—Yo ya tengo una mejor amiga y se llama Halle. Eso es algo que tú ya no puedes decir, ¿verdad?

Sé que he metido el dedo en la llaga. O en la herida sangrante.

—¿Qué te parece todo lo que le enseñé a hacer? Me da la sensación de que no me agradeces lo suficiente que ya no sea una frígida de los cojones.

Quien está detrás de mí se lanza hacia delante, pero yo evito que llegue hasta Will. Luego me doy cuenta de que es Bobby.

—Cierra la puta boca, imbécil —le gruñe.

Will levanta las manos a la defensiva.

—Solo quería darte las gracias por dejármela preparada. Me has ahorrado el esfuerzo para cuando vayamos de vacaciones juntos.

Siento que me hierve la sangre. No tengo por qué saltar. No quiero. Halle no querría. Quiero caerles bien a sus padres y eso no va a pasar si le parto la cara a Will. No puedo decepcionar al equipo. Ni a mí mismo.

—Halle no te tocaría ni con un palo —le digo—. Vete a tomar por culo a tu vestuario, anda. Y no vuelvas a hablarme. No vuelvas a hablarle a Halle.

Bobby sigue detrás de mí, cerca. Oigo lo que me parece la voz de Kris a su lado, pero no lo compruebo. Will parece de los que te atacan cuando te das la vuelta. Dudo que sea capaz de ganar nada jugando limpio.

Se ríe, pero hasta yo noto que la risa es forzada.

—Tengo ganas de ver si le gusta que le den duro. Seguro que sí, ¿eh? Con esa desesperación que tiene por complacer a todo el mundo, seguro que hace todo lo que le pido. Intentaré devolvértela de una pieza, Turner.

Me entran náuseas. No sé cómo he terminado siendo el que está conteniendo a los demás para que no se le echen encima. Le están gritando justo al lado de mi oreja y yo solo tengo ganas de irme al vestuario. No puede haber una pelea bajo mi supervisión.

—Ah, ya lo entiendo —le digo con tranquilidad por encima de los gritos.

—¿Qué entiendes? —dice con una sonrisa de superioridad.

—Por qué nunca pudo quererte.

Will se abalanza sobre mí, pero yo soy más rápido. Los chicos que tengo detrás corren hacia delante y en medio del caos un codo me golpea debajo del ojo. Todo termina pronto cuando alguien me arrastra hacia atrás y otra persona aparta a Bobby de Will. Veo que Kris intenta ir a por él y alguien lo retiene también. Es todo muy confuso. Los gritos han alertado al equipo de Will y ellos también lo arrastran hacia su vestuario. Le miro el labio partido y veo que Bobby le ha dado bien.

Los minutos siguientes se convierten en un torbellino de adrenalina, de puertas y gente. En cuanto siento el culo en el banco, oigo cómo me llaman a gritos. Los meses y meses de esta misma sala y de esa voz gritando mi apellido me llenan del mismo terror nauseabundo.

En el vestuario reina el caos, pero yo lo ignoro, entro al despacho de Faulkner y cierro la puerta.

—¿Se puede saber qué coño ha pasado? —grita Faulkner más fuerte de lo que lo he oído nunca.

Me duelen los oídos y siento que la piel se me tensa en todo el cuerpo. De pronto no quepo en ella.

—Una pelea, entrenador.

—¿Una pelea por qué? —vocifera.

Ojalá dejara de gritar, o al menos pudiera ponerme los tapones que me compró Halle.

—No puedo decírselo, entrenador.

Se pasa la mano por la cabeza y yo sigo sin saber qué piensa que se está peinando. Ahora no es el momento de preguntar. Nunca es el momento.

—¿No me lo puedes decir? —Escupe las palabras como si no las reconociera—. Si no me explicas ahora mismo qué santos cojones ha hecho que el capitán de mi equipo se pegue con alguien antes de un partido, no vas a salir a la puta pista. Empieza a soltarlo, Turner. Ya.

Will ha dicho cosas asquerosas de Halle y ella va a pasar mucha vergüenza. Aunque le diga que está rompiendo una norma y que no tiene por qué avergonzarse, va a hacerlo igualmente. Puede que Will incluso le cuente a su equipo lo que ha dicho y se echen unas risas. Pensarlo hace que me entren arcadas.

Sé que Bobby no se lo contará a nadie, y Kris tampoco. No sé quién más del equipo puede haberlo oído, pero confío lo suficiente en mis amigos para saber que van a decirles a los demás que hagan como si no hubieran oído nada, que habrá problemas si pronuncian una sola sílaba que suene a lo que Will ha dicho. Mis amigos son buena gente, y los amigos de Halle la tratan bien.

—No puedo, entrenador. Lo siento.

Solo hay algo que me gusta todavía menos que los gritos de Faulkner: su silencio.

Cuento sus respiraciones. Inhala y exhala. Inhala y exhala. Inhala y exhala... hasta que por fin habla.

—Solo hay una cosa por la que alguien de este equipo haría una tontería tan grande. ¿Quién es?

Carraspeo. No sirve de nada, tengo la boca seca.

—No importa quién sea.

—No estoy de broma, Turner. Esto no es una puta negociación. A mí se me cuentan las cosas que pasan en mi pista. Me lo tienes que contar. Eso acordamos cuando entraste al equipo. Eres el capitán, coño. Tienes que hacerlo mejor.

Me escuece porque lo único que he intentado durante todo el curso es mejorar.

—Usted tiene dos hijas, ¿verdad, entrenador?

Entrecierra los ojos.

—Estás en la cuerda floja, Turner. Piensa muy bien lo que estás a punto de decir.

—¿Diría algo que sabe que les haría daño y las avergonzaría... aunque de ello dependiera jugar a hockey?

—No pienso entrar a discutir casos hipotéticos contigo. La has cagado. —Apoya la cabeza en las manos y niega con tanta violencia que el escritorio se mueve—. Tenemos un equipo ahí fuera que tiene que salir y ganar el partido. ¿Vas a ser sincero conmigo o no?

—No debería tener que hacerle daño a alguien que me importa para demostrarle que soy lo bastante bueno para estar en el equipo. Eso no es ser un buen líder, entrenador. Si va a dejarme sin jugar porque estaba en el lugar y el momento equivocados con alguien que buscaba pelea, pues vale.

Faulkner se levanta del escritorio y juraría que la habitación entera se mueve.

—Si no estás preparado para hacer cosas que no quieres hacer, tal vez deberíamos hablar sobre si tienes lo que hay que tener para ser capitán. Quédate aquí. Espero que, cuando vuelva, hayas entrado en razón.

Cierra la puerta con ímpetu al salir y el breve instante que ha estado abierta me ha bastado para saber que en el vestuario reina un silencio sepulcral. Me habría parecido imposible si no supiera que todos estaban intentando oír lo que pasaba aquí dentro.

Oigo a Faulkner gritar que se la suda, que no quiere saber nada y que todo el mundo espabile y se centre en el partido. Apoyo la cabeza en el escritorio y suelto un suspiro.

La sensación que me ha invadido al pensar que igual me quitan el título de capitán se parece mucho al alivio.

Y la verdad es que no sé cómo procesarlo. A veces me parece que tengo demasiadas emociones, y otras es como si no sintiera nada. A veces siento que entiendo todo lo que pasa a mi alrededor y otras me parece que estoy rodeado de gente que habla en un idioma que no conozco.

El hockey y el arte siempre han sido formas de equilibrar la balanza. No importa tanto lo que diga o deje de decir, y hay unas normas de comportamiento que seguir. Reglas que puedo cumplir, errores que puedo identificar y arreglar con facilidad... Es casi lo opuesto a la fluidez del arte, donde no hay forma de que me equivoque en lo que intento crear. Tiene la estructura que tanto necesito, pero también la libertad que tanto me gusta cuando creo algo nuevo de que lo que hago pueda convertirse en cualquier cosa.

Me encanta formar parte del equipo, pero, si soy sincero, no me gusta demasiado que el equipo me tenga como referente. Ser capitán me ha quitado mi manera de equilibrar la balanza y ha complicado de más unas emociones que antes eran positivas.

¿Cómo puedo ser sincero respecto a lo que siento si sé que decepcionaré a mis amigos?

¿Cómo me desprendo de algo a lo que me he aferrado con tanta fuerza todo el año, algo que siempre me ha hecho sentir como si estuviera a nada de que me atacase un enjambre de avispas?

¿Y si Faulkner me dice que no he hecho un buen trabajo y todo el esfuerzo no ha servido de nada?

Oigo el barullo familiar de los chicos dándose ánimos y preparándose para salir a ganar.

Faulkner quiere que me quede aquí, pero no puedo. No me veo capaz de decirle a la cara lo aliviado que me siento. Espero hasta que sé que se han ido y salgo del despacho del entrenador.

Me cambio lo más rápido que puedo, meto las cosas en la

bolsa y me alejo del vestuario. Al acercarme a la puerta que da al vestíbulo, oigo unas voces gritándose. Me apoyo en la pared y entreabro la puerta para oír qué pasa y entonces me doy cuenta de que una de las voces es la de Halle.

36

Halle

El polideportivo está a reventar, pero lo único que yo soy capaz de sentir son náuseas.

Cami me pasa el vaso de refresco gigante que hace un rato me ha sugerido usar como arma arrojadiza contra los padres de Will, en caso necesario. También se ha ofrecido a añadir un chorrito de vodka para infundirme valor —un valor que necesito desesperadamente teniendo en cuenta que mi madre está sentada a mi derecha y lleva el nombre de Will en el dorso de la camiseta—, pero he rechazado el ofrecimiento educadamente.

Lo único que me va a causar una crisis nerviosa esta semana tiene el pelo rubio, muy mala leche y va a entrar en la pista de hielo en cualquier momento.

Siempre había deseado fervientemente tener amigos íntimos, pero nunca había sabido de verdad lo que significaba tenerlos hasta que Aurora ha sobornado a los estudiantes que estaban a nuestro lado para que le cambiaran los asientos. Todo para que yo no tenga que sentarme sola con mi familia. Me ha dicho que sería su peor pesadilla y que ni de broma iba a dejarme pasar a solas por esto.

En cuanto el primer jugador pisa el hielo, respiro hondo y me quito la chaqueta, dejando a la vista el radiante y llamativo logotipo de la UCMH que llevo en el centro del pecho y el apellido TURNER estampado entre los hombros.

—Halle —me regaña mi madre en cuanto ve el color naranja—. Creía que te ibas a poner la camiseta de Will. Menuda forma de apoyarlo.

Le doy un buen trago al refresco.

—Estoy apoyando a mi universidad y a mis amigos.

—Pues lo estás haciendo de una manera muy insensible. No está bien que le restriegues a Will por las narices que tienes un «amigo» nuevo. Mañana deberías ponerte su camiseta.

Tengo la sensación de que voy a vomitar y todavía no ha pasado nada. Uno a uno, todo el equipo va entrando en la pista de hielo. Los cuento. Hay algo raro. Me giro hacia Aurora, que está en el asiento de al lado.

—¿Dónde está Henry? ¿Y Will?

Observo cómo van saliendo el resto de los jugadores, todos menos ellos dos. Oigo murmurar a los padres de Will y luego a mi padrastro. Espero mientras cuento hasta sesenta mentalmente, como si solo se tratara de un pequeño retraso y fueran a salir en cualquier momento. Pero no lo hacen. Algo ha pasado.

Me levanto, pero alguien me pone una mano en la muñeca y me detiene inmediatamente.

—¿A dónde vas?

—Vuelvo enseguida —le digo a mi madre, tendiéndole el vaso a Aurora.

—¿Quieres que te acompañe? —me pregunta Emilia cuando paso a su lado.

—No, vuelvo ahora.

Me abro paso a codazos por las escaleras entre las colas de gente que intenta llegar a sus asientos para ver el comienzo del partido. Es como tratar de correr por la arena y, cada vez que alguien se interpone en mi camino, me frustro más y más. Mi mente va saltando de una posibilidad a otra y ninguna de ellas es agradable.

Impulsada por la adrenalina, avanzo rápidamente hacia la puerta por la que no se puede entrar, rezando para encontrar a Henry al otro lado.

—¡Halle! —grita mi madre detrás de mí—. ¡Por el amor de Dios, ve más despacio!

—Mamá, no pasa nada, vuelve con Paul. Solo quiero ver qué ha ocurrido.

—En esa puerta pone «prohibido el paso», no puedes entrar —dice mientras mi mano entra en contacto con el metal.

Me giro para mirarla, frustrada por lo cerca que estoy.

—Ya lo sé, pero no pasa nada, da a los vestuarios. La usamos constantemente y...

—Pero ¿qué te pasa? —me pregunta con los brazos en jarras, sacudiendo la cabeza—. ¿Por eso ya no vienes a vernos y casi no nos llamas? ¿Ya no te interesan tu familia y tus verdaderos amigos porque ahora estás ocupada con un chico nuevo? ¿Y qué? ¿Es que quieres poner celoso a Will?

Puedo nombrar al menos cien razones por las que no quiero tener esta conversación con mi madre, pero ahora mismo no se me ocurre ninguna porque lo único que necesito es comprobar que Henry está bien.

—Me da igual lo que sienta Will, mamá. Paso de preocuparme por lo que esté pensando, y ojalá tú hicieras lo mismo.

—Has cambiado desde la última vez que te vi. ¿Qué pensarán los Ellington? ¡Yo tenía una hija atenta y cariñosa y ha desaparecido! —dice, subiendo la voz cada vez más, hasta que acaba chillándome a dos metros de distancia.

—¡Pues me alegro, porque esa Halle era infeliz! —le respondo a gritos, mientras el estrés que inunda mi cuerpo por fin se desborda. Avanzo unos cuantos pasos hacia ella—. Y se sentía muy sola. Y estaba atrapada en una relación con una persona que la presionaba para hacer cosas para las que no estaba preparada y le hacía sentirse como si tuviera algún problema. ¡Estoy harta de preocuparme por tu reacción a las decisiones que tomo sobre mi vida!

Puede que mi madre no sea perfecta, pero sé que lo último que querría es que me sintiera así.

—Cariño...

—Estoy harta de tener que pensar en todos los demás antes que en mí misma. Estoy harta de anteponer las necesidades de los demás a las mías. ¡Estoy harta de sentir que la única manera de gustarle a la gente es haciendo cosas por ellos!

—Halle, eso no es verdad. Todos te queremos muchísimo —dice ella con un tono de voz más calmado. Pero es demasiado tarde. Ya no puedo parar—. ¡Y de forma incondicional!

—¡Dejé de ir a veros porque cuando Will rompió conmigo acordamos que él iría a casa y yo no para evitar que nos presionarais para que volviéramos juntos! Y casi no os llamo porque cada vez que lo hago me encasquetáis algo: hablar con alguna persona, organizar cualquier cosa, dar clases a alguien o escucharos contarme la vida de todo el mundo sin preguntarme qué tal me va a mí. ¡Estoy intentando escribir un libro para un certamen y ni siquiera lo sabes porque no me preguntas por mis aspiraciones! ¡Eso sí: nunca te has perdido ni un segundo de Grayson sujetando un balón!

Me estoy oyendo despotricar, pero no puedo parar. Aun con mi madre de pie delante de mí, atónita, no puedo evitar que las palabras salgan de mi boca.

—Odio ser la jefa de la familia. Odio que la gente solo se acuerde de mí cuando necesita algo. Odio sentirme como si fuera la madre de todos cuando lo único que quiero cuando llamo es hablar con mi propia madre. Ser la hija mayor es una condena y ya estoy harta.

Mi madre se pone seria.

—Halle. Es normal que ahora mismo estés tan sensible, y creo que deberíamos hablar de cómo te sientes en casa.

—Estoy sensible porque seguramente le habrá pasado algo malo a alguien que de verdad me importa y en vez de buscarlo estamos discutiendo sobre el puto Will Ellington y sobre el hecho de que no he tenido ni un minuto de paz desde que nací.

—No estamos discutiendo. ¡Solo intento entender lo que le pasa a mi hija! Quiero que seas feliz, Halle. No soporto que nos hayas estado ocultando a ese «amigo». ¿Es el artista? ¡No entiendo nada! Solo necesito que me aclares las cosas, cariño.

—¡Estoy enamorada de él! —No sé en qué momento las lágrimas han empezado a correrme por la cara, pero no parece que vayan a parar. Darme cuenta por fin de lo que siento por

Henry, al mismo tiempo que discuto a gritos con mi madre, es demasiado para un viernes por la tarde—. Henry es mi mejor amigo, y me he enamorado de él aunque se supone que no debería haberlo hecho, y ahora necesito comprobar que está bien.

—Siempre he querido que estuvieras con Will, pero no a costa de tu felicidad, cariño. Will ha sido tu único amigo de verdad durante mucho tiempo y me daba miedo que te sintieras sola si rompíais. No pretendía hacerte creer que no podías decidir por ti misma. —Parece a punto de echarse a llorar y me siento fatal—. ¿Quieres que te ayude a encontrar a tu amigo? Henry, ¿no?

La tormenta de mi interior empieza a amainar.

—No, prefiero ir sola.

—Vale, luego retomamos la conversación en privado. Te quiero, Halle. Lo único que deseo es que seas feliz. —Se acerca a mí y me da un fuerte abrazo—. Siento haberte cargado con tantas responsabilidades. Prometo solucionarlo.

En ese momento me doy cuenta de que lo único que necesitaba era un abrazo de mi madre.

—Y yo siento haberte gritado.

—No pasa nada —me dice, acariciándome suavemente la nuca—. Puedo sobrevivir a un cabreo en veinte años.

Después de darme un beso en la frente, deshace el camino andado para volver a las gradas. Al principio no me muevo; me limito a verla alejarse mientras me limpio las lágrimas con el dorso de la mano. Doy un respingo cuando alguien posa las manos sobre mis hombros, pero enseguida me relajo en cuanto oigo susurrar mi nombre.

Me giro y veo a Henry de pie detrás de mí, vestido con ropa deportiva normal y la mochila al hombro. Parece tranquilo, pero le falta algo. No sé, cierta chispa. Me doy cuenta de que el instinto no me ha fallado y de que algo ha sucedido.

—¿Qué ha pasado? ¿Por qué no estás jugando?

Oye los murmullos de la gente que está detrás de nosotros al mismo tiempo que yo y señala con la cabeza la puerta del polideportivo.

—¿Podemos hablar fuera? ¿O en tu coche?

—¿Quieres que te lleve a algún sitio? —le pregunto—. Estás vestido y te vas con la bolsa, así que supongo que ha pasado algo. ¿No?

—¿No quieres ver el partido? —me pregunta, con una voz tan inexpresiva que me entran ganas de zarandearlo para averiguar qué ha sucedido.

Niego con la cabeza, a punto de volverme loca.

—Si tú no vas a jugar, claro que no.

—Vale, pues vamos a mi casa.

Me encantaría poder decir que durante el trayecto en coche desde la pista de hielo hasta su casa mantengo una interesante conversación con él en la que me cuenta con todo lujo de detalles qué leches ha pasado, pero en realidad no abre la boca hasta que estamos entrando por la puerta.

—¿Quieres beber algo? —me pregunta, dejando caer la bolsa al lado del sofá y yendo hacia la nevera.

—¿Que si quiero beber algo? No. Quiero saber qué coño está pasando antes de volverme loca.

Él suspira y se sienta en el sofá. Yo me acomodo inmediatamente a su lado pero sin tocarlo, aunque me muero por hacerlo, porque hay algo en él que me desconcierta y no quiero presionarlo. Cuando por fin estoy cerca de él, me doy cuenta de que la parte superior de su pómulo está empezando a hincharse.

—¿Eso es un golpe? ¿Te has peleado?

—Pelearse es de tontos y yo no soy tonto —dice, primero sonriendo y luego haciendo una mueca mientras se frota con la mano el moratón, que está yendo a más—. Él se ha peleado. Yo solo me he interpuesto en su camino.

Me tapo la boca con la mano porque tengo la sensación de que, si no lo hago, voy a derrumbar la casa a gritos de la frustración. Bajo la voz hasta convertirla en un susurro y le dedico una mirada suplicante que espero que entienda.

—Por favor, dame una respuesta directa y dime qué ha pasado.

—Hay una pequeña zona común entre los pasillos del equipo local y el visitante antes de entrar en los túneles de cada uno. Confundieron el diseño con el de la otra pista cuando estaban construyendo el polideportivo, pero ya habían empezado la obra y…

—Henry, por favor.

—Perdona. Lo llamamos «tierra de nadie», pero básicamente es un pasillo corto que compartimos con el equipo visitante. Bajo ningún concepto podemos desviarnos cuando estamos en él para meternos con los del otro equipo, o Faulkner nos cortaría la cabeza. Pero Will no se dio por enterado y, al parecer, tenía algo que decir. Yo dije algunas cosas, él dijo otras y yo le contesté. Se puso muy agresivo. Y ahora no puedo jugar.

—Me siento como si fuera un sim y alguien estuviera cancelando la acción en la que me explicas qué ha pasado de verdad. «Se puso muy agresivo y ahora no puedo jugar» no ayuda a aliviar la ansiedad que siento en este momento. Perdona si me estoy poniendo pesada, pero necesito algún dato más. ¿Tan malo es que no puedes contármelo?

Inmediatamente, su cara me hace ver que estoy en lo cierto. Me coge una mano, se la lleva a la boca y me da un beso en el dorso.

—No es agradable, Halle. No quiero decírtelo.

—Si ha merecido la pena que os peléis por ello, creo que tengo derecho a saberlo.

—Yo no me he peleado, ha sido él. Sé que no te gustan las peleas, así que yo no he hecho nada —dice muy serio.

Estoy completamente perdida.

—Entonces, si no te has peleado, ¿por qué no puedes jugar?

Henry se frota la mandíbula, evitando mirarme a la cara. Al ver que sigo mirándolo fijamente, vuelve a besarme el dorso de la mano.

—Porque no he querido contarle a Faulkner lo que ha dicho Will. Y él me ha dicho que, si no era sincero con él, no jugaría. Y yo le he dicho que vale. Él me ha dicho que, si no estaba dispuesto a hacer cosas que no quería por el bien de mi equipo, tal vez deberíamos hablar sobre si tengo lo que hay que tener para ser el capitán.

Se me parte el corazón. Sé lo duro que ha trabajado.

—No, Henry.

—Así que, cuando se ha marchado, me he largado.

—¿Puedo hacer algo por ti? —le pregunto, desesperada.

—Necesito tocarte. ¿Puedo?

Asiento con la cabeza y él extiende los brazos. Nunca había sentido tanta necesidad de tocar a alguien como ahora. Creo que a él le pasa lo mismo, porque me tira de la pierna y la coloca sobre la suya para que me siente a horcajadas sobre sus caderas. Me acerca la cabeza a su pecho, respira hondo y me da un beso en la frente.

Luego baja suavemente los labios por el puente de mi nariz para besarme en la boca, al principio con inseguridad y después de forma más apasionada. En silencio, empezamos a desnudarnos el uno al otro. Necesito urgentemente sentirme cerca de él, tenerlo pegado a mí; como si en el fondo creyera que se me va a escapar, aunque lo tengo justo delante. No sé cómo explicarlo, pero creo que él tiene la misma sensación.

Henry me abraza mientras me tumba en el suelo. Cada caricia hace que nos acerquemos más, hasta que finalmente se hunde en mi interior. Es delicado y tierno y, aunque no dice nada, me lo dice todo con cada beso y cada empujón. Me aferro a él con todas mis fuerzas y, cuando los fuegos artificiales estallan en mi interior, sigo sin querer soltarlo. Quiero pensar que eso le sirve de conexión a tierra, que lo libera de toda la energía innecesaria que lo atormenta. Pero me siento como si esto fuera una disculpa. O tal vez una despedida.

Henry se aparta, se pone el pantalón de chándal e inmediatamente me ayuda a subirme las bragas. Es un gesto simultáneamente sucio y emotivo, pero ambos guardamos silencio mientras miramos fijamente el techo del salón. Los dos estamos jadeando, pero ese es el único sonido que se oye.

—Necesito que me cuentes lo que ha dicho. Por favor, Henry. Si no me lo dices, acabaré inventándome alguna respuesta y seguramente será mucho peor que la realidad.

—¿Aunque sea asqueroso y te haga daño? —me pregunta en voz baja.

—Si es tan malo como para arriesgar todo aquello por lo que has trabajado tanto durante el año, necesito saber de qué se trata. Sé que te ha costado adaptarte, pero eres un gran líder. No puedes tirarlo todo por la borda. Solo te lo haré decir una vez, lo prometo. —Él respira hondo y me lo cuenta con la mayor serenidad posible. Se me revuelve el estómago al oír la forma en la que ha hablado Will de mi cuerpo. Henry se queda callado, lo que me da la oportunidad de disculparme—. Lo siento mucho, Henry. Sé cuánto habías trabajado para ganarle limpiamente.

—Me preguntó si me gustaban las cosas que él te había enseñado —dice.

Todo lo que viene después hace que se me llenen los ojos de lágrimas, pero no permito que rueden por mis mejillas. No merece la pena llorar por Will Ellington. Nunca la ha merecido.

Henry tiene razón, es repugnante y este se convierte en un momento raro en el que la rabia y el malestar luchan entre sí en mi interior. Pero por muy miserable que sea Will, por muy avergonzada que me sienta, lo último que quiero es que Henry pierda nada por mí.

—Deberías contarle a tu entrenador lo que ha dicho. Puedo llevarte a la pista de hielo ahora mismo, se lo dices y todo arreglado, podrás jugar mañana.

—No quiero.

—No es el momento de ser terco, Henry. Podemos solucionarlo. No merece la pena que te busques problemas por mí. Ya se me pasará la vergüenza. Por favor, déjame ayudarte. No me hagas ver cómo te vienes abajo.

—Me he sentido aliviado, Halle. Cuando ha dicho que a lo mejor dejaba de ser el capitán, por primera vez en todo el año ha desaparecido el agobio por el hockey. Y no sé qué hacer con esa información. Estoy muy perdido en relación a las cosas que tengo y las que quiero. Creo que necesito un poco de tiempo para ordenar lo que pienso y lo que siento.

Busco su mano en el suelo, a mi lado, y la aprieto con fuerza. Decido lo que voy a decir, cambio de idea y vuelvo a cambiar. Tardo una eternidad en hablar.

—He roto una regla, Henry. Una importante: la número cuatro. Anastasia tenía razón.

Se lleva la mano que aferra la suya a la boca y me besa suavemente la piel.

—Lo sé. Cuando me sienta mejor, le pediré perdón a la junta directiva por no haber cumplido la número cinco. —«Él no me romperá el corazón»—. ¿Podrías darme un poco de tiempo? Me preocupa tenerte cerca cuando todo esto me supere, por si acabo alejándote de mí. Prometo volver contigo y con Joy cuando me encuentre mejor. Es que no gestiono bien las cosas con gente alrededor. Ahora mismo estoy un poco aturdido, pero no creo que dure mucho, así que me voy a ir a casa de mis madres.

Tengo ganas de pedirle que me deje ayudarlo, pero está claro que no quiere mi ayuda. Por más que me cueste admitirlo, sobre todo tratándose de alguien a quien quiero, no puedo solucionarlo todo.

—Vale.

—Esta es la única cosa en la que puedes decirme que no —susurra.

—Claro que puedo darte tiempo para que te aclares, Henry. Todo el que necesites. Pero prométeme que volverás conmigo cuanto te sientas mejor.

—Prometido.

37

Halle

Hay una parte de mí que tiene la esperanza de que, cuando vaya a abrir la puerta, sea Henry el que está llamando, pero en el fondo sé que no será así.

No recibo muchas visitas, así que me sorprende abrir la puerta de casa y encontrarme al otro lado a una mujer a la que no reconozco de inmediato. Digo que no la reconozco, pero cuando me sonríe y levanta la mano para saludarme con timidez, me doy cuenta de que sí sé quién es.

—Siento mucho presentarme así, Halle —dice—. Soy Anastasia. Puede que Henry te haya hablado de mí. Bueno, al menos espero que lo haya hecho. A mí me ha hablado tanto de ti que tengo la sensación de que ya te conozco.

—Madre mía, sí. Hola.

Me siento un poco abrumada. Henry habla tanto de Anastasia que para mí es como si fuera famosa, pero nunca la había conocido en persona porque siempre está muy ocupada. Pero entonces el corazón me da un vuelco, porque ¿qué está haciendo aquí?

—No ha pasado nada —dice rápidamente—. Perdona, es que parecías asustada. Solo estoy buscando a Henry. No está en casa y esperaba que estuviera contigo. No me coge el teléfono y estoy preocupada por él.

—No está aquí. Comentó que se iba a ir a casa de sus madres —le digo, sacándola inmediatamente de la duda—. Y tampoco hemos hablado. Dijo que necesitaba tiempo para él.

Anastasia asiente, cruzando los brazos para abrazarse a sí misma.

—Este año he estado demasiado encerrada en mí misma. Tengo muchos frentes abiertos y mi novio se ha mudado a Vancouver. En realidad, lo que intento decir de una forma muy rebuscada es que siento no haber sacado tiempo para conocerte hasta ahora. Sé que significas mucho para Henry. Estoy encantada de que te tenga en su vida y volvería a decírselo si dejara de ignorarme.

En cierto modo, saber que Henry no responde a sus llamadas me hace sentir un poco mejor, aunque reconozco que es una forma horrible de sentirse. Creo que enterarme de que Henry está haciendo lo que dijo que iba a hacer me da un poco de esperanza de que las cosas se arreglen.

—Estuvimos a punto de conocernos el año pasado. Estábamos en la misma fiesta y te vi hablar con Henry, pero aún no lo había tratado mucho y pensé que eras su novia.

Anastasia empieza a reírse, o más bien a carcajearse.

—¿Su novia? Henry preferiría hacer voto de castidad para el resto de su vida antes que enrollarse conmigo. Solo le gustan las chicas altas. Como tú, vaya. Eres totalmente su tipo. Una vez me dijo que no tenía suficiente culo para justificar mi actitud y que me iba a pasar la factura del fisioterapeuta porque le dolía el cuello de tanto mirar hacia el suelo para hablar conmigo. Así que no, definitivamente nunca podría ser su novia.

—¡Pero qué borde! —exclamo, aunque no puedo evitar reírme porque me lo imagino perfectamente diciéndolo. Una vez, Aurora me dijo que Henry no me hablaba como a los demás, pero no la había creído del todo hasta ahora—. Aunque la verdad es que no me sorprende. A Lola le dijo que no podía hablarle con condescendencia hasta que pegara el estirón, así que todo encaja.

—Una vez se puso a discutir muy seriamente con Kris los detalles médicos de los estirones. Cuando les dije que eso me parecía una chorrada, me preguntó: «Si te dijeran que así dejarías de caerte de culo durante los entrenamientos, ¿lo harías? Porque estoy llevando la cuenta y creo que te pasas mucho más tiempo que la media arrastrando el culo por el hielo». Si te digo la verdad, por un momento me lo planteé.

—Eso sí que es raro. ¿Qué sabrá Kris de medicina?

—Está estudiando para entrar en la facultad de Medicina —dice, mirándome divertida—. ¿No lo sabías? No me extraña. La idea de que Kris pueda tener una vida humana en sus manos resulta inquietante. Cuando me enteré, creía que me estaban tomando el pelo. Hasta lo obligué a enseñarme el horario de clases.

—Qué miedo. —Joy se enreda en mis pies y la cojo inmediatamente para evitar que se escape—. Perdona, ¿quieres entrar?

—No, tranquila. Siento haberme presentado aquí sin avisar. Es que estoy preocupada por Henry y podría pasarme el día contando historias absurdas de todos ellos. Creo que estoy proyectando porque me siento culpable por no haber pasado mucho tiempo con ninguno este año —dice—. Si hablas con él, ¿podrías pedirle que me llame? Solo quiero asegurarme de que no se ha venido abajo.

—Si le escribes diciendo que estás a punto de presentarte en casa de sus madres, seguro que te contesta.

Anastasia pone los brazos en jarras. Parece que se siente un poco incómoda.

—Se dará cuenta de que es un farol. No he ido nunca y ni siquiera sé dónde está. ¿Tú sabes la dirección?

Niego con la cabeza.

—Solo fui una vez y me quedé dormida por el camino porque estaba enferma. Lo siento. Sinceramente, ¿crees que debería estar más preocupada? Me prometió que se pondría en contacto conmigo cuando se sintiera mejor y me he convencido a mí misma para no sufrir una crisis nerviosa por un chico que me dijo que iba a volver. Sobre todo porque, como aparezca aquí y me encuentre llorando por él, me va a llamar dramática. ¿Ya ha hecho esto antes?

Ella niega con la cabeza rápidamente.

—No, por favor, no te estreses por mi culpa. ¿Tienes hermanos?

—Sí, tres.

—Yo soy hija única, pero Henry es como un hermano para mí, o al menos como imagino que sería tener uno. Se bloquea un poco cuando está de bajón, pero ha aprendido que si se distancia del problema es capaz de procesarlo todo mejor. Aun así, sigo preocupándome por él. No puedo evitarlo. Pero, como te he dicho, es más que nada culpabilidad.

—Sé muy bien lo que es ser una hermana que se siente culpable, así que te entiendo perfectamente. Me costó mucho gestionarlo el primer año que me fui a vivir lejos de casa. Le diré que te llame en cuanto sepa algo de él.

—Ojalá podamos quedar alguna vez antes de que me gradúe. Tengo muchas ganas de conocerte mejor, Halle.

Me quedo mirando cómo Anastasia se sube al coche y se va dejándome con la duda de si lo ha dicho en serio, porque cree que seguiré por aquí, o si simplemente estaba siendo educada.

Mientras salía por la puerta de la casa de Henry después de aceptar darle todo el tiempo que necesitara, le dije que no se sintiera presionado por mantenerme informada.

Sé que las tareas más sencillas pueden convertirse en una odisea para él y que, cuando no está muy animado, se pasa horas rayándose sobre cómo llevarlas a cabo. Le dije que prefería que se concentrara en sentirse mejor que en intentar mantenerme al tanto de cómo se sentía, cuando a lo mejor era incapaz de explicarlo.

Me pareció lo más correcto, pero aun así lo echo de menos. Me pregunto si Anastasia lo habrá encontrado y si debería haber sido yo la que intentara localizarlo, en lugar de cumplir con mi palabra.

Básicamente, me siento como una boba. Puede que ahora mismo Henry necesite estar con el resto de sus amigos en vez de conmigo. Me avergüenza admitir que el hecho de que pueda estar por ahí cenando con sus amigos, o algo así, mientras yo estoy en casa preocupándome, me pone muy triste. Sobre todo porque se supone que no debería preocuparme.

No estoy triste porque no quiera que se sienta mejor, y puede que para que eso ocurra sea fundamental que salga con sus amigos del hockey, sino porque la voz arrogante de Will no deja de sonar en bucle en mi cabeza y no consigo hacer que pare.

Me prometí a mí misma no hacer esto. No voy a hundir el barco porque las aguas estén agitadas. Se me da demasiado bien solucionar los problemas de los demás como para fracasar con los míos propios. Pienso escribir mi propio reglamento y la primera norma va a ser no preocuparme por problemas imaginarios.

Will me dijo que Henry acabaría aburriéndose de mí. Me dijo que sus amigos siempre serían sus amigos y que los perdería, como perdí a los suyos, cuando Henry decidiera que ya no me quería. Es ese pensamiento el que me ha estado atormentando, a pesar de que va en contra de la regla número dos, que es no pensar nunca en Will, pero también es la razón por la que me sorprendo tanto cuando llaman al timbre y, al abrir, me encuentro a Aurora, Emilia, Poppy y Cami en el umbral.

Esta semana he tenido más visitas inesperadas que en todo el tiempo que llevo viviendo en Maple Hills. En cuanto veo a Aurora, me da un vuelco el corazón.

—Ay, Dios, Aurora, siento mucho haberme olvidado de tu proyecto de grupo.

Parece confundida.

—¿Qué? ¡No! ¡Da igual! ¡No he venido por eso!

—Esto es una emboscada —dice Poppy, abalanzándose inmediatamente sobre mí para darme un abrazo.

Miro a las demás a través de la cara envuelta en rizos de Poppy. Cami levanta algo por detrás de la cabeza de Emilia.

—Pero una emboscada con vino.

—Y con alitas del Kenny's —añade Emilia, levantando dos bolsas de papel con el familiar logotipo del restaurante—. O con una cosa rara vegana de tofu que ha traído Aurora, si hoy te sientes especialmente masoquista.

—Eres la única lesbiana que conozco a la que no le gusta el tofu. A las lesbianas les encanta el tofu —replica Aurora, levantando la bolsa de papel.

—No sé si estás cualificada para hacer declaraciones tan rotundas, Ror —dice Emilia, mirándola de reojo—. Sobre todo teniendo en cuenta que tu base de datos se reduce a Poppy y a mí.

—Si este es un espacio seguro para expresar mi verdad, quiero que sepáis que creo que «encantar» es una palabra demasiado grande. Si acaso, tolero el tofu.

—Chicas —dice Cami—. La emboscada.

—Venimos a ver si estás bien y a asegurarnos de que comas, bebas y hagas cualquier otra cosa que te guste y que puede que no estés haciendo —dice Poppy, casi como si se lo hubiera aprendido de memoria, lo cual me hace pensar que lo habían preparado de antemano—. Esperamos que no te importe que aparezcamos sin avisar, pero creímos que a lo mejor en los mensajes no eras sincera del todo. Así que aquí estamos, emboscándote.

Me doy cuenta de que las estoy mirando desde la puerta como si estuviera viviendo una extraña experiencia extracorpórea. Las cuatro me miran expectantes.

—¿Queréis pasar?

Cierro la puerta tras ellas, preguntándome si habrán enviado algún tipo de correo interno con el asunto «visitar a Halle» que yo no he recibido, mientras vamos todas hacia el salón. Luego las sigo a la cocina y observo como una especie de presencia fantasmal cómo sacan cinco platos, cinco vasos, un montón de servilletas y el aliño ranchero.

—Esta es la cocina más mona que he visto en mi vida —declara Aurora—. Me rechifla.

—Es muy divertida, ¿verdad? —dice Cami, acariciando las cortinas de la ventana.

Me gustaría decirles que me he planteado cambiarla muchas veces, pero que no me atrevo a despedirme de algo tan íntimamente relacionado con mi abuela y con su forma de ser. Le habría encantado verlas a las cuatro sirviendo alitas y vino mientras alaban su obra de bricolaje. Esto era lo que se imaginaba cuando planeamos que me viniera a vivir con ella. Le hacía muchísima ilusión ser una más de las chicas.

Seguro que lo que no formaba parte de su fantasía, ni de la mía, a decir verdad, era que me pusiera a llorar sin venir a cuento porque ahora que he conseguido lo que siempre había deseado, tengo la sensación de que se me está escapando entre los dedos como si fuera arena.

No sé quién es la primera en abrazarme, ni la última, pero una a una las cuatro me rodean con sus brazos.

—Halle —dice Cami con dulzura—. Siento que las cosas estén tan raras ahora mismo.

Me sueltan y se alejan un poco para dejarme espacio mientras me limpio los párpados inferiores.

—¿Sabéis algo que yo no sepa?

—¡No! Pero vamos a sentarnos. Toma, llévate tu vino —dice Aurora, pasándome una copa muy llena. Nos acomodamos en el salón. Ella y yo en dos sillas enfrentadas y las otras tres en el sofá, con Joy—. Esta mañana he visto a Stassie en la biblioteca y me ha contado que ayer vino a verte. No te voy a mentir, Hals, dijo que parecías hecha polvo. Henry les contó a Russ y Robbie que se iba a ir un tiempo a otro sitio para recuperarse, así que todos supusimos que estaba aquí contigo.

Casi me hace gracia que Anastasia dijera que parecía hecha polvo cuando estaba convencida de que había disimulado fenomenal.

—Por eso no hemos venido a verte antes —me explica Cami—. Pensábamos que estabais los dos aquí juntitos, escondiéndoos del mundo.

—No, decidimos darnos un poco de espacio —digo—. Siento haberme echado a llorar. Will me metió en la cabeza que os perdería a todos en cuanto Henry se aburriera de mí, porque seguro que acabaría haciéndolo, y…

—Sin todos mis respetos, que le den por culo a Will —dice Cami con dureza—. Ese tío es un gilipollas y no tiene ni idea de lo que dice.

—Sabes que adoro a Henry, Halle. Es el mejor amigo de Russ y ha hecho muchas cosas por él. Así que ya sabes que, cuando digo esto, lo digo desde el cariño... —El corazón me da un vuelco al oír las palabras de Aurora porque tengo la sensación de que se acerca un «pero»—, pero yo soy tu amiga. Me da igual que os caséis o que no os volváis a hablar nunca más, yo voy a estar siempre de tu lado. Henry no se ha cansado de ti. Ni siquiera sé lo que le pasa porque nadie me cuenta nada. No estoy en su círculo íntimo y me parece bien. Yo tengo mi propio círculo y tú también: nosotras. Nosotras somos tu círculo.

—Si paso de tener que escuchar tus problemas, ¿el círculo se convertirá en un cuadrado? —le pregunta Emilia a Aurora.

—Seguro que las verdaderas Spice Girls nunca tuvieron que aguantar estas movidas. En serio: ¿por qué seguimos enrollándonos con tíos? —pregunta Cami antes de darle un buen trago a la copa de vino.

Emilia y Poppy se chocan los puños y su complicidad me hace echar aún más de menos a Henry.

—¿Por qué se me da tan mal cumplir las promesas que me hago a mí misma? Prometí no rayarme por esto. Cuando mi madre y mi padrastro se fueron por la mañana, me puse a limpiar toda la casa. Hice todos los deberes y preparé las reuniones del club de lectura de los próximos dos meses. Lo estaba llevando bien. Y ahora estoy siendo patética.

—De patética nada —dice Poppy de inmediato—. Simplemente estás un pelín enamorada de él, creo yo.

—Es patético echar de menos a alguien porque llevas unos días sin hablar con él cuando, en cualquier caso, se suponía que esto era un acuerdo a corto plazo —digo antes de darle un sorbo a la copa.

—Como alguien que echa de menos a alguien a quien no debería echar de menos, me siento cualificada para decirte que una no puede controlar lo que siente —declara Cami—. Si tú eres patética, yo también. Sinceramente, creo que estamos demasiado buenas como para que se nos considere patéticas, pero qué importa si lo somos. A lo mejor tenemos la maldición de ser demasiado sensibles. Está bien sentir cosas.

—¿De qué acuerdo estás hablando? —me pregunta Aurora, y dispongo de una fracción de segundo para decidir si confiar en mis amigas o mentir. Dado que han venido aquí para cuidarme, me parece injusto no decirles la verdad.

—Cuando Will rompió conmigo, me prometí darme prioridad a mí misma porque tuve que renunciar a gran parte de mi tiempo y de mi felicidad cuando estábamos juntos. Pues resulta que hay un certamen literario y el premio es una plaza en un curso de verano de escritura, pero, como había estado siempre tan protegida, mi falta de experiencia vital se reflejaba en todo lo que escribía.

—Ah, lo vi en el tablón de anuncios. Es en Nueva York, ¿no?

Asiento.

—Henry se apiadó de mí, supongo, y como se le estaba resistiendo la asignatura del profesor Thornton, acordamos que yo le ayudaría si él me ayudaba con mis experiencias vitales. Ahora que lo digo en voz alta para contároslo, me parece una chorrada.

—No es ninguna chorrada —asegura Poppy, intentando tranquilizarme—. Tiene mucho sentido. Lo único que no lo tiene es que pienses que Henry lo hizo porque le dabas pena. Está claro que le gustabas desde el principio.

—¿Has escrito un libro y no me lo has dicho? ¡Si sabes que me encanta leer! —dice Aurora, prácticamente saltando de la silla—. ¿Lo has enviado ya? ¿Puedo leerlo?

Emilia resopla y veo que pone los ojos en blanco.

—Intenta no convertirte en la protagonista de esto, Ror.

Un calor incómodo me sube por el cuello.

—No a todo. Todavía no he terminado la tercera parte y el resto es básicamente un caos. Tengo que corregir un montón de cosas. No le he dado prioridad; me he distraído con Henry, con vosotras, con la enfermedad y todas esas historias. En cualquier caso, no iba a ganar, así que tampoco es para tanto.

—¿Cuándo acaba el plazo? —me pregunta Poppy.

—En poco más de tres semanas; el domingo antes de las vacaciones de primavera. Pero debería tenerlo acabado la semana anterior porque también hay que adjuntar una biografía y una carta de presentación. Y tendría que entregarlo el jueves porque el viernes vuelo a Phoenix para irme de vacaciones con mi familia y la de Will.

—¿Todavía piensas irte de vacaciones con él?

Las cuatro abren la boca de par en par al mismo tiempo, como si fueran personajes de dibujos animados.

—No pienso hablar con él. Pero echo de menos a mi familia. Sobre todo a mis hermanas pequeñas. Y la alternativa es quedarme aquí sola.

—No, no lo es. —Aurora sacude la cabeza y se frota la sien con los dedos—. Bueno, mejor vamos por partes.

—Halle, tienes que presentar ese libro. Aunque sea una porquería, que no lo será porque no creo que seas capaz de escribir porquerías —dice Cami—. Hasta tus apuntes del trabajo son una maravilla. Pero lo principal es que te lo debes a ti misma. Puedes acabar ese libro; yo creo en ti.

—Pero si ni siquiera sé qué final darle —reconozco—. Hasta ahora tenía una idea clara en la cabeza, pero ahora no me parece bien y no sé qué hacer.

—Haz lo que te dicte el corazón —dice Aurora. Me entran ganas de decirle que ahora mismo mi corazón está un pelín ocupado dejándose pisotear—. Tú empieza a escribir y a ver qué pasa. Lo que salga será la historia que quieres contar. Y mándame lo que has hecho hasta ahora. Puedo empezar a corregirlo mientras terminas el resto.

—Y a mí —dice Emilia—. Soy una friki de la gramática.

—A mí no me van mucho los libros ni la gramática, pero me aseguraré de que estés alimentada e hidratada. Y además, si te duelen la espalda o el cuello, soy la leche dando masajes —añade Cami.

—Yo llevo redactándole los correos electrónicos a mi madre desde que aprendí a leer —dice Poppy, riéndose. Esa tarea me resulta muy familiar—. Puedo hacerte un borrador de la carta de presentación si me dices lo que quieres incluir. Luego puedes corregirla y adaptarla a tu estilo. Podemos conseguirlo, Halle.

—No quiero haceros perder el tiempo. Total, no voy a ganar —digo con sinceridad.

—Tú cierra el pico —me suelta Cami, lanzándome una mirada que revela que lo dice con cariño—. Vamos a terminar ese libro.

Mi instinto me pide que les diga que no necesito ayuda, que puedo hacerlo sola. Pero en realidad no es lo que quiero. Necesito ayuda y apoyo, y tener un grupo de amigas que me ofrezcan eso es lo que siempre he soñado.

Hasta ahora había echado de menos experiencias más superficiales, como ir de compras con otras chicas y arreglarnos juntas. Lo llamaba «niñez» porque para mí representaba lo que anhelaba de niña. Lo que una Halle más joven deseaba con todas sus fuerzas. Pero a medida que he ido estrechando lazos con mis amigas y nuestras vidas se han ido entrelazando, me doy cuenta de lo equivocada que estaba. Lo que ansiaba era esta hermandad. Formar parte de un grupo de mujeres que se apoyen mutuamente para alcanzar sus objetivos. Eso era lo que anhelaba y ni siquiera lo sabía. Asiento con entusiasmo y, no sé cómo, acabo partiéndome de risa.

—Pues venga, a por ello. Pero vamos a necesitar más vino.

38

Henry

Cuando me fui a casa de mis madres, me dije a mí mismo que me daría una semana para deprimirme y luego pondría mi vida en orden.

Como el resto de los planes que he hecho en la vida, las cosas no fueron así. No estoy seguro de cuánto más puedo hundirme psicológicamente, porque anoche, durante cinco minutos, la idea de irme a vivir lejos y cambiarme el nombre empezó a parecerme atractiva.

He tenido que sentir que toda mi vida se venía abajo para vaciar por fin el cesto de la ropa limpia de las Navidades. He completado todas las tareas que diría que llevo posponiendo diez años. En resumen: he hecho todo lo que suponía no tener que salir de la habitación.

Durante la primera semana, mis madres me dejaron cuando les dije que estaba agobiado y necesitaba espacio. Ahora que ya voy por la segunda, se ha terminado la indulgencia. Quieren respuestas, quieren apoyarme, son dos personas más que quieren algo de mí que no les sé dar.

Así que hago lo que mejor se me da: hacer de espejo y decirles que estoy bien, que ya se me ha pasado y que me vuelvo a mi casa.

Russ y Robbie tienen el cuidado de siempre cuando tratan

conmigo. Lola y Aurora no vienen de visita. De hecho, no viene nadie. La casa está silenciosa y tranquila. Los correos de los profesores se me acumulan, y los mensajes del móvil, más aún. Solo hay una persona a la que quiero escribirle.

Busco información sobre por qué procrastino tanto, pero no encuentro respuestas que me cuadren. Busco por qué parece que me haya quedado congelado y me salen anuncios de abrigos de invierno. Busco cómo sabes si estás enamorado de alguien, pero cierro la pestaña antes de que aparezcan más respuestas que no entiendo.

Sé que le debo explicaciones a todo el mundo, pero ni yo mismo sé explicarme las cosas.

Abro la conversación con Halle y escribo antes de poder posponerlo. Le digo que cumpliré mi promesa.

Es viernes y debería estar preparándome para el partido, pero Faulkner me escribe un correo como la semana pasada, cuando no fui a entrenar, y me dice que no voy a jugar, pero que le gustaría hablar conmigo.

Dice «me gustaría» y no ha puesto ninguna palabrota en el correo. Igual se lo ha escrito Robbie. Sé que está evitando venir por casa y se queda en la de Lola. Russ me ha dicho que Robbie siente que no sabe cómo ser mi amigo y mi entrenador a la vez si yo no dejo que me ayuden y que volverá en cuanto se lo permita. No me enfado con él ni me siento herido porque a mí también me parece que no sé cómo ser varias cosas a la vez.

Le escribo a Halle y le digo que todavía no me encuentro bien, pero que me pondré mejor.

La bruma se va disipando y la magnitud del lío que he montado casi hace que me dé un ataque de pánico. Podría ir a clase mañana, pero eso supondría tener que lidiar con ese lío.

Se me pasó San Valentín. Ni siquiera le escribí a Halle.

Los chicos ganaron los dos partidos, lo cual demuestra que no me necesitan y, aunque sea raro, eso me alivia un poquito.

Creo que ese alivio fue lo que aligeró el peso que me estaba hundiendo lo suficiente como para que pudiera ser consciente de lo terrible de mi situación.

Llevo pensando en ello demasiado rato cuando llaman a la puerta de mi habitación. Grito «¡Pasa!» esperando ver a Russ y, cuando se oye el pitido de la cerradura y se abre la puerta, la última persona a la que pensaba que vería es Nate Hawkins.

—Por la cara que has puesto, supongo que se te había olvidado que iba a estar por aquí esta semana —dice, y cierra la puerta al entrar.

Se sienta a los pies de mi cama y yo me esfuerzo por entender de qué habla. Me doy cuenta de que llevo mucho tiempo escondido y recuerdo que tiene unos cuantos partidos en Los Ángeles y alrededores. Habíamos dicho que nos veríamos.

—No sé por dónde empezar contigo —dice.

—No he podido mantener el listón que dejaste tú. Siento que depositaras tu fe en mí y haberte decepcionado.

Nate se me queda mirando como si fuera un bicho raro. Se rasca la mandíbula y niega con la cabeza.

—Hen, yo estuve cagado de miedo todo aquel tiempo. Antes de todos y cada uno de los partidos, Robbie se me llevaba a un lado y me daba un discursito loco para motivarme porque tenía ganas de vomitar. Lo que pasa es que no dejé que ese sentimiento me ganara y al final dejó de preocuparme tanto. No me has decepcionado a mí ni a nadie.

—Faulkner no lo verá así. Lo dejé plantado. He faltado a tantas clases que sacaré unas notas de mierda. Lo he estropeado todo, Nate.

—Sé que eso es lo que te parece ahora. De verdad, lo entiendo y no quiero invalidar lo que sientes, pero puedes arreglarlo. Faulkner es así porque le apasiona el equipo y quiere a sus jugadores. No querría que te encerrases en casa por el puto hockey.

—No sé qué decirle... No sé qué decirle a toda la gente a la que he estado evitando. Me siento como una mierda y ni siquiera sé explicar por qué actúo como actúo. No es normal bloquearse así, joder, pero no puedo evitarlo.

Nate me escucha quejarme y no dice nada hasta que termino.

—Todo el mundo sabe que no has hecho nada para cabrear a nadie. Quieren que estés bien, Hen. Te echan de menos. Stassie te echa de menos, joder. Si miro el móvil ahora mismo tendré mil mensajes suyos, pero ha mantenido las distancias como querías porque tú eres quien mejor sabe gestionarte a ti mismo. Lo único que quieren es recuperarte y que te encuentres bien, da igual lo que eso suponga.

—¿Practicas los discursos en casa por si alguna vez tienes la ocasión de dar uno?

Nate suelta una carcajada y es la luz que ilumina la oscuridad de las últimas semanas. Yo también me río y me froto los ojos con las palmas de las manos.

—Sí, todas las mañanas antes de salir de casa. —Se pasa la mano por el pelo—. Sé que no te hace falta que aparezca yo y te saque las castañas del fuego, pero, si necesitas un amigo que esté contigo mientras arreglas las cosas, cuenta conmigo.

—Sí que me gustaría, gracias.

—Sasha está con Stas ahora mismo. Ha decidido cabrear a mi padre diciendo que quiere estudiar en Maple Hills, así que nos han encargado cuidarla hasta el tour de mañana por la universidad. Yo mañana por la noche tengo un partido, pero puedo buscar un hueco hacia la hora de comer para ir a ver a Faulkner contigo. Aunque sea solo para sentarme y quedarme callado.

—Gracias, Nate.

—Creo que tienes que salir de esta habitación, colega. Ven a cenar con nosotros esta noche. Los chicos necesitan verte vivo y coleando. Y Stassie también.

—No he sido buen amigo este año. Ya casi no la veo, nunca viene por aquí, pero supongo que yo no la invito nunca y…

—¿Sabes que estuvo llorando y diciendo justo lo mismo sobre ti? Que te ha fallado por no estar a tu lado, que podría haber evitado esto si hubiera quedado más contigo. Los dos lo superaréis. Tenéis un rollito raro de hermanos. Yo siempre pienso que tendría que llamar más a Sah y ella solo me llama cuando necesita algo. ¿Sabes que Stas conoció a Halle?

Eso hace que me incorpore un poco más.

—No… ¿Cuándo? Y ¿qué te dijo?

—No mucho. Fue a casa de Halle a buscarte antes de saber que estabas con tus madres. Me dijo que era evidente que Halle te echaba de menos y que era muy maja e incluso más guapa de lo que se esperaba. Algo sobre un gato que tiene no sé quién y que parece que es muy importante. No me acuerdo.

—Yo también la echo de menos. Quiero llamarla, pero sé que lo dejará todo por venir a ayudarme a solucionar este lío. Lo deja todo por todo el mundo, nunca piensa primero en ella y sé que, si descubre que tengo trabajos que hacer y cosas que estudiar, me dará prioridad a mí. Le dije que necesitaba espacio, que lo arreglaría todo, y ahora mismo me parece que no puedo ir a peor.

—Ven a cenar, los chicos pueden ayudarte, pero no le des muchas vueltas, Henry. No le has hecho *ghosting*, no has desaparecido sin dar explicaciones. Por lo que me cuentas, le dijiste cómo te sentías y lo que podía esperar. Tal vez no deberías sentir que tienes que disculparte con ella, sino que deberías darle las gracias por haber dejado que te tomaras el tiempo que necesitabas.

—No recuerdo que fueras tan sabio cuando vivías aquí.

Nate se ríe y siento que el nubarrón se va alejando.

—Yo no recuerdo que tu habitación estuviera tan ordenada.

Me siento como el familiar raro que aparece en una boda cuando todo el mundo se me queda mirando al entrar en el restaurante con Nate.

Tomo asiento al lado de Sasha, que es la persona que menos probabilidades tiene de darme dolor de cabeza, pero entonces recuerdo que la gente también habla con la persona que tiene sentada delante.

—Vaya, parece que quieres dar a entender que Nate es tu favorito —dice Mattie cuando me pongo la servilleta en el regazo.

—Yo dije que podría sacarte del pozo de la depresión, pero Russ no me dejó intentarlo. El tío pasa de golden retriever a perro guardián así —dice Kris, y chasquea los dedos.

Bobby está muy callado para ser él, pero no le dura mucho.

—No puedo evitar sentir que te jodí la vida, tío. Lo siento, el chaval estaba diciendo todas esas cosas y vi que tú no querías ponerte a su nivel, pero se pasó de la raya y pensé: «A la mierda».

—Me alegro de que le pegaras.

Bobby sonríe.

—Yo también me alegro. Faulkner lo sabe y me ha estado haciendo la vida imposible, como era de esperar. ¿Por qué no se lo dijiste, Hen? Podías haberme culpado a mí y haber evitado todo esto.

Es una pregunta que llevo haciéndome las últimas dos semanas. Hasta después de irme y de que la adrenalina se hubiera disipado, no me di cuenta de que no le había dicho a Faulkner que la mejilla hinchada era por estar apartándome de la pelea; que a Halle no le gustan las peleas y que la habría decepcionado mucho; que no me hace falta pegarme con alguien como Will, que ya lo he ganado en todo porque Halle me quiere a mí. Sin embargo, a estas alturas volver a discutir lo que había pasado con Faulkner era el menor de mis problemas.

—No lo sé, la verdad. No quise repetir las palabras de Will porque no quería avergonzar a Halle y me dijo algo como que no debería ser capitán y me sentí aliviado. —Respiré hondo—. No me gusta ser capitán.

La mesa se sume en el silencio y Russ es el primero en hablar. Reparo en que no tiene a Aurora al lado.

—¿Entonces por qué lo hacías? ¿Por qué no renunciaste al puesto?

Me encojo de hombros.

—No quería decepcionaros a todos. Todos creíais en mí.

—Me cago en todo, Henry —gruñe Kris masajeándose la frente con las manos—. Creemos en ti porque te queremos, imbécil. Podrías decirnos que quieres ponerte a hacer... No sé, putos saltos de hípica y creeríamos en ti. No tienes que hacer algo que te hace infeliz por nosotros.

—Eso —dice Mattie.

Bobby frunce un poco el ceño y yo lo imito.

—A ver, la verdad es que yo tendría mis dudas respecto a una futura carrera en el mundo ecuestre, porque he visto cuánto pierdes el tiempo cuando toca entrenar piernas, pero, sí, no hagas las cosas por nosotros. O lo que sea que haya dicho Kris.

Anastasia también está de un silencioso poco habitual en ella y, cuando la miro, niega con la cabeza.

—Yo te quiero y lo único que quiero es verte feliz, da igual el cómo.

Se abre la puerta y JJ entra y no parece en nada ese familiar raro que aparece en una boda.

—Me han dicho que estábamos haciendo una intervención. ¿Ha dado ya Nate su discurso cursi?

—Todavía no —dice Robbie, que está al final de la mesa al lado de Lola, en silencio también—. Seguro que cae pronto. Me miras, Hen, pero no tengo nada que decirte. Yo te apoyo en lo que hagas. Siempre te he apoyado.

JJ se sienta en la silla vacía al otro lado de Sasha y se inclina hacia delante.

—Vamos a hablar de cómo vas a desjoder la relación con el amor de tu vida. —Todo el mundo se queja, incluido yo—. ¿Qué? Va a hacer falta algo muy gordo.

No sé quién empieza, pero por lo menos tres personas dicen:

—Eso dijo ella.

Anastasia y yo hemos discutido muchas veces sobre el concepto de la ley de la atracción y de manifestar.

Yo tengo más que claro que es pura patraña, porque le pido al universo que se nos pinchen las ruedas para que no podamos ir al despacho de Faulkner y no ocurre nada.

—Me alegro de verte, Henry —dice cuando me siento. Mira a Nate—. Pensaba que me había librado de ti, Hawkins.

Diría que Faulkner nunca me ha llamado por mi nombre de pila, lo cual es una señal de alarma inmediata. Pienso en el discurso que Nate y yo hemos practicado por el camino. He valorado que, si iba a dar uno, lo mejor era consultarlo con un experto.

—Lamento haber desaparecido en combate, entrenador. A veces me siento sobrepasado y eso hace que me cueste procesar mis sentimientos. Me bloqueo. No sé por qué me pasa. Y no sé cómo evitarlo, pero me gustaría mucho. Me encanta el hockey, pero no me gusta ser líder. Me siento responsable de todo y de todos y a veces no soy capaz de dejar de darle vueltas a cada cosa que pasa. No quería decepcionar a la gente que pensaba que podía hacerlo y no quería decepcionarme a mí mismo, pero también tengo que reconocer cuándo algo no es para mí.

Faulkner no me interrumpe ni grita ni golpea la mesa con el puño.

—Sabes que podríamos haber evitado todo este disgusto si me hubieras explicado que no le pegaste a nadie.

—Sí.

—¿Por qué no me dijiste que Ellington te atacó? Tú fuiste la víctima, Henry. Tendría que haber estado preocupándome por ti, no echándote la bronca.

—Cuando eres el líder, los errores del equipo son tus errores.

Faulkner mira a Nate y entrecierra los ojos.

—¿Le enseñaste tú este cuento de hacerse el harakiri por los demás? A ti también se te da bien eso.

—¿Qué? —pregunta Nate poniéndose algo nervioso—. ¡No!

—Lo leí en un libro de Harold Oscar. Lo estaba leyendo para aprender a ser mejor capitán, pero ahora ya da igual, porque cuando me dijo que tal vez no debería ser capitán me sentí aliviado y no sé... No me acuerdo.

El entrenador se ríe y nunca he estado tan confundido. Me vuelvo hacia Nate para que me oriente, pero parece estar igual que yo.

—¿Harold Oscar? ¿Alguna vez has leído sobre él? ¿O lo has conocido? Porque yo sí y el tío es un capullo. No sería capaz ni de llevar patos a un charco, mucho menos un equipo. ¡Estuvo lesionado casi todas las temporadas que su equipo ganó! ¿Por qué coño hiciste caso de sus consejos?

—Quería hacerlo bien.

—Y lo estabas haciendo bien. Podemos solucionarlo, pero

sin tonterías, Henry. Acepto que lo has pasado mal psicológicamente y que tu conducta reciente es una excepción, pero si me vuelves con estas gilipolleces, las cosas serán muy diferentes.

—Lo entiendo.

El entrenador coge un boli del bote que tiene en la mesa y una hoja de papel.

—Esto es lo que va a pasar: vas a recuperar todos los días de gimnasio y los entrenamientos en pista que te has perdido. Vas a escribir a todos tus profesores y a preguntarles qué tienes que hacer para ponerte al día. Y también vas a hablar con alguien sobre lo de bloquearte cuando una situación te supera. Cuando lo hayas hecho y estés al día en todo, podrás jugar. Y ya buscaremos a otro capitán.

—Yo puedo ayudarlo —dice Nate dándome un golpecito en el hombro.

Faulkner lo mira con el ceño fruncido.

—¿Por qué iba a querer tu ayuda? Seguí tu consejo el año pasado y mira dónde coño he acabado. —Me señala—. Con un capitán que no soporta la capitanía.

Cojo la lista de tareas pendientes de Faulkner y me la meto en el bolsillo.

—Sí, ahí tiene razón, Nate. La cagaste creyendo en mí.

Nate se pellizca el puente de la nariz.

—Me está entrando migraña.

Ha pasado una hora y parece que mi vida vuelve a estar encaminada.

Si lo pienso, no tiene sentido. Russ está en la sala de estar leyendo un libro de texto y trabajando con la tablet cuando llego a casa.

—¿Todo bien?

—Tengo mucho trabajo que recuperar, pero sí, todo bien. Aunque creo que al entrenador le ha dado algo porque me ha llamado Henry.

Russ arruga la nariz.

—Qué raro.

—Ya puedes decirle a Aurora que deje de evitar venir a casa. Sin ella está todo muy silencioso y es rarísimo.

Así también podré descubrir si me odia o no.

—No lo está evitando. Está ayudando a Halle con un proyecto de escritura o algo. Me dijo que era un secreto. Tuvo que contármelo porque se había dejado el portátil en casa sin querer y necesitaba el mío.

He estado pensando en cómo demostrarle a Halle lo que significa para mí desde que JJ sacó el tema anoche.

—Tienes que dejarme verlo.

Me mira como si acabase de pedirle un riñón.

—Ror me matará, Henry. Ni siquiera creo que tuviera permiso para contártelo.

—Russ, por favor. No te pediré nada nunca más. Tengo que compensárselo a Halle y ya sé cómo.

—Vale —dice, y cierra el libro—, pero más te vale enseñarme a esconderme bien cuando Aurora termine enterándose.

—Vale.

Saco el teléfono y le mando a Halle un mensaje más. Le digo que me estoy esforzando por arreglarlo todo y que la echo de menos.

39

Halle

—¿Y por diez millones de dólares? —Miro a Aurora con el ceño fruncido por encima del tenedor lleno de raviolis—. ¿Y por once millones? —insiste.

Cami vuelve a dejar el vaso sobre la mesa y coge los cubiertos.

—Por once millones de dólares, cancelo yo mis planes y me voy contigo.

—¡Hoy solo tengo fondos para sobornar a una amiga! Tú te vas a pasar una semana con Briar y Summer —replica Aurora, cambiando los platos de sitio sin prestar mucha atención. Ha apartado las fresas de su ensalada y las está echando en mi plato pequeño, que está vacío—. Halle se va a pasar una semana con el anticristo.

El camarero intenta no reírse mientras nos rellena los vasos de agua y la verdad es que no me extraña. Cada vez que se acerca a la mesa, Aurora le ha puesto un mote nuevo a Will para intentar hacerme cambiar de idea.

Le molesta que me vaya de vacaciones con mi familia en vez de con ella, Poppy y Emilia. Teniendo en cuenta que yo tampoco tengo ningunas ganas de ir a ese viaje, es agradable que alguien se ponga dramática por mí. Aunque sin duda ella es mucho más creativa que yo, está indignada de sobra por las dos.

—Es un capullo, pero tanto como el anticristo, Ror…

—¡Es rubio! —farfulla ella.

Poppy levanta la vista del móvil sin entender nada.

—Tú también eres rubia. Y Russ.

—Russ es castaño claro —replica Aurora, ofendida—. Will es rubio rubio. Rubio rastrero. Rubio traidor.

—Vale que tú hayas convertido el hecho de querer parecerte a una Barbie en un signo de identidad, pero la personalidad de la gente normal no depende de su color de pelo —dice Emilia, aportando un poco de cordura—. Will es un capullo porque es un capullo, no porque sea rubio.

—Normal que digas eso. Tú tienes el pelo castaño —dice Aurora.

Me acabo la última fresa de Aurora y cojo la servilleta que tengo en el regazo para dejarla al lado del plato vacío.

—¿Qué te parece si… voy igualmente al viaje, porque él tiene que irse antes a un partido y no va a estar todo el tiempo, pero si veo que empieza a darle vueltas la cabeza o se pone a hablar en idiomas raros, dejo que me mandes un billete de avión?

—Vale —acepta Aurora, arrojando la servilleta sobre el plato vacío—. Pero tu hermana ha empezado a seguirme y ha prometido mantenerme informada porque no me fío de que no me vayas a decir lo que quiero oír. Así que te voy a estar vigilando, que lo sepas.

Creo que, si fuera un poco más fuerte, me habría desentendido de ese viaje hace un mes. Mi madre y yo tuvimos una conversación muy interesante cuando volví a casa después de salir de la de Henry. Si atufaba a sexo y tristeza, no comentó nada mientras me abrazaba en el sofá. No le conté lo que Will había dicho, pero le dije que era lo suficientemente feo como para no volver a hablarle nunca más.

Se disculpó por no darse cuenta de todas las responsabilidades que me echaba encima. Me dijo que yo era su mayor apoyo, la que le hacía mantener la serenidad en los momentos de estrés, pero que su dependencia de mí me había arrebatado muchas cosas. Llorando, me confesó que le preocupaba que hubiera madurado demasiado rápido y que por eso me costara hacer amigos. Y que pensaba que a lo mejor mi recompensa por ser tan desinteresada era uno de esos amores que solo se vivían una vez en la vida.

Le dije que nunca había estado enamorada de Will, pero que a lo mejor todavía podía hacerse realidad.

También dijo que, si no quería volver a ir con ellos de vacaciones, lo entendería, pero echo mucho de menos a Gianna y Maisie. Ya me perdí las Navidades con ellas; podré arreglármelas para ignorar a Will durante unos días.

Sé que mi madre ya no siente ningún tipo de lealtad hacia él. De hecho, yo diría que ahora mismo es muy probable que lo odie, sabiendo lo que sabe. Nunca habla de él cuando me llama y solo me pregunta cómo estoy y qué hago. Bueno, al menos lo intenta, y a mí no me importa echar una mano con algunas cosas. A lo mejor el año que viene puede organizar ella el viaje y yo puedo irme con mis amigas.

Mientras las cinco nos rompíamos los cuernos intentando corregir mi libro, mi madre me envió un paquete con aperitivos y velitas, lo que me demostró que había tenido en cuenta lo que le había dicho y que estaba intentando mejorar.

—¡Tú eres la única que está preocupada! —miento, diciéndole a Aurora lo que quiere oír—. Me hace muchísima ilusión estar con mis hermanas. Va a ser genial. Y ten cuidado, o Gigi te chantajeará para conseguir entradas para las carreras. Ahora le ha dado por la Fórmula 1.

—Vas a tener que aprender a mentir mejor —dice Emilia, agitando el trozo de pizza mientras habla—. No puedo estar rodeada de gente que no sabe mentir. Quiero dedicarme a las relaciones públicas y se me podría pegar.

El Romano's no está tan lleno como me esperaba un viernes por la tarde, teniendo en cuenta que yo nunca consigo reservar. Mis vacaciones de primavera empezaron oficialmente ayer porque no tengo clases los viernes, pero para todos los demás acaban de empezar hace una hora.

Hemos quedado para comer antes de emprender nuestros respectivos viajes y celebrar que por fin he enviado la novela al concurso. Poppy quería que lo hiciera aquí, en la mesa, delante de todas, pero necesitaba hacerlo a solas para procesarlo debidamente.

He escrito un libro.

He escrito un puñetero libro y he hecho algo por y para mí.

He aprendido mucho por el camino y, al final, lo más importante no han sido los conocimientos obtenidos de las experiencias que me ha proporcionado Henry. Lo más importante que me ha enseñado este proyecto es que el hecho de que quiera darme prioridad a mí misma no implica que tenga que hacerlo sola. Contar con gente que me ha ayudado y animado mientras hacía esto por mí misma es lo que ha hecho que al final lo haya disfrutado tanto.

Aunque no gane y no me vaya a Nueva York este verano, escribir el libro me ha aportado más cosas de las que nunca había imaginado.

Cuando acabamos de comer, me voy corriendo a casa a coger las maletas, antes de que llegue el Uber que he reservado. Cuando paso por Maple Avenue se me encoge el corazón; los mensajes de Henry se han hecho cada vez menos frecuentes en febrero y no he sabido nada de él desde que me mandó un mensaje diciendo que estaba intentando solucionar las cosas y que me echaba de menos.

Le dije que no se sintiera presionado para mantenerme al día, pero ha sido muy duro psicológicamente aceptar el hecho de no tener noticias suyas, cuando me muero por saber algo de él.

Me alegra que esté intentando arreglar las cosas y espero que se sienta mejor. No voy a fingir que no me dolió verlo en unas fotos saliendo a cenar con Nate y el resto de sus amigos. Cuando vi a una chica espectacular a su lado que no me sonaba de nada, el corazón me dio un vuelco, pero Aurora me tranquilizó inmediatamente diciéndome que era la hermana pequeña de Nate.

Los celos son una emoción nueva y extraña para mí, sobre todo por el sentimiento de culpa que conllevan. Al final no me quedó más remedio que reírme cuando mis amigas empezaron a contarme historias sobre momentos en los que los celos se habían apoderado de ellas. Cami fue la clara ganadora y, después de una anécdota que hizo que todas nos quedáramos boquiabiertas, llegó a la conclusión de que puede que a veces fuera un poco tóxica.

La verdad es que creo que a Henry podría venirle muy bien pasar más tiempo con sus amigos. Pero en una realidad alternativa, en la que consigo todo lo que quiero, Henry está conmigo.

Les prometí a las chicas no pensar en él ni en nuestra relación mientras estuviera fuera y ocuparme de mis sentimientos cuando volviera. Pero el hecho de saber que debería evitar pensar en ello es precisamente lo que hace que me quede alucinada al ver a Henry sentado en el porche cuando aparco delante de casa.

Apago el motor y me quedo mirándolo. La alucinación levanta una mano y me saluda. Se acerca al coche para ponerse al lado de mi ventanilla. La portezuela se abre y la alucinación habla.

—¿Te está dando un chungo? ¿Por qué me miras así? —Le clavo un dedo en el abdomen y me encuentro con la misma superficie dura que he tocado tantas veces—. Ay, Halle. ¿No piensas salir del coche?

Llevo un mes preguntándome cómo reaccionaría cuando Henry volviera a entrar en mi vida. He pasado de la euforia a la rabia, dependiendo del momento del ciclo menstrual. Pero nunca esperé sentirme tan... ¿protegida?

Se agacha a mi lado y se protege los ojos del sol de Los Ángeles con la mano.

—No eres un espejismo. Llevas el pelo distinto. Y te has dejado barba. Estás diferente.

Los rizos castaños de Henry se han convertido en trenzas. Él asiente, pasándose una mano por la coronilla.

—Bajo mantenimiento. Y no es barba, es que esta semana no me he afeitado. ¿Podemos entrar, o quieres quedarte ahí sentada para siempre?

—No tengo mucho tiempo para hablar, el coche que he pedido para ir al aeropuerto está a punto de llegar.

—Me conformaré con el tiempo que puedas darme —susurra él.

Está claro que Joy no siente la misma aprensión extraña y perturbadora que estoy sintiendo yo, porque se abalanza sobre él como si fuera hierba gatera. Parece mucho más feliz que la última vez que lo vi. Aurora y yo establecimos la regla de que ella no me daría información sobre Henry y yo no le preguntaría nada, siempre y cuando me avisara en caso de emergencia.

Ahora que lo tengo delante y tiene pinta de estar perfectamente, me parece una tontería. Henry siempre me está llamando dramática, así que supongo que es una especie de marca de la casa.

Cami dice que, dado que yo tenía como objetivo darme prioridad a mí misma y era algo que siempre me había parecido tan inalcanzable, tiene sentido que entienda tan bien que otra persona quiera hacer lo mismo. Sobre todo teniendo en cuenta que ella, según sus propias palabras, se habría puesto a aporrear la puerta de su casa al cabo de una semana. Eso me hizo considerar si quizá había sido una egoísta al dejar que se las arreglara solo. Supongo que ahora que lo tengo delante podría preguntárselo, pero no sé si estoy preparada para escuchar la respuesta.

—Te he echado de menos —dice Henry, cruzando la habitación para ponerse delante de mí.

—Yo también te he echado de menos —respondo y decido no apartarme cuando acerca las manos a mi cara. Su calidez calma la ansiedad que bulle en mi interior desde hace semanas y reprimo las ganas de llorar.

Él apoya la frente en la mía y baja la voz.

—Gracias por dejarme espacio para centrarme en mí mismo.

Aunque hubiera querido, no me saldría más que un susurro.

—De nada.

Me besa la frente con ternura y respira hondo antes de dar un paso atrás.

—Ambos sabemos que las palabras no son lo mío y sé que tienes que irte de vacaciones, pero quería darte esto. —Me entrega un sobre acolchado cerrado—. Pasará el control de seguridad sin problema. Te va a llegar en breve un correo electrónico; no abras el sobre hasta que lo recibas.

—Qué misterioso y enigmático —digo, agitando el sobre.

—Es un regalo. Para demostrarte lo mucho que me importas y pedirte disculpas por haberme tomado tanto tiempo. Me da miedo que pienses que ha sido porque no te considero importante, cuando en realidad he tardado tanto porque significas mucho para mí.

—Entonces, ¿es culpa mía que no pudieras recuperarte antes?

—No —replica bruscamente—. Pero lo estaba pasando mal y quería recuperarme para no convertirte en un ancla. No quiero depender de ti para solucionar mis problemas. Puedo explicártelo todo cuando vuelvas de vacaciones, si quieres. Te contaré todo lo que quieras saber.

—Vale. Me parece bien. —Me llega una notificación al móvil y al mirar por la ventana del salón confirmo que el coche ya está ahí—. Lo siento, pero tengo que irme. No quiero perder el vuelo.

El conductor pita un par de veces y decido que necesito tocar a Henry antes de irme. Él me estrecha con fuerza cuando me acerco para abrazarlo. Luego me da un beso en la coronilla.

—Adiós, capi. Hasta dentro de una semana.

Para consternación de mi conductor de Uber, me paso llorando todo el camino hasta el aeropuerto de Los Ángeles.

Ni siquiera sé por qué lloro y él tampoco, porque llega a la conclusión de que lo mejor es encender la radio y poner música rock a todo volumen. Le doy cinco estrellas y le dejo una buena propina a modo de disculpa antes de dirigirme al mostrador de facturación arrastrando la maleta por el aeropuerto y prometiéndome a mí misma que esta va a ser la última vez que lloro esta semana.

Si estoy demasiado sensible durante el viaje, seré carne de cañón para los Ellington y no me darán ni un segundo de tregua. Están convencidos de que su precioso niñito fue víctima del «roce» que le causó tantos problemas a Henry. Y yo estoy convencida de que son gilipollas.

Decido etiquetar la emoción que me ha hecho llorar a moco tendido en el coche como «alivio». Alivio porque Henry esté bien, alivio por haberlo visto con mis propios ojos, alivio porque él también piense que se ha tomado demasiado tiempo, alivio porque quiera verme cuando vuelva a casa.

La cola de facturación avanza lentamente a medida que el ajetreo habitual del aeropuerto va en aumento debido a la cantidad de personas que salen de viaje esta semana. El móvil me pita en la mano para avisarme de que me ha llegado un correo electrónico.

Aunque Henry me ha advertido que lo recibiría, me pilla por sorpresa. Rebusco en el equipaje de mano, saco el sobre que ha acabado hundiéndose en las profundidades de la maleta y hago clic en la notificación.

De: henry.m.turner@ucmh.ac.com
Para: halle.n.jacobs@ucmh.ac.com
Asunto: Ponte los auriculares

Yo también he incumplido la regla número cuatro.
No se lo digas a la junta directiva.
H

Henry Turner le ha enviado un archivo.
Pulse aquí para descargarlo
Contraseña: abreelsobre

Saco los auriculares del bolso, acercándome cada vez más al inicio de la fila, y me los pongo en las orejas. Contengo la respiración mientras hago clic en el enlace, que me lleva a una carpeta online con un archivo enorme de audio. No sé qué pensar.

Me tiemblan las manos mientras introduzco la contraseña y pulso el botón de reproducción. Al principio no ocurre nada, solo se oyen algunos crujidos y el chirrido de un somier, hasta que por fin oigo la voz de Henry.

«Halle Jacobs decidió que quería ser escritora la primera vez que asistió a una lectura de una autora en la biblioteca. Siempre está soñando despierta con los personajes que imagina y atribuye su amor por la lectura a su madre, que le hizo el primer carnet de la biblioteca, y su imaginación hiperactiva, a que de niña estaba obsesionada con *Los Sims*. Jacobs estudia Literatura en la Universidad de California (Maple Hills) y vive en Maple Hills con su querida gata Joy».

Tiro de la solapa sellada, deseando ver qué hay dentro. Henry acaba de leer palabra por palabra la biografía que escribí para el certamen. Lo que no sé es de dónde la ha sacado. Entonces vuelvo a escuchar su voz.

«Halle Jacobs es dulce y encantadora, y siempre trata de ser amable con los demás. Tiene un amplio círculo compuesto por familiares, compañeros de clase, gente del trabajo y vecinos que coinciden en que es la persona más desinteresada y cariñosa que conocen. Aparte de lo de leer y escribir, a Jacobs se le da fenomenal la repostería, habilidad que heredó de su querida abuela. Es divertida, guapa e inteligente.

»Jacobs tiene un novio al que ha convertido en alguien mejor en todos los sentidos y que espera poder ser el amor de su vida mientras ambos trabajan para ser las personas que siempre han querido ser. Jacobs también es conocida por tener el mejor culo de Los Ángeles».

Puede que al final sí haya un listado de cumplidos que la gente recite cuando habla de mí.

Que Henry recite cuando habla de mí.

No me queda más remedio que abandonar la cola con las maletas. El corazón se me va a salir del pecho y me tiemblan las manos mientras abro el sobre, peleándome para despegar lo que parece el adhesivo más fuerte del mundo. Por fin se suelta, justo cuando Henry empieza a hablar de nuevo.

«Capítulo uno»...

El libro que saco del sobre no me suena de nada. La cubierta está pintada a mano y en ella salen dos personas tumbadas en un prado lleno de margaritas. El cielo tiene unos tonos púrpuras y rosados como de ensueño, y mi nombre está escrito al lado.

Paso las primeras hojas mientras Henry lee mis propias palabras y me fijo en la dedicatoria de la primera página, escrita con su pulcra caligrafía:

Puede que esta sea mi novela romántica preferida,
pero mi historia de amor favorita es la nuestra.
Tuyo,
Henry

Cada vez que paso una página, aparece algo más de Henry. Ha dibujado en las hojas, sobre mis palabras, uniéndonos. Sus ilustraciones me van llenando cada vez más de vida y no me doy cuenta de que estoy llorando hasta que una lágrima cae sobre la página y hace que se corra la tinta.

Aunque no me apetece nada, pongo el audio en pausa.

Tengo que hacer unas cuantas llamadas.

40

Henry

Nate me dijo que siguiese adelante y confiase en que las cosas saldrían bien. Estoy intentando hacerle caso, pero resulta que no soy de los que siguen adelante confiando en que todo saldrá bien.

Sí, puedo ser tranquilo, pero ¿confío en ese impulso de dejar que las cosas fluyan? No. Me gusta la previsibilidad. Me gusta la rutina. Me gusta la certeza.

Y, por eso, cuando le he mandado a Halle el correo me he sumido en el caos, y voy a tener que entrenar la paciencia —algo por lo que no soy precisamente conocido— para esperar una semana a que vuelva y me diga qué le ha parecido.

Tras pasarme el mes mandándole solo unos cuantos mensajes para que supiera que pensaba en ella, no puedo esperar —bueno, o eso me han dicho los chicos— que se ponga en contacto conmigo enseguida.

JJ me dijo que haberme pasado la vida liándome con quien me daba la gana y luego pasando a otra me había impedido aprender que, cuando alguien te gusta de verdad, es inevitable liarla parda en algún momento y que después tengas que arreglarlo.

Todos los chicos coincidieron con él, así que me parece que esta es una de las veces que JJ ha dado un consejo aceptable.

Según él, y con el sello de aprobación del equipo, esta es mi «gran demostración» de lo mucho que Halle me importa.

Después de que Russ terminara cediendo y me dejara echarle un vistazo al libro, enseguida me enfadé conmigo mismo por no haber insistido para que Halle me permitiera leerlo antes. Me encantó ver sus palabras en las páginas y reconocer su voz, pero contando la historia de otras personas. Fue mágico y, tal vez, si hubiera pasado más tiempo animándola y menos distrayéndola, podríamos haber llegado a ese punto antes.

Alguien llama a la puerta y después de gritar que pasen, oigo los pitidos del tecleo del código. Aparece Russ con una taza de té para mí, un desafortunado hábito que he adquirido este último mes. Como norma general, me da mucha rabia hacerle caso a Aurora, pero esta vez voy a aceptar que tiene razón.

—¿Todo bien con Halle? —pregunta Russ dejando la taza en la mesita de noche y sentándose a los pies de mi cama.

—Creo que primero tendría que haberla llamado. La he pillado desprevenida, me ha clavado un dedo no sé por qué. No sé cómo describirlo bien. Parecía… fuera de mi alcance. Aunque podía tocarla, parecía estar muy lejos.

Russ se frota el cuello.

—Venga, dime lo que me tengas que decir —le pido.

—Es difícil salvar a alguien de sí mismo —dice. Se recoloca para quedar mirándome apoyado en su rodilla—. Puede que le cueste un poco recuperar el equilibrio. Pasasteis de estar cada minuto de tiempo libre juntos a no veros en absoluto cuando todavía estabais empezando. Era imposible que las cosas volvieran del todo a la normalidad después de alejarla de ti.

—Pero no la alejé solo a ella, alejé a todo el mundo. Y, en realidad, intentaba ayudarla.

—A la gente le cuesta comprender que a veces los demás se bloquean, que no todos los cerebros funcionan igual cuando se estresan. Aunque creo que ella te entiende mejor que nadie.

Asiento.

—Sabe que, si te deja a tu aire, lo más probable es que entres en barrena y procrastines y todo eso, ¿no? Pero también sabe, como sabemos los demás, que, cuanto más te obligue a intentar hacer algo, más tardarás en hacerlo. Tú sabes que llegarás a cierto punto y entonces lo arreglarás. No es lo mismo, pero los adictos lo llaman tocar fondo.

—Este último mes me ha parecido que tocaba fondo, sí.

—Exacto. Y sabes que ella lo dejaría todo por ti, aunque suponga abandonarse a sí misma, y eso es algo que no quieres, claro. No lo digo a malas, tío, pero Halle no habría terminado el libro si te hubiera ayudado a no caer en picado y a ponerte al día el mes pasado. La has alejado de ti para ayudarla a ayudarse a sí misma y has sufrido porque la echabas de menos. Y ella se ha mantenido alejada porque tú se lo pediste y ha sufrido porque te echaba de menos y porque supongo que pensaba que podría arreglar tus problemas. ¿Ves por dónde voy?

Todo este discurso parece una adivinanza, pero creo que lo sigo.

—¿Los dos hemos tenido que pasarlo mal un tiempo para hacer lo que teníamos que hacer por nosotros mismos y para que ahora todo pueda ir bien?

—En pocas palabras —dice y asiente.

—Pues qué forma tan enrevesada de decirlo. Pasas demasiado tiempo con Aurora.

Russ se ríe y se pellizca el puente de la nariz con los dedos.

—Ya, lo siento. Le dejaré los discursos motivadores a Nate.

—¿Aurora está enfadada conmigo? —La pregunta lleva un tiempo rondándome la cabeza porque Aurora, que suele pasarse la vida en esta casa, apenas ha estado últimamente por aquí—. Si lo estuviera, lo entendería.

Lo piensa un momento frunciendo los labios mientras decide qué contestar.

—La respuesta fácil es no. Rory entiende que la forma de gestionar las cosas que tenemos nosotros no tiene por qué ser la que tenga todo el mundo. Creo que le da la sensación de que tiene que proteger a Halle y creo que puede que se sienta algo culpable. Llevan dos años en la misma clase y has tenido que hacerte amigo de Halle tú para que Aurora se diera cuenta de que, aunque la consideraba una amiga, antes no la trataba como tal.

—Halle pensaba que no tenía amigos cuando nos conocimos. Me lo dijo —señalo recordando la vez que le pregunté por qué vivía sola.

—Ya, creo que «conocidas» habría sido una palabra más adecuada. Rory le pedía los apuntes e iba a su club de lectura y se sentaba con ella en clase y hasta ahí llegaba la relación. Así que sí, no sé si «culpable» es la palabra correcta, pero creo que piensa que podría haber hecho más antes. Así que no está enfadada contigo, solo quiere lo mejor para Halle. Y para ti, claro.

—¿Es raro que la eche de menos?

—¿A quién? ¿A Halle?

Hago una mueca.

—No... A Aurora.

Russ se ríe tan fuerte que la cama se mueve bajo su peso.

—No pienso decirle que me has dicho eso, se pondrá insoportable. Se va de viaje con sus amigas dentro de una hora, pero le diré que pase por aquí cuando vuelva la semana que viene.

Cuando tiendo la mano para coger la taza de té, Russ se levanta de la cama y se dirige a la puerta.

—Me alegro de que te sientas mejor. No sé qué haría sin ti en el equipo.

—Ya me has vuelto a poner incómodo.

Suspira.

—Tendrás que acostumbrarte. Voy a ver la tele abajo si quieres venir.

—Bajo luego, cuando termine este boceto. Oye, Russ...

Russ se detiene con la puerta de mi cuarto abierta.

—Yo tampoco sé qué haría sin ti —le digo.

—¿Interrumpo un momento especial? —Los dos miramos el pasillo—. Puedo irme si necesitáis privacidad.

La cara sonriente de Halle era lo que menos esperaba ver hoy.

—Creo que ya hemos superado el cupo de momentos especiales. Me alegro mucho de verte, Halle —dice Russ apartándose enseguida de su camino para que pueda entrar en la habitación.

La puerta se cierra al pasar ella y yo me levanto de la cama de un salto.

Tiene los ojos radiantes, pero hinchados. Me fijo en las manchas negras que tiene debajo, donde el maquillaje se le ha corrido.

—¿Qué haces aquí? ¿Por qué pareces un panda?

De todas las cosas que quiero decirle y preguntarle, eso es lo primero que me sale.

—He venido por la reunión de la junta directiva. —Mete la mano en el bolso y saca el libro en el que me he pasado horas trabajando—. Creo que tenemos que tratar todas las infracciones que se han estado cometiendo. Has leído mi libro.

—No había ninguna norma acerca de no leer el libro —digo dando un paso hacia ella—, pero la habría roto si hubiera existido. Quiero leer todas las palabras que escribas a partir de ahora.

—Había una errata en el libro. Una enorme.

Se me cae el alma al suelo. Lo he revisado mil veces.

—¿Cuál?

Sonríe.

—Decía que tengo novio y, que yo recuerde, nadie me ha pedido que sea su novia.

—Mmm, ¿estás segura?

—No me puedo creer que hayas convertido mi libro en un libro, Henry. —Levanta la novela encuadernada y da un pasito hacia mí—. Y me has hecho un audiolibro.

Asiento porque, sí, joder, lo he hecho. Y está increíble. Me ha hecho apreciar el trabajo de los narradores a los que escucha Halle. Recuerdo algo que me moría por preguntarle.

—Has cambiado el final. Ya sabía que mi amigo lo conseguiría, pero ¿por qué no seguiste con lo que tenías pensado?

Halle se pega el libro al pecho y lleva escritas en la cara todas las emociones que sentí leyendo su historia.

—No podía soportar la idea de que dos personas enamoradas no pudieran terminar viviendo felices para siempre. Se merecían una oportunidad.

Elimino el espacio entre nosotros y llevo su boca a la mía.

Es un beso delirante y desesperado y la excitación se ve empañada por el tiempo que hace que nos besamos por última vez. Me aparto y apoyo la frente en la suya mientras ella me empuja de espaldas hacia la cama y se sube a mi regazo en cuanto caigo al colchón.

—Te quiero, Halle.

—Y yo a ti. Por favor, no me rompas el corazón.

El alivio es la principal emoción que siento ahora mismo, porque, después de un mes sin vernos, me preocupaba que ya no sintiera lo mismo por mí.

—Nunca.

Vuelvo a traer su boca hasta la mía, con un movimiento lento y controlado. Paciente, aunque lo que menos quiero tener ahora es paciencia. Quiero disfrutar de que está aquí conmigo cuando pensaba que no lo estaría hasta por lo menos dentro de una semana.

Espera.

Me echo atrás y frunzo el ceño.

—¿Y el vuelo?

—He llamado a mi madre y le he dicho que no quiero ir. Pensaba que igual me había sucedido algo, pero he sido sincera y le he dicho que estar con los Ellington no me vendría bien y que he decidido no pasar por eso solo para hacer felices a los demás.

Siento orgullo.

—Y ¿qué te ha dicho?

Halle me dirige una sonrisa radiante.

—Que estaba decepcionada por no poder pasar tiempo conmigo, claro, pero que si quería irme de vacaciones con ellos el año que viene, podíamos ir solo en familia, sin los Ellington. Se alegra de que esté poniendo límites por mi bien y va a traer a mis hermanas en Pascua para que nos veamos.

—Es increíble, Halle. Me alegro mucho por ti.

Asiente y es evidente que ella también se alegra.

—Sí, se está esforzando mucho.

Me pasa los brazos por el cuello. Yo le rodeo la cintura con los míos y nos abrazamos.

—¿Eso significa que te tengo toda la semana?

—Eh, no. En realidad, tengo que irme dentro de dos minutos.

Me muevo tan rápido para verle la cara y saber si está de broma que casi se me cae del regazo.

—¿A dónde vas?

Sonríe tanto que sé que, sea cual sea la respuesta, estará bien solo por verla tan feliz.

—¡A hacer mi primer viaje de chicas! He llamado a Aurora al salir del aeropuerto y me ha dicho que todavía puedo irme con ellas. Solo tengo que darme prisa y volver con el pasaporte. Estoy supernerviosa, pero emocionada, aunque no tengo ni idea de coches de carreras y Aurora me ha dicho que tenemos que animar al equipo y que los colores me quedarán muy bien, pero resulta que no es el de su familia... Y me estoy yendo por las ramas porque estoy emocionada, pero me tengo que ir, en serio.

—Sí, es todo un tema, pero seguro que te lo cuenta todo en el avión. ¿Me harás videollamadas durante el viaje? Te echo de menos cuando no te veo la cara. Me he pasado bastante tiempo mirando fotos tuyas en el móvil últimamente.

Me da un beso, dos.

—Claro, yo también te echo de menos. Vuelvo dentro de una semana.

Baja de encima de mí y tengo que esforzarme por no aferrarme a ella. En realidad, me alegro de que esté haciendo algo por sí misma. Supongo que puedo soportar compartirla con Aurora de vez en cuando. Le miro el culo cuando se aleja, lo cual me recuerda a otra cosa que tengo que decirle antes de que se vaya.

—Capi.

Halle se vuelve para mirarme.

—¿Sí?

Carraspeo.

—¿Puedo ser tu novio?

Nunca superaré ser yo quien la hace sonreír tanto. Viene deprisa hacia mí, se lanza a mis brazos abiertos y yo caigo de espaldas a la cama. Me besa antes de responder.

—Sí.

Se baja de mí rodando hacia un lado sobre la cama y se acurruca contra mi cuerpo antes de incorporarse frunciendo el ceño.

—¡Tienes un cuadro encima de la cama! —Se pone de pie y estudia bien el lienzo y yo me levanto para ponerme a su lado—. ¿Cómo no he visto este pedazo de cuadro cuando he entrado hace cinco minutos?

—Estarías demasiado distraída con lo guapo que soy.

—¿Qué ha pasado? ¿Qué más cuadros me he perdido? —pregunta mirando a su alrededor.

No va a encontrar más cuadros porque solo he colocado ese.

—Por fin he encontrado algo que quería ver todos los días.

Se inclina hacia delante.

—Un momento, ¿es el…? Bueno… ¿En el que…? ¿… encima del lienzo?

—Es el lienzo en el que follamos, sí.

Se queda boquiabierta.

—¡Está genial! La verdad es que esperaba que pareciera un desastre. Quiero decir, que sé que tienes mucho talento, pero el talento no se puede controlar mucho en una situación así.

—Me subestimas.

Noto los segundos que faltan hasta que se tenga que ir, aunque estoy muy agradecido de que esté aquí.

—¿Qué sientes cuando lo miras?

Le rodeo los hombros con el brazo y le beso la sien.

—Amor.

Epílogo

Halle

Tres meses después

—Esto es como lo de: «¿Puedo copiarte los deberes si los cambio un poco?». Mucho me temo que el contenido de esa carta va a acabar siendo exactamente igual al contenido de la mía.

Cami sonríe de una forma que revela que no me equivoco lo más mínimo.

—¿Nunca te han dicho que te preocupas demasiado?

—Sí, todo el mundo, constantemente. Pete va a pensar que queremos fastidiarlo, si las dos renunciamos a la vez. A lo mejor deberíamos espaciarlo un poco.

—A lo mejor Pete se merece que lo fastidien un pelín después de haberle dado una habitación mejor a esa mujer que te llamó «la zorra del cárdigan» —replica Cami, pintándose los labios y pasando ampliamente del tema—. ¿No se te había ocurrido?

Me pongo un poco sensible cuando tengo que pasar página con la gente. Es cierto que más de una vez Pete me ha hecho tener ganas de quemar el hotel, pero no es mal tío.

—Despídete tú primero, yo esperaré una semana —digo.

—Halle Jacobs, vamos a dejar este curro de mierda y movernos hacia pastos más verdes. Es decir, hacia el vino y los libros. Venga, vamos a arrancarnos la tirita juntas.

Cami y yo salimos de mi coche en el aparcamiento del Huntington, vamos al despacho de Pete y le entregamos las dos cartas, que probablemente serán idénticas después de que ella me pidiera la mía para echarle un vistazo e «inspirarse». Cuando volvemos al coche tras haber sido despedidas en el acto por Pete, que nos ha dicho que no quiere volver a vernos por allí nunca más, estoy de acuerdo en que tal vez se merecía que lo fastidiaran un poco.

La librería Encantada está prosperando. Tanto que Inayah necesita contratar a alguien para que le ayude durante la semana. Me preguntó si me interesaba el puesto antes de hacerlo público y, después de una fuerte presión por parte de mis amigas, le dije que sí.

Harta de sentirse verbalmente maltratada y acosada por hombres de negocios ricos y arrogantes, a veces dentro de una misma conversación, Cami decidió que, si yo saltaba, ella también. Y al final aterrizó en la vinoteca de al lado.

Me siento más ligera, ahora que he renunciado a algunas de las responsabilidades que no me hacían feliz y, cada vez que me doy prioridad a mí misma, Henry me trata como si acabara de salvar el mundo. Eso es lo que más me gusta.

—No me parece normal que estéis tan preocupados por algo que no tiene nada que ver con vosotros.

—Henry —murmuro, actualizando la web del certamen por millonésima vez en una hora—. No seas así.

Levanto la vista de la pantalla y miro a toda la gente que nos está observando con interés. La puerta principal se abre de golpe y Russ y Aurora entran atropelladamente vestidos con unas camisetas de mapaches gigantes.

—¿Nos lo hemos perdido? Hemos pillado un atasco.

—¿Qué lleváis puesto? —les pregunta Henry, mirándolos de arriba abajo.

—Este año nos ha tocado el grupo de los mapaches —explica Russ, tirando de su camiseta del campamento de verano Honey Acres, antes de cerrar la puerta. Se sienta en el sillón que tenemos enfrente y Aurora se acomoda a su lado, en el brazo.

—Jenna nos ha castigado por mentir el año pasado poniéndonos con el grupo de la franja de edad que menos nos apetecía. ¿Qué coño les pasa a los adolescentes? Son unos cabrones.

—No os lo habéis perdido —digo, actualizando de nuevo la pantalla.

—Cuando me asignaron equipo había menos gente en la sala que aquí —dice Grayson, mirando a mis amigos.

—Halle, Bobby acaba de mandarme un mensaje preguntando si vas a querer salir en su pódcast cuando seas una escritora famosa —dice Robbie, levantando la vista del teléfono.

Me pellizco las cejas.

—¿En su pódcast de hockey?

Él le contesta y luego asiente.

—Sí. Están pensando en pasarse a los libros.

—Por supuesto —digo, asintiendo lentamente—. Cuando sea una escritora famosa, diles que me avisen e iré cuando quieran.

Henry se acerca y pone la boca a unos milímetros de mi oreja.

—Actualízala otra vez —susurra.

—¡Eh! —grita Grayson desde el sillón reclinable que está en el lado opuesto de la habitación—. ¡Vuelve a tu cojín!

—Por fin un poco de decoro en esta casa, después de tantos años de despiporre —dice JJ, reclinándose en el sillón que está al lado del de mi hermano.

—Cállate, Jaiden. Si tú eres el primero que se pasa el decoro por el forro —le suelta Emilia.

—Además, ya no vives aquí —añade Aurora—. Tu opinión no cuenta.

—¡Dice la que nunca ha vivido aquí! Anda, acabo de tener un *déjà vu*. ¿Hemos tenido esta conversación antes? ¿Alguien más ha tenido esta conversación antes? —Se queda pensando un rato, mirando a los demás para que le echen un cable—. Seguro que sí.

Yo también estoy a punto de decirles a los chicos que se callen cuando la sensación de calidez me abandona y veo que Henry está volviendo de mala gana al cojín al que lo han desterrado.

—Estás de coña —gruño.

—Es un armario empotrado, Halle. Y parece que ya no cree que pelearse sea de tontos. Te quiero, pero me gustaría mantener todas las costillas intactas; algo que, por cierto, va a ser mi principal prioridad cuando juguemos al fútbol mañana.

Grayson ha venido a una reunión con un posible equipo, ahora que se le ha acabado el contrato. Está intentando verme más a menudo antes de que empiece la temporada y vuelva a entrenar de nuevo, sea cual sea el equipo en el que acabe. Dice que es porque me echa de menos, pero en realidad lo hace porque se ha enterado de que tengo un novio nuevo y quiere echarle un ojo. Cree que se le da bien calar a la gente porque es el único que nunca había tragado a Will.

De momento no tiene ninguna queja de Henry, salvo que se acerca demasiado a mí y es excesivamente cariñoso.

—¿Y si la novela no les ha gustado nada y les ha parecido tan mala que no saben cómo decírmelo?

Es lo único que consigue que todos se queden callados. Se miran unos a otros, esperando que alguien se decida a contestar.

—Estás entre los diez finalistas —dice Henry, mi eterna voz de la razón—. No seas catastrofista.

Hace poco Cami le enseñó a Henry lo que era el catastrofismo y ahora le encanta señalar cuándo cree que los demás están sacando las cosas de quicio. Lo irónico es que ella le estaba explicando lo que era porque él estaba diciendo que su reacción natural ante un conflicto era venirse abajo.

—Como vuelva a refrescar la página y siga igual, tiro el portátil por la ventana —murmuro, furiosa—. Me dijeron que era hoy seguro.

—A lo mejor el sistema se está actualizando —comenta Aurora—. O a lo mejor han evacuado el edificio.

—O a lo mejor Halle está demasiado impaciente —dice Henry, haciendo que todos los presentes se lo queden mirando—. Vale. Puede que todos seamos un poco impacientes de vez en cuando. No pasa nada.

Vuelvo a pulsar el botón de actualización y, a diferencia de las otras veces, la pantalla se queda en blanco.

—¡Está pasando algo! ¡Está pasando algo!

Unas diez personas salen corriendo hacia el sofá para ver la pantalla de mi portátil. Es una forma ridícula de demostrarme su apoyo y sé que lo hacen porque Henry les ha recordado lo importante que es apoyarse unos a otros, pero me emociona de todos modos.

Parece que la pantalla se va a quedar en blanco toda la vida. Henry diría que soy una exagerada, pero a mí se me hace eterno.

El portal se actualiza. En el cuadradito que hay al lado de mi candidatura, donde ponía «pendiente» desde que me enteré de que había sido preseleccionada hace una semana, ahora pone «finalista».

—Vaya, no he ganado. No pasa nada; tampoco esperaba hacerlo.

—Jo, Hals —dice Aurora, mientras alguien, no sé si ella o alguna de las otras mil personas que hay a mi alrededor, me acaricia suavemente la cabeza como si fuera un perro.

—No puedes estar así de buena y triunfar a la primera —comenta Cami—. Serías demasiado poderosa. La gente que está buena tiene que pasarlo mal al principio para caerle bien al resto del mundo.

—Cami tiene razón, Hals —dice Poppy, desde algún punto del montón—. Necesitas unos inicios modestos para poder decir que no te lo esperabas.

—¡Muy bien! Ya podéis volver todos a vuestro sitio. Lo superaré. No pasa nada. Era una posibilidad remota y aun así he escrito un libro, así que...

—Osito, ¿puedo hablar contigo fuera? —dice Grayson, que lleva los últimos diez minutos inusualmente callado—. Y contigo también, casanova.

—No puede castigarnos, ¿no? —me pregunta Henry mientras salimos al jardín detrás de Grayson.

—No, amor. No puede castigarnos. —Grayson se detiene en el porche y pone los brazos en jarras—. No puedes, ¿no? Ahora mismo pareces papá y me estás asustando.

—Déjate de historias. Siento lo del certamen —dice—. Por otro lado, tengo remordimientos de conciencia por haberte traumatizado ligeramente llamándote «la jefa de la familia» desde que aprendiste a hablar, así que lo comenté con mamá y papá y decidimos que, si no ganabas el certamen, te pagaríamos nosotros el curso.

—¡Venga ya! Me estás tomando el pelo. —Henry se queda callado a mi lado y de repente temo que sea porque tendría que irme fuera seis semanas. Ya nos ha costado mucho estar un mes sin vernos, pero esto sería diferente y podría ir a visitarme—. ¿En serio? Gracias, Gray.

—Mmm. Bueno, papá y mamá no lo saben aún, pero me voy a mudar a la costa oeste. Ahora mismo no sé exactamente a qué equipo, pero tengo varias ofertas sobre la mesa. Mi contrato de alquiler aún no ha vencido, así que podéis quedaros en mi piso mientras vais a clase y eso. —Mira a Henry y luego vuelve a mirarme a mí—. Pero tendré cámaras vigilando todos vuestros movimientos, así que nada de tonterías. Si mancilláis mi sofá, me enteraré. Y puedo aparecer allí en cualquier momento. ¿Prometes cuidar de ella? Es una ciudad dura.

—¿Cómo puedes ser tan viejuno? Sé cuid... Espera, ¿qué?

—Yo voy contigo —dice Henry tan tranquilo, como si no fuera lo más emocionante que he oído en todo el año—. Me he apuntado a un curso de verano de Arte que tenía muy buena pinta.

—¿Qué? —Tengo ganas de chillar de la emoción, pero no quiero que Henry me destierre—. Ahora mismo no puedo ser más feliz.

Russ se acerca a las puertas acristaladas y llama antes de asomar la cabeza, ya sin la camiseta del mapache.

—Siento interrumpir, chicos. Tenéis que entrar ya, es tarde.

—Dos minutos —le dice Henry.

Abrazo a mi hermano y él me corresponde a regañadientes, como el falso cascarrabias que es.

—Gracias, Grayson. ¿Vas a venir luego a la fiesta? Hay barra libre.

—No, Hals. Diviértete con tus amigos. Mañana te veo. Y nada de coger el coche si bebes, ¿entendido? —le dice a Henry.

—Si ni siquiera tengo coche —replica él.

—Mejor. Pues que siga siendo así.

Mientras volvemos a entrar en casa, Henry me mira.

—Yo no voy. Necesito practicar el sprint para poder huir de tu hermano.

—Claro que vienes; venga.

—Me encanta eso que llevas puesto —dice Henry, en voz demasiado alta—. Estás guapísima.

Unas cinco personas que no conozco se dan la vuelta y me miran con una mezcla de celos y admiración.

—Shhh —digo, riéndome—. Pero gracias.

Él se acerca a mí y me acaricia detrás de la oreja con la nariz.

—De nada.

—¿Os importaría parar de meteros mano? —suelta Jaiden—. Algunos estamos solteros y no nos hace ninguna gracia ese tipo de comportamiento. —Se queda mirando a la hilera de parejas—. Olvidadlo.

Intento refrescarme con el abanico de papel que me han dado al llegar a la terraza del hotel. Lo he agradecido más que el cóctel de frutas con burbujas que me han ofrecido.

—¡Ya vienen! —chilla Aurora antes de disculparse cuando Henry le pregunta si es necesario gritar.

Estalla una salva de aplausos cuando las puertas del jardín que dan a la terraza se abren y Stassie, Lola, Mattie, Bobby y Kris entran con las togas y los birretes de graduación.

—Dios, se me ha hecho eterno —gime Bobby, yendo hacia una cubitera llena de botellas de cerveza.

—A mí no me vuelven a pillar en una de estas —replica Mattie.

—Eso dijiste las últimas dos veces —grita Kris, que va hacia las cervezas pisándoles los talones.

—¿Es que vosotros tres nunca vais a madurar? Lo digo en serio —exclama Stassie, dejando el birrete encima de la mesa. Veo que la frase «resumiendo, que me he graduado» que le pusimos juntas con una pistola de pegamento caliente y una supervisión excesiva por parte de Henry ha sobrevivido a la gran prueba del día.

—Yo diría que no —contesta Robbie, que acaba de entrar con Nate.

Empiezan a llegar más amigos y familiares, y la terraza se llena rápidamente. Me quedo al lado de Henry para poder intervenir cuando se sienta desbordado. Dice que tiene una cara que hace que los padres quieran hablar con él y me necesita para impedirlo.

Nate ha organizado el evento para todos. Iba a dar una fiesta solo para Anastasia, pero ella le dijo que le parecía muy triste celebrarlo sola y que prefería hacerlo en grupo. Se me va a hacer raro que la gente se vaya de la universidad para empezar una nueva etapa en su vida, después de haber hecho tantos amigos nuevos este año. Henry me ha prometido que esto no será el final y que puede garantizar casi con total seguridad que no vamos a ser capaces de librarnos de ellos. De todos modos, tuve que interrumpirlo cuando empezó a sopesar los pros y los contras de optimizar nuestro grupo de amigos.

—¿Podemos saltarnos nuestra graduación? —me pregunta Henry—. No creo que sea capaz de socializar tanto dos años seguidos.

—Al menos aprueba todas las asignaturas antes de intentar empezar a escaquearte de la graduación, tío.

Ambos nos giramos hacia la persona que está hablando, pero a mí no me suena de nada. Henry lo abraza en el acto, algo que no suelo verle hacer salvo con sus madres y conmigo.

—En Connecticut te han jodido el pelo —le dice Henry, soltándolo—. Deberías volver a Los Ángeles.

Entonces me doy cuenta de que ese chico es Joe.

—Ese es el plan. Dame otro par de años y, si sobrevivo a la

facultad de Derecho, volverás a verme por aquí. Dile a Damon que lo echo de menos y que prometo no engañarlo nunca más. —Los dos se ríen y me miran—. Tú debes de ser Halle. He oído hablar mucho de ti.

—Yo también he oído hablar mucho de tus citas con Henry. —Joe se echa a reír—. Me alegro mucho de conocerte.

Charlamos sobre Nueva York y quedamos en vernos cuando Henry y yo estemos allí el mes que viene. También hablamos de libros porque Joe es un gran lector y, cuando alguien pide a gritos un discurso, intenta convencer a Henry de que se están refiriendo a él.

Nate está en lo alto de la escalinata del jardín y finge hacer una reverencia cuando alguien le silba.

—Gracias, Colin, padre de Stassie, por esta cordial bienvenida. —La multitud se ríe y Henry me rodea los hombros con el brazo, me atrae hacia él y me da un beso en la sien—. No va a ser un discurso largo porque sé que todos tenéis ganas de fiesta y en algún momento empezaréis a abuchearme. Es un orgullo estar hoy aquí celebrando los logros de nuestro círculo de amistades. Mi mejor amigo de toda la vida, Robert Hamlet, es desde hoy el miembro más reciente del cuerpo docente de la facultad UCMH y el propietario de un flamante máster en Entrenamiento Deportivo. Lola vuelve al este para intentar conquistar Broadway y seguir con su misión vital de ser la persona que más miedo da de todo Nueva York. Mattie y Bobby continuarán haciendo carrera en el mundo del hockey...

—Dios, le encanta escucharse a sí mismo, ¿verdad? —dice JJ, dándome un susto al acercarse por detrás—. Cuando yo me gradué, no dio ningún discurso sobre mí.

Henry arquea una ceja.

—Claro que no dio ningún discurso. Os pillasteis un pedo monumental y estuvisteis cantando la banda sonora de *Mamma Mia!* en el karaoke toda la noche.

—¡Es verdad! —dice JJ antes de darle un trago a la cerveza—. ¿Alguien ha traído karaoke?

Nate sigue hablando mientras JJ y Henry charlan detrás de mí.

—Kris va a ir a la facultad de Medicina, algo que me pone los pelos de punta y que también debería ponéroslos a vosotros.

—¿A cuánta gente más conocemos? Tiene que estar a punto de acabar —comenta Henry, mirando el reloj.

—Shhhhhh —digo, haciéndolos callar a ambos.

—Y por último, mi preciosa Anastasia: te adoro, cariño. Estoy orgullosísimo de ti y de todo lo que has logrado este año. Has trabajado muy duro...

—¿Cuándo puedo empezar a abuchearlo? —pregunta Joe, girando la cabeza hacia Henry y JJ en busca de consejo.

—Yo creo que en breve —dice JJ.

—Y con esto termino, amigos. Disfrutad de la bebida, de la música y de la comida. Estoy encantado de estar aquí esta noche compartiendo con todos vosotros esta celebración.

Todos aplauden y estallan en vítores; Henry me quita el brazo de los hombros, me agarra de la mano y se pone tenso.

—¿Te apetece dar un paseo? —le pregunto antes de darle un beso en la mejilla.

—Sí.

Ignoramos el interrogatorio de Jaiden mientras bajamos las escaleras para ir a una zona exterior del hotel menos elevada. Tras caminar un par de minutos cogidos de la mano, encontramos un banco bajo un arco floral. Apoyo la cabeza en el hombro de Henry mientras escuchamos el sonido de una fuente que fluye en algún lugar detrás de nosotros.

—¿En qué estás pensando? —le pregunto, besándole el dorso de la mano.

—En que deberíamos comprarle a Joy un arnés para que pueda ir con nosotros a todas partes.

—Te quiero —le digo, pronunciando cada una de las sílabas de todo corazón—. Y el hecho de que quieras tanto a mi gata hace que te quiera todavía más.

—Yo también te quiero, capi.

—¿Más que a Joy?

Henry esboza una sonrisa pícara y me rodea con un brazo para darme un beso. Luego desliza la mano por mi espalda hasta la cintura, me agarra y me sienta sobre sus rodillas.

—De pequeño me enseñaron a no decir mentiras.

Intento zafarme y salir corriendo, pero él me agarra un poco más fuerte, partiéndose de risa.

—Pelearse es de tontos, Halle, y tú no eres tonta.

—Necesitamos un nuevo reglamento —digo, rodeándole el cuello con los brazos—. Cuando no hay normas, te descontrolas. Primera regla: deja de usar esa frasecita en mi contra.

Henry aprieta los labios y niega con la cabeza.

—Lo siento, la junta directiva la ha rechazado.

—Creo que la junta directiva no es nada imparcial.

—Puede que tengas razón. Nunca me ha castigado por todas las veces que te he imaginado desnuda.

Me quedo con la boca abierta.

—¡Esa ni siquiera era una regla! ¡Simplemente te prohibí sacar el tema!

Henry me da un beso en el hombro mientras a lo lejos empieza a sonar una canción que tiene toda la pinta de ser de *Mamma Mia*.

—Gracias por estar en mi equipo, Henry.

—Gracias por quererme como nunca me había imaginado que pudieran quererme.

Estrecho su cara entre mis manos y lo beso apasionadamente con cada fibra de mi amor por él.

—¿Y cómo te sientes ahora que puedes imaginártelo?

Henry guarda silencio mientras se lo piensa.

—En las nubes. Así que soy bastante feliz, la verdad.

Agradecimientos

Qué fuerte, ¡otro libro! Estamos a tope.

Tengo una larga lista de gente a la que debo agradecerles la existencia de *En las nubes*:

Para empezar, quiero darle muchisísimo las gracias a mi agente, Kimberly Brower, porque no habría terminado de escribir este libro sin ella y su paciencia. Entregar un libro MUY tarde es una experiencia de –12 sobre 10, no la recomiendo, pero tomarme el tiempo que necesitaba ha sido un millón de veces mejor sabiendo que siempre estarías de mi lado, Kimberly.

A mi ayudante, Lauren, que le puso el acertado apodo de *Por los suelos* a este libro. Gracias por dejar que usara tu trauma de hija mayor para sacar rédito económico y siento haberte hecho leerlo tantas veces. Gracias por escucharme hablar del libro todos los días durante un año y por ir de la mano conmigo en cada paso que daba.

A todo mi equipo editorial de Simon & Schuster y más allá. Madre mía, este se ha hecho de rogar, ¿eh? Muchas gracias a todo el mundo que cambió sus prioridades, trabajó hasta tarde, trabajó en fin de semana e hizo cosas en plazos de lo más absurdos para que pudiéramos hacer llegar a Halle y Henry a manos de la gente a tiempo. Gracias por vuestra paciencia conmigo y por vuestro compromiso con ayudarme a encontrar el ritmo en este mundo editorial tradicional al que todavía me sigo adaptando. Le estoy muy agradecida a todas y cada una de las personas que hacen que no pare la rueda de Hannah Grace.

Johanie, gracias por tus amables ideas y sugerencias para que este libro fuera lo mejor posible.

A mis amigas, que fueron tan buenas y comprensivas cuando ignoré sus mensajes durante semanas varias veces mientras trabajaba en esta novela. Gracias por decirme que iba a terminar... de forma reiterada, porque he estado pesadísima este último año y he necesitado mucho refuerzo positivo. Gracias a todas las personas que respondieron a mis preguntas, leyeron capítulos y le echaron un vistazo a algún párrafo aun teniendo sus propias vidas, proyectos y fechas de entrega a la vuelta de la esquina.

Mención especial a Nicole, Jess, Sarah y Kimmy, por haber leído los borradores más prematuros de la obra y luego haberla vuelto a leer cuando decidí empezar de cero.

A mi marido y mis perros, por estar en mi equipo.

A mi hermana, porque no podría escribir más de ciento veinticinco mil palabras sobre Halle sin mencionar a la hija mayor de mi familia. Gracias por llevar el peso a cuestas para que no tuviera que llevarlo yo. Te juro que te lo compensaré.

A mis lectoras: sois las mejores. ¡Tengo mucha suerte y estoy muy emocionada por/aterrada de hablar con vosotras sobre *En las nubes* cuando lo hayáis leído! No sería capaz de hacer todo esto sin vosotras.

Y, finalmente, gracias a Taylor Swift, a Warburtons Potato Cakes y a mi termo Stanley por todo lo que hacéis por mí.

Playlist secreta

(HALLE'S VERSION)

STAY BEAUTIFUL	3:56
OUR SONG	3:21
I'M ONLY ME WHEN I'M WITH YOU	3:33
YOU BELONG WITH ME (TAYLOR'S VERSION)	3:51
JUMP THEN FALL (TAYLOR'S VERSION)	3:58
BYE BYE BABY (TAYLOR'S VERSION)	4:02
ENCHANTED (TAYLOR'S VERSION)	5:53
HAUNTED (TAYLOR'S VERSION)	4:05
LONG LIVE (TAYLOR'S VERSION)	5:18
I KNEW YOU WERE TROUBLE (TAYLOR'S VERSION)	3:40
I ALMOST DO (TAYLOR'S VERSION)	4:05
HOLY GROUND (TAYLOR'S VERSION)	3:23
BLANK SPACE (TAYLOR'S VERSION)	3:52
STYLE (TAYLOR'S VERSION)	3:51
YOU ARE IN LOVE (TAYLOR'S VERSION)	4:27
KING OF MY HEART	3:43
DRESS	3:50
CALL IT WHAT YOU WANT	3:24
I THINK HE KNOWS	2:53
PAPER RINGS	3:42
FALSE GOD	3:20
CARDIGAN	4:00
MIRRORBALL	3:29

INVISIBLE STRING	4:13
WILLOW	3:36
NO BODY, NO CRIME (FEAT. HAIM)	3:36
LONG STORY SHORT	3:45
VIGILANTE SHIT	2:45
SWEET NOTHING	3:08
PARIS	3:16
I CAN DO IT WITH A BROKEN HEART	3:38
THE ALCHEMY	3:17
SO HIGH SCHOOL	3:49

Queremos compartir más momentos contigo.

Únete a la comunidad de Penguin Libros y encuentra tu siguiente lectura.